KB166504

풀잎은 노래한다

The Grass Is Singing

THE GRASS IS SINGING
by Doris Lessing

세계문학전집 167

풀잎은 노래한다

The Grass Is Singing

도리스 레싱

이태동 옮김

민음사

내가 가장 사랑하며 존경해 마지않는
남로디지아의 글레이디스 마스도르프 부인에게

산속의 이 황폐한 계곡
희미한 달빛에 싸여 예배당 주변의
나자빠진 무덤들 위에서 풀잎은 노래한다.
텅 빈 예배당, 다만 바람의 집이 있을 뿐.
마른 뼈들은 아무에게도 해를 주지 않는다.
다만 한 마리 수탉이 지붕마루에 앉아
꼬 꼬 리꼬 꼬 꼬 리꼬
번갯불 번쩍이는 속에서. 그러자 비를 몰아오는
습기 찬 바람

갠지스강은 바닥이 나고 축 늘어진 나뭇잎들이
비를 기다렸다. 멀리 히말라야산 위에
먹구름이 몰렸다.
밀림은 말없이 허리를 굽혀 웅크리고 있다.
그때 천둥이 말했다.
— T. S. 엘리엇, 「황무지」

하나의 문명이 지닌 약점은 그것이 저지른 실패와 부적합성으로
가장 잘 파악할 수 있다.
— 작자 미상

차례

1장

의문의 살인 사건

리처드 터너(느게시의 농부)의 아내인 메리 터너가 어제 아침 그들의 농장 주택 앞 베란다에서 피살된 채 발견되었다. 경찰이 체포한 하인이 범행 일체를 자백했으나 그 동기는 밝혀지지 않았다. 현재로서는 귀중품을 노렸던 것으로 추측된다.

(독자 투고)

신문에 실린 내용은 그다지 많은 것을 알려 주지 못했다. 어느 지방에서든 신문을 펼쳐 든 사람들은 분명 자극적인 제목이 달린 기사를 훑어보면서 만족감에 가까운 감정과 뒤섞여 솟구쳐 오르는 작은 분노를 느꼈을 것이다. 마치 어떠한 생각이 확고하게 굳어지기라도 한 것처럼, 예측 정도만 할 수 있을 어떠한 일이 실제로 발생한 것처럼 말이다. 흑인 원주민들이 도둑질을 하거나 살인 혹은 강간 같은 일을 저지를 때마다 백인들은 바로 그러한 감정을 느꼈다.

그러고 나서 그들은 모두 다른 기사를 찾아 신문을 뒤적거렸을 것이 분명했다.

그러나 지나가다 보았건 오랜 세월 동안 꾸준히 나돌던 소문으로 터너 부부에 대해 알았건 사고 지역의 주민들은 기사에서 얼른 시선을 돌리지 않았다. 많은 사람들이 그 기사를 오려 내어 옛날 편지 뭉치 혹은 책 속에 끼워 놓고 아마도 하나의 불길한 징조나 경고로 보관하며, 폐쇄된 채 비밀을 간직했던 터너 부부에 대한 기사가 점차 노랗게 변색되어 가는 것을 지켜보려 했을 것이 분명했다. 그러나 이상하게도 아무도 그 살인 사건을 입에 올리려고는 하지 않았다. 참으로 이해할 수 없는 일이었다. 사실을 설명해 줄 입장에 있는 당사자들 셋은 아무 말도 하지 않았지만, 밝혀지지 않은 사실까지 육감으로 짐작하는 것 같았다. 터너 부인 살인 사건에 대해서 왈가왈부하는 사람은 아무도 없었다. 모두 입을 다물었다. 주변 사람들이 떨떠름한 표정을 지으며 경계심을 품는 '나쁜 사건'이라 부를 수도 있겠지만, 실제로는 다들 '극히 나쁜 사건'이라고 판단을 내렸으며 이것으로 터너 부인 사건은 일단락되었다. 공연히 유언비어를 퍼뜨려서 사건을 쓸데없이 확대할 필요는 없다고 모두 암암리에 동의한 것 같았다. 그러나 사건이 발생한 농장 지역에는 백인들이 뜨문뜨문 떨어져 살고 있어서 아주 이따금씩만 만나는 처지였기에, 같은 부류의 사람들과 만나려는 욕구가 지극히 강했고 아무리 잡다한 이야깃거리일 지라도 매일같이 똑같은 얼굴만 보는 집으로 돌아가기 전에 한 시간만이라도 다른 사람들과 신나게 떠들어 대려고 했다. 그러므로 보통 때 같으면 터너 부인 사건은 몇 달을 두고 심심 찮은 화젯거리가 되었을 것이다. 또한 이야깃거리가 생긴 것을 매우 고맙게 생각했을 가능성도 있었다.

외부 사람들 눈에는 기운 넘치는 찰리 슬래터가 농장마다 찾아다니면서 지역 주민들에게 입 다물고 있으라고 주의를 준 것처럼 보일지 모르겠으나 그는 결코 그런 일을 한 적이 없었 다. 그가 어느 농장을 일부러 방문한 적은 단 한 번도 없고, 마음 내키는 대로 걸음을 옮기는 것은 누가 보더라도 분명했 다. 터너 부인 사건을 둘러싸고 일어난 일 중에서 가장 흥미로 운 점은 이처럼 침묵 속에서 무의식적인 동의가 이루어졌다는 것이다. 모두들 마치 텔레파시를 통해 대화를 주고받는 새처 럼 행동했다. 실제로도 그랬는지는 의문이지만 최소한 겉보기 에는 그랬다.

사건이 터지기 오래전부터 부부는 평판이 좋지 못했다. 범 법자나 숨어서 사는 사람을 대하듯 터너 부부에 대해서 좋지 않게들 말했다. 사람들 대부분이 터너 부부를 실제로 만나 본 적이 없었고 심지어 멀리서 우연히 그들 부부를 본 적조차 없 었건만 한결같이 부부를 싫어했다. 도대체 어떠한 점이 그렇게 못마땅했을까? 터너 부부는 그저 외부인과 교제를 끊은 채 고립된 생활을 했을 뿐인데 바로 그 점이 주민들에게 미움을 사는 이유였다. 그들 부부는 지역의 댄스파티나 축제 혹은 운

동회 같은 행사에 모습을 나타내는 법이 없었다. 분명 창피스럽게 여길 만한 일이 있는 모양이었다. 모두 그렇게 생각했다. 그처럼 폐쇄된 생활을 하는 것은 옳지 못한 일이었다. 다른 사람들 모두를 무시해도 이만저만 무시하는 처사가 아닐 수 없었다. 도대체가 건방져서 도저히 묵과할 수 없을 정도였다. 어떻게 그럴 수 있을까? 살아가는 꼬락서니 또한 심히 못마땅했다. 터너 부부는 성냥갑만 한 집에서 살았는데, 임시로 살기에는 그런대로 봐줄 수 있어도 영원한 안식처로는 아주 부적절했던 것이다. 그 정도 집이라면 흑인 원주민들이 살기도 했기 때문에(그래도 그 수가 별로 많지 않아 천만다행이었다.) 백인이 그토록 누추한 집에서 살면 공연히 흑인들의 콧대를 높여 줄 수도 있었다.

그러다가 누군가가 사용하기 시작한 '불쌍한 백인들'이라는 말이 사람들의 눈살을 찌푸리게 만들고 적잖은 사회적 동요까지 몰고 왔다. 당시는 담배로 떼돈을 번 갑부들이 생겨나기 이전이었기 때문에 백인과 흑인의 빈부 차가 그렇게 심하지는 않았지만, 종족 간의 구분만큼은 엄격했다. 소규모의 아프리카너[1] 공동체는 그들 나름대로 삶을 영유하고 있었는데 영국인들은 그들을 무시해 버렸다. '불쌍한 백인들'이란 그러므로 아프리카너였지 결코 영국인은 아니었다. 그러나 터너 부부를 불쌍한 백인이라고 부른 사람은 그러한 통설을 완전히 무시해 버린 셈이었다. 그리고 자신의 주장이 옳다고 끝까지 우겼

---

1) 남아프리카에서 태어난 네덜란드계 백인.

다. 영국인이든 아프리카너이든 불쌍하면 불쌍한 것이지, 도대체 무슨 차이가 있단 말인가? 누가 불쌍한 백인인가? 그것을 결정하는 것은 어떻게 살아가고 있느냐, 다시 말해서 생활수준이었다.

불쌍한 백인에 대한 논쟁이 언제까지 계속될지는 알 수 없었지만, 백인 주민들은 터너 부부를 불쌍한 백인으로 생각하지 않으려 했다. 그렇게 하는 것은 스스로를 깎아내리는 일이기 때문이었다. 터너 부부도 따지고 보면 영국인이니 말이다.

이런 이유로 백인 주민들은 남아프리카 사회의 첫 번째 철칙인 단체정신에 입각해 터너 부부에게 손을 써 보려고 했으나 아무런 소득도 거두지 못했다. 터너 부부 쪽에서 그러한 노력을 무시해 버렸던 것이다. 그들 부부는 단체정신의 필요성을 인식하지 못하는 게 분명했는데, 그들이 주민들에게 미움받는 진짜 이유는 바로 이 때문이었다.

생각하면 할수록 사건은 더욱더 기묘해졌다. 살인 사건 자체는 별반 관심의 대상이 되지 못했다. 아무리 생각해 보아도 이상한 것은 사건에 대해서 품는 주민들의 감정이었다. 모두들 메리를 지독스럽게 증오한 나머지 남편인 리처드 터너를 동정했던 것이다. 마치 메리가 정숙하지 못하고 몹쓸 짓이라도 저질러서 죽은 게 당연하다는 듯이 말이다. 그러나 의문을 밖으로 내비치지는 않았다.

한 가지 예를 들자면, 주민들은 분명 '독자 투고'의 주인공이 누구일까 궁금해했을 것이다. 신문 기사가 세련되지 못한 점으로 보아 지역 주민 누군가가 신문사에 편지를 보냈음이 틀림없었다. 하지만 누가? 누가 편지를 보냈단 말인가? 견습생으로 작업 감독을 맡고 있던 토니 마스턴은 사건이 터진 직후에 지역을 떠나 버렸다. 경찰관인 데넘이 개인 자격으로 신문사에 편지를 띄웠을지도 모르지만 그럴 가능성은 극히 희박했다. 이렇게 되면 '독자 투고'의 주인공으로 생각해 볼 수 있는 사람은 찰리 슬래터밖에 없었는데, 그는 터너 부부에 대해서 그 어느 누구보다도 많이 알고 있을뿐더러 사건 당일에도 현장에 있었다. 파출소에 신고하는 일까지 포함해서 사건을 사실상 그가 처리했을지도 모를 일이었다. 그리고 주민들은 그의 그러한 행동이 적절하고 타당하다고 생각했다. 사람들이 미루어 짐작하면서도 절대 입에 올리지 않은 이유 때문에 어떤 바보 같은 여인이 흑인 원주민에게 살해당했다고 할 경우, 백인 농부가 아니라면 어느 누가 그러한 사건에 관심을 보이겠는가? 그것은 그들 자신의 생존, 그들의 아내와 가족, 그들의 생활양식이 위험에 처했음을 알려 주는 적신호인데 말이다.

그러나 찰리가 사건을 도맡아서 처리하도록, 한두 마디의 상황 설명도 없이 모든 일이 일사천리로 처리되게끔 손을 쓰도록 권한을 부여받았다는 것이 외부인이 보기에는 이상한 일이 아닐 수 없다.

우선 그의 일 처리는 상식에 어긋나는 점이 많았고 신속하지도 못했다. 한 가지 실례를 들자면, 리처드 터너의 농장 일꾼들이 달려와 사건을 알려 주었을 때 왜 그는 책상에 앉아서 파출소의 데넘 경사에게 편지를 썼을까? 그는 전화를 하지 않았다.

시골에 사는 사람들 모두 지선 전화에 대해 환하게 알고 있다. 정해진 횟수만큼 손잡이를 돌리고 나서 수화기를 집어 들면 찰칵, 찰칵, 찰칵 하고 전화받는 소리가 들려오는 동시에 그 지역의 모든 전화와 연결되는 것이 바로 시골 전화이다.

찰리는 터너 부부와 8킬로미터쯤 떨어진 곳에 살았다. 농장 일꾼들은 메리의 시신을 발견하고 나서 그에게 제일 먼저 달려왔다. 그러나 긴급한 일임이 분명한데도 그는 전화를 무시해 버리고서 20킬로미터쯤 떨어진 곳에 있는 파출소의 데넘 경사에게 편지를 쓴 다음 흑인 원주민에게 자전거를 타고 가서 그 편지를 전달하라고 시켰다. 데넘 경사는 원주민 경찰관 몇 명을 즉시 사건 현장으로 보냈다. 그리고 자신은 먼저 슬래터를 찾아갔다. 편지 내용이 그의 호기심을 자극했기 때문이다. 이런 이유로 데넘 경사는 사건 현장에 늦게 나타났다. 원주민 경찰관들은 살인범을 찾아 멀리 헤매고 다닐 필요가 없었다. 그들이 집 안으로 들어가서 메리의 시신을 간단히 살펴본 다음 집 주변을 둘러보고 있을 때 그들 앞의 흙더미 뒤에서 모세가 걸어 나왔던 것이다. 모세는 경찰관들 쪽으로 곧장 걸어와서 입을 열었다. "내가 범인이오." 경찰관들은 모세에게 수갑을 채운 다음 집 쪽으로 돌아가서 경찰차가 올 때까지 기다렸다. 그때였다. 그들은 낑낑거리는 개 두 마리를 이끌고 집 옆의 덤불숲에서 걸어 나오는 리처드 터너를 보았다. 그는 정신이 돌아 버린 채, 쉴 새 없이 중얼거리면서 손에 낙엽과 흙을 가득 들고 덤불숲을 들어갔다 나왔다 했다. 원주민 경찰관들은 그를 예의 주시하면서도 내버려 둘 수밖에 없었다. 미치기는 했어도 백인이었고, 경찰관이라 해도 흑인은 백인의 몸에 손을 댈 수 없기 때문이었다.

사람들은 살인범이 왜 자수했느냐고 호기심 어린 목소리로 물어보았다. 무사히 도주할 기회가 많지는 않았지만 한번 모험을 걸어 볼 만한 기회는 있었기 때문이다. 산 쪽으로 달아나 몸을 숨길 수 있었다. 아니면 국경을 넘어 포르투갈 지역으로 잠입해 들어갈 수도 있었다. 그러나 지역 원주민 지방 장관은 조촐한 한 행사에서 모세의 그러한 행동은 충분히 이해할 수 있다고 말했다. 이 나라의 역사에 대해서 조금이라도 알거나 옛날 선교사나 탐험가의 편지와 회고록을 읽어 본 사람이라면 로벤굴라[2]가 통치했던 때의 사회적 상황에 대해서 예비지식을 쌓았을 것이기에 지방 장관의 말에 동감할 수 있을 것이다. 로벤굴라 시절에는 법이 특히 엄했다. 무슨 일을 해도 되고 무슨 일을 해서는 안 되는지 삼척동자라도 알 정도였다. 왕의 여인을 건드리는 것같이 용서받지 못할 일을 저지르면 누구를 막론하고 처벌을 면치 못했는데 주로 개미집 근처에 세운 말뚝에 묶여 개미들한테 시달림을 받거나 그것과 비슷한 정도로 불쾌한 처벌을 받았다. "나는 잘못을 저질렀고 그런 사실을 알고 있습니다. 그러니 벌을 받게 해 주세요." 죄를 지은 사람들은 이렇게 말했다. 이처럼 죄를 피하지 않는 것은 하나의 전통이었으며 그러한 전통에는 사실 그 나름대로 훌륭한 면이 있었다. 자기 죄를 인정하며 처벌해 달라고 말한다면,

---

2) 남아프리카 은데벨레(마타벨레) 왕국의 두 번째 왕이자 마지막 왕.

언어의 풍습 등을 연구해야 되는 원주민 지방 장관들은 비록 그러한 행동을 '훌륭하다.'라고 치하하지는 않더라도 흔히 면죄 혜택을 베풀어 주곤 했던 것이다.(세상이 바뀌어 흑인 원주민들도 옛날과 달리 도덕적으로 몹시 타락했기 때문에 옛날 풍습들을 미화해 되살리는 것이 허용되는 경우가 가끔 있다.)

지방 장관의 설명을 들은 후 모세의 자수는 사람들의 관심사에서 멀어져 갔지만 그렇다고 완전히 사라진 것은 아니었다. 모세가 마타벨레족이 아니었을 가능성도 있기 때문이었다. 흑인 원주민들이 아프리카 전역에서 방랑하는 것은 사실이지만, 모세가 마쇼날랜드[3]에 있었다는 점이 중요하게 부각되었다. 그는 포르투갈 지역, 니아살랜드, 남아프리카연방[4] 등 출신 지역이 어디라도 될 수 있었던 것이다. 게다가 시대적인 상황 또한 지금은 로벤굴라왕의 시대와 거리가 멀었다. 그런데도 원주민 지방 장관들은 과거 속에서 살아가려는 경향이 있었다.

아무튼 찰리 슬래터는 사람을 시켜 파출소에 편지를 보낸 다음 대형 미제 승용차를 엄청난 속도로 몰아 터너 부부의 집으로 달려갔다. 차를 모는 동안 험악한 도로 사정 따위는 안중에도 없었다.

찰리 슬래터. 그는 과연 누구이며 이번 사건과 어떠한 관계를 맺고 있을까? 비극적인 이번 사건의 처음부터 끝까지 약방

---

3) 짐바브웨의 북쪽 지역.
4) 남아프리카공화국의 전 이름.

의 감초 노릇을 한 사람이 바로 그였다. 그가 없었더라면 이번 사건이 터진 다음의 일이 전혀 다른 방향으로 전개될 수도 있었을 정도였다.

찰리는 본래 런던의 식료품점 점원이었다. 그는 자신이 탁월한 장사 수완을 발휘해서 활력적으로 일하지 않았다면 그 식료품점 주인은 깡통 차고 거리에 나앉게 되었을 거라는 얘기를 아이들에게 해 주곤 했다. 아프리카에 온 지 이십 년이 지났는데도 그에게는 영국인 특유의 기질이 아직 남아 있었다. 그는 오직 한 가지 생각, 즉 돈을 벌겠다는 일념으로 아프리카에 왔다. 그리고 그 꿈을 실현했다. 그것도 상당히 많이 벌었다. 그는 거칠고 잔악하고 무모했지만 그 나름대로는 따뜻한 면이 있었으며 기질상 돈을 벌 수밖에 없는 사람이었다. 그는 돈을 찍어 내는 기계를 다루는 듯한 태도로 농사일에 임했다. 아내에게는 가혹한 편이어서 초창기에는 불필요한 어려움까지 겪게 만들었다. 원하는 것을 모두 얻을 만큼 돈을 벌 때까지는 아이들에게도 가혹했으며, 무엇보다도 농장 일꾼들에게는 형언할 수조차 없을 만큼 가혹했다. 황금 알을 낳는 거위와도 같았던 그의 일꾼들은 아직도 그런 대접을 받고 있는데 다른 사람을 위해서 황금 알을 낳아 주는 것 이외의 생활 방식에 대해서는 전혀 아는 바가 없을 정도이다. 그의 농장 일꾼들도 지금은 무엇인가를 깨우치고 있거나 깨우치려는 중이다. 그러나 찰리는 채찍으로 일꾼들을 다루는 방식을 신봉하는 사람이었다. 채찍은 마치 벽에 걸린 가훈처럼 그의 대문 위에 걸려 있었다. '필요할 경우에는 살인해도 무방하다.'라는 생각을 품고 있던 그는 자기 성질을 못 이겨 일꾼 한 명을 죽인 적도 있었다. 그는 당시 벌금 30파운드를 물었는데, 그 이후로는 성질을 죽이면서 지내 왔다. 그러나 채찍만큼 슬래터 일가에게 요긴한 것은 없을 정도였다. 물론 채찍의 기능을 슬래터 일가만큼 확실하게 믿지 않는 사람들에게는 그렇지 않겠지만, 오래전에 리처드 터너가 농사일을 시작했을 때 쟁기나 써레를 구입하기 전에 우선 채찍부터 사야 된다고 충고해 준 사람도 바로 그였다. 그러나 앞으로 보겠지만 터너 일가에게는 채찍이 무용지물에 불과했다.

찰리는 땅딸막한 체구에 어깨는 딱 벌어졌고 무척 건장했으며 팔뚝이 특히 굵었다. 얼굴은 넓은 편이었고 항상 찌푸리고 있었는데 날카롭고 다소 교활한 인상을 풍겼다. 그리고 항상 상대방을 경계하는 듯한 눈초리를 보냈다. 머리는 금발이었으나 다듬지 않아서 범죄자처럼 보였지만 그는 외모에 전혀 신경을 쓰지 않았다. 아프리카의 강렬한 햇빛 때문에 오랫동안 눈을 가늘게 뜨는 버릇이 들어 가뜩이나 작은 눈은 아예 없는 것처럼 보일 정도였다.

터너 부부의 집에 한시라도 빨리 도착하려는 일념으로 등을 구부린 채 핸들을 꽉 움켜잡은 그의 굳은 얼굴에 박혀 있는 두 눈은 파란 단춧구멍 같았다. 그는 고용된 농장 경영 보조인 토니가 왜 살인 사건을 자기에게 알리러 달려오거나 최소한 서신을 보내지조차 않았는지 그 이유를 알 수 없었다. 도대체 어디에 있었단 말인가? 토니의 오두막은 터너 부부의 집에서 불과 200미터밖에 떨어져 있지 않았다. 아마 겁에 질린 나머지 도망갔을지도 모르는 일이었다. 아무리 영국인이라도 토니 같은 타입의 젊은 놈이라면 능히 그러고도 남을 것이라는 생각이 찰리의 뇌리를 스치고 지나갔다. 그는 곱상한 얼굴에 목소리까지 야들야들한 영국인들을 몹시 증오하는 편이었으나 그들의 교양과 매너는 부러워하는 이중적인 감정을 품고 있었다. 이제는 어른이 된 그의 아들들도 신사였다. 그는 그들을 신사로 만들기 위해 상당히 많은 돈을 썼지만 신사라는 이유 때문에 그들을 경멸하면서도 다른 한편으로는 자랑스러워했다. 이러한 심적인 갈등은 토니에 대한 태도에서도 나타났다. 다시 말해서 그는 토니가 괜찮은 것 같으면서도 공연히 역겹게 느껴지는 경우가 많았던 것이다. 그러나 터너 부부의 집으로 차를 몰고 가는 동안에는 울화만 치밀어 올랐다.

반쯤 갔을 때, 갑자기 자동차가 균형을 잃으며 심상찮은 소리가 들려왔다. 그는 욕설을 내뱉으면서 급히 차를 세웠다. 펑크! 그것도 타이어 두 개가 펑크 나 버렸던 것이다. 눈앞에 펼쳐진 진흙탕 길에는 유리 조각들이 무수히 깔려 있었다. 짜증이 솟구쳐 무의식적으로 이런 생각이 들었다. '길바닥에 유리 조각이라니 딱 리처드답구나!' 그러나 리처드는 지금 이 순간 위로해 주어야 될 대상이었기에 찰리의 분노는 토니를 향해 폭발했다. 이 사건을 어떻게 해서든 막았어야 될 토니에 대한 분노는 대단했다. 고용되어 돈까지 받아먹는 놈이 살인 사건이 터지도록 뭘 하고 있었단 말인가? 그러나 찰리는 자신과 같은 영국인이 관련된 문제에 대해서만큼은 함부로 속단하지 않았다. 이번 경우 역시 마찬가지였다. 그는 마음을 진정시키고 진흙탕 길에 앉아 펑크 난 타이어를 갈아 끼웠다. 사십오 분이나 걸려 타이어를 교체하고 진흙탕 길에서 유리 조각들을 골라내어 덤불 속으로 모두 던져 버렸을 무렵, 그의 얼굴과 머리는 땀으로 엉망이 되어 버렸다.

마침내 터너 부부의 집에 도착했을 때, 제일 먼저 시야에 들어온 것은 벽에 기대 놓은 자전거 여섯 대였다. 저택 앞 나무 밑에 경찰관 여섯이 서 있었는데 그들 사이에는 수갑을 찬 모세도 보였다. 태양은 수갑과 자전거와 울창한 나뭇잎에 사정없이 내리쬐고 있었다. 찌는 듯한 더위에 습도마저 높은 아침이었다. 빛바랜 구름들이 뒤덮고 있는 하늘은 마치 더러운 세탁물들이 널려 있는 것 같았다. 햇빛은 볼품없는 웅덩이도 비추고 있었다.

찰리가 다가가자 경찰관들이 그에게 인사를 했다. 경찰관들은 터키모자를 쓰고 멋을 많이 부린 듯한 제복을 입고 있었는데, 자기 위치에 맞는 옷을 입거나 아예 미개인처럼 사타구니만 가리고 있을 경우에 찰리는 흑인 원주민들이 역겹게 느껴지지 않고 오히려 좋아하는 편이었기 때문에 경찰관들이 너무 멋을 부렸다는 생각은 들지 않았다. 그러나 어중간하게 개화된 흑인 원주민들은 그렇게 역겨울 수가 없었다. 신체 조건을 기준으로 선발된 경찰관들은 몸이 훌륭했으나, 윤나는 검은 피부에 놀라울 정도로 건장한 모세에게 눌려 그다지 돋보이지 않았다. 찰리는 러닝셔츠에 반바지 차림을 한 살인자에게 다가가서 정면으로 바라보았다. 남자는 무심한 눈길로 그를 똑바로 응시했다. 찰리 자신은 이상한 표정을 지었다.

일종의 승리감과 위장된 적개심, 두려움이 뒤범벅된 표정이었다. 두려움? 이미 죽은 목숨이나 다름없는 모세에게? 그러나 그는 심기가 편치 않고 마음이 어수선했다. 그러다가 냉정을 되찾아야겠다는 듯 머리를 한 번 흔들고 시선을 돌렸다. 마침 온통 진흙투성이가 된 채 몇 발자국 떨어진 곳에 서 있는 리처드 터너가 시야에 들어왔다.

"리처드!" 그가 위압적인 목소리로 말문을 열었다. 그러다가 그의 얼굴을 보고 나서는 다음 말을 잇지 못했다. 리처드는 그를 모르는 것 같았다. 찰리는 그의 팔을 잡고서 자기 차 쪽으로 끌고 갔다. 그의 정신이 치유 불가능할 정도로 돌아 버렸다는 것을 그때까진 알지 못했다. 만일 그런 사실을 알았더라면 그의 분노는 더욱 대단했을 것이다. 리처드를 자동차 뒷좌석에 밀어 넣은 다음, 그는 집 안으로 들어갔다. 토니가 손을 호주머니에 꽂은 채 거실에 서 있었는데, 태연한 듯 평온해 보였다. 그러나 얼굴만큼은 창백했으며 긴장되어 있었다.

"자네는 어디에 있었나?"

찰리가 대뜸 이렇게 다그쳤다.

"보통 때는 터너 씨가 저를 깨웁니다. 오늘 아침에는 제가 늦잠을 잤어요. 집 안으로 들어갔다가 베란다에서 부인을 발견했습니다. 그런 후 경찰이 왔습니다. 전 지금까지 선생을 기다리고 있었습니다." 침착한 목소리로 토니가 말문을 열었다.

표정은 태연한 것 같았지만 토니는 두려워하고 있었다. 그의 목소리에는 죽음에 대한 두려움이 서려 있었다. 그러나 그 두려움은 찰리가 느끼던 두려움과는 다른 차원의 두려움이었다. 찰리의 두려움을 이해하기에는 토니의 아프리카 생활이 너무 짧았을지도 모른다.

찰리는 끄응 하고 신음 소리를 내뱉었다. 그는 필요한 경우가 아니면 말을 하지 않는 인물이었다. 그는 묘한 표정으로 토니를 한동안 바라보았다. 불과 몇백 미터밖에 떨어져 있지 않은 곳에서 꿈속을 헤매는 남자를 농장 하인들이 깨우러 가지 않은 이유가 무엇인지를 알아내려는 것 같았다. 그러나 지금 이 순간 토니를 바라보는 얼굴에서 혐오나 경멸 같은 감정은 찾아볼 수 없었다. 아직 자신을 증명해 보이지 않은, 미래의 파트너를 대하는 듯한 시선이었다.

그는 침실 쪽으로 걸음을 옮겼다. 더러운 흰색 시트에 덮여 딱딱하게 굳어 있는 메리 터너의 시신이 눈에 들어왔다. 시트 한쪽 끝에는 지푸라기처럼 변색된 머리카락이, 다른 끝에는 오그라든 발이 밖으로 삐져나와 있었다. 어느 한순간, 아주 이상한 일이 벌어졌다. 그가 메리의 시신을 바라보는 동안, 마치 살인범을 바라보는 듯한 야릇한 표정이 그의 얼굴에 떠올랐던 것이다. 그는 미간을 찌푸렸다. 그리고 잠시나마 입가에 사악한 미소가 떠오르면서 입술이 묘하게 일그러졌다. 그는 토니에게 등을 돌리고 있었는데, 만일 그 표정을 보았다면 경악을 금치 못했을 것이다. 잠시 후 찰리는 토니를 끌고 짐짓 성난 표정으로 침실을 나섰다.

토니가 말했다.

"부인은 베란다에 누워 계셨습니다. 그래서 제가 침대에 눕혀 드렸죠."

그는 차가운 시체를 만졌을 때의 기억을 되살리고는 몸서리 쳤다.

"베란다에 그대로 내버려 두어서는 안 될 것 같다는 생각 이 들었기 때문이에요."

그의 얼굴 근육은 하얗게 질린 채 수축되어 있었다. 그는 한동안 망설이다가 이렇게 덧붙였다.

"개들이 부인의 시신을 핥고 있었습니다."

찰리는 날카로운 시선으로 그를 예의 주시하면서 고개를 끄덕였다. 메리의 시신이 어디에 있었는지에 대해서는 관심이 없는 눈치였다. 그러나 불쾌한 일을 해낸 그의 침착성에 대해 서는 높이 평가하는 것 같았다.

"온통 피투성이였어요. 그래서 모두 닦아 버렸는데…… 나 중에 생각해 보니까 수사를 위해 그냥 놓아두었어야 했을 것 같더군요."

"아무래도 상관없어."

찰리가 무심하게 대꾸했다. 그는 거실의 거친 나무 의자에 앉아 앞니로 조용히 쳇소리를 내면서 생각에 잠겼다. 토니는 창가에 서서 경찰차가 도착하기를 기다렸다. 찰리는 입술을 축이면서 가끔 기민한 눈초리로 거실 주변을 둘러보았다. 그 러다 다시 가벼운 쳇소리를 내기 시작했다. 토니는 그 소리가 상당히 귀에 거슬렸다.

이윽고 찰리가 조심스럽게 거의 다그치듯이 말문을 열었다.

"자네, 이번 사건에 대해서 뭘 알고 있나?"

토니는 '자네'라는 말을 특히 힘주어 말한 것에 주목하면서, 찰리는 뭘 알고 있는지 생각해 보았다. 그는 냉정을 유지하면서도 신경은 상당히 곤두선 채 대답했다.

"모릅니다. 아무것도 몰라요. 너무 어렵습니다⋯⋯."

그는 머뭇거리면서 호소하듯 찰리를 바라보았다.

그처럼 호소하는 듯한 시선을 받자 찰리는 배알이 뒤틀렸으나 한편으로는 기쁘기도 했다. 토니가 자기에게 고분고분하다는 것이 몹시 흡족했던 것이다. 그는 이 같은 타입에 대해서 잘 알았다. 농사일을 배우기 위해 아프리카로 온 젊은이들이 상당히 많았다. 그들은 대개 공립학교 출신에 매우 영국적이었지만 적응력도 몹시 뛰어났다. 찰리가 보기에는 그들의 장점으로 제일 먼저 꼽을 수 있는 것이 바로 적응력 같았다. 엄청나게 빨리 적응해 나가는 것이 어떻게 보면 신기할 정도였다. 자존심만 강하고 소극적이기는 해도 처음에 풀이 죽은 상태에서 기민한 자의식과 탁월한 센스를 바탕으로 새로운 생활 방식들을 신중하게 배워 나간다.

나이 든 정착자들은 흔히 이렇게 말한다. "이 나라를 우선 이해해야 한다." 이 말에 담긴 뜻은 '원주민에 대한 우리의 사고방식에 익숙해져야 한다.'라는 것이지만 실제로는 '우리의 사고방식을 배워라. 배우기 싫거든 떠나 버려. 우린 너희가 필요 없으니까.' 하는 의미가 그 밑에 깔려 있다. 이 젊은이들은 대부분 인간 평등에 대한 교육을 받고 자라났다. 그렇기 때문에 흑인 원주민들이 받는 대우를 목격하고 처음 일주일 정도는 충격을 금치 못하는 경우가 많았다. 흑인 원주민들이 마치 소나 말처럼 인간 이하의 대접을 받는 걸 듣고 보고 느끼면서 그들은 하루에도 수백 번씩 경악했다. 흑인 원주민들을 같은 인간으로 대우할 마음가짐이 되어 있었기에 놀라움이 더욱 컸을지도 모른다. 그러나 그들은 자신들이 가담하고 있는 사회체제에 대해서 반기를 들고 일어날 수가 없었다. 그들이 변하는 데는 오랜 시간이 걸리지 않았다. 물론 그처럼 사악한 존재가 되기란 어려운 일이었다. 그러나 사악하다고 생각하는 것도 잠시뿐이었다. 그리고 말이 나왔으니까 하는 얘기지만 인간의 생각이란 게 과연 무엇이던가? 체면과 선의에 대한 추상적인 생각들, 그것이 전부였다. 생각이란 추상적인 것에 불과했던 것이다. 골자를 얘기하자면, 주종 관계를 제외하고 백인이 흑인 원주민들과 관계를 맺는 경우란 단 한 번도 없었다. 백인은 흑인 원주민들 역시 같은 인간으로서의 삶을 영위해야 한다는 사실에 완전히 무지했다. 이삼 개월만 지나면 그처럼 섬세하고 고상했던 영국 젊은이들도 자신이 발을 들여놓은 거칠고 건조한 열사의 나라에 적응해 갔다. 그리고 햇볕에 그을린 피부와 투박하고 건장해진 신체에 걸맞은 새로운 생활 방식 역시 습득해 나갔다.

토니가 이 나라에 몇 개월만 더 일찍 왔더라도 모든 일이 훨씬 쉬워졌을지도 모른다. 찰리는 지금 이 순간 그런 생각을 하고 있었다. 토니를 비난하지 않고 인상만 잔뜩 찌푸린 채 예의 주시하고 있는 것도 바로 그러한 이유 때문이었다.

그가 말문을 열었다.

"너무 어렵다니, 그게 무슨 말인가?"

토니는 자기 마음을 스스로도 모르겠다는 듯 심기가 편치 않은 것 같았다. 그리고 실제로 그는 자기 마음을 몰랐다. 몇 주 동안 일촉즉발의 분위기 속에서 터너 일가의 일을 돕는 동안 그는 마음을 정리할 수가 없었던 것이다. 영국에서부터 몸에 배어 있던 규범과 지금 적응해 나가고 있는 규범이 아직까지도 그의 마음속에서 서로 충돌하고 있었다. 그리고 찰리의 목소리에서는 험악하고 다그치는 듯한 분위기가 느껴졌다. 그는 의아하다는 생각까지 들었다. 도대체 자신이 무엇에 대해 다그침을 받아야 한단 말인가? 자신이 다그침을 받고 있다는 사실을 깨닫지 못할 만큼 머리가 둔하지는 않았다. 본능에 따라 행동하고 자신의 목소리가 다분히 위협적이라는 사실을 깨닫지 못하는 찰리와의 차이는 바로 그 점이었다. 지금 눈앞에서 벌어지는 상황이 너무나도 이상했다. 경찰은 어디 있는가? 이웃 주민에 불과한 찰리가 자기를 불러 세워 놓고 다그치다니, 이게 대체 어찌 된 일인가? 찰리에게 그런 권리가 있을까? 은연중에 모든 것을 쥐고 흔드는데 그 이유가 도대체 무엇이란 말인가?

무엇이 옳고 그른지 생각하다가 머리가 혼란스러워지고 말았다. 머리는 복잡해도 이 살인 사건에 대해서 토니는 그 나름대로 짚이는 바가 있었으나 이건 이렇고 저건 저렇다고 분명하게 자기 생각을 밝힐 수가 없었다. 곰곰 숙고해 보니, 이 살인 사건이 일어날 만했다는 생각이 뇌리를 스치고 지나갔다. 지난 며칠간의 일들을 돌아보면, 이런 일이 발생할 여지가 많았던 것 같았다. 어떻게 보면 이처럼 불미스러운 일이 터질 것이라고 이미 예측했는지도 모를 일이었다. 분노와 폭력과 죽음이 삭막하고 광활한 이 땅에서는 극히 자연스러운 것으로 여겨졌다……. 그는 왜 모두들 늦잠을 자는지 의아해하면서 별 생각 없이 집 안으로 들어섰다가 베란다에서 메리 터너의 시체를 발견하고 곧이어 경찰관들이 모세를 체포하는 걸 목격한 이후로 많은 생각을 했다. 리처드 터너가 중얼중얼하면서 웅덩이 위로 비틀거리며 다녀도 정신은 나갔을망정 해롭지는 않다는 걸 알았다. 이해하지 못했던 일들을 이제 이해하게 되었으며 거기에 대해서 이야기할 준비까지 되어 있었다. 그러나 찰리의 태도에 대해서는 전혀 이해할 수 없었다. 여기엔 그가 도저히 감조차 잡을 수 없는 일들이 있는 셈이었다.

"굳이 말씀을 드리자면…… 처음 여기에 왔을 때는 이 나라에 대해서 아는 바가 거의 없었다는 뜻으로 그런 말씀을 드렸던 겁니다." 토니가 말문을 열었다.

상냥하면서도 잔인하리만큼 냉소적으로 찰리가 말을 받았다.

"대답해 줘서 고맙네. 그 깜둥이 놈이 왜 터너 부인을 살해했는지 짚이는 데라도 있나?"

"글쎄요, 짚이는 데라면, 있습니다."

"그렇다면 데님 경사가 오면 말씀을 한번 해 보시지."

놀리는 말이었다. 그는 침묵했다. 토니는 울화가 치밀어 올랐지만 당황한 나머지 입을 다물어 버렸다.

잠시 후, 데님 경사가 도착했다. 그는 살인범을 살펴본 후 슬래터의 차 유리창을 통해 리처드를 흘긋 보고 집 안으로 들어왔다.

"찰리, 당신 집에 갔다 오는 길입니다."

토니에게 고개를 끄덕하고, 동시에 날카롭게 그를 쏘아보면서 데넘 경사가 말했다. 그러고 나서 침실 안으로 들어갔다. 침실에서는 찰리와 똑같은 반응을 보였다. 살인범에 대해서는 분노를, 리처드에 대해서는 동정심을, 메리에 대해서는 쓰디쓴 경멸의 분노를 보였던 것이다. 데넘 경사 역시 이 지역에서 거주한 지가 상당히 오래된 인물이었다. 이번에 토니는 데넘 경사의 얼굴에서 이해할 수 없는 경멸의 표정을 보고 충격을 받았다. 시체를 내려다보는 두 사람의 표정이 자신을 불편하게 만들 뿐 아니라 심지어 두려움까지 불러일으켰다. 그는 역겨움을 느꼈으나 심한 정도는 아니었다. 지금 이 순간 그의 마음을 휘어잡고 있는 감정은 대부분 동정심이었는데 이는 자신의 성격에서 비롯된 것이었다. 정도를 벗어난 사회적 상황에 처할 때 그는 항상 역겨움을 느꼈는데 상식에서 벗어난 일에 대해서 느끼는 혐오감과 별 차이 없는 감정이었다. 아무튼 이처럼 본능적으로 가슴속 깊은 곳에서 느끼는 두려움과 공포심으로 말미암아 토니는 몸서리쳤다.

세 사람은 말없이 거실로 들어갔다.

찰리와 데넘 경사는 두 명의 재판관처럼 나란히 서 있었는데, 일부러 그런 자세를 취한 듯도 했다. 토니는 그들의 맞은 편에 서 있었다. 그는 겁날 것이 하나도 없었으나 황당스럽게도 죄책감이 온몸을 휩싸기 시작했다. 두 사람의 자세 때문이었다. 토니가 도저히 읽어 낼 수 없는 미묘하면서도 쌀쌀한 표정으로 재판관처럼 서 있는 그 두 사람의 모습이 그에게 원인 모를 죄책감을 불러일으켰던 것이다.

"곤란한 사건이군." 하고 데넘 경사가 짤막하게 말했다.

아무도 대꾸하지 않았다. 그는 수첩을 펼쳐 들고서 필기할 준비를 갖추었다.

"괜찮다면 몇 가지 질문을 하고 싶소만."

데넘 경사가 토니에게 말했다. 토니는 고개를 끄덕였다.

"여기서 지낸 지 얼마나 됩니까?"

"삼 주 정도 됩니다."

"이 집에서 살았습니까?"

"아뇨. 길 아래에 있는 오두막에서요."

"부부가 없을 때는 이곳을 책임지기로 되어 있습니까?"

"예, 육 개월간입니다."

"그다음에는요?"

"그다음에는 담배 농장에 갈 생각이었습니다."

"이번 사건에 대해서는 언제 알았습니까?"

"전화를 해 주지 않았어요. 일어나서 들어왔다가 터너 부인을 발견했습니다."

토니가 자신을 방어하기 위해 애쓰고 있다는 것이 그의 목소리에 역력히 드러났다. 그는 아무도 자신에게 알리러 오지 않았다는 사실에 기분이 언짢았으며 심지어 모욕감까지 느꼈다. 무엇보다도 이 두 사람이 그런 사실을 당연한 듯 여긴다는 것이 특히 기분 나빴다. 그들은 그가 이 고장에서는 신출내기에 불과하기 때문에 무슨 일에든 끼어들 만한 자격이 없다고 생각하는 모양이었다. 질문하는 태도도 몹시 못마땅했다. 그들에게는 그럴 권한이 없었다. 비록 그들이 자신들의 태도에 내포된 월권행위를 의식하지 못하고 있다 하더라도. 토니도 자신의 권리를 찾으려 하기보다는 차라리 눈앞의 상황을 이해하려고 노력하는 것이 더 낫다는 사실을 충분히 인식했으나 점차 울화가 치밀어 올랐다.

"식사는 터너 부부와 함께 했습니까?"

"예."

"그 외에 여기 온 적 있습니까? 이를테면 이야기를 나누든지 하려고?"

"아니요, 전혀 없어요. 일을 배우느라 바빴거든요."

"리처드와의 사이는 괜찮았습니까?"

"예. 그런 것 같습니다. 그는 사귀기가 쉽지 않았어요. 일에만 몰두해 있었습니다. 그리고 자신의 구역에서 벗어나기를 몹시 싫어했습니다."

"불쌍한 친구…… 얼마나 힘들었을까."

데넘 경사의 말투가 갑자기 한없이 부드러워져서 감상적이라는 생각까지 들 정도였다. 그러나 데넘 경사는 세파에 맞서 용감하게 보이려는 듯 곧 입을 다물었다. 토니는 완전히 혼란에 빠지고 말았다. 이 사람들의 예측하기 힘든 행동으로 그의 머릿속이 한없이 복잡해졌던 것이다. 그는 그들이 느끼는 것을 아무것도 느낄 수 없었다. 불쌍한 리처드와 그의 고통 때문에 형언할 수 없는 짐을 짊어진 듯 보이는 점으로 보아 찰리와 데넘 경사는 개인적으로 자신들이 이번 비극적인 사건과 연루되어 있다는 듯 무의식적으로 근엄한 자세까지 취했으나, 그는 전혀 관계가 없는 아웃사이더에 불과한 존재였다.

그러나 사실상 리처드의 농지를 빼앗다시피 했던 인물은 바로 찰리였으며, 토니도 함께했던 이전까지의 모임석상에서 그가 지금과 같은 감상적인 동정을 내보인 적은 단 한 번도 없었다.

한동안 긴 침묵이 흘렀다. 경사는 수첩을 덮었다. 그러나 아직 끝난 것은 아니었다. 그는 다음에 어떤 질문을 던질지 생각하면서 토니를 주의 깊게 노려보았다. 설혹 실제로는 그러지 않았더라도, 지금 이 순간이 이번 사건에서 가장 결정적인 순간임을 깨달은 토니에게는 그렇게 느껴졌다. 조금은 교활하고 조금은 두려움이 서린 듯한 찰리의 날카로운 얼굴이 그러한 사실을 입증해 주었다.

"이곳에 있는 동안, 뭐 이상한 점은 없었습니까?"

경사가 지나가는 듯이 문득 이렇게 물어 왔다.

"있었습니다."

더 이상 꿀리지 않겠노라고 순간적으로 결심하고 토니는 퉁명스럽게 대답했다. 아무리 경험과 신념의 괴리로 그들 두 사람에게 소외당해 있는 처지라 할지라도, 더 이상 기죽기 싫었던 것이다. 그들은 인상을 찌푸리면서 그를 바라보다가 서로 시선을 교환했다. 그러다 마치 공모를 꾸미다가 들킨 사람들처럼 황급히 시선을 돌렸다.

"이상한 점이 뭐였습니까? 이번 사건이 심히 유쾌하지 못한 일이라는 사실을 염두에 두고 말해 주었으면 좋겠습니다만."

이 마지막 말은 마음이 내키지 않는데도 억지로 덧붙인 것 같았다.

"어떠한 살인 사건이라도 유쾌한 일이 될 수 없겠지요."

토니가 건조하게 대꾸했다.

"이 나라에 온 지가 좀 더 오래되었다면, 흑인 놈들이 백인 여자를 살해하는 걸 우리가 무척 싫어한다는 사실을 이해했을 겁니다."

"이 나라에 온 지가 좀 더 오래되었다면"이라는 말이 토니의 머릿속에서 맴돌았다. 그는 지금까지 그런 말을 너무나도 많이 들었으며, 들을 때마다 귀에 거슬렸다. 동시에 올화통이 치밀어 올랐다. 또한 자신이 풋내기에 불과한 것 같았다. 그는 상대방을 압도하고, 뒤집을 수 없는 단 한마디로 진실을 밝혀 버리고 싶은 마음이 굴뚝같았다. 그러나 이번 사건의 진실은 그런 성질의 것이 아니었다. 결코 그렇지 않았다. 그가 메리 터너에 대해서 아는, 혹은 미루어 짐작하는 사실(이는 그들이 공모하여 무시해 버리려 하는 사실이기도 했다.)을 진술하기란 지극히 쉬운 일이었다. 그러나 그가 생각하기에 진짜 중요한 일은 터너 부부의 성격, 배경, 상황, 생활 유형을 이해하는 것일 것 같았다. 문제는 그러한 것들을 이해하기가 쉽지 않다는 데 있었다. 그는 간접적으로 우회해서 진실에 도달했다. 따라서 간접적으로 우회해서 설명해야만 할 것 같았다. 그러나 상황에 대한 분노이기도 했던, 터너 부부와 원주민 모세에게 제삼자로서 느끼는 측은함이 너무나도 강했던 나머지 그는 어디서부터 서두를 꺼내야 될지 결정하기가 힘들었다.

"좋습니다. 제가 알고 있는 사실들을 처음부터 다 말씀드리도록 하죠. 하지만 시간이 좀 걸릴 것 같은데……."

"터너 부인이 왜 살해되었는지 안다는 뜻입니까?"

경사가 예리한 질문을 던졌다.

"아닙니다. 그런 뜻은 아니었습니다. 그저 제 생각을 말씀드리겠다는 뜻이었습니다."

이런 말을 한 것이 실수였다.

"생각은 필요 없습니다. 우리에게 필요한 건 사실입니다. 그리고 어떠한 경우에든 리처드 터너를 염두에 두어야 합니다. 이번 사건은 그 누구보다도 리처드에게 특히 유쾌하지 못한 일이니까요. 불쌍한 친구, 그를 항상 염두에 두도록 해요."

또다시 시작된 셈이었다. 완전히 불합리한 호소 말이다. 그러나 너무나도 터무니없는 것 같았지만, 그들은 당연하다는 듯 말하고 있었다. 이 얼마나 황당무계한 일인가! 토니는 화가 나기 시작했다.

"제 얘기를 듣고 싶은 겁니까, 듣고 싶지 않은 겁니까?"

그가 신경질적으로 물었다.

"말해 보세요. 하지만 공상을 듣고 싶은 마음은 없다는 걸 잊지 말아요. 나는 사실을 듣고 싶으니 말입니다. 이번 살인 사건의 실마리를 풀어 줄 결정적인 사실을 알고 있나요? 예를 들면 그놈이 터너 부인의 귀중품을 훔치려고 했다든지, 아니면 그런 비슷한 일을 목격한 적이 있습니까? 확실한 사실만 말해야 합니다. 허공의 구름 잡는 식의 이야기는 곤란해요."

토니는 웃음을 터뜨렸다. 그러자 두 사람이 그를 날카롭게 노려보았다.

"이 사건이 그런 식으로 설명될 수 있을 만한 것이 아니라는 사실은 경사님께서도 잘 알고 계실 텐데요. 그렇지 않습니까? 이 사건은 이건 이렇고 저건 저렇다고 딱 잘라서 말할 수가 없습니다."

이 말은 완전히 쐐기를 박는 역할을 했다. 아무도 말문을 열지 않았다. 그러다 데넘 경사가 마치 마지막 말을 듣지 못했다는 듯이 인상을 잔뜩 찌푸리면서 마침내 말문을 열었다.

"예를 들어서 말이죠, 터너 부인이 그 녀석을 어떤 식으로 대했는지 압니까? 잘 대해 주었습니까?"

속이 뒤틀린 채 어디서부터 서두를 꺼내야 될지 망설이던 토니는 경사의 질문을 토대로 말을 풀어 나가기로 했다.

"말씀드리죠. 제가 생각하기에는 제대로 대우해 주지 않았던 것 같습니다. 하지만 다른 한편으로는……."

"잔소리를 늘어놓았다는 겁니까? 아, 예, 이곳 여자들은 항상 그렇다니까. 그렇지 않나, 찰리?"

그의 목소리에는 느긋함과 친근함이 어려 있었다.

"우리 집사람만 해도 나를 미치게 한다니까. 이 나라에 뭔가가 있는 모양이야. 도대체가 흑인 놈들을 다루는 방법을 몰라요."

"암, 흑인 놈들을 다루려면 남자가 필요하지." 찰리가 대꾸했다. "흑인 놈들은 여자가 지시를 내리면 이해를 못 해요. 놈들 사회에서는 여자란 집구석에 얌전히 처박혀 있는 존재에 불과하니 말이야."

그는 웃음을 터뜨렸다. 경사도 따라서 웃음을 터뜨렸다. 심지어 토니까지도 포함해서 세 사람은 완전히 긴장이 풀린 표정으로 서로를 바라보았다. 팽팽했던 긴장은 풀렸고 위험은 지나가 버린 것 같았다. 그는 다시 한번 따돌림을 당한 셈이었으며, 면담은 끝나 버린 것 같았다. 눈앞에서 벌어지는 상황을 도저히 믿을 수가 없었다.

"하지만……."

그가 말을 꺼냈다. 그러다 입을 다물어 버렸다. 두 사람이 단호하고 엄숙하면서도 짜증 섞인 표정으로 그를 노려보았기 때문이다. 무엇인가를 경고하는 듯한 눈초리였고, 그는 그 경고가 어떤 것인지 이내 깨달았다. 풋내기에게 보내는 말조심하라는 경고였다. 그러한 사실을 깨닫자 토니는 감당해 내기 어려운 충격을 받았으며 결국은 그만두기로 마음먹고 말았다. 이번 일에서 손을 떼기로 했던 것이다. 그는 눈앞에서 벌어지는 상황을 도저히 믿을 수가 없어 두 사람을 멍하니 바라보았다. 그들은 자신들의 기분에 휩싸여 모든 상황을 이해한다는 듯한 표정으로 서 있었으나, 그들 자신은 그러한 사실을 모르는 것 같았다. 그들은 이번 사건을 본능적으로, 자기네들 멋대로 처리하고 있었다. 그런데도 그들은 자신들의 행동을 전혀 이상하게 여기지 않았다. 심지어 불법적인 행동까지 하는지도 모르는데 그런 사실 역시 조금도 인식하지 못하고 있었다. 가만, 말이 나온 김에 하는 얘기지만 과연 불법적이라고 몰아붙일 만한 점이 있기는 한 것일까? 표면상 지금은 담소를 나누는 데 불과하지 않은가. 경사의 수첩은 이미 덮인 상태였기에 이렇게 이야기를 주고받아도 공식적인 수사 과정이라고는 볼 수 없었던 것이다. 사실 긴장이 계속 고조되어 가는 동안에도 수첩은 덮여 있었다.

경사 쪽으로 시선을 돌리면서 찰리가 말문을 열었다.

"시체를 치우는 게 좋겠어. 그냥 두기에는 너무 덥구먼."

"그렇게 하지."

경사는 말을 마치고 나서 지시를 내리기 위해 걸음을 옮겼다.

무미건조하게 오고간 대화 몇 마디. 토니는 불쌍한 메리 터너가 직접적으로 언급된 것은 이때뿐이라는 사실을 불현듯 깨달았다. 도대체 이유가 무엇인가? 그동안 그녀의 이웃에 살던 농장주와, 순찰하면서 손님으로 그녀의 집에 들렀던 경찰, 몇 주 동안 함께 생활해 온 하인 감독이 나누는 대화 속에서 살인 사건의 피해자가 왜 그런 대접을 받아야 한단 말인가? 이번 사건은 아직 공식적으로 다루어지지 않았다고 토니는 생각했다. 앞으로 법정으로 이 사건이 올라가면 그때는 사건이 형평의 원리에 입각하여 제대로 다루어질 것 같았다.

"물론 이번 사건은 공식적인 절차를 거쳐 상부에 보고될 겁니다."

문득 생각났다는 듯 경사가 토니를 보면서 말했다. 그는 경찰차 옆에 서서 원주민 경찰들이 담요로 싼 메리 터너의 시신을 뒷좌석에 싣는 걸 지켜보았다. 시신은 딱딱하게 굳어 있었고, 축 늘어진 팔이 좁은 문에 걸려서 원주민 경찰들이 애를 먹었다. 마침내 완전히 싣고 나서 문을 닫았다. 그러나 또 다른 문제가 남아 있었다. 살인범 모세를 메리와 같이 태울 수 없었던 것이다. 아무리 죽었다 할지라도, 그리고 그가 죽였기에, 백인 여자 곁에 흑인 남자를 앉게 할 수는 없는 노릇이었다. 경찰차 말고는 찰리의 차밖에 없었는데, 그 차에는 정신이 나간 리처드가 뒤쪽을 노려보며 앉아 있었다. 모세는 살인을 저질렀으므로 차로 호송해 가야 될 것 같았지만 어쩔 도리가 없었다. 자전거를 탄 원주민 경찰들의 감시를 받으며 걸어갈 수밖에 없을 것 같았다.

모든 정리가 끝나자 잠시 침묵이 흘렀다.

출발하기 전에 두 대의 자동차 옆에 서서 모두들 빨간 벽돌집을 바라보았다. 지붕에는 태양이 작열하여 한층 더 무더운 듯했고, 덤불숲 저편에서는 흑인들 십여 명이 음지 쪽 길을 골라 가면서 먼 길을 떠나가고 있었다. 모세는 조금도 자기 의지대로 움직이지 않았으며 경찰들의 손에 몸을 맡긴 채 아무 반응도 보이지 않았다. 얼굴에도 아무런 표정이 없었다. 태양을 똑바로 노려보고 있는 것 같았다. 태양을 볼 날도 얼마 남지 않았다는 생각을 하는 걸까? 꼭 그렇다고는 말할 수 없었다. 후회를 하는 걸까? 그런 기미는 조금도 찾아볼 수 없었다. 두려워하는 걸까? 그렇게 보이지는 않았다. 세 사람은 자기들 나름대로 이런저런 생각을 하면서 살인범을 바라보았다. 그들 모두는 깊은 생각에 잠겨 인상까지 찌푸리고 있었지만, 그렇다고 해서 모세를 중요한 존재로 여기지는 않았다. 사실 모세는 결코 중요한 존재가 아니었다. 그는 확률이 50퍼센트만 돼도 물건을 훔치고 심지어는 강간, 살인까지 불사하고 덤벼드는 흑인 잡배에 불과했던 것이다. 토니에게마저 모세는 더 이상 중요한 존재가 아니었다. 흑인의 속마음에 대해서 이런저런 추측을 해 보기에는 그가 흑인의 속성에 대해 아는 것이 너무 없었다.

"근데 저 친구는 어떻게 하지?"

찰리가 엄지손가락으로 리처드를 가리키면서 물었다. 사건이 법정에서 처리되는 동안 그가 어떠한 역할을 하게 될 것인가 하는 뜻이었다.

"내가 보기에는 상태가 이미 정도를 지나친 것 같아."

살인이나 범죄, 정신이상 등과 관련해 경험이 많다고 볼 수 있는 경사가 대꾸했다.

사실 그들에게 중요한 것은 그동안 백인들의 체면을 손상시켜 왔던 메리 터너였으나 이제는 죽은 목숨이기에 그녀도 더 이상 문젯거리가 아니었다. 아직까지 처리해야 될 상태로 남아 있는 것은 체면 유지를 위해서였다. 경사는 그런 사실을 알고 있었다. 관습에는 남아 있을망정 경찰관으로서 그런 일까지 해야 된다는 규정은 없었지만, 그 관습이라는 것에 푹 빠져 있었던 터라 체면 유지를 가장 우선적으로 생각했던 것이다. 찰리 역시 경사만큼이나 체면 유지의 중요성을 충분히 인식하고 있었다. 그러나 그들 두 사람은 마치 하나의 충동, 하나의 후회, 하나의 두려움이 그들을 움직이기라도 하는 것처럼 바로 그 최후의 순간에 함께 서 있다가 토니에게 심각한 표정으로 말없이 마지막 경고를 주면서 사건 현장을 떠났다.

그리고 그도 이제는 상황을 이해하기 시작했다. 최소한 그는 조금 전 거실에서의 말다툼이 이번 같은 살인 사건과 전혀 관계가 없다는 사실을 이제 알게 되었다. 살인 사건 그 자체는 아무것도 아니었다. 몇 마디의 짧막한 말들 혹은 말들이 오고 가던 도중에 생긴 침묵의 시간이 야기한 갈등은 살인 사건의 표면적인 의미와 아무런 관련이 없었다. 몇 개월이 지나 '이곳의 풍습에 더욱 익숙해지면' 그도 훨씬 많은 것을 이해하게 될 것 같았다. 그리고 그렇게 되면 자신의 머릿속에 든 지식을 잊어버리기 위해 최선을 다할 것이 분명했다. 왜냐하면 모든 경우에 피부색의 차이를 염두에 두고 생활한다는 것은 사회 구성원으로 인정받고 남아 있기를 원할 경우, 많은 것에 대해서 마음의 문을 닫는 걸 의미하기 때문이다. 그러나 그렇게 되기까지 중간중간에 사물을 명확히 보고, 찰리와 경사의 태도에 내포되어 있는 것은 바로 그 자체를 방어하기 위해 몸부림치는 '백인 문명'임을 깨닫게 될 순간이 몇 차례 있을 것이었다. 백인 문명. 백인이, 특히 백인 여자가, 경우가 어찌 되었든 간에 흑인과 인간적인 관계를 맺는 걸 결단코 용납하지 않을 백인 문명은 생존을 위한 투쟁을 하고 있다고 볼 수 있었다. 왜냐하면 일단 그러한 관계를 인정해 주면, 백인 문명은 붕괴되어 그 무엇으로도 구제될 수 없을 것이기 때문이다. 따라서 백인 문명은 터너 부부의 경우와 같은 비참한 실패를 용납할 수가 없었다.

그처럼 올바른 판단이 서게 될 몇 차례의 반짝하는 순간과 지금 이 순간 혼란의 소용돌이에 휘말려 있는 그의 식별력을 위해서, 토니가 그날 그 자리에 있던 사람들 중 가장 책임이 막중했다고 말할 수 있을 것이다. 왜냐하면 슬래터나 경사는 자신이 잘못을 저지르고 있을지도 모른다는 생각을 결코 못 했을 것이기 때문이다. 그들은 흑인과 백인의 관계를 처리할 때 지금까지 항상 그래 왔던 것처럼 거의 순교자적인 책임감이 머릿속에 꽉 들어차 있었던 것이다. 그러나 토니 역시 이 새로운 사회의 승인을 받고 싶은 마음이 강했다. 그는 자신을 적응시켜 나가야 했으며, 만일 순응하지 않으면 이 사회에서 도태될 것이 분명했다. 그가 어떻게 처신해야 될지는 명확했다. "우리의 사고방식에 익숙해져야 한다."라는 말을 아주 많이 들어서 그 의미에 대해 이해 못 할 부분은 하나도 없었다. 그러나 엄청난 불의가 저질러지고 있다는 생각에 따라 행동했더라면, 이번 비극적인 살인 사건에 관련된 사람들 중 죽거나 미치지 않은 유일한 사람인 그에게 과연 어떠한 변화가 일어났을까? 살인을 저질렀고 범행 사실이 남아 있으므로 모세는 어찌 되었거나 죽을 운명인데, 그렇게 해 보는 것도 의미 있는 행동이 아니었을까? 그에게는 어둠 속에서 어떠한 원칙을 위해 계속 투쟁할 의사가 없었을까? 만일 있었다면, 그 원칙이란 과연 무엇이었을까? 경사가 마침내 차에 올라탔을 때, 만일 그가 "이번 일에 대해서 그냥 입 다물고 있지는 않겠습니다." 하고 과감하게 말해 버렸다면 그러한 행동에서 얻을 수 있었던 것은 과연 무엇일까? 경사가 그를 이해하지 못할 것은 분명했다. 경사는 인상을 잔뜩 찌푸린 채 클러치에서 발을 떼며 이런 말을 했을지도 모른다.

"뭐에 대해서 입 다물지 않겠다는 말이오? 그리고 누가 선생보고 입 다물고 있으라고 협박이라도 했소이까?"

이런 말이 나왔을 때 만일 토니가 책임감을 들먹거리며 몇 마디를 쏴붙였다면, 그는 찰리를 의미심장하게 바라보면서 어깨를 한 번 으쓱해 보였을 것이다. 토니는 경사의 제스처와 거기에 함축된 의미를 무시해 버리면서 계속 몰아붙였을지도 모른다.

"만일 누군가를 비난해야 되겠거든 터너 부인을 비난하세요. 백인들이 자신의 행동에 책임이 있든지 없든지, 둘 중 하나입니다. 두 가지 논리가 모두 성립할 수는 없어요. 이번과 같은 살인 사건에서는 그 두 가지 논리가 적용되겠지만요. 하지만 그렇다고 해서 터너 부인만 비난할 수도 없는 노릇입니다. 터너 부인이 그렇게 된 것은 어쩔 수 없는 일이었다고 볼 수 있습니다. 분명히 말씀드리지만, 두 분과 달리 저는 이곳에서 터너 부부와 함께 살았어요. 그래서 분명히 말씀드릴 수 있습니다. 이번 일은 너무나도 복잡하게 얽히고설켜 있어서 누구를 비난해야 될지 딱 잘라서 말하기가 힘들다고요."

그럼 경사는 이렇게 대꾸했을 것이다.

"그렇게 할 말이 많다면, 법정에서 실컷 말씀하시구려."

비록 직접적으로 언급된 적은 없었지만 불과 십 분 전에 그들 두 사람에 의해서 문제가 일단락된 것이 사실인데도 마치 그런 일이 없었던 것처럼 경사는 그런 말을 늘어놓았을 것이 분명했다.

"누구를 비난하느냐가 중요한 문제가 아니지 않소." 경사는 계속해서 이렇게 떠들어 댔을 것이다.

"지금까지 거기에 대해서 얘기를 꺼낸 사람이 없었잖소. 그런데도 그런 말을 하다니, 당신은 이 흑인 놈이 살인을 저질렀다는 사실 자체를 부인하려고 그러는 거요?"

상황이 그런 식으로 전개될 것 같아서 토니는 아무 말도 하지 않았다. 곧이어 경찰차가 출발했고, 리처드 터너를 태운 찰리의 차가 그 뒤를 따랐다. 텅 빈 개간지, 텅 빈 저택에 남은 사람이라고는 토니밖에 없었다.

그날 아침에 여러 가지 일들이 계속해서 벌어진 이후로 마음속에 남아 있는 한 가지 분명한 영상에 사로잡힌 채 그는 집 안으로 천천히 걸어 들어갔다. 그 영상이란 바로 메리 터너의 시신을 내려다보던 경사와 찰리의 표정, 증오와 두려움에 가득 차 있던 그들의 표정이었는데 그에게는 그 표정이 모든 것을 말해 주는 듯했다.

그는 마구 쑤셔 오는 머리를 두 손으로 감싸 쥐고 자리에 앉았다. 그러다가 다시 일어나 주방의 먼지 낀 선반 쪽으로 걸어갔다. 그는 '브랜디'라고 표시된 병을 집어 들고서 쭉 들이켰다. 관절에 금방 자극이 오면서 다리가 후들거렸다. 그는 살인의 공포와 전율을 두꺼운 벽돌과 시멘트로 된 사방의 벽들이 꽉 움켜잡고 있는 듯한 이 추악하고 조그마한 집에 대한 혐오감 때문에도 몸을 제대로 가눌 수 없었다. 그는 갑자기 단 몇 초도 이 집에서는 더 이상 있을 수 없을 것 같았다.

아무 장식도 없이 따가운 햇볕을 받아 내며 삐걱거리고 있는 양철 지붕, 색 바랜 싸구려 가구, 짐승 가죽이 깔린 먼지 낀 바닥을 차례로 바라보면서 리처드와 메리 터너가 이런 곳에서 일이 년도 아니고 그토록 오랜 세월 동안 어떻게 살았을까 생각해 보았다. 참으로 신기한 일이 아닐 수 없었다. 그 자신이 살고 있는 조그마한 오두막도 이곳보다는 훨씬 나을 것 같았다. 도대체 그들은 왜 천장조차 제대로 손질하지 않고 지냈을까? 이 집 안에 있다 보면 그 열기로 인해 누구든지 미쳐 버릴 것 같은데 말이다.

그러고 나서 잠시 후, 그는 머리가 약간 윙윙거리는 것을 느끼면서(무더운 기온 때문에 브랜디가 즉시 효력을 발휘한 모양이었다.) 이 모든 일이 어떻게 시작되었는지, 이번 비극이 어디서 시작되었는지 생각해 보았다. 찰리와 경사의 등장에도 불구하고, 그는 살인 사건의 여러 원인들은 그 뿌리를 추적해 볼 필요가 있으며 중요한 것은 바로 그 원인들이라고 굳게 믿었기 때문이다. 이 농장에 오기 전까지, 그리고 고온과 외로움과 빈곤으로 서서히 균형을 잃기 전까지 메리 터너는 과연 어떤 여인이었을까? 그리고 리처드 터너, 그는 과연 어떤 사람이었을까? 그리고 모세라는 흑인 원주민은……? 별로 아는 것이 없었으므로 여기서 생각은 중단되고 말았다. 그는 원주민들이 어떤 생각을 하고 있는지 추측해 볼 엄두조차 나지 않았다.

손으로 이마를 쓰다듬으면서 그는 혼란과 복잡의 안개 속에서 살인 사건에 대한 뚜렷한 윤곽을 잡게 해 줄 시야 같은 것을 확보하여 거기서 어떤 의미를 찾아내기 위해 다시 한번 필사적으로 머리를 굴려 보았다. 그러나 실패하고 말았다. 날씨가 너무 더웠다. 그는 아직도 그 두 사람의 태도에 화가 났다. 머리가 윙윙거렸다. 이놈의 방 안 온도는 수백 도도 넘겠군. 감정이 격해지면서 이런 생각까지 들었다. 그러다가 더 이상 참지 못하고 의자에서 몸을 일으켰다. 다리가 후들거렸다. 브랜디를 큰 컵으로 두 잔 정도 마셨으니 그럴 만도 했다. 이

놈의 지역은 어디를 둘러보든지 울화통이 치밀어 오르게 만들어……. 그는 속으로 중얼거렸다. 온 지 얼마 되지도 않았는데, 이처럼 얽히고설킨 일에 휘말려 왜 내가 이런 일을 겪어야 한단 말인가? 게다가 나보고 재판관과 배심원 역할에다 자비심 많은 하느님 노릇까지 하라니 이 무슨 황당무계한 일이란 말인가! 불가능. 문자 그대로 불가능한 일이었다.

토니는 전날 밤 살인 사건의 무대가 되었던 베란다 쪽으로 비틀거리면서 걸어갔다. 벽돌에 묻은 불그스름한 핏자국이 눈에 들어왔다. 빗물이 고인 웅덩이 역시 혼탁한 적색이었다. 아침에 보았던 볼품없이 생긴 큰 개 몇 마리가 웅덩이 가장자리에서 물을 핥아 먹다가 토니의 고함 소리에 혼비백산하여 도망가 버렸다. 그는 벽에 등을 기대고서 간밤에 내린 비로 더욱 싱싱해진 것 같은 저 멀리 작은 산 주변의 초원을 물끄러미 바라보았다. 어느 한순간 소리가 크게 들려왔고, 주변 구석구석에서 매미들이 울고 있다는 사실을 깨달았다. 지금까지는 생각에 너무 골똘히 빠져 있어 그 소리를 듣지 못한 모양이었다. 매미 소리는 나무와 덤불 속에서 끊임없이 들려 오며 그의 신경을 건드렸다.

"여기서 벗어나야지."

그는 문득 이렇게 중얼거렸다.

"여기서 완전히 벗어나서, 저 끝에 있는 다른 지역으로 가는 거야. 이번 일에서는 손을 떼겠어. 찰리나 데넘 같은 인간들이 무슨 일을 하든 상관하지 않는 거야. 까짓것, 자기네들 하고 싶은 대로 하라지, 뭐. 나하고는 상관없는 일이잖아?"

그날 아침, 그는 짐을 챙겨서 찰리의 저택을 향해 걸어갔다. 그에게 이곳에 더 이상 머무르지 않을 거라는 말을 전하기 위해서였다. 찰리는 전혀 개의치 않았다. 도리어 안심된다는 듯한 표정을 지어 보였다. 그는 리처드가 돌아오지도 않을 테니 하인 감독 따위는 필요 없다고 생각하는 눈치였다.

그 후 터너의 농경지는 찰리의 소 떼를 위한 목초지로 이용되었다. 소 떼는 터너의 집이 서 있는 언덕 꼭대기까지 풀이란 풀은 죄다 뜯어 먹었고, 텅 빈 채 남아 있던 집은 얼마 지나지 않아서 쓰러져 버리고 말았다.

토니는 도심지로 나왔다. 그리고 적당한 일자리를 물색하면서 한동안 술집과 호텔을 전전했다. 그러나 이주 초기 시절과는 달리, 낙천적으로 아무 곳에나 쉽게 적응하던 그의 모습은 찾아볼 수 없었다. 그의 성미는 어느새 까다롭게 변했던 것이다. 농장을 몇 군데 찾아가 보았으나 그 어느 곳에서도 오래 머물지 못하고 떠나 버렸다. 농사일에 흥미가 없어진 게 분명했다. 데넘 경사가 형식적인 절차에 불과하다고 말했던 재판에서, 그는 당연하다고 생각되는 말만을 늘어놓았다. 술에 취해 돈과 귀금속을 훔치려고 찾아 헤매다가 원주민 모세가 메리 터너를 살해했다고 진술했던 것이다.

재판이 끝난 후, 토니는 돈이 다 떨어질 때까지 무작정 돌아다녔다. 뜻밖의 살인 사건 그리고 터너 부부와 함께 생활했던 몇 주가 그에게는 생각보다 훨씬 더 큰 영향을 미친 것 같았다. 그러나 수중에 돈이 다 떨어지자 먹고살기 위해서 무슨 일이든 해야 했다.

일자리를 찾아 헤매던 중 북로디지아에서 온 사람을 만났다. 그는 구리 광산에 대해 말하며 거기서 일하는 인부들이 상당히 높은 임금을 받는다고 알려 주었다. 토니에게는 아주 매력적으로 들리는 이야기가 아닐 수 없었다. 그래서 돈도 조금 저축하고 나중에는 자기 사업도 해 볼 욕심으로 그 즉시 열차를 타고 구리 광산으로 달려갔다. 그러나 막상 도착해 보니 임금은 얘기로 듣던 만큼 높지 않은 것 같았다. 광산에서는 생활비가 아주 많이 들었고, 모두들 술까지 너무 많이 마시는 경향이 있었다……. 그는 곧 채굴광에서의 일을 그만두고 일종의 관리인이 되었다. 그러다가 결국에는 사무실에 들어앉아 서류 작업을 하기에 이르렀다. 펜대 놀리는 일이 하기 싫어서 아프리카에 온 그였건만, 막상 시작하고 보니 그렇게 나쁘지만도 않았다. 상황에 따라서 적응해 나가며 살아야지, 인생이란 게 꼭 원하는 대로 되는 건 아니지……. 그는 낙심될 때마다 이렇게 중얼거리면서 원대했던 처음의 야망과 자신의 현재 모습을 비교해 보았다.

풍문으로 그에 대한 모든 것을 들은, 살인 사건이 터진 지역의 주민들은 그를 불과 몇 주 동안의 농사일도 견디지 못할 만큼 영국인 근성이라고는 찾아보려야 찾아볼 수 없는 젊은 이로 보았다. 근성이 없어. 그들은 이렇게 말했다. 그가 초지일관하지 못했음을 탓하면서…….

2장

철도는 남아프리카 전역에 걸쳐서 마치 거미줄처럼 연결되어 있는데, 노선을 따라 4~5킬로미터 정도 되는 짧은 거리마다 작은 부락들이 옹기종기 모여 있었다. 여행자에게는 그러한 부락이 누추한 집들이 모여 있는 별 볼 일 없는 곳일지 모르겠으나, 그곳이 바로 몇백 킬로미터에 달하는 농경 지역의 중심지였다. 그곳에는 역과 우체국은 물론이고 가끔 호텔까지 들어서 있다. 물론 그 어느 곳에든 상점은 항상 있었다.

남아프리카, 다시 말해 검은 대륙에 발을 들여놓았던 예전 선교사나 탐험가가 보았으면 깜짝 놀랄 만큼 금융업자들과 광산 갑부들이 엄청나게 바꾸어 놓은 지금의 남아프리카를 나타내기에 적절한 상징을 찾는다면 상점으로 가 보는 게 가장 좋을 것이다. 상점이 없는 곳은 없다. 어떤 상점에서건 15킬로미터 정도만 차를 몰고 가면 또 다른 상점을 찾을 수 있을 정도이다. 기차를 타고 가다가 창밖으로 고개를 한번 내밀어 보라. 항상 상점이 눈에 띌 것이다. 어떠한 광산이든 그 지역 내에 상점이 있으며, 농경 지대도 대부분 마찬가지이다.

상점은 늘 1층 건물로 되어 있는데, 한곳에서 초콜릿을 비롯하여 식료품과 일용 잡화까지 모든 물건을 취급한다. 검은 빛깔의 나무로 된 계산대는 상당히 높은 편이며, 계산대 뒤편의 선반에는 상비약에서 칫솔까지 온갖 물건들이 마구 뒤섞여 진열되어 있다. 밝은 색깔의 값싼 면 치마, 신발 혹은 화장품이나 사탕을 담을 유리병 등을 진열해 놓은 선반도 가끔 눈에 띈다. 어떤 상점을 들어가든지 눈 감고도 알아맞힐 수 있는 특유의 냄새가 풍긴다. 바로 니스, 뒤편의 도살장에서 풍겨 나오는 피 냄새, 마른 가죽, 마른 과일 그리고 향이 진한 노란 비누 등에서 나는 냄새들이 뒤엉켜서 만들어 내는 이상야릇한 냄새이다. 계산대 뒤에는 그리스인 혹은 유대인이나 인도인이 서 있다. 전체 주민에게서 이방인에 악덕 업자라고 미움받는 상점 주인의 아이들은 생활공간이 바로 상점 뒤편에 있기 때문에 채소밭에서 놀고 있을 수도 있다.

남아프리카 전역의 많은 사람들에게 상점은 어린 시절의 추억을 되살려 주는 곳이다. 너무나도 많은 것들이 상점 주위에 모여 있었기 때문이다. 예컨대 상점은 차가운 밤공기를 뚫고 먼지를 날리며 머나먼 길을 달려온 화물차가 손에 잔을 든 남자들이 불 주변에 옹기종기 모여 있는 곳에 갑자기 멈추어 서면, 이른바 "열병 예방을 위해" 운전사를 불이 환하게 켜진

술집으로 데리고 가 독한 술을 권하던 기억을 상기시켜 준다. 다른 한편으로 상점은 일주일에 두 번씩 우편물을 거둬 가기 위해 우편차가 오는 곳이기도 했다. 근처 수 킬로미터 이내의 지역에서 식료품을 사러 상점에 온 농부들이 따가운 햇볕 때문에 눈을 찌푸리면서 자동차 발판에 한쪽 발을 올려놓은 채 고향에서 온 편지를 읽기에 여념이 없는 모습도 흔히 볼 수 있었다. 상점 주변의 또 다른 풍경으로는, 고깃덩어리 근처에 모여든 파리 떼처럼 여기저기 흩어져서 누워 있는 붉은 먼지 속의 개들이 있었다. 눈알을 번득이며 사방을 두리번거리는 흑인 원주민들도 보였다. 그들은 떠나 있을 때 그토록 그리워했던 자신들의 나라에 잠시 호송되어 돌아와 있었건만 이 땅에서 다시 살고 싶은 마음은 들지 않았다. 그들에게 남아프리카란 떠나 있으면 그립지만 그렇다고 해서 돌아와서 살고 싶지는 않은 곳이었다.

비록 양친이 남아프리카 태생이고 영국에 가 본 적은 한 번도 없지만 메리에게 향수를 불러일으키는 '고향'이라는 말은 영국을 의미했다. 그리고 그렇게 된 것은 바로 어린 시절, 우편차가 오던 때의 기억 때문이었다. 우편차가 오는 날이면, 메리는 해외에서 온 편지와 잡지, 생활필수품까지 가득 실은 우편차가 왔다가 떠나가는 것을 지켜보기 위해 상점으로 달려갔다.

상점은 메리에게 사실상 인생의 중심이었으며 다른 어린이들보다 그녀에게 훨씬 더 중요한 의미를 지녔다. 먼저 그녀는 먼지 자욱한 작은 부락에서 항상 상점이 보이는 데에서 살았다. 그녀는 어머니 심부름으로 말린 복숭아나 연어 통조림을 사러, 혹은 주간지가 도착했는지 알아보러 상점을 부지런히 드나들어야 했다. 그리고 끈적끈적한 색 사탕 더미를 바라보면서, 벽 옆에 세워 놓은 곡식 자루에 손을 집어넣어 낱알이 손가락 사이로 흘러내리게 하는 장난을 치면서, 부모가 이방인이기 때문에 함께 놀 수 없는 그리스계 소녀를 몰래 훔쳐보면서 상점에 눌러앉아 몇 시간이고 그냥 보내곤 했다. 그리고 그녀가 나이를 먹어 감에 따라 상점은 또 다른 중요성을 지니게 되었다. 그곳은 바로 그녀의 아버지가 술을 사러 오는 곳이었다. 그녀의 어머니는 울화가 치밀어 오를 때마다 술집 주인을 찾아가서는, 남편이 술값으로 돈을 다 날려 버리기 때문에 빚을 지지 않고는 살 수가 없는 형편이라고 불평을 늘어놓기도 했다. 어리기는 해도 메리는 어머니가 자신의 처량한 신세를 뭇사람들 앞에서 한탄하기 위해 공연히 법석을 떨며 불평을 늘어놓는다는 사실을 알고 있었다. 즉, 그녀의 어머니는 술을 마시던 사람들이 동정 어린 눈길로 바라보는 동안 거기 서서 비참한 목소리로 남편에 대해 마구 불평을 늘어놓으면서 위안을 얻었던 것이다.

"그놈의 인간은 매일 밤 여기서 집으로 와요."

그녀는 이런 식으로 불평을 늘어놓았다.

"매일 밤요! 자기 혼자서 실컷 술을 퍼마시고 집으로 돌아와서는 몇 푼 되지도 않는 돈을 집어 던지면서 나보고 아이들 셋을 키우라니, 세상에 이럴 수도 있나요?"

그리고 나서는 아이들을 키우기 위해 자기 수중으로 들어왔어야 될 돈을 도중에서 가로챈 술집 주인이 위로의 말이라도 해 주기를 기다리면서 잠자코 서 있곤 했다. 그러나 술집 주인은 결코 호락호락하지 않았다.

"하지만 난들 어떡합니까? 술을 안 팔 수는 없지 않아요?"

아무튼 한바탕 소란을 떨고 나서 마침내 원했던 대로 사람들의 동정까지 얻으면, 바싹 마른 몸집에 키가 껑충한 메리의 손을 잡고 붉은 먼지가 나부끼는 바깥으로 천천히 걸어 나와 집으로 향했다. 그녀는 눈에 병색이 돌았고 화를 잘 내는 성격이었는데, 일찍부터 메리에게 신세 한탄을 늘어놓곤 했다. 그녀는 바느질을 하다가도 메리 앞에서 흐느껴 우는 일이 많았는데, 그럴 때마다 메리는 측은한 마음에 그녀를 위로해 주면서도 도망가 버리고 싶다는 생각을 한 것이 한두 번이 아니었다. 그러나 자신마저 없다면 어머니가 너무 불쌍해질 것 같아 자신을 억눌렀으며, 아버지를 더욱더 미워하게 되었다.

그렇다고 해서 그가 인사불성이 되어 이성을 상실할 만큼 술을 마셨다는 뜻은 아니다. 메리가 밖에서 들여다보고서 술집 근처에만 가도 몸서리치게 만들었던 몇몇 술주정꾼들처럼 무지막지하게 술에 취하는 경우는 거의 없었던 것이다. 그는 매일 저녁 말이 많아지면서 기분이 딱 좋을 만큼 술을 마시고 느지막이 집으로 돌아와 다 식어 빠진 저녁을 직접 챙겨 먹었다. 메리의 어머니는 그를 냉담하고 무관심하게 대했다. 그녀는 차를 마시러 친구들이 찾아올 때마다 험악한 말로 헐뜯었으나 막상 당사자 앞에서는 아무 말도 하지 않았다. 마치 자신이 신경을 조금이라도 쓴다는 사실을 알고 혹시라도 남편이 좋아할까 봐 쐐기를 박아 두려는 것 같았다. 그런 이유로 그녀는 남편의 면전에서는 아무런 감정 표시도 하지 않았을 뿐더러 심지어 아무리 화가 나더라도 싫은 소리조차 늘어놓지 않았다. 그녀는 마치 남편이 자신에게 전혀 쓸모없는 존재인 양 행동했다. 그리고 실제로도 그는 무용지물이었다. 집에 돈을 가져오기는 했지만 결코 풍족한 액수가 아니었다. 게다가 그는 집에서도 하찮은 존재였으며 자신도 그런 사실을 알고 있었다. 덥수룩한 머리에 체구가 작았으며 얼굴은 구워 놓은 사과처럼 쭈글쭈글했고, 비록 농담을 많이 하기는 해도 전체적으로 볼 때는 부자연스러운 분위기를 풍겼다. 그는 아무리 하찮은 말단 관리라 할지라도 '선생님'이라고 부르면서 깍듯이 받들어 모셨고, 자기보다 신분이 낮은 흑인 원주민들에게는 고래고래 고함을 질러 댔다. 자신은 기관차에서 펌프질하는 신분인데도 말이다.

이처럼 상점은 부락의 중심지에 있는, 메리의 아버지를 술에 취하게 만드는 근원지였을 뿐만 아니라 매달 말일에 청구서를 보내오는 막강하고 냉혹 무정한 곳이기도 했다. 청구서에 적힌 금액을 모두 지불할 수 없었기에, 그녀의 어머니는 한 달만 봐 달라고 상점 주인에게 통사정을 했다. 그녀의 부모는 청구서 때문에 일 년에 열두 번은 부부 싸움을 벌였다. 말싸움조차 하지 않던 사람들이 돈 문제를 놓고서는 대판 싸움을 벌였던 것이다. 그녀의 어머니는 자신이 너무 야박하게 구는 것이 아닌가 하고 가끔 무미건조하게 본심을 드러내기도 했다. 예컨대 뉴먼 부인은 아이가 일곱이나 되는데, 어쨌거나 자기는 먹여 살려야 할 아이가 셋밖에 되지 않았던 것이다. 메리가 이 말을 이해하게 된 것은 오랜 시간이 지난 다음이었는데, 어느 해엔가 오빠와 언니가 이질로 죽고 말았기 때문에 그 무렵에는 먹여 살릴 아이가 하나, 즉 메리뿐이었던 것이다. 그녀의 부모는 이 일로 잠시나마 사이가 좋아졌다. 메리는 그때 아무에게도 이롭지 않은 바람은 없는 법이라는 속담을 피부로 실감했다. 죽은 언니와 오빠는 그녀와 나이 차이가 많이 났기 때문에 같이 놀아 줄 친구로는 적당치 않았던 데다 그들의 죽음으로 집안이 갑자기 평온해졌던 것이다. 어머니가 항상 울며 지냈을망정 그토록 끔찍했던 무관심한 태도를 버렸으며, 이로써 한동안 메리의 집에는 화기애애한 분위기가 흐르는 듯했다. 그러나 그런 시간도 오래 지속되지는 않았다. 그녀의 기억 속에는 그때가 가장 행복했던 어린 시절의 추억으로 남아 있었다.

메리가 입학하기 전까지 그녀의 가족은 세 번 이사했다. 그러나 메리는 자신이 한때 살았던 부락들이 어디가 어딘지 제대로 기억하지 못했다. 기억에 남아 있는 곳이라고는 길가에 있어서 유난히 먼지가 많이 날리던 부락이었다. 송이 모양의 고무나무가 주변을 뼹 둘러싸고 있었는데, 우마차가 지나갈 때마다 먼지가 날렸으며 찢어지는 듯한 기적 소리가 하루에 대여섯 번씩 나른해진 사람들을 일깨우듯 들려오는 곳이었다. 그리고 먼지와 닭들, 먼지와 아이들과 할 일 없이 돌아다니는 원주민들, 먼지와 상점…… 상점은 이곳에도 있었다.

그러다가 그녀는 기숙학교에 입학하게 되었고, 그때부터 인생이 달라졌다. 몹시도 행복했고, 너무나 행복해서 명절 같은 때에 술주정꾼 아버지와 언제나 불쌍한 어머니 그리고 금방이라도 쓰러질 것 같은 성냥갑만 한 집에 가기가 죽기보다 싫을 정도였다.

그녀는 열여섯에 학교를 중퇴하고, 소도시의 사무실에 취직했다. 남아프리카라는 땅덩어리 위에 말라비틀어진 케이크의 건포도처럼 흩어져 있는 소도시 중 하나였다. 또다시 그녀는 매우 행복했다. 타자와 속기와 부기 그리고 사무실의 편안한 일과가 천성적으로 몸에 맞는 것 같았다. 그녀는 일정한 유형에 따라서 일들이 안전하게 하나씩 생겨나는 것을 좋아했으며, 특히 일을 하다 보면 사람들처럼 비위를 맞추지 않고도 처리만 하면 그만이라는 점이 마음에 들었다. 스무 살 무렵에 그녀는 좋은 직장과 친구들은 물론이고, 그 소도시에서 자신의 기반까지 확보해 놓았다. 그러다 어머니가 세상을 떠났는데, 아버지는 또 다른 역으로 이사까지 가 버린 터라 800킬로미터나 떨어져 있었기에 그녀는 사실상 이 세상에서 외톨이가 되어 버린 셈이었다. 아버지는 거의 보지 못했다. 그는 메리를 자랑스럽게 생각했지만, 그녀를 홀로 남겨 놓았다.(이 점이 더욱 중요했다.) 부녀는 서로 편지도 보내지 않았다. 편지하고는 애당초 거리가 먼 사람들이었다. 메리는 아버지에게서 완전히 벗어나게 된 것이 기뻤다. 세상에 홀로 남게 되었다는 사실은 조금도 무섭게 느껴지지 않았다. 오히려 홀가분하고 좋았다. 그리고 아버지와의 관계를 사실상 끊어 버림으로써, 어머니가 받은 고통에 대해 어떤 면에서는 자신이 복수를 하고 있는 것 같았다. 아버지 역시 고통을 겪었으리라는 생각은 단 한 번도 들지 않았다.

"고통? 무슨 고통?"

만일 누군가가 그녀의 아버지도 고통을 겪었을지 모른다고 넌지시 운을 떠웠더라면 이렇게 쏘아붙였을 것이다.

"아버지는 어찌 되었거나 남자니까 하고 싶은 대로 할 수 있잖아."

그녀는 어머니에게서 발전 가능성이라고는 찾아볼 수 없는 전형적인 여성적 특질을 물려받았는데, 그러한 특질은 그녀 자신의 인생에서는 아무런 의미도 지니지 못했다. 왜냐하면 남아프리카에서 안락하고 속 편한 독신 여성의 생활을 하고 있었기 때문이다. 그러나 자신이 어느 정도나 행운아인지에 대해서는 아는 바가 없었다. 말이 나왔으니까 하는 얘기지만, 그런 걸 어떻게 알 수 있겠는가? 다른 나라의 상황에 대해서는 아는 바가 전혀 없었고, 비교해서 평가해 볼 척도 또한 없었는데 말이다.

한 가지 예를 들자면, 하급 철도 관리와 문자 그대로 목숨까지 앗아 갈 정도로 극심했던 가난 때문에 그토록 불행한 나날을 보내야 했던 여인 사이에서 태어난 딸이, 자기 하고 싶은 대로 할 수 있고 마음만 있으면 어느 누구하고도 결혼할 수 있는 남아프리카 최고의 갑부 집 딸과 비슷하게 살아가고 있다는 생각을 메리는 단 한 번도 해 본 적이 없었다. 그러한 생각들은 머릿속에 존재조차 하지 않았다. '계급'이란 남아프리카와 무관한 말이었으며, 그에 맞먹는 '인종'이라는 말은 그녀가 근무하던 회사의 급사, 다른 백인 여성들의 하인들, 그녀가 거의 눈여겨보지 않는 거리의 특징 없는 원주민들을 생각나게 하는 말에 불과했다. 그녀는 흑인 원주민들이 갈수록 건방져지고 있다는 사실을 알고 있었다.(이것도 소문으로 들어서 알게 되었을 뿐이다.) 그러나 그들은 사실상 그녀와 아무런 관계도 없었다. 그녀의 세계 밖에 존재하고 있었던 것이다.

스물다섯이 될 때까지, 메리의 순조롭고 안락한 생활을 깨뜨릴 만한 일은 아무것도 일어나지 않았다. 그러다가 스물다섯이 되었을 때 아버지가 세상을 떠났는데, 아버지의 죽음으로 생각하기조차 싫은 어린 시절의 마지막 남은 기억의 굴레마저 사라져 버리게 되었다. 성냥갑만 한 집, 찢어지는 듯한 기적 소리, 먼지 그리고 아버지와 어머니 사이의 불화에 대한 기억의 끈이 전부 사라졌던 것이다. 전부 다! 자유다! 장례식을 마치고 사무실로 돌아온 후, 메리는 지금까지의 순조롭고 안락했던 생활이 앞으로도 계속되리라고 생각했다. 그녀는 무척이나 행복했다. 메리에게는 그 어떤 두드러지는 점도 찾아볼 수 없기 때문에, 행복함이 그녀의 유일한 특질인지도 모를 일이었다. 그러나 메리는 스물다섯에 가장 아름다웠다. 생활에 대한 완전한 만족감이 그녀를 활짝 꽃피게 했던 것이다. 그녀는 몸 움직임이 약간 이상하기는 했지만, 밝은 색깔의 멋진 갈색 머리에 몸매는 날씬한 편이었고 파란 눈동자는 진지함을 담고 있었으며 옷맵시 역시 뛰어난 편이었다. 친구들 사이에서도 날씬하기로 소문나 있었는데, 그녀와 비교해 보면 영화배우들이 더 유치해 보이는 경우도 있을 정도였다.

서른이 되었을 때까지도 아무런 변화가 없었다. 서른이 되던 생일날, 세월이 그토록 빨리 흘러가 버렸다는 사실에 메리는 희미하나마 놀라움을 느꼈지만 불안할 정도도 아니었고 달라진 점도 전혀 없었다. 서른 살! 정말 엄청난 나이다. 그러나 메리와는 아무 상관 없는 나이였다. 그렇기는 해도 메리는 서른 번째 생일을 축하하지 않고, 그저 그냥 잊어버리기로 했다. 열여섯 살 때와 달라진 것이 하나도 없는데 이런 일이 일어나다니, 한편으로는 공연히 화가 났다.

그 무렵 메리는 사장의 개인 비서로서 돈을 상당히 벌고 있었다. 마음만 있었더라면 그녀는 아파트를 구입하여 남부럽지 않게 멋진 생활을 할 수 있을 정도였다. 그녀는 전형적인 남아프리카의 백인 여성이었다. 다시 말해서 두드러지는 점이라고는 찾아볼 수 없는 평범 자체였던 것이다. 빠른 어조로 또박또박 끊는 듯한 느낌을 풍기는 약간 단조롭고 가라앉은 목소리 역시 다른 사람들과 별반 차이가 없었다. 입고 다니는 옷도 흔히 볼 수 있는 것들이었다. 그녀 혼자서 살아가는 것을 방해할 만한 장애물은 하나도 없었다. 마음만 먹는다면 자가용을 굴리고 작은 규모의 파티도 자주 열 수 있었다. 아니면 자기 사업을 한번 해 볼 수도 있었을 것이다. 그러나 메리는 본능적으로 그러한 것들을 피했다. 선천적으로 성격에 맞지 않았던 것이다.

메리는 직장 여성 회관에서 생활했다. 원래는 돈을 많이 벌지 못하는 여성들을 위해 설립된 곳이었지만, 메리는 그곳에서 생활한 지가 아주 오래되어 그 누구도 그녀에게 나가라는 말을 하지 않았다. 그녀가 그곳에서 지내기로 한 것은, 그곳이

자기가 그토록 떠나기 싫어했던 학교와 닮은 점이 많았기 때문이다. 여자애들끼리 모여서 큰 식당에서 함께 식사하고, 영화를 보고 돌아와서 친구들과 그날 있었던 일에 대해 신나게 수다를 떠는 일들이 메리는 아주 좋았다. 다소 이례적이었지만, 그녀는 직장 여성 회관에서 상당히 중요한 인물이었다. 그렇게 된 한 가지 이유는 그녀가 다른 직장 여성들보다 나이가 훨씬 더 많았기 때문이다. 누구든 자신의 괴로운 사정을 마음 놓고 이야기할 수 있는 독신인 이모의 역할을 떠맡았던 것이다. 왜냐하면 메리는 결코 놀라는 법이 없고 남을 힐난하지도 않고 입도 무거웠기 때문이다. 사소한 걱정거리는 안중에도 없고, 무슨 일에든 초연한 것 같았다. 게다가 딱딱한 태도와 수줍어하는 성격 덕택에 수많은 원한과 질투를 피할 수 있었다. 그녀는 그러한 것들로부터 면제된 것 같았다. 이것은 그녀의 장점이었지만, 다른 한편으로는 그녀가 약점이라고 생각해 본 적이 없을 하나의 약점이기도 했다. 어떤 때는 다른 사람의 문제를 들어 주기만 해야 되는 자신이 싫어질 때도 있었던 것이다. 아무튼 "나는 결코 남의 일에 끼어들지 않겠다."라고 직접적으로 말은 안 했어도, 메리는 직장 여성 회관 내에서 겉으로 두드러지지는 않아도 초연하게 생활했으며 그러한 자신을 조금도 의식하지 않았다. 한마디로 메리는 직장 여성 회관에서 지내는 것이 무척이나 행복했다.

오랫동안 근무했던 터라 역시 상당한 존재로 여겨지고 있는 사무실과 직장 여성 회관의 영역 밖에서 메리는 활력적이고도 충실한 나날을 보냈다. 그러나 다른 사람들에게 완전히 의존했기 때문에 메리의 바깥 생활은 어떤 점에서는 수동적이라고 볼 수 있었다. 메리는 파티를 열거나 화제를 이끌어 가는 중심인물이 되지 못했다. 다시 말해 메리에게는 아직까지도 '끌려가는' 경향이 강한 소녀적인 면이 많이 남아 있었던 것이다.

메리의 인생은 사실 다소 특이한 편이었다. 다시 말해 메리와 같은 인생을 만들어 낸 상황이라는 것은 시간이 흘러감에 따라 변하고, 그 변화가 끝날 때쯤이면 여성들은 그러한 상황들을 사라져 간 황금시대로 뒤돌아보는 것이다.

메리는 아침에 늦게 일어나는 편이었다. 출근 시간에는 늦지 않았지만(한 번도 지각하는 법이 없었다.) 아침 시간에는 매번 늦었다. 그녀는 오전에는 효율적이기는 해도 여유 있고 느긋하게 일했다. 그리고 점심 식사는 직장 여성 회관에서 했다. 오후에 두 시간만 더 근무하고 나면 그 이후로는 자유 시간이었다. 일을 마치고 나면 테니스나 하키를 하든지 아니면 수영을 즐겼다. 그럴 때마다 옆에는 항상 남자가 있었는데, 그녀를 동생처럼 데리고 다니는 남자들이 수도 없이 많았다. 인기 만점. 메리는 남자들에게 문자 그대로 인기 만점이었다. 여자 친구들이 수백 명은 되는 것 같아도 특별히 친한 친구가 없듯이, 그녀를 데리고 다녔거나 데리고 다니는 남자 친구들이 수없이 많았으나 그렇다고 특별히 절친하게 지내는 남자는 없었다. 그 중에는 이미 결혼을 했거나 그녀를 집으로 초대하는 남자들까지 있었는데, 소도시 주민들 중 절반가량은 그녀의 친구라고 해도 과언이 아니었다. 저녁때만 되면 대체로 한밤중까지 계속되곤 하는 간단한 파티에 참석하거나 춤을 추거나 영화를 보러 갔다. 일주일에 다섯 번이나 영화를 보러 가는 일도 있었다. 그녀는 자정 이전에 잠자리에 드는 법이 없었다. 그리고 그런 식으로 하루가 가고 일주일이 가고 일 년이 지나갔다. 미혼의 백인 여성에게는 남아프리카만큼 살기 좋은 곳도 드물다. 그러나 아무리 그렇더라도 메리는 결혼을 하지 않았기 때문에 자신의 본분을 다하지 않고 반쪽짜리 인생을 살고 있는 셈이었다. 세월이 흘러감에 따라 메리의 친구들은 하나둘 가정을 꾸렸다. 그녀가 신부 들러리를 선 것이 손가락으로 다 꼽을 수 없을 정도로 많았다. 결혼한 친구들의 아이들이 자라났다. 그러나 메리는 지금까지 그래 왔던 것처럼 사무실에서는 열심히 일하면서 일하는 것 자체를 즐겼고, 대인 관계에서는 사근사근했으며, 무슨 일에든 쉽게 적응해 나갔고, 그러면서도 언제나 그랬듯 어떤 일에 깊이 빠져들지 않고 항상 초연했다. 그리고 잠잘 때를 제외하고는 단 한순간도 혼자 있는 경우가 없었다.

메리는 남자에 대해서 별로 신경을 쓰지 않는 것 같았다. "남자? 재미있지. 암, 참으로 재미있는 존재들이야." 메리는 직장 여성 회관의 후배들에게 이렇게 말하곤 했다. 사무실과 직장 여성 회관 밖에서 그녀의 생활은 전적으로 남자들에게 의존하고 있었건만, 아마 그런 소리를 들으면 본인이 제일 먼저 펄쩍 뛰면서 극구 부인하고 나설 것이 분명했다. 따지고 보면 메리가 실제로 남자들에게 그토록 많이 의존하고 있지 않는지도 모를 일이었다. 왜냐하면 다른 사람들의 불평이나 비참한 이야기를 들어 주면서도 자신에 대한 이야기는 단 한마디도 하는 법이 없었기 때문이다. 때로 그녀의 친구들은 약간 불쾌한 느낌을 받거나 기분이 상하기도 했다. 그들이 어렴풋이나마 확신하기에, 남들 얘기를 들어 주고 충고도 해 주면서 세상 사람들이 기대어 흐느껴 울 수 있는 만인의 어깨처럼 행동하면서 자기 얘기는 단 한마디도 해 주지 않는 것은 공평하지 못한 것 같았다. 그러나 알고 보면 메리에게는 남들에게 하소연할 만한 고민거리가 없었다. 그녀는 다른 사람들의 얽히고설킨 이야기를 들으면서 놀라움을 금치 못했다. 어떤 때는 약간의 두려움까지 느꼈다. 이야기를 듣다가 몸서리치는 경우 또한 많았다. 따지고 보면 그녀는 아주 이상한 경우였다. 나이가 서른인데도 불구하고 사랑 한 번 해 보지 못했고, 두통이나 요통 혹은 불면증이나 노이로제하고도 거리가 멀었으니 말이다.

그리고 메리는 아직까지도 '소녀티'를 벗지 못하고 있었다. 만일 크리켓 팀이 그 지방을 찾아왔는데 파트너가 필요할 경우, 조직 위원회 측에서는 메리에게 전화를 걸곤 했다. 어떤 일에든 센스 있고 조용하게 적응해 나가는 것, 메리는 바로 그러한 일에 뛰어난 재능이 있었던 것이다. 자선 댄스파티의 표를 팔거나 호감이 가는 상대팀 선수의 댄스 파트너로 나서는 경우도 상당히 많았다.

그리고 메리는 아직까지도 소녀처럼 머리를 어깨까지 길렀으며, 부드럽고 엷은 색깔의 여학생용 드레스를 입고 다녔다. 수줍음을 많이 타고 순진하기 이를 데 없는 성격도 그대로였다. 만일 홀로 남겨졌더라면 메리는 자기 나름대로 마음껏 즐기다가 어느 날 갑자기 중년도 거치지 않고 노년에 접어든 모습으로, 몸은 쇠약해지고 약간은 심술궂고 더할 나위 없이 완고하게 변했지만 정서적으로는 친절한 성품이 그대로 남아 있고 종교나 조그마한 애완견에 푹 빠진 채 나타나서 뭇사람들을 놀라게 해 줄지도 모를 일이었다.

메리에게는 인생에서 '최고의 것'이 없었기 때문에 사람들이 그녀에게 친절하게 대해 주었으리라고 생각해 볼 수도 있다. 그러나 그러한 최고의 것을 원치 않는 사람이 너무나도 많다. 그들 대다수에게 최고의 것이란 처음부터 독이 발린 것이기 때문이었다. 예컨대 고향 집을 생각할 때마다 메리의 뇌리에 떠오르는 것은 기차가 지나갈 때마다 흔들거리면서 금방이라도 쓰러질 것 같은 성냥갑만 한 오두막이었다. 결혼에 대해서 생각할 때면 충혈된 눈으로 술에 취해 집으로 돌아오는 아버지의 모습이 떠올랐다. 어린아이에 대해서 생각할 때마다 떠오르는 것은 자식의 장례식에서도 고뇌에 찼을지언정 돌처럼 메마르고 단단하기만 했던 어머니의 얼굴이었다. 그녀는 다른 사람이 낳은 아이들을 좋아했으나, 자기가 직접 아이를 낳는다는 생각만 해도 몸서리가 쳐졌다. 결혼에 대해서는 감상적인 생각이 있었으나 섹스 그 자체는 상당히 혐오했다. 메리가 어릴 때 살던 집은 공간이 협소해서 한밤중에 보거나 듣지 않아도 될 일들을 많이 경험했는데, 한결같이 기억하기조차 싫은 일들이어서 이미 오래전에 기억 속에서 지워 버렸고 그때부터 섹스를 혐오하게 되었다.

메리도 때로는 마음이 뒤숭숭하고 원인 모를 불만을 느끼는 일이 있었는데, 그럴 때마다 산다는 것 자체가 한동안 재미없어졌다. 예를 들어 영화를 보고 나서 심히 만족스러운 상태로 잠자리에 들려고 하면 '또 하루가 가 버렸다.'라는 생각이 뇌리를 스치고 지나가기도 했다. 그럴 때는 시간이 움츠러들면서 학교를 떠나 직장 생활을 한 이래로 지금까지의 시간이 불과 숨 한 번 쉴 정도의 순간밖에 되지 않는 것처럼 느껴졌다. 생각이 여기까지 미치면, 마치 저 밑에서 자신을 보이지 않게 도와주었던 누군가의 손이 사라져 버리기라도 한 양 공포에 사로잡혔다. 그러나 분별력 있고 자기 자신에 대해서 너무 깊이 생각하는 것이 정신 건강에 해롭다는 사실을 잘 알고 있었기 때문에 그녀는 곧 잡념을 떨쳐 버리고 불을 끈 뒤 잠을 청했다. 잠이 들기 전까지 뒤척거리다가 또 다른 상념에 빠지는 일도 있었다. '이게 전부일까? 나이를 먹은 뒤에 내가 돌아볼 만한 일들은 이것밖에 없을까?'

그러나 아침이 되면 메리는 모두 잊어버렸으며 또 다른 하루가 신나게 흘러갔다. 그녀의 기분이 다시 쾌활해졌으리라는 것은 두말할 나위 없다. 메리는 자신이 무엇을 원하는지 몰랐기 때문에 자신의 현 위치에서도 쉽게 행복해질 수 있었던 것이다. 메리가 생각하는 것이라고는 기껏해야 보다 큰 어떤 것, 좀 다른 방식의 생활이 고작이었다. 그러나 그러한 기분도 결코 오래 지속되지는 않았다. 메리는 만족감을 느끼고 자신의 능력을 확인할 수 있는 공간이 된 직장에서의 생활이 몹시 만족스러웠다. 자신이 믿고 의지할 수 있는 친구들, 항상 누군가가 약혼이나 결혼을 함으로써 흥분된 분위기가 계속되며 한 시도 웃음이 떠나지 않는 거대한 새장에 비유될 수 있을 정도로 재미있고 다사다난한 직장 여성 회관에서의 생활 그리고 쓸데없이 섹스를 들먹거리지도 않고 자신을 좋은 친구로만 생각해 주고 대해 주는 남자 친구들에 대해서도 만족했다.

그러나 여자는 모두 결혼해야 된다는 미묘하면서도 강력한 압력을 조만간에 인식하게 되는 법이므로, 흐름이나 상황에 완전히 거역하는 유형이 아니었던 메리는 어느 날 갑자기, 그리고 심히 불쾌하게 그러한 압력에 직면했다.

그러니까 메리가 결혼한 친구의 집에 초대되어 베란다에 앉아 있을 때의 일이다. 주위에는 아무도 없었고, 뒤쪽의 불 켜진 거실에서 사람들이 낮은 소리로 주고받는 이야기가 베란다까지 들려왔다. 문득 자신의 이름이 언급되는 것을 듣고서 메리는 거실 안으로 들어가기 위해 몸을 일으켰다. 자신이 옆에 있음을 알리기 위해서였다. 엿듣고 있다는 사실을 친구들이 알면 몹시 불쾌해할 것이라는 생각이 뇌리를 스치고 지나갔던 것이다. 그러다가 메리는 다시 자리에 앉아서, 정원에 있다가 막 돌아온 것처럼 가장하기 위해 적당한 때를 봐서 나타나기로 하고 잠시 기다렸다. 다음은 메리가 기다리는 동안 듣게 된 대화 내용인데, 그녀는 이야기를 듣는 동안 얼굴이 화끈거렸고 심지어 손에 땀까지 배었다.

"메리도 이젠 정신 좀 차려야지, 그게 뭐야, 항상 열다섯 살짜리처럼…… 정말이지 어처구니가 없다니까! 입고 다니는 옷만 해도 그래요. 그게 뭐야, 도대체."

"메리 나이가 몇인데?"

"아마 서른도 훨씬 넘었을 거야. 직장 생활을 한 지도 상당히 오래됐어. 모르긴 해도 나보다 십이 년 정도는 먼저 직장 생활을 시작했을걸."

"그런데 왜 결혼을 안 하는 거야? 지금까지 기회도 많았을 텐데."

누군가가 귀에 거슬리는 목소리로 킥킥거리는 소리가 들려왔다.

"내 생각은 그렇지 않아. 우리 남편이 언젠가 메리를 유심히 살펴본 적이 있었는데, 그이가 생각하기로는 절대로 결혼하지 않을 여자 같대. 결혼하고는 거리가 멀어. 그래, 내가 보기에도 결혼하고는 담을 쌓은 것 같다니까. 어딘가 나사가 하나 빠졌든지, 그렇지 않으면 무슨 문제가 있는 게 분명해."

"어쩜, 세상에."

"아무튼 메리도 이제는 완전히 한물갔어. 언젠가는 거리에서 그녀를 봤는데, 잘못하면 못 알아볼 뻔했다니까, 글쎄. 정말이야. 요즘 들어서는 몸도 아주 둔해졌어. 피부도 많이 거칠어졌고. 게다가 몸도 갈수록 야위어 가잖아."

"그래도 사람은 괜찮잖아. 사실 메리만 한 사람도 드물어."

"하지만 결혼처럼 대단한 일은 결코 못 할 여자야."

"메리도 결혼을 하면 훌륭한 아내가 될 수 있어. 천성이 착한 여자니까 말이야."

"결혼을 하더라도 자기보다 나이가 많은 사람하고 해야 될 거야, 아마. 한 쉰 정도 된 남자라면 적당할지도 모르지…….

정말이야, 메리는 아버지뻘 되는 남자와 결혼하는 게 어울린 다니까."

"설마!"

누군가가 다시 킥킥거리는 웃음소리가 들려왔다. 악의는 전혀 없는 웃음이었지만, 메리에게는 치가 떨릴 정도로 잔인하게 느껴졌다. 하도 기가 막혀서 할 말을 잃어버렸고, 속에서는 뜨거운 것이 부글부글 끓어올랐다. 그러나 무엇보다도 가장 큰 상처를 준 것은, 친구들이 자신을 도마 위에 올려놓고 그토록 무자비하게 난도질할 수 있다는 사실이었다. 메리는 너무나도 순진했고 다른 사람들과 자신의 관계를 전혀 의식하지 않았기 때문에, 자신의 험담을 등 뒤에서 사람들이 늘어놓을 수도 있다는 생각을 단 한 번도 해 본 적이 없었다. 그런데 현실은 그렇지가 않아서, 바로 그러한 광경을 목격하고 말았으니…… 메리는 손을 부르르 떨면서 심각한 번민에 휩싸여 그대로 앉아 있었다. 잠시 후 메리는 정신을 가다듬고 거실로 들어갔다. 조금 전까지 자신을 그토록 비참하게 만들었던 흡혈귀 같은 친구들이 언제 그런 일이 있었느냐는 듯 반갑게 맞아주었다. 조금 전에 메리의 가슴에 칼을 들이밀고서 몸의 균형까지 잃게 만들었던 그들이 메리 앞에서 시치미를 뚝 떼고 있었던 것이다. 그들의 태도가 얼마나 친절했던지 그녀는 잠시 어리둥절할 정도였다.

자신이 살고 있는 세계에 대해서 아는 바가 거의 없는 사람에게는 아무런 영향도 미치지 않았을 정도로 중요하지 않았던 그날의 조그마한 사건이 메리에게는 상당한 영향을 미쳤다. 따로 시간을 내어 자신에 대해 생각해 본 적이 없었던 그녀가 어느 날 하루는 자기 방에 몇 시간이고 눌러앉아서 생각을 해 보았다. '왜 그 친구들이 그런 말을 했을까? 도대체 내게 무슨 문제가 있다는 거야? 나사가 하나 빠졌을지도 모른다니, 도대체 그게 무슨 뜻이지……'

메리는 자신을 경멸하는 이유가 무엇인지 그 단서를 찾기 위해 친구들의 얼굴을 주의 깊게, 그리고 무엇인가를 갈구하는 듯한 눈으로 유심히 살펴보았다. 그러나 친구들은 하나도 달라진 것이 없고 언제나 그랬듯 친절하게 대해 주는 것 같아서 그녀는 더욱더 머릿속이 복잡해졌고 마음이 편치 못했다. 그 결과 메리는 상대방이 아무런 사심 없이 한 말도 그 말이 지닌 이중적인 의미를 의심하기 시작했으며, 자신을 진실로 대하는 사람일지라도 혹시나 하는 마음에서 유심히 관찰해 보게 되었다.

우연히 엿들은 친구들의 말이 뇌리에서 떠나지 않고 항상 맴돌았기에, 메리는 자신의 이미지를 보다 나은 방향으로 개선할 여러 가지 방법에 대해 생각해 보게 되었다. 다소 길고 야윈 얼굴이라 머리에 리본을 꽂으면 상당히 예뻐 보인다고 생각했지만 조금 아쉽기는 해도 앞으로는 리본을 꽂고 다니지 않기로 했다. 그리고 양장을 입고 다니기로 결심하고 옷을 몇 벌 맞추었는데 여간 불편하고 어색한 게 아니었다. 아무래도 여학생용 드레스와 소녀티 나는 스커트를 입고 다닐 때 마음도 편하고 행동도 자연스러웠던 것이다. 그리고 생전 처음으로 메리는 남자들이 부담스럽게 느껴지기 시작했다. 지금까지는 의식하지도 않았고 어느 정도 경멸하는 마음까지 있었기 때문에 남자를 이성으로서 생각해 본 적이 없었는데 그러한 마음가짐이 흔들렸던 것이다. 그녀는 결혼 상대자를 찾아 나섰다. 메리 자신은 그런 식으로 생각하지 않았을지 모르지만, 비록 지금까지는 '사회'라는 추상적인 개념에 대해서 생각해 본 적이 없었어도 그녀는 사회적 존재가 아니라면 사실상 아무것도 아닌 셈이었다. 그리고 만일 친구들이 그녀가 결혼해야 된다고 생각한다면, 거기에도 일리는 있을 법했다. 만일 자신의 감정을 말로 표현하는 재주가 있었다면, 메리는 아마도 그렇게 했을 것이다. 메리가 자신에게 접근하도록 내버려둔 첫 번째 남자는 아이들이 어느 정도 자란 쉰다섯의 홀아비였다. 그 남자와 가까워진 것은 그에게 보다 안전하다는 느낌을 받았기 때문이며…… 자신을 대하는 태도가 흡사 아버지 같은 중년의 신사와 열정이나 포옹은 관계가 적은 말처럼 느껴졌기 때문이다.

메리에게 접근한 남자는 자신에게 필요한 것이 무엇인지 완벽하게 잘 알았다. 그에게 필요한 것은 바로 함께 있어서 즐거운 동반자, 그의 아이들을 보살펴 줄 어머니 그리고 가정을 꾸려 나가 줄 주부라는 1인 3역을 해낼 여자였으며 그는 그러한 사실을 충분히 인식하고 있었다. 그는 메리가 훌륭한 동반자로서 손색없다는 사실을 발견했는데, 메리는 아이들에게 친절하기까지 했으니 그야말로 금상첨화였다. 사실상 이것보다 훌륭한 기회는 없을 것 같았다. 다시 말해 메리는 어차피 결혼을 언제 하더라도 해야 될 몸이었고, 이번만큼 그녀에게 적합한 혼처는 찾아보기 힘들었던 것이다. 그러나 상황이 이상한 방향으로 흘러가면서 일이 꼬이고 말았다. 그는 그토록 오랫동안 혼자 살아온 여성은 자기 마음을 확실히 알고 자신이 제공하는 것을 이해할 필요가 있다고 생각하여 그녀의 경험을 과소평가하고 말았던 것이다. 그들 두 사람 모두에게 명백한 관계가 한동안 발전해 나가다가 마침내 그가 구혼을 했고 그 구혼이 받아들여지자 그는 그녀의 몸에 손을 대기 시작했다. 그러자 메리는 강력한 반발심이 생겨나 줄행랑을 놓고 말았다. 그러니까 그의 안락한 응접실에 함께 있을 때였는데, 그가 키스하려고 하자 메리는 한밤중에 그의 집에서 뛰쳐나와 직장 여성 회관까지 정신없이 달려갔다. 그리고 자기 방에 도착해서는 침대에 엎드려 울음을 터뜨렸다. 다른 한편으로, 육체적으로 그녀를 사랑하는 좀 더 젊은 남자였다면 메리의 그처럼 어리석은 행동에 오히려 더욱 매력을 느꼈을지 모르지만, 이 사람은 그러지 않았다. 메리에 대한 정이 차갑게 식어 버리고 말았던 것이다.

다음 날 아침, 메리는 자신의 행동이 얼마나 어리석었는지 깨닫고서 크게 낙심했다. 그 결과를 생각해 보면 가슴이 덜컥 내려앉기도 했다. 항상 자신의 감정을 통제해 온 메리에게 전날 밤의 행동은 자기 스스로도 도저히 용납할 수 없는 것이었다. 그리고 마음에 걸리는 일은 그대로 간과하지 못하는 성격이었기에, 그녀는 즉시 그에게 찾아가 정중히 사과했다. 그러나 그것으로 모든 일이 끝나고 말았다.

메리는 자신에게 필요한 것이 도대체 무엇인지조차 제대로 알지 못하는 상황에서 망망대해에 홀로 남겨진 신세가 되고 말았다. 그녀가 생각하기에 자신이 도망친 이유는 그의 나이가 너무 많았기 때문인 것 같았다. 그녀는 상황을 그런 식으로 자기 나름대로 해석하고, 서른 살이 넘은 남자들에 대해서는 몸서리를 치며 근처에도 가지 않으려고 했다. 그녀 자신도 서른이 넘은 처지였지만, 경우야 어떻든 간에 그녀는 자신이 아직 소녀라고 생각했던 것이다.

그리고 스스로는 인정하려고 하지 않았지만, 메리는 무의식적으로 항상 남편감을 찾고 있었다.

메리가 결혼하기 전 이삼 개월 동안, 사람들은 그녀를 도마 위에 올려놓고 별의별 험담을 다 늘어놓았다. 그중에는 메리가 들었더라면 몸서리치며 격분했을 내용도 많았다. 메리가 다른 사람들의 실패와 추문에 대해서 느끼는 동정심은 사랑과 열정 같은 개인적인 일들에 대한 순전한 혐오감에서 비롯되었기에 평생 동안 사람들 입에 좋지 않게 오르내리는 신세가 되어야 한다는 것은 너무 가혹한 일인지도 모른다. 그러나 현실은 그러한 방향으로 전개되었다. 또한 그 무렵에는 연상의 연인에게 도망친 날 밤의 충격적이고도 다소 어처구니없는 이야기를 누가 먼저 퍼뜨렸는지는 알 수 없었지만 그녀의 친구들 사이에서 모르는 사람이 없을 정도로 소문이 널리 퍼져 있었다. 모두들 그 이야기를 듣고 나서 마치 오래전부터 알았던 어떠한 사실을 확인이라도 하게 되었다는 듯이 고개를 끄덕이면서 메리를 비웃었다. 나이가 서른이나 된 여자가 그렇게 행동했다니! 모두들 유쾌한 일은 아니라는 듯 비웃음을 흘렸다. 섹스 행위가 기계적으로 이루어지는 이 시대에 섹스를 농락하는 듯한 행동만큼 어처구니없고 웃기는 짓도 없다고 여겼던 것이다. 사람들은 그녀를 용서하지 않았다. 대놓고 비웃었다. 그리고 그러한 자신들의 행동에 대해서 털끝만큼도 죄책감을 느끼지 않았다.

모두들 메리가 너무 변했다고 수군거렸다. 둔하고 촌스러워 보였으며 피부도 윤기를 잃은 지 오래였다. 곧 병에라도 걸릴 것 같았다. 메리는 분명 신경이 쇠약해졌고, 지금까지 어떻게 살아왔는지 고려해 보면 지금쯤 신경쇠약에 걸릴 만도 했다. 메리는 남자를 찾고 있었지만, 그것도 여의치 않아 구할 수 없었으니 말이다. 게다가 사람들이 보기에 요즘 들어 메리의 행동에는 터무니없는 점이 아주 많았다. 이 외에도 사람들은 별의별 트집거리를 만들어 내어 메리를 도마 위에 올려놓고 자기네 마음대로 요리했다.

진실이나 어떠한 다른 추상적 실제를 위해 자신의 자화상을 파괴한다는 것은 실로 끔찍한 일이다. 삶을 계속 영위할 수 있도록 해 줄 또 다른 자화상을 만들어 낼 수 있다는 보장이 어디 있겠는가? 메리의 자화상은 철저히 파괴되었으며, 또 다른 자화상을 만들어 내기도 여의치 않았다. 그녀는 다른 사람들과의 부담 없고 격의 없는 친분이 사라져 버린 상태에서는 존재할 수가 없었던 것이다. 지금에 와서는 자신을 진짜 쓸모없는 여인이라도 된다는 듯 바라보는 사람들의 눈빛에 동정심 같은 것이 있는 것 같았다. 메리는 지금까지 단 한 번도 가져 보지 못했던 심정을 느꼈다. 마음속이 공허하고 텅 빈 것 같았고, 마치 이 세상에서 자신이 붙잡을 수 있는 것은 아무 것도 존재하지 않는 듯 이러한 공허감 속으로 근원을 알 수 없는 크나큰 불안감이 엄습해 들어왔다. 그리고 사람들, 특히 남자들을 만나기가 두려워졌다. 어떤 남자가 자신에게 키스를 할라치면(그녀의 새로운 모습으로 미루어 보아 변화가 찾아든 것을 눈치채고서 키스를 하려는 남자들이 많았다.) 메리는 몸서리치면서 역겨움을 느꼈다. 다른 한편 그녀는 이전보다도 훨씬 더 자주 영화를 보러 다녔는데, 영화관에서 나올 때는 항상 마음이 산만해져서 자제력마저 잃어버리는 경우가 많았다. 영화 스크린에 변형되어 반영된 생활상과 자신의 인생 사이에는 아무런 관계도 없는 것 같았다. 자신이 원하는 것과 자신에게 주어진 것을 일치시키기란 불가능했던 것이다.

'훌륭한' 국립학교 교육을 받았고 문화인으로서 극히 안락한 생활을 부끄럽지 않게 향유해 왔으며 저속한 소설책만 읽었어도 알아야 할 것은 전부 알고 있던 삼십 세의 노처녀 메리, 그녀가 지금 완전히 균형을 잃어버리고 휘청거렸다. 자신에 대해 아는 것이 너무나 없었기에 남 얘기 하기 좋아하는 여자들이 그녀가 결혼을 해야 된다고 말했다는 단순한 이유 때문에 마구 휘청거렸던 것이다.

그러다가 메리는 리처드 터너를 만나게 되었다. 리처드가 아니었더라도 그녀는 어찌 되었거나 남자를 만나게 되었을지도 모른다. 그러나 메리가 만난 남자들 중에서 그녀를 매력적이고 특별한 존재로 대해 준 최초의 남자가 리처드였을 가능성이 높다. 메리는 자신을 매력적이고 특별한 존재로 대해 주기를 절실히 원했다. 사실상 지금까지 자신을 지탱해 온 힘이 었다고 볼 수 있을 남자에 대한 우월감을 되찾기 위해서라도 그러한 존재로 자신을 대해 줄 사람이 나타나기를 절실히 원해 왔던 것이다.

메리와 리처드는 극장에서 우연히 만났다. 리처드는 농장에서만 지내다가 그날 오랜만에 시내에 나왔다. 그는 마을 상점에서 구입할 수 없는 물건을 사야 할 때 말고는 시내에 나오는 법이 거의 없었는데, 그러한 예외적인 경우도 일 년에 한두 번뿐이었다. 메리를 만난 그날은 몇 년 만에 친구를 만났는데 영화나 보면서 하룻밤 묵고 가라는 권유에 못 이겨 승낙하고 말았다. 리처드는 친구의 권유를 받아들인 자신이 신기하게 여겨졌다. 그런 일은 자기하고 거리가 매우 멀었기 때문이다. 써레 두 개와 곡물 가마니를 가득 실은 리처드의 농장 차는 극장 밖에 서 있었는데, 그 모습이 주변과 큰 대조를 이루어 사람들 눈에 확 띄었다. 메리는 뒤창을 통해 낯선 농장 차를 본 후 살며시 미소 지었다. 메리의 그 미소는 의식적인 것이었는지도 모른다. 그녀는 도시를 좋아했고 도시 생활에서 안정을 느꼈으며, 자신이 한때 살았던 작은 부락과 사방을 둘러봐도 광활한 초원밖에 보이지 않던 어린 시절의 기억 때문에 시골을 생각할 때마다 눈살이 찌푸려졌기 때문이다.

리처드는 도시를 싫어했다. 자신이 무척 잘 아는 초원 지대에서 시내 쪽으로 차를 몰고 들어오면서 주택 정보 카탈로그에서 옮겨 온 듯한 교외 지역의 메스꺼운 집들, 아프리카의 갈색 토양과 푸른 하늘과는 아무 관계도 없이 초원 지대에 용케도 여기저기 흩어져서 메스꺼울 정도로 안락한 삶을 영위하고 있는 사람들의 작고 메스꺼운 집들을 지나쳤다. 멋쟁이 여성들을 위한 최신 유행 의상과 액세서리, 값비싼 수입품들로 꽉 들어찬 상점들이 늘어선 도심지의 중심가로 접어들면서는 속이 뒤틀리고 몹시 불쾌해지고 마음이 흉흉해졌다.

리처드는 도시에 들어서는 순간부터 밀실 공포증으로 괴로웠다. 달아나고 싶었다. 한순간이라도 빨리 달아나거나 도시 전체를 날려 버리고 싶었다. 그래서 마음이 편해지는 자신의 농장으로 가능한 한 빨리 도망치듯 탈출하는 경우가 많았다.

그러나 시골에서 전혀 다른 세계인 도심지 속으로 옮겨 놓아도 그 차이를 거의 인식하지 못하는 사람들이 아프리카에는 많다. 이른바 갑부들이 사는 교외 지역은 공장만큼이나 그 확장력이 막강하고 치명적인데, 이는 마치 전염병처럼 전 국토로 살금살금 번져 가는 교외 지역의 주택 때문에 핏기를 잃어 가는 것처럼 보이는 아름다운 남아프리카 역시 예외일 수 없었다. 리처드는 교외 지역의 저택들을 보면서 그 안에서 사는 사람들의 생활 방식 그리고 소심한 교외 지역 거주민들이 나라를 파괴하고 있다는 것을 생각할 때마다 모조리 다 때려 부수고 죽여 버리고만 싶어졌다. 도저히 참을 수가 없었던 것이다. 리처드는 하루 종일 들에 나가서 자기 방식대로 살아가면서 말하는 버릇을 잃어버렸기 때문에 그러한 생각을 말로 표현하지는 않았다. 그러나 자신의 분노가 얼마나 대단한지 분명히 알고 있었다. 그는 은행가, 자본가, 거물급 사업가, 고급 관리 들을 비롯해서 자기네가 좋아하는 영국산 화초들이 만발한 정원까지 갖춘 고급 저택을 교외 지역에 지은 모든 사람을 자신의 손으로 죽여 버릴 수 있을 것만 같았다.

그리고 무엇보다도 영화를 지독히 싫어했다. 이번과 같은 경우에도 막상 극장에 발을 들여놓은 후, 리처드는 도대체 무엇 때문에 친구 의견에 순순히 응했을까 하고 자신을 원망했다. 화면에 시선을 고정할 수 없었다. 늘씬하고 미끈한 여배우들은 하품만 나오게 했고, 영화 내용은 아무 의미도 없는 것처럼 느껴졌다. 게다가 영화관 안은 후덥지근하고 통풍이 제대로 되지 않아 숨이 막혔다. 시간이 얼마간 흐른 후, 리처드는 화면을 완전히 무시해 버리고 주변에 있는 관객들을 둘러보았다. 전후좌우에 앉은 관객들은 목을 길게 빼고 화면에서 눈을 떼지 못했다. 수백 명에 달하는 관객들이 자신들의 심신을 떠나 화면에서 광대 짓을 하는 어리석은 배우들의 몸놀림에 푹 빠져 있었던 것이다. 그러한 광경을 보고 리처드의 심사가 뒤틀렸으리라는 것은 두말할 필요가 없다.

리처드는 안절부절못하면서 담뱃불을 붙이고서 출구에 드리워 있는 짙은 검은색의 플러시 커튼을 물끄러미 바라보았다. 그때였다. 리처드는 자신이 앉아 있던 줄을 쭉 훑어보다가 위쪽 어디에선가 한 줄기 빛이 뿌리는 바람에 근처에 앉아 있는 금발 머리 아가씨를 보게 되었다. 신기한 분위기를 풍기는 초록 불빛 속에서 그녀의 얼굴이 환상처럼 떠오르면서 리처드의 마음을 사로잡았다.

"저 여자 누구야?"

자기 옆에 앉아 있던 친구를 팔꿈치로 툭 치면서 리처드가 물었다.

"메리."

리처드가 가리키는 쪽을 흘깃 보고 나서 친구가 대수롭지 않게 대답했다.

그러나 '메리'라는 대답만으로 그는 만족할 수 없었다. 리처드는 간간이 눈에 띄는 그녀의 사랑스러운 얼굴과 머릿결을 뚫어져라 응시하다가 영화가 끝나자마자 그녀를 찾아 황급히 밖으로 나갔다. 그러나 그녀의 모습은 어디에도 없었다. 다른 사람과 이미 가 버렸을지도 모르겠다고 어렴풋이나마 속으로 추측해 보았다. 그러다가 리처드는 거의 눈여겨보지도 않았던 어떤 여자를 집까지 태워다 주어야 할 짐을 떠맡고 말았다. 그녀는 리처드가 보기에 심히 메스껍고 우스꽝스럽게만 여겨지는 옷을 입고 있었다. 게다가 걸음을 옮길 때마다 마치 뒤꿈치를 들고 걷는 듯한 느낌을 풍기는 그녀의 하이힐을 대놓고 비웃어 주고 싶은 심정이었다. 차에 올라탄 후, 그녀는 어깨 너머로 뒤편의 짐을 바라보고 나서 코 멘 소리로 급히 물었다.

"저 뒤에 실린 재미있게 생긴 물건들은 도대체 뭔가요?"

"써레를 한 번도 본 적이 없다는 말인가요?"

리처드는 퉁명스러운 목소리로 이렇게 되물었다. 그러고 나서는 그녀가 사는, 불빛과 사람들로 꽉 들어찬 큰 건물에 이르러 두말없이 내려 주었다. 서운하다는 마음은 털끝만큼도 들지 않았다. 리처드는 그녀에 대해 모든 것을 즉시 잊어버렸다.

그러나 극장에서 보았던 출렁이는 금발의 머릿결과 꼿꼿이 쳐들고 있던 얼굴이 그의 뇌리에서 다시 한번 보고 싶다는 마

음을 불러일으켰다. 리처드가 여인을 생각한다는 것은 극히
사치스러운 일이었다. 그러한 생각은 지금까지 스스로 억제해
왔기 때문이다. 농사일을 시작한 지는 오 년이 지났지만 아직
도 계속 손해만 보고 있는 입장이었다. 농사일을 처음 시작했
을 때 자본금이라고는 하나도 없었기 때문에, 토지 담보대출
은행에서 상당히 많은 돈을 빌려 썼고 저당도 엄청나게 많이
잡혀 있었다. 그래서 생활필수품을 제외하고는 술이나 담배
등에 단 한 푼도 쓰지 않았다. 그는 미래에 모든 것을 걸었다.
식사까지 들에 나가 하면서 아침 6시부터 저녁 7시까지 미친
듯이 일에 매달렸다. 리처드에게는 결혼해서 아이를 갖고 싶
다는 꿈이 있었다. 그러나 유감스럽게도 자신과 그러한 생활
을 함께하자고 여자에게 무턱대고 요구할 수는 없는 노릇이었
다. 우선 빚을 다 갚고 집도 한 채 지어야 했으며 약간이나마
사치품도 구입할 만한 경제력을 갖추어야 했던 것이다. 지금
까지 오랫동안 자신을 혹독하게 밀어붙여 왔기에, 아내가 될
여자를 좀 호강시켜 주어야겠다는 것도 그의 꿈 중 하나였다.
자신이 지을 집에 대한 계획도 분명히 서 있었다. 언덕 위에
아무런 의미도 없는 벽돌집을 짓고 싶은 마음은 털끝만큼도
없었다. 그는 넓은 실외 베란다를 갖춘 큰 초가집을 짓고 싶었
다. 파헤쳐서 벽돌을 만드는 데 이용할 개미집까지 이미 보아
두었으며, 지붕 이는 재료로 사용할 풀이 큰 사람의 키보다 훨
씬 더 크게 자라는 지점들을 농장에서 찾아 표시해 놓았다.
그러나 자신이 원하는 것을 성취하기가 무척이나 힘들 것 같
다는 생각이 들 때가 간혹 있었다. 그는 지금까지 운이 지독하

게 나빴기 때문이다. 리처드는 주변 사람들이 자신을 '요나'[5]라고 부른다는 걸 알았다. 가뭄이 찾아들면 직접적으로 피해를 보지 않는 때가 없는 것 같았고, 홍수 때문에 가장 큰 피해를 받는 것도 그의 농장이었다. 리처드가 큰맘 먹고 목화 재배에 손을 대면, 그해에는 목화 값이 똥값으로 폭락해 버렸다. 메뚜기 떼가 전혀 반갑지 않게 방문하면 그는 울화가 치밀어 올랐지만 자신의 팔자소관으로 생각하고, 가장 큰 기대를 걸었던 옥수수 밭이 메뚜기 떼의 제물로 사라져 버리리라는 사실을 묵묵히 받아들였다. 리처드의 꿈은 최근에 들어 다소 작아졌다. 그는 외로웠으며 아내를 얻고 싶었고, 무엇보다도 자식을 갖고 싶었다. 그러나 지금까지의 상황으로 보건대 그러한 소원이 이루어지려면 앞으로도 몇 년은 더 있어야 할 것 같았다. 리처드는 빚을 어느 정도 청산하고 지금 사는 집에 방을 하나 정도 더 만들고 혹시라도 가구도 조금 구입할 입장이 되면 결혼을 생각해 볼 수도 있지 않을까 하고 그 나름대로 계산을 해 보는 중이었다. 그러는 동안에도 극장에서 보았던 메리라는 아가씨가 그의 뇌리에서 떠나지 않았다. 그녀는 리처드가 일할 때 그리고 생각할 때도 항상 그의 마음속에 있었다. 리처드는 여인에 대해서, 특히 한 여인에 대해서 생각하는 것이 자신에게 술만큼이나 위험하다는 사실을 알았기에 자기 비판을 하면서 스스로에게 욕도 해 보았으나 아무 소용이 없었다. 도심지에 갔다 온 지 한 달이 조금 지났을 뿐인데도 리

---

5) 구약 성서에 나오는 인물로, 불길한 사람의 대명사처럼 되어 있다.

처드는 다시 도시에 갈 계획을 자신도 모르게 세우고 있었다. 특별히 도시에 갈 만한 이유가 없었는데도 말이다. 리처드는 도시에 갈 필요가 있다고 스스로를 설득하는 일조차 포기하고 말았다. 리처드는 도시에서 급히 용무를 보아야 될 일이 없었기에, '메리'라는 여인의 성(姓)을 알려 줄 사람을 찾아서 헤매고 돌아다녔다.

리처드는 눈에 익은 큰 빌딩 쪽으로 차를 몰고 다가갔을 때 그곳을 기억해 냈다. 그러나 자신이 언젠가 차를 태워다 주었던 아가씨와 극장에서 보았던 아가씨가 동일인이리라고는 꿈에도 생각지 못했다. 그녀가 입구에 서서 자기를 찾아온 사람이 누구인지 빤히 보고 있을 때조차 리처드는 그녀를 알아보지 못했다. 짙은 푸른색에 상처를 받은 듯한 분위기를 풍기면서 상대방의 눈길을 피하려는 눈을 지닌 크고 날씬한 아가씨가 리처드 앞에 서 있었다. 그녀는 머리를 꽉 묶고 바지를 입고 있었다. 바지를 입은 여자는 리처드가 보기에 전혀 여자 같지 않았다. 리처드는 철저한 보수주의자였던 것이다. 이윽고 그녀가 말문을 열었다.

"나를 찾고 있었나요?"

다소 당황한 듯하면서도 수줍어하는 목소리였다. 리처드는 바로 그 순간, 써레에 대해 물어보던 얼빠진 목소리를 기억해 내고서 도저히 믿지 못하겠다는 듯이 한동안 그녀를 뚫어지게 바라보았다. 리처드는 너무나 실망했던 나머지 말을 더듬거리면서 발을 까딱거리기 시작했다. 그러다가 리처드는 그녀를 바라보면서 언제까지 그곳에 서 있을 수는 없다는 생각이 들어서 드라이브나 하는 것이 어떻겠느냐고 그녀에게 물어보았다. 결코 유쾌한 저녁은 아니었다. 리처드는 황당무계한 환상에 젖어 있던 자신에게 울화가 치밀어 올랐다. 다른 한편으로 그녀는 기분이 좋기는 했지만 그가 왜 자기를 찾으러 돌아다녔는지 이해가 되지 않아서 어리둥절한 상태였다. 게다가 함께 차를 타고 도심지를 무작정 돌아다니는 동안 그가 거의 말을 하지 않았기 때문에 그녀의 궁금증은 더해졌다. 그러나 실망한 상태에서도 리처드는 자신의 심신을 뒤흔들어 놓았던 여인의 모습을 그녀에게서 찾아보려고 노력했으며, 그녀를 집에 데려다주어야 할 시간이 되었을 무렵 어느 정도 그러한 노력의 결실을 보았다. 리처드는 도로의 가로등을 지나는 동안 그녀의 옆모습을 계속 바라보면서, 아무리 평범하고 별로 매력적이지 않은 여인일지라도 조명을 받으면 환상적이고도 아름다운 모습으로 보일 수 있다는 사실에 놀라움을 금치 못했다. 그러다 리처드는 그녀가 좋아지기 시작했다. 그에게는 누군가를 사랑할 필요가 있었기 때문이다. 지금까지는 자신이 얼마나 외로운 존재인지 깨닫지 못했지만 이제는 상황이 달라졌던 것이다. 그날 밤에 그녀 곁을 떠나며 곧 다시 만나러 오겠다고 작별 인사를 할 때도 리처드는 섭섭한 마음을 금할 길이 없었다.

농장으로 돌아온 후, 리처드는 자신을 신랄하게 비난했다. 조심하지 않으면 이러다가 결혼까지 갈 것 같은데 그에게는 결혼을 감당할 만한 능력이 없기 때문이었다. 그렇다면 더 이상 생각해 볼 필요도 없지 않을까? 그녀를 비롯해서 모든 것을 뇌리에서 지워 버리면 이렇게 고민할 필요가 없을 것 같았다. 게다가 자신은 그녀에 대해 아는 것이 아무것도 없지 않은가. 없었다. 그녀에 대해서는 완전히 백지 상태였던 것이다. 다만 한 가지, 리처드 자신의 표현을 빌리자면 그녀가 "아무짝에도 쓸모없을 정도로 도시물이 들었다는 것"을 제외하고는 말이다. 그녀는 고생스러운 농부의 아내가 되기에는 적합하지 않은 여자였다. 그래서 리처드는 그 어느 때보다도 더욱더 열심히 일함으로써 그러한 갈등에서 잠시나마 벗어나려고 했으나 '올해 한 철 농사만 잘 지으면 그녀를 다시 만나러 갈 수 있을지도 모른다.'라는 생각이 간혹 자신도 모르게 뇌리를 스치고 지나갔다. 리처드는 몸을 피곤하게 만들어 잡생각이 들지 않도록 하려고 하루 일을 끝내 놓은 다음에는 총을 메고 초원 지대를 15킬로미터씩 헤매고 돌아다녔다. 리처드는 기력이 쇠진해 갔으며 몸도 말이 아니었다. 그리고 눈이 쑥 들어가고 광대뼈가 튀어나와서 얼굴은 흉측하게 변해 버렸다. 리처드는 두 달 동안 자신과의 싸움을 계속하다가 마침내 더 이상 견디지 못하고 도심지에 갈 준비를 했다. 마치 오래전부터 결정된 대로 행동하는 것 같았으며, 그동안 자신을 그토록 몰아붙이면서 다그쳐 온 모든 노력은 그 자신의 진짜 마음을 감추기 위한 방패에 불과한 것 같았다. 리처드는 옷을 갈아입으면서 흥겨운 멜로디로 휘파람까지 불었다. 그러나 그의 모습에서는 왠지 어두운 분위기가 느껴졌고 입가에는 자신의 패배를 시인하는 듯한 야릇한 미소가 피어올랐다.

다른 한편 메리에게는 그 두 달의 시간이 기나긴 악몽이었다. 메리가 생각하기에는 리처드라는 남자가 농장에서 시내로 나와 자신과 하루 저녁을 함께 보낸 다음, 더 이상 만날 필요가 없다고 결정해 버린 것 같았기 때문이다. 친구들의 말이 옳았다. 자신은 그들의 말대로 나사가 하나 빠진 모양이었다. 자신에게 무엇인가 문제가 있는 게 분명했다. 그러나 그녀는 자신이 아무도 원치 않는 쓸모없고 우스꽝스러운 존재에 불과하다고 혼자서 계속 한탄하면서도, 리처드에 대한 생각을 지워 버릴 수 없었다. 메리는 저녁때 밖으로 돌아다니는 것도 그만두고 그가 자기를 만나러 오기만 기다리며 직장 여성 회관의 자기 방을 떠나지 않았다. 비참하다는 생각의 굴레에 사로잡힌 채 몇 시간이고 혼자 앉아 있기도 했다. 그리고 모래사막을 헤매거나 계단을 꼭대기까지 올라갔다가 와르르 무너지는 바람에 바닥으로 곤두박질치는 악몽에 시달리기도 했다. 아침에 그런 꿈을 꾸고 일어나면 심신이 다 피곤해서 오늘 하루는 또 어떻게 보낼까 하는 두려움부터 앞섰다. 회사에 출근해도 일의 능률이 떨어지는 것은 필연적인 결과였다. 메리의 능률은 사장까지 이맛살을 찌푸릴 정도로 떨어지고 말았으며, 마침내 상태가 호전될 때까지 회사에 출근하지 말고 집에서 쉬라는 임시 휴직 통고까지 받고 말았다. 회사 문을 나서면서 그녀는 마치 쫓겨난 듯한 심정이 들었다.(그러나 사장 입장에서 볼 때는 가장 관대한 조치를 취해 준 셈이었다.) 메리는 회사에서 돌아온 후 하루 동안 직장 여성 회관에 머물러 있었다. 외출이라도 하면, 리처드가 자기를 찾아왔을 때 만나지 못할 것 같았기 때문이다. 하지만 리처드라는 존재가 대관절 자신에게 어떤 의미를 지닌단 말인가? 메리는 너무나도 속이 상해서 이런 질문을 스스로에게 던져 보았다. 리처드? 리처드는 사실 메리에게 아무 존재도 아니었다. 메리는 리처드라는 남자에 대해 아는 바가 거의 없었다. 우연히 그녀의 인생으로 찾아든 호리호리한 몸과 햇볕에 그을린 피부, 느린 말투에 두 눈이 쑥 들어간 젊은 남자…….이것이 메리가 리처드에 대해 아는 전부였다. 그럼에도 불구하고 메리가 이토록 마음의 병을 앓고 있는 것은 바로 그 리처드라는 남자 때문이었다. 메리가 마음의 갈피를 잡지 못한 채 안절부절못하고, 심지어 자신에 대한 신념까지 잃어버리게 된 가장 큰 이유가 바로 리처드였던 것이다. 그러나 자신이 알고 있는 많은 남자들은 다 내버려 두고 왜 자신의 마음이 리처드에게 기울어야 하는 것인지 그 이유를 자문해 보아도, 만족할 만한 답을 찾을 수 없었다.

메리는 모든 희망을 포기해 버렸다. 그리고 '몸이 항상 피곤한 것 같아서' 의사를 찾아가 보았다. 예측했던 대로 의사는 완전히 신경쇠약증에 걸리지 않으려면 모든 일을 다 그만두고 즉시 충분히 쉬어야 된다는 처방을 내렸다. 그 후 상태는 별로 호전되지 않은 채, 마침내 우정의 가면을 쓴 친구라는 것들이 치사하게 험담이나 늘어놓고 속으로는 자신을 지독하게 싫어하면서도 겉으로는 그러지 않는 것처럼 행동한다는 강박관념 때문에 친한 친구들조차 만날 수 없을 만큼 비참한 상태로 몇 주를 보냈을 때, 어느 날 저녁에 어떤 남자가 메리를 찾아왔다. 생각지도 않고 있던 남자, 바로 리처드의 방문을 받고서 그녀는 처음에 놀라움을 금치 못했다. 그러나 당황하지 않으려고 갖은 애를 다 쓰면서 침착하게 그를 맞았다. 만일 메리가 자신의 마음을 내보였더라면, 리처드가 그녀를 포기해 버리고 그대로 발걸음을 돌리게 되었을지도 모를 일이었다. 메리를 찾아갔을 무렵, 리처드는 그녀가 현실적이고 차분하며 적응력이 뛰어난 여자이기에 농장에서 이삼 주만 생활하다 보면 리처드 자신이 원하는 존재가 될 것이라고 자기 나름대로 가정을 세워 놓은 다음, 그 가정을 확고하게 믿고 있었기 때문이다. 따라서 만일 너무 흥분한 나머지 메리가 눈물이라도 흘렸다면, 리처드는 크나큰 충격을 받고 메리에 대한 그의 이미지는 철저하게 파괴되고 말았을 것이 분명했다.

리처드가 구혼한 것은 겉으로 보기에 침착하고 다정다감한 모습의 메리에게였다. 리처드는 메리가 자신의 청혼을 받아들이자 한편으로는 고맙고 사랑스러운 마음이 들면서도 다른 한편으로는 열등감을 느꼈다. 그들 두 사람은 이 주 후에 특별 허가증[6]을 발부받아 혼인신고를 했다. 리처드는 메리가 가능한 한 빨리 혼인신고를 하려고 덤벼들자 놀라움을 금치 못했다. 리처드는 메리가 도시의 사교계에서 탄탄한 기반을 다져 놓았기 때문에 결혼 준비를 하려면 상당히 시간이 걸릴 것이라고 생각했기 때문이다.(리처드가 메리에게 마음이 끌린 이유 중에는 이것도 포함되어 있었다.) 그러나 실제로 결혼을 서두른 쪽은 따지고 보면 리처드였다. 리처드는 옷과 신부 들러리 문제를 놓고 신부 될 여자가 야단법석을 떠는 동안 할 일 없이

---

6) 성공회가 내주는, 보통은 허가되지 않는 때나 장소에서의 결혼 허가증.

기다리고 있기가 무척이나 싫었던 것이다. 신혼여행은 생략했다. 리처드는 자신이 너무 가난해서 신혼여행 갈 처지가 못 된다고 설명하면서, 그래도 메리가 신혼여행을 고집한다면 최선을 다해 보겠다고 말했다. 그러나 메리는 고집을 부리지 않았다. 신혼여행을 가지 않게 된 것이 오히려 매우 다행스러웠다.

3장

메리가 살던 소도시에서 리처드의 농장은 무척 멀었다. 족히 150킬로미터도 넘을 것 같았다. 리처드가 경계를 넘어섰다고 알려 주었을 때는 상당히 늦은 시각이었는데, 그때까지 잠에 취해 있던 메리는 정신을 차리고 그의 농장을 둘러보았다. 마치 거대한 새처럼 차를 스치고 날아가는 듯한 키 작은 나무들의 흐릿한 형체가 시야에 들어왔다. 그리고 그 위에는 별들이 총총히 박힌 밤하늘이 펼쳐져 있었다. 메리는 너무나 피곤했던 나머지 온몸이 나른해졌고 긴장까지 전부 풀렸다. 지난 이삼 개월 동안 계속해서 긴장된 상태로 지냈기 때문에 이제는 말할 기력조차 남아 있지 않았고 무슨 일에든 거의 관심이 없어지고 말았다. 메리는 생활에 변화를 주어 조용히 살아가는 것이 즐거우리라고 생각했다. 지금까지 한 가지가 성취되면 또 다른 것을 끊임없이 필요로 하며 살아오는 동안 자신이 얼마나 지쳐 있었는지 지금에야 깨달았던 것이다. 메리는 현실을 직면하기로 굳게 결심하고 "자연과 가까워질 것"이라고 자신에게 말했다. 그렇게 생각하는 편이 시골에 품었던 자신의 혐오감을 조금이라도 줄일 수 있을 것 같았기 때문이다. 시골 생활을 낭만적이고 감상적으로 묘사해 놓은 책들을 읽은 덕택에 생각해 낸 '자연과 가까워진다.'라는 말은 상당히 추상적인 개념이기는 했지만 메리의 용기를 북돋워 주었다. 도시에서 직장 생활을 할 때 주말마다 젊은 사람들끼리 야유회를 다니곤 했는데, 메리는 휴대용 축음기로 미국의 댄스음악을 들으며 그늘 밑 뜨거운 바위 위에 하루 종일 앉아 있는 것도 '자연과 가까워지는 일'이라고 생각했다.

"도심지에서 벗어난다는 것은 참 멋진 일이야."

메리는 이런 말도 흔히 했다. 그러나 대다수의 사람들처럼, 메리가 말하는 것들은 실제로 자신이 느끼는 것과 아무 관계가 없었다. 다시 말해서 메리는 수도꼭지만 틀면 온수와 냉수가 나오고 자신의 회사가 있는 도시로 돌아올 때면 항상 마음이 놓였던 것이다.

그러나 메리는 이제 남들에게 신경 쓸 필요가 없는 몸이었다. 그녀의 친구들이 자신의 집을 갖고 그 누구의 간섭도 받지 않기 위해 결혼했듯, 메리도 이제는 결혼했기 때문이다. 그녀는 결혼하기를 잘했다는 생각이 어렴풋이 들었다. 메리 자신뿐 아니라 결혼한 사람들은 모두 잘한 것 같았다. 왜냐하면 지금 와서 생각해 보건대 그녀가 알고 지냈던 사람들은 모두들 은밀하면서도 조용하게, 그러나 가혹할 정도로 끈질기게 그녀에게 결혼하라고 설득했던 것처럼 느껴졌기 때문이다. 행복한 삶이 메리 앞에 펼쳐져 있는 것 같았다. 메리는 구체적으로 자신이 어떤 생활을 해야 하는지 전혀 알지 못하는 상태였기에 마냥 꿈에 부풀어 있었다. 리처드가 솔직한 심정으로 창피를 무릅쓰고 경고했던 가난은 또 다른 추상적인 개념에 불과했으며, 메리 자신의 고통스러웠던 어린 시절과는 아무 관계가 없는 것처럼 느껴졌던 것이다. 메리는 앞으로의 생활을 한번 부딪쳐서 싸워 볼 만한 도전으로 생각하고 있었다.

마침내 차가 멈춰 섰다. 메리도 때를 같이해서 정신을 차리고 주위를 둘러보았다. 달이 커다란 흰 구름 뒤로 자취를 감춰 버리는 바람에 갑자기 매우 어두워지고 말았다. 희미한 별빛 아래 온 세상이 흡사 어둠 속에 잠겨 버린 것만 같았다. 그리고 어디를 둘러보든 나무가 없는 곳이 없었다. 마치 태양의 압력이 짓이겨 놓은 것 같은 고초원 지대의 땅딸막하고 옆으로 퍼진 나무들이 리처드의 자동차가 멈추어 선 조그마한 개간지 주변에 흐릿하고 어둠침침한 사람 형상을 하고 서 있었다. 달이 구름 속에서 천천히 빠져나와 개간지 일대에 밝은 빛을 뿌리자 주름 잡힌 지붕이 흰 자태를 드러내기 시작한 조그마한 정방형의 건물 한 채가 시야에 들어왔다. 메리는 차에서 내렸다. 그러고는 리처드가 차를 집 뒤쪽으로 몰고 가는 것을 물끄러미 바라보았다. 그녀는 다시 시선을 돌려 차가운 흰 안개를 신고 나무 사이로 불어오는 찬 밤바람에 몸을 약간 떨면서 주변을 둘러보았다. 완전한 정적 속에서 귀를 기울이는 동안, 이름마저 낯선 수많은 생명체들이 메리와 리처드가 도착하는 것을 조용히 지켜보고 있다가 이제야 자기들의 일에 착수하게 되었다는 듯 덤불 속에서 나지막한 벌레 울음소리가 수도 없이 들려왔다. 메리는 집 주변을 둘러보았다. 은근히 쏟아져 내리는 달빛 아래, 리처드의 집은 굳게 닫힌 채 어둠침침하고 숨 막히는 분위기를 풍기는 듯했다. 하얗게 반짝거리는 돌멩이가 메리 앞에 쭉 늘어서 있었는데, 메리는 그 돌멩이들을 따라 집에서 나무들 쪽으로 걸음을 옮겼다. 메리가 다가갈수록 나무들의 형체가 점점 더 크게 부각되면서 뚜렷하게 보이기 시작했다. 어느 정도 더 걸어갔을 때였다. 어디선가 이상한 야행성 새의 울음소리가 밤공기를 가르면서 울려 퍼졌다. 그 순간 메리는 다른 세계에서 불어온 섬뜩한 숨결이 자신에게 와 닿기라도 한 양 소스라치게 놀라면서 방향을 바꾸어 집 쪽으로 달리기 시작했다. 울퉁불퉁한 길을 하이힐을 신은 채 간신히 몸의 균형을 잡으며 달렸는데, 자동차 불빛 때문에 잠에서 깬 닭장 속 닭들이 푸드덕거리는 소리가 점차 분명하게 들려오자 메리는 어느 정도 안도의 한숨을 내쉴 수 있었다. 메리는 집 앞에서 멈추어 섰다. 그러고는 손을 뻗어 베란다의 양철 그릇에 심어 놓은 식물의 잎을 만져 보았다. 제라늄의 담백한 향기가 메리의 손이 닿는 순간 사방으로 퍼져 나가는 것 같았다. 그때 집 안에서 불빛이 흘러나오면서 등을 굽히고 있는 리처드의 큰 덩치가 메리의 시야에 들어왔다. 그러나 그가 들고 있던 촛불 때문에 시야가 흐릿해져서 명확하게 보이지는 않았다. 메리는 계단을 통해 문까지 걸어 올라가서 기다렸다. 리처드는 탁자에 촛불을 놓아 두고서 다시 어디론가 사라지고 없었다. 희미한 불빛 아래 드러난 방은 무척이나 작고, 무척이나 낮아 보였다. 지붕은 메리가 밖에서 보았던 골 진 양철로 되어 있었고, 흡사 동물의 몸에서 나는 것 같은 곰팡내가 후각을 자극했다. 리처드는 못 쓰는 코코아 깡통으로 만든 깔때기를 들고 다시 나타나더니 의자에 올라가 흔들거리는 램프에 등유를 부었다. 도중에 등유 몇 방울이 바닥에 떨어졌는데, 메리는 그 냄새를 맡는 순간 속이 뒤틀리고 구역질이 났다. 잠시 후 불꽃이 처음에는 거칠게 타오르다가 나지막한 노란 불꽃으로 안정되면서 주위를 환하게 밝혀 주었다. 그제야 메리는 붉은 벽돌 바닥에 깔려 있는 여러 가지 동물의 가죽을 볼 수 있었다. 가죽은 여러 종류였는데, 그중에는 이름 모를 들고양이나 조그마한 표범의 것으로 보이는 가죽도 있었고 수사슴의 엷은 황갈색 가죽도 눈에 띄었다. 메리는 낯설기만 한 주변 모습에 어리둥절해진 채 자리에 앉았다. 그녀는 자신의 얼굴에서 실망한 기색을 찾아내기 위해 리처드가 지켜보고 있다는 사실을 알았기에 억지로라도 미소를 지어 보이려고 했다. 사실 속으로는 불길한 예감이 들어 몹시 불안했지만 말이다. 조그맣고 답답하기 짝이 없는 방, 벽돌이 그대로 드러난 맨바닥, 어둠침침하고 더러운 램프…… 한결같이 메리가 생각지도 못한 것들이었다. 메리의 미소에 마음이 흡족해진 듯 리처드는 미소를 지어 고맙다는 뜻을 전하면서 말문을 열었다.

"차를 좀 끓여 오겠소."

리처드가 다시 사라졌다. 그러다가 리처드가 돌아왔을 무렵, 메리는 한쪽 벽 앞에 서서 그곳에 걸려 있는 사진 두 장을 보고 있었다. 그중 한 장은 손에 장미를 들고 있는 초콜릿 포장지의 여자 사진이었고, 다른 한 장은 달력에서 뜯어 낸 여섯 살 정도의 어린아이 사진이었다.

리처드는 메리의 모습을 보자 얼굴을 붉히며 사진들을 벽에서 떼어 냈다.

"그냥 걸어만 두었지, 한 번도 쳐다본 적 없는 사진들이오."

리처드는 이렇게 말하면서 사진들을 찢어 버렸다.

"그냥 걸어 두지……."

메리는 자기 앞에 있는 리처드라는 남자의 사생활에 파문을 불러일으킨 듯한 마음이 들었다. 압핀으로 벽에 꽂아 두었던 두 장의 사진을 대하는 순간, 메리는 처음으로 리처드의 외로움이 얼마나 대단했는지 깨달았고, 리처드가 그토록 결혼을 서두르면서 맹목적으로 그녀를 필요로 한 이유가 무엇인지 이해하게 되었다. 그러나 메리는 리처드에게 이질감을 느꼈으며 자신의 힘으로는 그의 욕구를 충족해 줄 수 없을 것 같은 생각이 들었다. 메리는 바닥을 내려다보았다. 리처드가 찢어서 던져 버린 사진 속의 곱슬머리 어린아이의 귀여운 얼굴이 보였다. 그녀는 리처드가 어린아이를 좋아하는 것이 분명하다고 생각하면서 그 사진을 집어 들었다. 그들은 아이 문제에 대해 이야기를 나눠 본 적이 없었다. 아이 문제뿐만 아니라 그 밖의 것에 대해서도 이야기를 나눌 시간이 거의 없었다. 메리는 바닥에 사진 조각들이 널려 있는 것이 보기 좋지 않아 쓰레기통을 찾아보았다. 그러나 리처드는 사진 조각을 메리의 손에서 빼앗아 공 모양으로 뭉쳐 한쪽 구석에 던져 버렸다.

"대신 다른 것을 걸 수도 있으니까 신경 쓰지 말아요."

리처드가 얼굴을 약간 붉히면서 말했다. 메리로 하여금 다시 꿋꿋하게 설 수 있도록 만들어 준 것은 바로 수줍어하는 모습, 그녀에게서 자신을 지키려고 하는 그의 방어 본능이었다. 리처드의 수줍어하면서 호소하는 듯한 모습을 보자 메리는 일종의 모성애 같은 것을 느꼈으며, 그 순간부터는 자신이 결혼한 남자에게 얽매여 있다는 생각을 할 필요가 없게 되었다. 그녀는 리처드가 가져온 차 쟁반 앞에 침착하게 자리를 잡고 앉았다. 그러고는 그가 차를 따르는 모습을 지켜보았다. 양철 쟁반 위에는 때에 찌들어 누더기가 다 된 천이 덮여 있었고, 그 위에는 큰 컵 두 개가 놓여 있었다. 메리가 약간 이맛살을 찌푸리려는 순간에 리처드의 목소리가 들려왔다.

"하지만 그런 것들은 이제 당신이 해야 될 일이오."

문득 메리는 리처드에게 찻주전자를 받아 들고 자신이 대신 따랐다. 직접 보지는 않았어도 그러한 그녀의 모습에 리처드가 내심 몹시 기뻐하고 있음을 느낄 수 있었다.

이곳에 함께 있다는 사실만으로도 자신의 황량하고 조그마한 집에 화기가 돌게 만들면서 집 안에 꽉 찬 듯한 느낌을 주는 여인. 리처드는 그러한 여인이 지금 자신과 함께 있다는 사실에 기쁨을 감출 수 없었으며 가슴이 뿌듯해졌다. 이토록 쉽게 성취할 수 있는 미래를 마음속에서만 설계하며 그토록 오랫동안 혼자 살며 기다려 온 자신이 어리석게 느껴지기까지 했다. 그러다가 메리가 입고 있는 도시의 옷, 하이힐, 빨간 매

니큐어 칠을 한 손톱이 보이자 리처드의 마음은 다시 어두워졌다. 그러나 그는 그런 내색을 하기 싫어서 그녀의 얼굴에서 결코 눈을 떼지 않은 채 자신의 가난이 마음에 걸려 조심스럽게 집에 대한 이야기를 늘어놓으면서 자신은 비록 건축에 대해 아무것도 모르는 상태였지만 원주민 인부에게 부탁할 경우에 지불해야 될 공사비를 절약하기 위해 벽돌 쌓는 일부터 시작해서 이 집을 어떻게 직접 지었는지 설명해 주었다. 특히 내부 설비를 갖추기까지는 오랜 시간이 걸렸다고 말했는데, 처음에는 침대와 식기 따위를 넣어 둘 조잡한 찬장 하나밖에 없었다고 했다. 그러다가 이웃집에서 탁자를 얻어 오고 의자도 하나 더 갖추면서 점차 집이 집다운 모양을 갖추기 시작했다. 찬장도 석유통 박스로 다시 만들어 페인트칠도 하고 꽃무늬가 새겨진 커튼 천으로 칸막이까지 해서 제법 그럴듯하게 꾸몄다. 이쪽 방과 저쪽 방 사이에는 문이 없었고, 대신 굵고 무거운 마직물 커튼이 중간에 드리워 있었다. 그러나 그 커튼 역시 리처드가 직접 구입한 것이 아니라 이웃 농장의 찰리 슬래터의 아내가 적색과 검은색 털실로 정성스럽게 수를 놓아서 선물해 준 것이었다. 리처드는 자신이 지금까지 살아온 이야기를 계속해서 들려주었다. 그리고 이야기를 듣는 동안 메리는 자신이 보기에는 가슴 아프고 쓰라리게 여겨지는 경험들을 리처드 본인은 고난을 딛고 일어선 성공담처럼 스스럼없이 이야기하고 있다는 사실을 깨달았으며, 자신이 지금 앉아 있는 곳은 이 집이 아니고 자신이 함께 있는 사람은 남편이 아니라는 생각이 서서히 들기 시작했다. 메리는 자신이 옛날로 돌아가 어머니와 함께 앉아 있으며, 어머니가 살림을 꾸려 나가기 위해 발버둥치는 모습을 지켜보고 있는 것 같았다. 그러다가 마침내 더 이상 참을 수 없어서 자리를 박차고 일어섰다. 그녀의 아버지가 무덤 속에서 농간을 부려 그녀로 하여금 옛날 그녀의 어머니처럼 비참한 생활을 하도록 손을 쓰고 있는 것 같다는 생각이 불현듯 뇌리를 스치고 지나갔기 때문이다.

"옆방으로 가요."

조금 쉰 듯한 목소리로 메리가 겸연쩍게 말했다. 이야기를 하다가 갑자기 끊기자 리처드 역시 한편으로는 기분이 약간 상하고 다른 한편으로는 메리의 갑작스러운 행동에 깜짝 놀라면서 자리에서 일어났다. 옆방은 바로 침실이었다. 그곳에도 역시 수를 놓은 굵은 마직물로 가려 놓은 찬장이 벽에 걸려 있었고, 휘발유 박스를 쌓아 만든 몇 단의 선반과 제일 꼭대기에 올려 놓은 거울도 눈에 띄었다. 그리고 리처드가 결혼할 경우에 대비해서 장만해 놓은 침대도 있었다. 할인 판매할 때 침대를 구입하면서 리처드는 자신이 돈을 내고 사는 것이 침대가 아니라 행복 그 자체라는 느낌을 받았다. 어디가 아프기라도 한 듯 무의식적으로 두 손을 뺨에 갖다 대고서 심란하고 가슴 아픈 표정으로 주변을 둘러보며 멍하니 서 있는 메리를 보는 순간, 리처드는 미안한 생각이 들어서 혼자서 옷을 벗도록 잠시 그 곁을 떠났다. 그리고 커튼 반대편에서 자신도 옷을 벗는 동안 리처드는 심한 죄책감에 마음이 아팠다. 자신에게는 결혼할 자격이 없는데 결혼을 한 것 같았다. 문자 그대로 아무 자격이 없는데도 말이다……. 리처드는 속으로 그런 말을 계속 중얼거리면서 자신을 질책했다. 그리고 여전히 일종의 죄책감을 떨쳐 버리지 못한 채 벽을 힘없이 몇 차례 두드리고 나서 침실 안으로 들어갔다. 등을 돌리고 누운 메리의 모습이 보였다. 리처드는 자신 없는 목소리로 메리의 맘에 들 만한 말을 몇 마디 웅얼거리면서 곁으로 다가갔다.

일이 끝났을 때, 메리는 그렇게 나쁘지는 않았다는 생각이 들었다. 정말이지 그렇게 나쁘지만은 않았다. 성 행위 그 자체는 메리 입장에서 볼 때 아무것도 아니었다. 아무 의미도 없었다. 난폭하고 큰 고통이 따를 것이라고 생각했는데 아무 느낌조차 받지 못하자 마음마저 놓았다. 메리는 선천적인 모성애로 자신을 리처드라는 미천한 낯선 남자에게 선물로 주면서도 다른 한편으로는 자신을 그대로 보존할 수 있었던 것이다. 여자들이란 남자로 하여금 모욕당한 것은 분명한데 그렇다고 해서 무언가를 딱 끄집어내 불평하려고 해도 마땅한 불평거리가 떠오르지 않고 김이 팍 새도록 만들면서 성관계에서 한 걸음 뒤로 물러나 자신을 초연해지도록 만드는 비범한 능력을 지닌 존재다. 메리가 그러한 능력을 배워서 깨우칠 필요는 없었다. 왜냐하면 그것은 그녀에게 선천적으로 주어진 능력이었으며, 그녀는 무엇보다 살과 피로 이루어져 있지만 우습게도 손과 입술만 있을 뿐 몸은 상상해 보지 않은 이 남자에게서 아무것도 기대하지 않았던 것이다. 그리고 만일 리처드가 그녀에게 받아들여지지 못하고 퇴짜를 맞았을뿐더러 자신의 의도와는 달리 야만적이고 멍청하게 보였다는 느낌을 받았다

하더라도, 그는 죄책감으로 말미암아 그러한 사실들을 당연한 것으로 받아들였을 것이다. 그러나 리처드가 과연 죄책감을 느낄 필요가 있었을까? 그들 두 사람의 결합이 바람직하지 못한 것이라고 단정 지을 수는 없지 않았을까? 생각하는 바가 서로 다르고 이상 또한 맞지 않는데도 이럭저럭 결혼해서 서로가 원하고 서로의 생활 패턴이 요구하는 많은 것들의 차이로 상대방을 비참하게 만드는 부부들이 우리 주변에는 얼마든지 있지 않은가 말이다. 아무튼 리처드는 불을 끄려고 몸을 움직이다가 자신이 일 년 전에 잡은 표범의 가죽 위에 흐트러져 놓여 있는 메리의 하이힐을 보는 순간, 자기 비하를 하면서도 왠지 모르게 뿌듯함을 느끼면서 아까 했던 말을 다시 한 번 속으로 중얼거렸다.

'내게는 자격이 없었는데…….'

메리는 램프의 불꽃이 벽과 지붕과 창문을 마지막 순간까지 밝히면서 서서히 생명을 다해 가는 것을 지켜보다가 리처드를 보호해 주려는 듯 마치 자신이 상처를 입힌 어린아이의 손을 잡듯이 그의 손을 꼭 잡은 채 잠이 들었다.

4장

　다음 날 아침 잠에서 깨어났을 때 메리는 혼자 침대에 누
워 있었다. 그리고 집 뒤편 어디에선가 징 소리 비슷한 것이
들려왔다. 메리는 나뭇잎에 와 닿는 부드러운 황금빛 아침 햇
살과 창문으로 들어와 백토가 칠해진 꺼칠꺼칠한 벽면의 질
감을 느끼게 해 주며 흰 벽에 부서지는 희미한 장밋빛 햇살을
볼 수 있었다. 그녀가 지켜보는 가운데 햇살은 점차 더욱 뚜렷
한 금빛을 띠면서 지난밤에 희미한 램프 불빛 아래 보았던 것
보다 방을 훨씬 더 조그맣고 낮고 황량해 보이게 만들면서 방
안을 가득 채웠다. 잠시 후 리처드가 잠옷 차림으로 침실에
들어와서 메리의 뺨에 손을 갖다 댔다. 그의 손에서 이른 아
침의 냉기가 느껴졌다.

　"잘 잤소?"

"네, 덕분에요."

"곧 차를 가져올 테니 잠시만 기다려요."

두 사람은 지난밤의 육체적인 접촉은 없었던 일로 생각하는 듯 상대방을 어색해하면서 조심스럽게 행동했다. 리처드는 침대 끝에 앉아서 비스킷을 먹기 시작했다. 잠시 후 나이 든 원주민이 차 접시를 들고 와 탁자 위에 내려놓았다.

"이 집의 새로운 여주인일세."

리처드가 원주민 노인에게 메리를 가리키며 말했다.

"이 사람은 샘슨이오, 메리."

원주민 노인은 시선을 땅에 떨어뜨린 채 조심스럽게 말문을 열었다.

"앞으로 잘 부탁드리겠습니다요."

원주민 노인은 이렇게 말하고 나서 마치 응당 해야 될 말을 하는 것이 도리라는 듯 리처드를 보면서 말을 이어 나갔다.

"정말이지 훌륭한 마님을 얻으셨습니다, 주인님."

리처드는 웃음을 터뜨리면서 매우 흡족한 표정을 지었다.

"샘슨이 앞으로 당신 시중을 들어 줄 거요. 그런대로 쓸 만한 편이니까 불편하지는 않을 거예요."

메리는 리처드가 보이는 증권업자 같은 태도에 비위가 상했다. 그러나 단지 형식상의 문제에 불과하리라고 추측하고 마음을 진정시켰다. 메리는 그의 으쓱대는 모습이 역겨워 '도대체 자기가 뭐기에 저런담?' 하고 속으로 빈정대기까지 했다. 그러나 리처드는 그러한 낌새를 전혀 눈치채지 못한 채 어리석게도 마냥 행복해하기만 했다.

리처드는 차 두 잔을 급히 마시고 나서 옷을 갈아입으러 침실 밖으로 나갔다가 황갈색 반바지와 셔츠 차림으로 다시 나타나서 메리에게 인사하고는 경작지로 향했다. 리처드가 나간 후 메리 역시 자리에서 일어나 주변을 둘러보았다. 샘슨은 메리와 리처드가 지난밤에 제일 먼저 발을 들여놓았던 방을 청소하고 있었는데, 가구들을 전부 방 한가운데로 밀어붙여 놓았기 때문에 메리는 그의 곁을 지나 조그마한 베란다 쪽으로 걸어갔다. 베란다는 사실 양철 지붕을 연장해 놓은 것에 불과했는데 벽돌 기둥 세 개가 떠받치고 있었으며 주변에는 낮은 울타리를 만들어서 베란다의 구색을 겨우 갖추고 있었다. 짙은 초록색으로 칠해 놓기는 했지만 기포가 생기고 갈라져 있을 만큼 페인트칠을 한 지가 오래된 것 같은 휘발유 통에 제라늄과 꽃나무 몇 그루가 심겨 있는 것이 보였다. 베란다 울타리 너머에는 희뿌연 모래 지대가 펼쳐져 있었고, 다시 그 뒤에는 키 작은 관목으로 들어찬 덤불숲이 완만한 경사를 이루고서 햇살에 반사되어 빛을 뿌리는 키 큰 풀들과 만나는 지점까지 펼쳐져 있었다. 그러한 풍경은 남아프리카 특유의 작은 언덕을 중심으로 물결 모양을 이루며 계속해서 반복되고 있었다. 주변을 둘러보니 여러 가지 색깔이 조화를 이루며 규칙적인 풍경을 만들어 내는 작은 언덕들이 굴곡을 이룬 채 수 킬로미터에 걸쳐 펼쳐져 있는 거대한 요지(凹地) 가운데 약간 높은 부분이라고 할 수 있는 낮은 구릉 지대 위에 자신이 하룻밤을 지낸 집이 자리 잡고 있었다. 정면에 보이는 작은 언덕은 상당히 멀리 떨어져 있었으나 집 뒤편의 언덕은 아주 가까운 편이었다. 이처럼 갇힌 곳이라면 꽤 더울 거라는 생각이 들었다. 그러나 손으로 햇빛을 가리고서 풀밭을 가로질러 바라보면서 흐릿한 초록 풀잎에서 이상하면서도 사랑스러운 느낌을 받았다. 햇살에 반사되어 금빛으로 빛나며 끝없이 펼쳐져 있는 황갈색 풀밭과 큰 타원 모양을 이루며 맑게 갠 파란 하늘 또한 너무도 사랑스러웠다. 그리고 지금까지 한 번도 들어 본 적 없던 자연의 노래를 연주하는 새들의 지저귐 소리 또한 빼놓을 수 없었다.

메리는 집을 삥 돌아 뒤쪽으로 가 보았다. 집이 장방형이라는 것을 단번에 알 수 있었다. 앞에는 그녀가 이미 보았던 두 개의 방이 있었고, 뒤쪽에는 주방과 창고와 욕실이 있었다. 계속 이어지다가 무성한 풀에 가려 자취를 감추어 버리는 짧은 오솔길 끝에는 폭이 좁은 초소 모양의 변소가 있었다. 오솔길 한쪽에는 담장이 설치되어 있었는데, 철망 뒤에는 바싹 마르기는 했지만 흰 중닭들이 상당히 많았으며 메마른 땅 위에서는 칠면조들이 여기저기 흩어져서 먹이를 찾고 있었다. 메리는 주방을 통해 집 뒤쪽에서 안으로 들어가 보았다. 부엌에는 장작을 사용하는 풍로와 관목으로 만든 거대한 나무 식탁이 있었는데 바닥을 반 이상 차지할 정도로 컸다. 샘슨은 침실에서 침대를 정돈하고 있었다.

메리는 주인 신분으로 흑인 원주민들과 직접 접촉해 본 적이 지금까지 한 번도 없었다. 그녀의 어머니 밑에 하인들이 있기는 했지만 어머니의 지시로 그들에게 말을 건네는 것조차 금지되어 있었고 여성 회관에서 지냈을 때는 흑인 시종들에게 친절하게 대해 줬기 때문에 그녀에게 '원주민 문제'란 다과회 같은 때 다른 여인들이 그들의 흑인 하인에 대해서 불평을 늘어놓는 경우에 간혹 접하는 문제에 불과했다. 물론 메리라고 해서 흑인 원주민들을 무서워하지 않는 것은 아니었다. 남아프리카에서 태어나 자란 여인이라면 누구든 흑인 원주민들에 대해 그처럼 두려운 마음을 품고 있기 마련이다. 메리의 경우에도 어릴 때는 혼자서 돌아다니지 말라는 엄명을 받았다. 그 이유를 물어보았을 때, 그녀의 어머니는 흑인 원주민들은 위험한 족속이므로 그녀에게 끔찍한 일을 저지를지 모르기 때문이라고 나지막하면서도 분명한 목소리로 대답했다.

그런데 이제는 아무리 힘이 들더라도 원주민들과 직접 부딪쳐야 되는 입장이 되고 말았다. 메리는 원주민들을 상대하는 일이 틀림없이 힘들 것이라고 단정 지었는데, 그들에게 기만당하지 않으리라고 굳게 결심하기는 했지만 직접 상대하기가 별로 내키지 않았다. 그러나 샘슨의 경우에는 공손하고 표정도 부드러운 편이어서 마음이 끌렸다. 메리가 침실에 들어서자 그가 물었다.

"주방을 보여 드릴까요, 마님?"

메리는 리처드의 안내를 받아 가며 집을 둘러보고 싶었지만, 샘슨의 성의를 무시할 수 없어서 그렇게 하기로 했다. 그는 맨발로 침실을 걸어 나가면서 메리를 집 뒤쪽으로 안내했다. 샘슨이 제일 먼저 안내한 곳은 식료품을 저장해 두는 방이었는데, 전반적으로 어둠침침한 가운데 없는 것이 없을 정도로 각종 식료품이 가득 저장되어 있었으며, 특히 설탕과 밀가루와 곡물은 따로 거대한 금속 저장함에 들어 있었다. 그리고 한쪽 벽에 설치된 창문은 아주 높았는데 아마도 식료품 도난을 방지하기 위한 것 같았다.

"열쇠는 주인님께서 가지고 계십니다요."

금속 저장함을 가리키면서 샘슨이 말했다. 메리는 샘슨이 자기가 도둑질을 할지도 모르기 때문에 자물쇠를 설치해 놓았다는 사실을 전혀 기분 나빠 하지 않고 그대로 받아들이는 것이 재미있다는 생각이 들었다.

리처드와 샘슨 사이에서는 모든 것에 대해 완전히 묵계가 이루어져 있었다. 리처드는 모든 것에 자물쇠를 채웠지만, 무슨 물품이든지 사용될 양보다 항상 3분의 1 정도를 더 내놓았고 샘슨은 그 여분의 것을 갖다 쓰면서 여기에 대해서만큼은 훔쳤다는 생각을 하지 않았다. 그러나 사실상 노총각의 살림에서는 훔치려고 해도 훔칠 만한 것이 거의 없었고, 샘슨은 집안에 여자가 들어왔으니 형편이 더 나아지리라고 기대하고 있었다. 그래서 정중하면서도 공손한 태도로 메리에게 이것저것 설명해 주었다. 여러 가지 가정용품과 물량이 다 떨어진 리넨 천부터 풍로의 작동 방법과 뒤편의 장작더미에 이르기까지 모든 살림살이를 설명해 주는 샘슨의 태도는 마치 집안의 정당한 소유자에게 열쇠들을 건네주는 충실한 관리인을 연상시킬 정도였다. 샘슨은 또한 그녀가 요청하자 장작더미에서 삐져나온 어떤 나뭇가지에 걸려 있던 낡고 둥근 쟁기를 보여 주었는데 그 옆에는 마차에서 뜯어낸 것 같은 녹슨 걸쇠가 함께 있었다. 메리가 그날 아침 잠에서 깨어났을 때 들었던 소리는 바로 그 쟁기를 걸쇠로 두드리는 소리였는데, 근처에 살고 있는 하인들을 깨우기 위해 새벽 5시 30분에 한 번 두드리고 12시 30분과 2시에 점심시간의 시작과 끝을 알리기 위해 다시 두드리는 것이 보통이었다. 아무튼 마치 징을 두드리는 것처럼 묵직하고 귀청을 울리는 그 소리는 근처 수 킬로미터까지 울려 퍼질 정도로 대단했다.

메리는 샘슨이 아침을 준비하는 동안 집 안으로 다시 들어왔다. 새들의 노랫소리는 기온이 올라가면서 어느새 그쳐 있었고, 아침 7시밖에 되지 않았는데도 메리의 이마에는 땀방울이 맺히고 손이 축축해지기 시작했다.

리처드는 삼십 분 후에 돌아와서 메리를 보고 반가운 표정을 짓기는 했으나 정신은 다른 데 가 있는 것 같았다. 그는 집 안에 들어서자마자 곧장 뒤쪽으로 향했으며, 잠시 후에 주방의 옥수수 저장실 쪽에서 샘슨에게 호통 치는 소리가 들려왔다. 그러나 메리는 무슨 소린지 단 한마디도 알아들을 수 없었다. 이윽고 리처드가 다시 돌아와서 말했다.

"저 멍청이 같은 놈이 개들을 다시 풀어놓았어요. 내가 그렇게 주의를 줬는데도."

"무슨 개들 말이에요?"

리처드가 설명을 해 나갔다.

"내가 집을 비우면, 개들은 이때다 싶어 가만히 있질 못하고 먹잇감을 찾아 밖으로 나돌아 다녀요. 한번 나갔다 하면 며칠씩이고 돌아오지 않는 경우가 허다하지. 내가 집만 비웠다 하면 항상 그 모양이에요……. 샘슨이 그냥 내버려 두니까 그런 일이 생기는 거예요. 그러다가 개들이 숲에서 봉변을 당할지도 모르는데. 아무튼 모든 게 샘슨이 너무 게을러서 개들한테 밥을 제대로 주지 않기 때문이에요. 에이, 빌어먹을 늙은이⋯⋯."

리처드는 무슨 고민거리가 있는 듯 풀이 죽은 채 말없이 식사를 했다. 두 눈에서는 긴장되고 초조한 기색이 떠나지 않았다. 신경을 거슬릴 만한 사고가 벌써 한두 건이 생긴 게 아니었다. 파종기는 고장이 나서 쓸 수가 없게 되었고 물 수레는 바퀴가 빠져 버렸으며 왜건은 브레이크를 걸어 둔 채 언덕 위로 몰고 가는 바람에 이상이 생겼는데, 한결같이 부주의해서 생긴 사고들이었다. 리처드는 다시 옛날로 돌아와 있는 셈이었다. 지독히도 운이 없어서 어떻게 해 보려고 해도 속수무책인 자기 신세가 원망스러워서 언제까지라도 상념에 잠기는 모습으로 말이다. 메리는 아무 말도 하지 않았다. 모든 것이 그녀에게는 이해할 수조차 없을 정도로 낯설게만 여겨졌기 때문이다.

식사를 끝내자마자 리처드는 의자에서 모자를 집어 들고 다시 밖으로 나갔다. 메리는 요리책을 찾아 들고 주방으로 갔다. 오전 10시경에 개들이 다시 집으로 돌아왔다. 덩치가 큰 잡종견 두 마리는 멋대로 행동해서 미안하다는 듯 샘슨에게 꼬리 치면서 아양을 떨었으나 낯선 메리한테는 알은척도 하지 않았다. 개들은 주방 바닥에 흘린 물을 게걸스럽게 핥아먹더니 앞방의 동물 가죽 위에 누워 한동안 코를 킁킁거리다가 잠이 들었다.

원주민 샘슨이 예의상 아무 말 없이 끈기 있게 지켜보는 가운데 이것저것 요리를 실습해 보고 나서 메리는 요리책을 주방에 내버려 둔 채 침실로 돌아왔다. 요리는 그녀가 제일 먼저 배워야 할 일임이 분명했지만, 그러한 사실을 샘슨에게 이해시킬 수는 없었다.

5장

    메리는 저축해 두었던 돈으로 꽃무늬가 수놓아진 천을 사서 방석 커버를 하고 커튼을 만들었다. 그리고 리넨 천과 그릇과 옷감도 약간 구입했다. 집 안은 삭막한 가난의 티를 벗어 갔으며, 밝은색 계통의 벽에 거는 장식물과 그림 몇 점으로 소박하면서도 산뜻한 분위기를 풍기게 되었다. 메리는 열심히 노력했으며, 리처드가 집으로 돌아와서 새롭게 달라진 집 안 모습에 깜짝 놀라면서 흐뭇해하는 표정을 보며 함께 흐뭇해했다. 메리가 리처드의 집에 와서 함께 생활한 지 한 달 정도가 지났을 무렵, 집 안 어느 곳을 둘러보아도 더 이상 손볼 것이 없어졌다. 그리고 돈도 다 떨어져서 설혹 손댈 만한 부분이 남아 있더라도 그냥 내버려 둘 수밖에 없는 형편이었다.

    메리는 새로운 생활 리듬에 쉽게 적응해 나갔다. 그리고 그 변화는 대단해서 자신이 전혀 다른 사람이 되어 버린 느낌까지 들 정도였다. 매일 아침 쟁기 두드리는 소리에 잠에서 깨어 리처드와 함께 침대에서 차를 마셨다. 리처드가 경작지로 일하러 나가면 그날 먹을 식료품을 저장실에서 꺼냈다. 그녀는 보통 세심한 성격이 아니었는데 상황이 나아지리라고 기대했던 샘슨은 그 바람에 혹 떼려다 하나 더 붙인 꼴이 되고 말았다. 그동안 모든 물품의 3분의 1은 자기 몫이라는 묵계가 이루어져 있었는데 그것마저 없어져 버렸고, 메리는 곡물 저장실 열쇠들을 허리에 차고 다니기까지 했던 것이다. 아침 식사를 할 무렵이면 메리가 집 안에서 해야 될 일은 가벼운 음식거리 장만을 제외하고는 모두 끝났다. 그러나 샘슨의 솜씨가 훨씬 뛰어났기 때문에 얼마 지나지 않아서 그 일을 샘슨에게 일임해 버렸다. 그리고 자기는 아침 내내 바느질을 했다. 점심 식사를 하고 나서도 다시 바느질을 계속하다가 저녁 식사를 마치기가 무섭게 잠자리에 들어 마치 어린아이처럼 밤새도록 잠을 잤다.

처음에는 활력이 넘치고 결의 또한 대단해서 집안 살림을 정리하고 아무리 사소한 일이라도 그냥 넘어가지 않고 새로운 생활을 문자 그대로 즐겼다. 특히 무더위가 그녀를 지치고 무력하게 만들기 전까지의 이른 아침 시간이 좋았으며, 새로 갖게 된 느긋함과 여유가 좋았고, 리처드의 마음에 드는 것이 좋았고 그렇게 되기 위해서 그녀 나름대로 노력도 많이 했다. 왜냐하면 그녀가 하는 일에 대해서 리처드가 큰 고마움을 느끼면서 가슴 뿌듯해하면(사실 그는 황량하기 짝이 없던 자신의 집이 그토록 달라질 수 있으리라고는 생각조차 하지 못했다.) 항상 낙심만 하면서 몸에 밴 어두운 기색이 일시나마 사라졌기 때문이다. 메리는 리처드가 이해하지 못할 괴로운 표정을 지을 때마다 그가 고통을 겪고 있다는 생각을 떨쳐 버리려고 했다. 그렇게라도 하지 않으면 그가 싫어지면서 다시 반감이 들었기 때문이다.

그러다가 집 안에서 자신이 할 수 있는 일을 모두 해 버리고 더 이상 할일이 없자, 메리는 옷감으로 시선을 돌려 다소 늦은 감이 들기는 했지만 싸구려일망정 혼수를 만들었다. 그러나 결혼한 지 이삼 개월 정도가 지났을 무렵, 메리는 아무리 주변을 둘러보아도 더 이상 할 만한 일을 찾지 못하게 되었다. 갑자기 무료한 신세가 되고 말았던 것이다. 무료함이란 위험한 것이라고 단정 짓고 나자 그러한 무료함으로부터 본능적으로 벗어나려는 마음이 작용해서 메리는 이번에는 속옷으로 시선을 돌렸고 수를 놓을 만한 것이 눈에 띄면 모조리 수를 놓았다. 마치 훌륭하게 수를 놓아야 자신이 삶이 구제될 수 있다는 듯 메리는 몇 시간이고 눌러앉아서 하루 종일 손에서 바늘을 놓지 않았다. 그녀는 바느질 솜씨가 뛰어난 편이어서 결과는 대단했다. 처음에는 고독한 생활에 적응해 나가기 힘들 것이기 때문에 그녀가 고생하리라고 생각했던 리처드는 메리의 그러한 모습에 놀라움을 금치 못하면서 그녀가 수놓은 것들을 칭찬했다. 리처드의 생각과 달리 메리는 외로워하는 기색은 전혀 보이지 않았다. 하루 종일 바느질하는 것에 지극히 만족하는 것 같았다. 그리고 리처드는 감수성이 예민했기에 메리의 마음을 짐작하고서 그녀의 마음이 자의로 그에게 돌아설 때까지 그녀를 마치 남자 형제처럼 대해 주고 있었다. 리처드의 애정이 아무 사심도 없는 사려 깊은 배려에 불과하다는 것을 깨달은 후 메리가 눈에 띌 정도로 안심하던 모습은 그의 가슴을 아프게 했다. 그러나 리처드는 결국에 가서는 모든 일이 잘될 것이라는 생각을 끝까지 버리지 않았다.

그러다가 더 이상 수놓을 만한 것도 찾을 수 없자 메리는 다시 무료한 신세가 되고 말았다. 그녀는 할 일을 찾아서 다시 주변을 둘러보았다. 그리고 벽이 지저분하므로 손을 써야겠다는 결정을 내렸다. 돈을 절약하기 위해 직접 벽에 백토 칠을 할 생각이었다. 그래서 이 주 동안 모든 가구를 방 한가운데에 몰아 놓고서 본격적으로 작업에 임했는데 무작정 덤벼들지는 않았다. 방 하나를 전부 칠하고 다른 방을 칠하는 등 매우 효율적으로 백토 칠을 해 나갔던 것이다. 리처드는 아무 경험이나 예비지식이 없는데도 백토 칠을 그처럼 자신 있게, 그리고 능률적으로 하는 메리에게 감탄을 금치 못했으나, 다른 한편으로는 다시 한번 놀라지 않을 수 없었다. 메리에게 그처럼 지나칠 정도의 정력과 탁월한 능력이 있으리라고는 생각지도 못했기 때문이다. 그러한 모습을 본 리처드는 자신감이 더욱더 없어졌는데, 그러한 특질이 자신에게는 없음을 뼈저리게 느꼈기 때문이다. 모든 벽은 곧 현란한 청백색을 띠면서 새롭게 단장되었다. 볼품없는 사다리를 이용해 메리가 수일간의 작업 끝에 하나의 작품을 만들어 냈던 것이다.

백토 칠을 끝낸 후 메리는 자신이 지쳤음을 깨달았다. 그래서 큰 소파에 팔짱을 끼고 앉아 아무 일도 하지 않으면서 잠시 여유롭게 있었는데 그런대로 쾌적한 기분을 맛볼 수 있었다. 그러나 그러한 상태가 오래 지속되지는 못했다. 좀이 쑤셔서 다시 견딜 수 없었던 것이다. 자신을 어떻게 주체해야 될지 막막할 정도로 안달이 나서 견딜 수 없었기에 궁여지책으로 자신이 가져온 소설책 꾸러미를 풀어 다시 읽기 시작했다. 그녀가 직장 생활을 하면서 모아 놓은 소설책은 엄청나게 많았는데, 유명한 동화를 들려주는 어머니의 말에 귀를 기울이는 어린아이처럼 이미 책이란 책은 전부 외울 정도로 여러 차례 읽은 상태였다. 과거에는 소설책을 읽는 것이 마치 마약 중독과 같은 습관이었다. 흡사 최면에 걸린 사람처럼 정신없이 책을 읽고 또 읽었던 것이다. 그러나 지금은 사정이 달랐다. 책장을 넘기는 동안 재미있기는커녕 무료하기만 했는데, 자신도 그 이유를 알 수 없었다. 책에 대한 흥미가 왜 갑자기 없어져 버린 것일까? 마음을 굳게 먹고 책장을 넘기는데도 정신은 다른 곳에 가 있었다. 도무지 집중할 수 없었다. 메리는 한 시간 가까이 책을 들여다봐야 단 한 글자도 제대로 눈에 들어오지 않았음을 깨닫고서 읽던 책을 내팽개치고 다른 책을 집어 들었으나 역시 마찬가지였다. 이삼일 동안 집 안은 빛바래고 먼지 낀 책들로 엉망이 되어 버렸다. 그러나 리처드는 자신이 책을 읽는 여인과 결혼했다는 사실이 그렇게 기쁠 수 없었다. 하루는 저녁 무렵에 리처드가 『매력적인 숙녀』라는 책을 들고서 중간 부분을 펼쳤다.

소달구지 행렬은 북쪽으로, 가증스럽고 냉혹한 영국인의 손길이 결코 미칠 수 없을 약속의 땅을 향해서 전진했다. 뜨거운 대지를 기어가는 차가운 뱀처럼 행렬은 꾸불꾸불하게 이어져 있었다. 땀으로 뒤범벅이 된 얼굴과 숱이 많은 고수머리 위에 흰 망사를 쓰고 행렬의 선두에서 말을 타고 전진하는 프루넬라 판쿠치는 사방을 잠시 둘러보았다. 그러한 그녀의 모습을 지켜보는 피트 판프리슬란트의 가슴은 남아프리카의 피맺힌 거대한 심장 그 자체가 박동치는 것과 보조를 맞추어 몹시 뛰고 있었다. 이들 자치 구역 주민들과 남아프리카 태생의 네덜란드인들 그리고 활달한 여인네들 사이에서 마치 여왕처럼 군림하고 있는 그녀를 과연 그 자신의 힘으로 휘어잡을 수 있을까? 과연 그렇게 될 수 있을까? 그는 그녀의 얼굴에서 시선을 떼지 않고 줄곧 응시했다. 점심 식사 준비를 하고 있던 탄트아나는 무엇이 그렇게 재미있는지 뚱뚱한 몸을 제대로 가누지 못할 정도로 낄낄거리면서 속으로 중얼거렸다. '아무튼 볼만한 대결이 될 거야.'

리처드는 책을 내려놓고서 메리 쪽으로 시선을 돌렸다. 그녀는 무릎에 책을 올려놓은 채 지붕을 쳐다보고 있었다.
"천장을 만들면 안 될까요, 여보?"
메리가 언짢은 기색으로 물었다.
"워낙 비용이 많이 들어서 지금 당장은 곤란할걸……."
자신 없는 목소리로 리처드가 대답했다.
"일만 잘된다면 내년쯤이면 또 모르지, 천장을 만들 수 있을지도."

그 후 이삼일이 채 지나지 않아서 메리는 책들을 다시 묶어서 치워 버렸다. 그녀가 원하는 것은 책이 아니었기 때문이다. 그녀는 주방에 놓아두었던 요리책을 다시 집어 들었다. 그리고 모든 시간을 그 책에 투자하면서 샘슨을 시켜 실습해 보기도 했는데 그녀의 삭막한 비판에 샘슨은 쩔쩔매면서 당황하는 경우가 많았다. 그러나 그녀의 지적이 냉정하면서도 극히 논리적이었기 때문에 항변할 수도 없는 입장이었다.

샘슨은 갈수록 불만스러워졌다. 샘슨은 리처드의 방식에 너무나 익숙해져 있었고, 두 사람은 서로를 너무 잘 이해해 주었는데 메리의 등장으로 상황이 전혀 생각지도 못했던 방향으로 전개되었기 때문이다. 리처드의 경우에는 그에게 가끔 호통을 치는 법이 있더라도 나중에는 함께 웃었는데, 어떻게 된 일인지 새로운 마님은 웃는 법이 없었다. 게다가 식료품 양도 언제나 세심하게 계산해서 내놓았으며 혹시라도 남는 것이 있으면 감자 한 알까지 얄미울 정도로 정확히 기억했다가 샘슨에게 어디 있느냐고 물어 오기 일쑤였다.

비교적 안락하게 지내 왔던 샘슨은 자신의 위치가 흔들리면서 일이 이상한 방향으로 흘러가자 심사가 몹시 뒤틀리고 불만이 쌓여 갔다. 주방에서는 가끔 말다툼이 벌어지기도 했는데, 한번은 메리가 울고 있는 것을 리처드가 보았다. 메리는 푸딩에 넣을 건포도가 많이 남아 있다고 알고 있었는데 막상 찾아보니 거의 남아 있지 않자 샘슨에게 어떻게 된 일이냐고 물었으나 그는 한사코 발뺌을 했으며, 그 바람에 속이 상해서 울고 있었던 것이다.

"난 또 무슨 일인가 했지……."

리처드가 미소를 지으면서 말했다.

"별일도 아니로구먼."

"하지만 샘슨이 훔쳐 간 것이 분명해요."

메리는 여전히 울음을 그치지 않았다.

"그랬을지도 모르지. 하지만 샘슨은 그런대로 괜찮은 편이야."

"난 도저히 못 참겠어요. 보수에서 그만큼 제해 버리고 말 거예요."

리처드는 그렇게까지 단호하게 나오는 메리를 이해할 수 없다는 듯한 표정을 지어 보였다.

"정 그렇다면 당신 하고 싶은 대로 하구려."

리처드 생각에는 메리가 우는 모습을 본 것은 이번이 처음 같았다.

아무튼 한 달에 1파운드씩 받던 샘슨은 이렇게 해서 2실링을 덜 받게 되었다. 샘슨은 그 말을 듣는 순간 몹시 못마땅한 표정을 지었다. 그리고 메리에게는 아무 말도 하지 않고 리처드에게 동정을 바랐으나, 리처드는 메리의 지시를 받아들이라고 그의 호소를 묵살해 버렸다. 샘슨은 그날 저녁 메리에게 그의 촌락에 자기가 필요하다면서 리처드의 집에서 더 이상 일하지 못하게 되었다고 말했다. 메리는 촌락에 도대체 왜 그가 필요하냐고 꼬치꼬치 캐물었으나, 리처드가 그만두라는 뜻으로 그녀의 팔을 잡으면서 고개를 저어 보였다.

"왜 이유를 물어보면 안 된다는 건가요?"

메리는 순순히 물러나려고 하지 않았다.

"거짓말을 하는 게 분명한데."

"물론 샘슨이 거짓말을 한다는 것은 분명해요."

리처드가 약간 짜증스러운 목소리로 대답했다.

"하지만 아무리 그렇다 하더라도 그건 중요하지 않소. 자기 뜻대로 하겠다는데 굳이 따지고 들지 말라는 거요."

"그럼 거짓말을 그대로 받아들이라는 말인가요? 왜요? 왜 그래야 되는 거죠? 거짓말을 하지 않더라도 우리 집에서 일하기 싫어졌다고 솔직하게 말할 수도 있는 문제잖아요."

리처드는 짜증스럽게 메리를 바라보면서 어깨를 한 번 으쓱해 보일 뿐이었다. 그는 메리가 이처럼 터무니없이 우겨 대는 이유를 이해할 수 없었다. 그 자신은 원주민들을 다루는 법을, 그리고 그들과 마찰 없이 지내는 법을 알았기 때문이다. 원주민들을 상대하는 것은 쌍방이 피차간에 묵인된 어떠한 규칙을 따라야 하는, 어떤 때는 재미있고 어떤 때는 귀찮은 게임과 같았다.

"만일 샘슨이 진짜 그렇게 말했다면 당신 기분이 어땠을 것 같소? 아마 모르긴 해도 대단히 화가 났을 거요."

리처드가 메리의 그러한 모습이 안쓰럽다는 듯이 이렇게 말했다. 그러나 그 목소리에는 여전히 애정이 깃들어 있었다. 리처드는 메리를 심각하게 받아들일 수 없었다. 지금처럼 행동할 때는 마치 어린아이 같았기 때문이다. 다른 한편으로 그는 자기를 위해 그토록 오랫동안 일해 온 노복(老僕)이 떠나자 몹시 서운한 마음이 들었다.

"할 수 없지……."

한동안 생각에 잠겨 있다가 리처드가 마침내 말문을 열었다.

"이런 일이 있을 줄 진작 짐작하고서 사람을 새로 구해 놓았어야 하는 건데. 일하는 사람을 바꾸려면 보통 힘든 게 아니란 말이야."

메리는 문 앞에 서서 리처드와 샘슨이 작별 인사를 나누는 모습을 지켜보면서 이해할 수 없는 점이 한두 가지가 아니었고, 나아가서는 반발심마저 생겼다. 리처드는 이 하잘것없는 흑인과 헤어지는 것이 몹시도 섭섭하다는 표정을 짓고 있는 것이 아닌가! 그녀는 백인이 흑인 원주민에 대해서 정이라는 것을 품을 수 있다는 사실이 도저히 이해되지 않아서 그런 리처드의 모습을 보자 온몸에 소름까지 돋으면서 끔찍한 느낌을 받았다. 그는 심지어 이런 말까지 했다.

"촌락에서의 일이 끝나는 대로 다시 돌아와 우리를 위해 일해 줄 수 있겠나?"

"그러죠, 주인님."

비록 대답은 이렇게 했으나, 샘슨은 이미 등을 돌리고 걸어가고 있었다. 리처드는 기분이 착잡한지 말없이 집 안으로 들어왔다.

"샘슨은 다시 돌아오지 않을 거야. 틀림없어."

"다른 깜둥이도 많잖아요."

메리는 리처드의 태도가 마음에 들지 않아서 날카롭게 쏘아붙였다.

"그렇지. 암, 그렇지."

리처드가 고개를 끄덕였다.

오륙일 정도가 지나서야 원주민 한 명이 하인으로 일할 용의가 있다고 리처드 부부를 찾아왔다. 그때까지는 메리가 집안일을 도맡아서 했는데, 비록 할 일이 많은 편은 아니었어도 상당히 힘들었다. 그러나 일을 해야 된다는 책임감을 갖고 하루 종일 집에 혼자 있으면서 기분이 무척이나 좋았다. 빨래를 하고 먼지를 털어 내고 걸레질을 했다. 지금껏 살아오는 동안은 흑인들이 아무 불평 없이 묵묵히 모든 허드렛일을 도맡아 해 주었기 때문에 집안일은 그녀에게 완전히 새로웠고, 새롭다는 사실 하나 때문에 즐거운 마음으로 일할 수 있었다. 그러나 티끌 하나 찾아볼 수 없을 정도로 깨끗이 청소해 놓고 식료품 저장실 정리까지 마치면, 다리에서 힘이 빠져 금방이라도 쓰러져 버릴 것처럼 방 앞의 낡고 기름때 묻은 소파에 털썩 주저앉곤 했다. 더웠다, 너무 더웠다! 미처 생각지도 못했을 정도로 더웠다. 하루 종일 땀이 비 오듯이 쏟아져 내렸다. 마치 개미들이 슬금슬금 기어 내려오듯 땀이 몸 이곳저곳에서 흘러내리는 것을 느낄 수 있을 정도였다. 메리는 양철 지붕의 열이 머리 위에 그대로 쏟아져 내리는 것을 느끼면서 두 눈을 꼭 감은 채 소파에 앉아 미동조차 하지 않았다. 집 안에서도 모자를 쓰고 있어야 하다니 보통 기막힌 노릇이 아니었다. 만일 리처드가 하루 종일 경작지에 나가서 지내지 않고 집 안에 틀어박혀 지낼 입장이었다면 당장에 천장을 만들려고 했을 텐데……. 비용이 많이 든다고 했는데 정말 그렇게 많이 들까? 혹시 잘못 생각하고 있는 것은 아닐까? 시간이 지나감에 따라 그녀는 틈틈이 모아 두었던 돈을 천장 설치하는 데 쓰지 않고 커튼과 같은 것에 몽땅 써 버린 자신이 어리석게만 여겨졌다. 혹시 리처드에게 지금의 이 고통스러운 처지를 하소연하면서 다시 한번 부탁해 보면 돈을 빌려서라도 천장을 설치해 주지 않을까? 이런 생각도 해 보았지만 쉽게 이야기를 꺼낼 수도 없을뿐더러 리처드의 얼굴이 고통으로 일그러지는 것을 지켜볼 용기는 더더욱 없었다. 그녀도 이제는 그의 그러한 모습에 어느 정도 익숙해지기는 했다. 아니, 어떤 의미에서는 고뇌에 찬 리처드의 모습을 지켜보는 것을 가슴속 깊은 곳에서는 즐기고 있는지도 모를 일이었다. 리처드가 그녀의 손을 다정하게 잡고서 그 위에 공손히 키스하며 "당신을 이곳으로 데려온 내가 밉지는 않소?" 하고 미안스럽게 물어 올 때면 메리는 고개를 저었다.

"아뇨. 그런 생각 한 적 없어요."

그녀는 이처럼 승리감을 느끼면서 자신이 용서해 주는 입장이라는 생각이 들 때만 리처드에게 다정다감하게 대했다. 용서를 구하려는 열망과 그녀 앞에서 자신을 한없이 깎아내리는 리처드의 자기 비하는 비록 그녀가 가장 혐오하는 점이기는 했지만, 다른 한편으로는 그녀에게 가장 큰 만족감을 안겨 주었던 것이다.

아무튼 그런 이유로 메리는 눈을 지그시 감고 소파에 그냥 앉아 있곤 했다. 뜨거운 열 때문에 고생하면서도, 동시에 고생을 기꺼이 받아들이려는 마음 때문에 뿌듯하고 약간은 서글픈 기분을 느끼면서 말이다.

그러다가 어느 한순간, 더 이상 참을 수 없게 되고 말았다.

집 밖 덤불숲에서는 단 한순간도 쉬지 않고 매미들이 울어 젖히고 메리는 머리가 지끈거리면서 아파 오기 시작했다. 팔다리는 한없이 무겁게만 느껴졌고 신경이 곤두섰다. 혹시라도 할 만한 일거리가 남아 있지 않나 침실로 들어가 보았으나, 아무것도 찾지 못했다. 옷가지를 아무리 뒤져 봐도 수를 놓거나 바느질을 새로 해야 될 것은 단 한 가지도 없었던 것이다. 수선할 것이 없는지 리처드의 옷가지들을 뒤져 보았으나, 그는 셔츠와 반바지 이외에는 입지 않기 때문에 행여 떨어진 단추라도 발견하는 날은 운이 엄청나게 좋은 편이었다. 할 일이 아무것도 없을 때면 메리는 베란다를 서성거리거나, 자리에 앉아서 저 멀리 푸르른 작은 언덕들 너머로 태양이 기울어 가는 것을 지켜보든지, 아니면 큰 자갈들이 쌓여 있는 집 뒤로 가서 열파(熱波)가 마치 이글거리는 불꽃처럼 빨강 파랑 에메랄드 색깔로 돌멩이에 부서지는 것을 지켜보곤 했다. 그러다가 마침내 머리가 어질어질해지면서 현기증이 나기 시작하면 물을 마시러 다시 집 안으로 들어가야 했다.

그러던 중 원주민 한 명이 일을 하고 싶다면서 뒷문으로 찾아왔다. 그는 한 달에 17실링을 원했으나, 메리가 2실링을 깎았다. 자기 뜻대로 임금을 깎았다는 사실이 그토록 기분 좋게 느껴질 수 없었다. 원주민은 아직 10대티를 벗지 못한 것처럼 보였으며 촌락에서 곧장 왔다고 했는데, 수백 킬로미터나 떨어진 니아살랜드의 고향에서 이곳 타지로 옮겨와 사는 동안 몸이 무척이나 수척해져서 비쩍 말라 있었다. 그는 자신의 새로운 주인마님이 될 메리를 제대로 모르는 채 몹시 초조해하면서 신경을 곤두세웠다. 그는 경직된 상태로 움직이면서 메리의 조그마한 표정 하나라도 놓칠세라 그녀에게서 눈을 떼지 않은 채 평소보다 훨씬 더 신중하게 행동했다. 그러나 메리는 그처럼 비굴한 모습이 역겹게 느껴져서 목소리가 거칠어져 갔다. 메리는 어떻게 일을 해야 될지 설명하면서 집 안 구석구석을 그에게 보여 주었다. 그는 마치 겁에 질린 개처럼 그녀의 뒤를 따라다녔다. 그는 비록 백인들의 집에서 하인으로 일하다가 돌아온 친구들에게 이야기를 듣기는 했지만 포크나 나이프, 접시 같은 이상한 물건을 실제로 본 것은 이번이 처음이었다. 따라서 그러한 것들을 가지고 어떻게 해야 될지 막막한 기분부터 드는 것도 무리는 아니었다. 그런데도 메리는 그가 푸딩용 접시와 음식 내놓는 접시를 구별해서 알고 있어야 된다고 다그쳤으니 그야말로 산 너머 산이었다. 메리는 그에게 식탁 차리는 법을 가르친 뒤, 오후 내내 재차 설명해 주고 다그치면서 그를 연습시켰다. 그럼에도 불구하고 막상 그날 저녁 식사 시간에 식탁을 형편없이 차리자, 메리는 리처드가 자리에 앉아 안쓰러운 표정으로 지켜보는 동안 새로운 하인에게 울화가 치밀어 호되게 야단쳤다. 하인이 자리를 비운 후 리처드가 말문을 열었다.

"처음에는 누구나 다 그러는 법이야. 그러니 너그럽게 봐줘요."

"하지만 얘기해 줬단 말이에요! 그것도 한두 번이 아니라 오십 번도 넘게!"

"하지만 저 애가 백인 집에서 일하는 건 이번이 처음일지도 모르지 않아요!"

"아무리 그렇다고 해도 그렇죠. 분명히 가르쳐 줬는데도 도 대체 왜 그대로 하지 못하는 거예요?"

리처드는 입을 꽉 다물고 이맛살을 잔뜩 찌푸린 채 메리를 찬찬히 살펴보았다. 그녀는 화가 나서 제정신이 아닌 것 같았다.

"여보, 내 말을 잠깐 들어 봐요. 하인들에게 그렇게 까다롭게 굴다가는 되는 일이 하나도 없어요. 기준을 너무 높게 잡지 말아요. 조금이라도 융통성을 발휘해 봐요."

"나는 기준을 낮추지 않을 거예요. 그렇게 할 수 없어요. 왜 그래야 하나요? 가뜩이나……."

메리는 문득 말을 멈추었다. "가뜩이나 돼지우리 같은 곳에 서 이렇게 살아가는 것도 분통 터져 죽겠는데……." 바로 이러 한 말이 튀어나올 것 같았기 때문이다.

리처드는 그녀가 무슨 말을 하려는지 짐작하고서 고개를 숙인 채 자기 앞에 놓인 접시를 응시했다. 그러나 이번에는 메리에게 굽히고 들어가지 않았다. 그는 화가 났으며, 자신이 잘못했다거나 메리에게 복종해야 된다는 압박감을 전혀 느끼지 않았던 것이다. 그녀가 말을 이어 나갔다.

"식탁 차리는 법을 내가 분명히 가르쳐 줬단 말이에요."

화를 참지 못하고서 계속 퍼부어 대는 메리의 짜증 섞인 투정을 듣고 있다가 그는 문득 자리에서 일어나 밖으로 나가 버렸다. 그리고 곧이어 성냥불과 급하게 빨려 들어가는 담배 불꽃이 메리의 시야에 들어왔다. 화가 났다, 이 말인가? 식사 가 끝날 때까지는 결코 담배를 피우지 않던 규칙마저 깨뜨릴 정도로 심사가 뒤틀린 모양인데…… 까짓것, 아무려면 어때.

그녀는 전혀 개의치 않았다.

다음 날 점심시간에 새로 온 하인은 긴장한 나머지 접시를 떨어뜨리고 말았는데, 메리는 그 즉시 그를 해고해 버렸다. 집안일은 다시 메리가 할 도리밖에 없게 되었다. 그러나 이번에는 공연히 짜증만 나고 집안일이 하기 싫어졌으며, 그냥 퇴짜를 놓아 버린 멍청이 같은 그 하인이 죽일 놈처럼 여겨졌다. 마치 흑인의 얼굴을 박박 문질러 피부를 벗겨 내려는 듯 식탁과 의자와 접시들을 사정없이 문질러 댔다. 분노에 사로잡혀 제정신이 아니었던 것이다. 아무튼 그녀는 다시 집안일을 하면서 다음에 찾아오는 원주민에게는 까다롭게 굴지 않아야겠다고 속으로 다짐했다. 그렇게 해 봤자 자기만 손해인 것 같았기 때문이다.

그다음에 찾아온 원주민은 지난번 원주민과 전혀 딴판이었다. 그는 자신을 마치 기계처럼 다루는 백인 여자들 밑에서 몇 년 동안 일한 경험이 있었으며, 아무리 기분이 나쁘더라도 그런 내색을 전혀 하지 않고 대답할 때는 언제나 공손하게 해야 된다는 것을 잘 알고 있었다. 그는 메리가 무슨 말을 하든 언제나 "네, 마님. 알겠습니다요, 마님." 하고 상냥하게 대답했다. 메리를 똑바로 바라보는 일도 없었다. 언제나 시선을 땅에 떨어뜨리고 대답했는데, 메리는 바로 그 점이 마음에 들지 않았을뿐더러 화까지 났다. 메리는 윗사람을 똑바로 바라보지 않는 것이 원주민 사회에서는 하나의 예절이라는 사실을 알지 못했다. 그녀는 그러한 태도가 바로 원주민들의 교활하고 정직하지 못한 본성을 보여 주는 증거라고 생각했다. 메리는 마치 그가 실제로 존재하지 않으며, 다만 그녀의 지시대로 움직이는 까만 몸뚱어리만 왔다 갔다 하는 것 같다는 느낌을 받았다. 그리고 이것 역시 그녀를 분노케 했다. 메리는 심지어 고통을 주는 한이 있더라도 접시를 그의 얼굴에 집어던져 생명 없는 까만 몸뚱어리를 인간으로, 그리고 감정 표현을 할 수 있도록 만들고 싶은 충동까지 느꼈다. 그러나 지난번과 같은 실수를 하지 않기 위해 이번만큼은 냉정을 유지했다. 비록 그에게서 단 한순간도 눈을 떼지 않고, 일이 끝난 다음에는 조그마한 티끌이나 기름 자국이 발견되어도 그를 불러 주의를 줬지만 결코 지나치게는 몰아붙이지 않으려고 조심했던 것이다. 이번 원주민을 계속 데리고 있을 생각이었지만, 그렇다고 고삐를 늦출 마음은 조금도 없었다. 그녀는 사소한 일일지라도 자신이 말한 대로, 자신이 원하는 대로 처리하게끔 만들 생각이었던 것이다.

리처드는 그러한 모습을 지켜보면서 점차 불길한 예감이 들기 시작했다. 메리는 도대체 왜 그러는 것일까? 무엇이 문제란 말인가? 자신과 있을 때면 그토록 편안하고 조용하고 푸근한 것 같다가도 흑인 원주민들만 대하면 심한 잔소리를 늘어놓았다. 리처드는 메리가 집안일에 신경 쓰지 못하도록 하기 위해 경작지에 나와 자신이 어떻게 일하는지 지켜보라고 했다. 그는 메리가 제반 문제와 걱정거리에 대해 진실로 그 자신과 가까워질 수만 있다면 두 사람의 관계는 더욱 가까워지리라고 생각했다. 그리고 인부들이 일하는 것을 지켜보면서 몇 시간이고 경작지를 혼자 돌아다니는 것은 따분하고 쓸쓸한 일이었기 때문에, 만일 메리가 경작지에 나온다면 자신의 외로움이 훨씬 덜해질 것 같기도 했다.

메리는 솔직히 말해서 들에 나가고 싶은 마음이 별로 없었기 때문에 선뜻 내키지는 않았으나, 그의 요청을 거절할 수 없어서 그냥 받아들였다. 사실 그녀는 흑인 인부들의 악취 나는 몸뚱이 옆에서 푹푹 찌는 태양열을 받으며 적토를 걸어 다니는 리처드를 생각할 때마다 낯선 세계에 자진해서 발을 들여놓은 사람을 보는 듯 답답하고 한심하다는 생각이 들었다. 그러나 그녀는 모자를 집어 들고 착한 아내답게 그와 함께 차에 올랐다.

메리는 오전 내내 리처드를 따라서 들에서 들로, 이쪽 인부들에게서 저쪽 인부들에게로 돌아다녔다. 그러나 그녀의 머릿속에서는 새로 온 하인이 집에 혼자 남아서 못된 짓이란 못된 짓은 모조리 하고 있을지도 모른다는 생각이 단 한순간도 떠나지 않았다. 그녀가 등을 돌리고 있는 틈을 이용해 하인이 도둑질을 하고 있을지도 모른다. 심지어 그녀의 옷가지들에 마구 손대면서 그녀의 프라이버시에 관계된 물건들까지 들추어 보고 있다면……? 메리는 생각이 여기까지 미치자 침까지 말라 가면서 애간장이 탔다. 그리고 리처드가 토지와 곡물과 원주민들의 임금에 대해 끈덕지게 설명해 주는 동안, 메리의 정신은 집에서 그녀의 물건들을 만지고 있을 하인에게 반정도는 팔려 있었다. 점심 식사를 하기 위해 집으로 돌아왔을 때 메리는 우선 집 안을 샅샅이 둘러보면서 하인이 해 놓지 않은 일을 찾았다. 그리고 옷 서랍을 주의 깊게 살펴보았는데 손을 댄 흔적은 없었다. 그러나 깜둥이들이란 교활하기 짝이 없는 족속들이기 때문에 결코 마음을 놓을 수는 없는 일이었다. 다음 날 리처드가 다시 경작지에 나가 보겠느냐고 물어 오자 메리는 신경질적으로 말했다.

"싫어요, 리처드, 당신만 괜찮다면 가고 싶지 않아요. 너무 더워요. 당신이야 익숙해졌겠지만."

비록 집 안에 있어도 무더위 때문에 미칠 지경일 테지만, 메리는 막상 그렇게 말해 놓고 보니 다시 들판에 나가서 오전 내내 작열하는 태양에 시달릴 생각에 벌써부터 눈앞이 아찔해져 오는 것 같았다. 게다가 집 안에서도 할 일이 생겼으니 더더욱 밖에 나갈 필요가 없었다. 원주민 하인을 감독해야 했던 것이다.

시간이 흐르면서 더위는 메리에게 하나의 강박관념이 되어 버렸다. 양철 지붕에서 쏟아지는 잔인한 열파를 더 이상 참을 수 없었던 것이다. 활달하게 돌아다니던 개들조차 이제는 하루 종일 베란다에 배를 깔고 누웠다가 자리가 뜨거워지면 다른 곳으로 조금 이동할 뿐 침을 질질 흘리면서 자리에 누워 움직일 생각을 하지 않았으며 개들이 흘리는 침으로 베란다 곳곳에는 물이 고일 지경이었다. 파리 떼 때문에 짜증을 내면서 개들이 낑낑거리는 소리도 빈번하게 들려왔다. 메리는 더위에서 벗어날 수 있게 어떻게 좀 해 달라는 듯 개들이 그녀의 무릎에 머리를 기대면 고함을 치면서 멀리 쫓아 버렸다. 집 안을 돌아다닐 때마다 발에 걸릴뿐더러 쿠션에 털을 묻혀 놓고, 그녀가 쉬려 하면 벼룩을 찾아 시끄럽게 코를 킁킁거리면서 방해하기 일쑤인 덩치 큰 개들이 메리는 역겨운 냄새부터 시작해 모든 것이 못마땅했던 것이다. 메리는 개들을 집 밖으로 쫓아 버리고서, 정오 무렵이 되면 원주민 하인에게 미지근한 물이라도 석유통에 가득 담아서 침실로 가져오라고 지시했다. 그러고 나서는 그마저 집 밖으로 쫓아낸 다음, 옷을 전부 벗고 벽돌 바닥에 세숫대야를 놓고 그 속에 들어가서 물을 온몸에 끼얹었다. 자잘한 구멍이 나 있는 벽돌로 떨어지는 물방울들은 메마름이 느껴질 정도로 푸석푸석한 소리를 냈다.

"언제쯤 비가 올까요?"

그녀가 리처드에게 물어보았다.

"응? 글쎄…… 한 달 정도는 더 있어야 될걸."

비록 대답은 쉽게 했지만, 리처드는 그러한 질문에 상당히 놀란 것 같았다. 비가 언제쯤 내릴지 분명히 알 텐데도 그런 질문을 하다니. 사실 그녀는 리처드보다도 시골에서 더 오래 살지 않았던가. 그러나 메리는 도시에서는 계절이라는 것이 없었던 듯싶었다. 이곳에서만큼 계절이라는 것을 뼈저리게 느껴 본 적은 결코 없었다. 메리는 더위와 추위와 비에 무감각한 상태로 지내 왔다. 물론 도시에서도 비는 왔고 기온이 뚝 떨어지기도 했지만, 계절의 변화란 자신과 상관없이 일어나는 일만 같았던 것이다. 그러나 이곳에서는 느린 계절의 변화에 몸과 마음이 모두 시달려야 했다. 사실 지금처럼 베란다에 서서 창공을 흘러가는 반짝이는 수정 덩어리 같은 흰 구름들을 눈을 가늘게 뜨고 바라보며 혹시 비가 올 기미가 없는지 애타게 찾아본 적은 없었다.

"물이 왜 이렇게 빨리 없어지지?"

하루는 리처드가 이맛살을 잔뜩 찌푸리면서 말했다.

물은 샘이 있는 언덕 아래에서 일주일에 두 번씩 길어 왔다. 메리는 엄청난 고통을 당하면서 질러 대는 듯한 외침과 고함 소리가 들려 집 밖으로 뛰쳐나간 적이 자주 있었는데, 그럴 때마다 멋진 황소 두 마리가 끄는 물 수레가 나무 사이를 뚫고 다가오고 있었다. 물 수레에는 휘발유 드럼통 두 개가 묶여 있었고, 황소는 멍에로 서로 연결되어 물 수레를 끌었다. 황소가 걸음을 옮겨 놓을 때마다 울퉁불퉁한 근육이 튀어나왔다가 들어갔고, 물을 시원하게 유지하기 위해 드럼통 위에는 나뭇가지들이 수북하게 덮여 있었다. 물 수레가 흔들거려 물방울이 튀면 얼핏얼핏 무지개가 보였는데, 그럴 때마다 황소들은 물 냄새를 맡고서 고개를 좌우로 흔들며 콧구멍을 벌렁거렸다. 원주민 한 명이 물 수레를 몰면서 긴 채찍을 허공에 대고 휘두르며 고함을 질러 댔다. 그러나 채찍이 황소의 몸에 닿는 일은 한 번도 없었다.

"대체 물을 어디에 쓰고 있소?"

리처드의 질문에 메리가 사실대로 대답했다. 그 순간 그는 표정이 어두워지면서 마치 그녀가 엄청난 죄라도 지은 듯 믿을 수 없을 정도로 경악하면서 그녀를 바라보았다.

"뭐, 물을 그런 식으로 낭비한단 말이오?"

"없애 버리는 게 아니에요."

메리가 차갑게 쏘아붙였다.

"너무 더워요. 샤워라도 하지 않으면 견딜 수 없을 정도로."

리처드는 냉정을 잃지 않으려는 듯 마른침을 한 번 꿀꺽 삼켰다.

"이런 기막힌 노릇이 있나."

성난 목소리로 그가 말했다. 지금까지는 노골적으로 메리에게 화를 낸 적이 한 번도 없었지만, 마침내는 화를 내고 말았던 것이다.

"내 말 똑똑히 들어요. 물 수레로 물을 길어 올 때마다 어떤 대가를 치러야 하는지 알고 있소? 물 수레를 몰 사람과 인부 두 명이 필요하고, 오전 내내 황소 두 마리에게 다른 일을 시킬 수도 없어. 물을 길어 오려면 돈이 든단 말이오. 그런데도 당신은 물을 쓸데없이 없애 버리고 있으니 이게 말이나 될 법한 소리요? 몸에 물을 끼얹어 매번 없애 버리지 말고, 대신 욕조에 물을 채워 그 안에 들어갈 수도 있을 텐데 왜 그렇게 하지 않지?"

메리는 화가 났다. 마침내 마지막 지푸라기마저 빼앗겨 버리는 것 같았기 때문이다. 온갖 고생을 감수하면서 아무런 불평도 하지 않고 지내 왔건만 겨우 물 몇 리터를 마음대로 사용할 수 없다니! 그녀는 리처드에게 소리를 질러 대려고 입술을 움직이려 했다. 그러나 그 전에 리처드가 먼저 자신이 지나쳤음을 깨닫고 갑자기 몹시 후회하는 기색을 보였다. 그러고 나서는 지금까지 메리에게 위안을 주었던 광경이 재현되었다. 즉, 그는 자기 비하를 하면서 사과를 늘어놓았고 그녀는 용서해 주는 아량을 베풀었던 것이다.

그러나 리처드가 나간 후 욕실에 가서 욕조를 보자, 메리는 조금 전에 그가 한 말이 다시 생각나 울화가 치밀어 올랐다. 집을 지은 후 그 옆에 기대어 지은 욕실은 나무 기둥에 진흙을 바른 벽과 양철 지붕으로 이루어져 있었는데, 지붕 틈새로 비가 샌 부분은 백토 칠이 벗겨지고 진흙이 갈라져 있었다. 욕조는 아연으로 만들어진 것으로 상당히 낮은 편이었는데 욕조 아래의 바닥은 마른 진흙으로 되어 있었다. 이제는 무뎌진 표면에 가끔 반들거리는 부분이 있는 것으로 보아 아연 욕조가 한때는 무척이나 번쩍거렸을 것임을 짐작할 수 있었다. 그러나 오랜 시간이 흐르는 동안 기름때와 먼지가 덕지덕지 겉면에 달라붙어서 지금은 더럽고 불결하기 짝이 없었다. 메리는 속이 메스꺼울 정도로 역겨워하면서 욕조를 내려다보았다. 물을 길어 오는 것이 번거롭고 비용이 많이 들었기 때문에 목욕을 일주일에 두 번밖에 할 수 없었는데, 메리는 목욕을 할 때마다 욕조 맨 끝에 조심스럽게 앉아서 가능한 한 욕조를 건드리지 않으려 했고 될 수 있는 대로 빨리 나와 버렸다. 이곳에서는 목욕이 즐거야 할 사치가 아니라 먹지 않으면 안 될 약과 같았다.

게다가 목욕을 준비하려면 몹시 번거로웠기 때문에 메리는 분통이 터져 울음이 절로 나올 지경이었다. 목욕을 하기로 한 날 저녁이면, 석유통 두 개 분량의 물을 풍로로 데워 욕실로 가져가서 바닥에 내려놓았다. 물이 식지 않도록 하기 위해 물통 위에 마대를 덮었는데, 김이 모락모락 피어오를 때면 마대에서 곰팡내가 났다. 그리고 운반하기 편하도록 물통에는 나무 손잡이가 달려 있었는데 손때로 반들반들해진 지 이미 오래였다. 정말이지 더 이상은 못 참겠어! 메리는 마침내 울화가 치밀어 오르는 것을 어떻게 할 수 없어 이렇게 중얼거리면서 욕실을 나왔다. 그러고 나서는 하인을 불러 욕조가 반들반들 해질 때까지 닦고 또 닦으라고 지시했다. 하인은 메리의 말을 대수롭지 않게 받아들이고서 오 분 동안 욕조를 닦고는 다 닦았다고 했다. 메리는 욕조를 면밀히 검사했다. 마찬가지였다. 손바닥으로 욕조를 훑어 보자 먼지 때가 그대로 느껴졌던 것이다. 메리는 하인을 다시 불렀다. 그러고 나서는 욕조 겉면이 반질반질해질 때까지 구석구석 철저히 닦으라고 지시했다.

그때가 오전 11시경이었다.

그날은 메리에게 운이 억세게도 없는 날이었다. 바로 그날에 지역 주민들, 즉 슬래터 내외를 처음으로 접했기 때문이다. 그날 있었던 일은 자세히 기록할 만한데, 왜냐하면 그날 일을 통해 제삼자의 입장에서는 많은 것을 이해할 수 있기 때문이다. 고개는 꼿꼿이 쳐들고 입은 꽉 다문 채 자신의 약한 모습을 보이지 않으려고 당당하게 돌아다닌 것까지는 좋았는데, 메리의 그날 하루는 완전히 실수의 연속이었다. 리처드가 점심 식사를 하러 돌아왔을 때, 메리는 주방에서 식사를 준비하고 있었는데 표정이 일그러진 것으로 보아 상당히 화가 난 상태였으며 얼굴이 붉으락푸르락했고 머리 또한 단정치 못했다.

"아니, 하인은 어디로 갔어요?"

하인이 해야 될 일을 메리가 하고 있는 걸 보고 깜짝 놀라면서 그가 물었다.

"욕조를 닦고 있어요."

성난 목소리로 그녀가 짤막하게 내뱉었다.

"하필이면 왜 지금 닦으라고 시킨 거요?"

"더러우니까요."

리처드는 욕실로 가 보았다. 솔로 박박 문질러 대는 소리와 함께 거의 무표정한 얼굴로 욕조를 닦고 있는 원주민 하인이 보였다. 그는 그 모습을 잠시 지켜보다가 다시 주방으로 돌아왔다.

"왜 저런 일을 시켰어요? 벌써 몇 년 동안이나 저런 상태였는데. 아연 욕조는 어차피 저렇게 되는 법이야. 먼지나 녹이 아니라 색깔이 변했을 뿐이지."

리처드가 메리에게 물었다.

그녀는 리처드에게 시선을 주지 않은 채 음식 접시를 들고 주방에서 걸어 나왔다.

"흥, 먼지 때가 틀림없어요."

메리는 조금도 물러서려고 하지 않았다.

"깨끗해질 때까지는 두 번 다시 욕조에 들어가지 않을 테니까 그렇게 알아요. 도대체가 무엇 하나 깨끗한 것이 없으니……. 이해할 수가 없어요. 왜 저 지경이 되도록 그냥 내버려 두었죠?"

"당신도 아무 불평 없이 저 욕조를 몇 주나 쓰지 않았소."

리처드가 담배를 찾아 입에 물면서 무미건조하게 말했다. 그러나 메리는 아무 대꾸도 하지 않았다.

잠시 후 그녀가 식사 준비가 다 되었다고 부르자 리처드는 고개를 흔들면서 다시 경작지 쪽으로 걸음을 옮기며 개들을 불렀다. 메리가 지금 같은 상태일 때면 리처드는 도저히 그녀 곁에 있을 수가 없었던 것이다. 그녀는 자신도 식사를 하지 않고 식탁을 치워 버리고 자리에 앉아 원주민 하인이 솔로 욕조를 문지르는 소리에 귀를 기울였다. 목이 뻣뻣해지고 뼈마디가 결려 왔지만 그 상태로 두 시간이나 꼼짝 않고 앉아 있었다. 하인이 일을 아무렇게나 하도록 내버려 두지 않을 결심이었던 것이다. 3시 30분 무렵 소리가 갑자기 뚝 그쳤다. 메리는 당장에라도 욕실로 뛰어가서 원주민 하인에게 일을 다시 시킬 생각으로 몸을 일으키려 했다. 그러나 바로 그 순간에 문이 열리면서 하인이 들어왔다. 그는 메리를 똑바로 바라보지는 않고 다만 그녀의 그림자만 응시하면서 자기 오두막에 가서 식사를 하고 돌아와서 욕조를 계속 닦겠다고 했다. 메리는 그가 식사를 하지 않았다는 사실을 잊어버리고 있었다. 아니, 원주민들 또한 잠을 자고 식사를 해야 되는 사람이라고 생각조차 해 보지 않았다. 그들은 있거나 없거나 상관없는 존재들이었으며, 메리는 그들이 자기 눈에 띄지 않을 때면 그들에 대한 생각을 일부러 시간을 내어 해 본 적이 없었다. 메리는 무심했던 자신이 너무했다는 생각이 들어 일말의 미안함을 느끼면서 고개를 끄덕였다. 그러다가 '먼저 욕조를 깨끗하게 관리하지 못한 건 자기 잘못이지.' 하고 속으로 중얼거리면서 미안하다는 생각을 지워 버렸다.

하인이 일하는 소리를 긴장해서 듣다가 그러한 긴장감에서 벗어나자, 메리는 밖으로 나가서 하늘을 쳐다보았다. 구름 한점 없었다. 대기에 흐릿하게 퍼져 있는 연기 때문에 후덥지근하기는 했지만, 하늘은 낭랑하고 파란 소리가 울려 퍼지는 낮고 둥근 지붕 같았다. 집 앞의 어스레한 모래 토양은 빛을 반사하여 눈이 부시게 했으며, 포인세티아 덤불 가지에 부서져 내린 햇빛은 베어 낸 잔가지 등이 여기저기 흩어져 있는 심홍색 빈 터에 이르러 사방으로 흩어졌다. 메리는 언덕까지 이어진 부드럽고 햇빛에 빛나는 초원 쪽으로 시선을 돌려 거무스름한 갈색의 나무들을 바라보았다. 형체는 뚜렷하지 않고 흐릿해서 제대로 보이지 않았다. 초원 지대 곳곳에서 일어난 불은 몇 주 동안이나 계속됐는데, 연기의 맛을 혀끝으로 느낄 수 있을 정도였다. 가끔 살갗에 떨어지는 새까맣게 탄 조그마한 풀 찌꺼기들이 시커멓게 얼룩지게 하는 경우도 있었다. 저 멀리서 솟아오르는 연기 기둥들은 흐릿한 대기 속에서 각양각색의 모양을 이루고 있었다.

일주일 전에는 리처드의 농장 한쪽 지역에까지 불이 번져서 외양간 두 채와 목초지 상당 면적을 태워 버렸다. 화재가 휩쓸고 지나간 자리에는 검게 탄 흔적만 남아 황폐했으며, 아직까지 곳곳에서 연기가 솟아올라 주변 일대를 흐릿하게 만들고 있었다. 검게 탄 황무지에서 솟아오르는 회백색 연기는 주변 풍경과 대조를 이루면서 보는 사람에게 이상한 기분을 느끼게 했다. 메리는 그때의 화재로 인한 손실을 생각하고 싶지 않아서 시선을 다른 곳으로 돌렸는데, 꾸불꾸불하게 이어진 길 저편에서 붉은 먼지 구름이 일어나는 것이 보였다. 마치 메뚜기 떼가 앉아 있기라도 한 듯 길을 따라 늘어서 있는 나무들은 적갈색을 띠었기 때문에 아무리 꾸불꾸불해도 길은 쉽게 알아볼 수 있었다. 그녀는 마치 딱정벌레가 나무 틈 사이를 헤치고 날아오는 듯 뿌옇게 일어나는 먼지를 지켜보다가 문득 이런 생각이 들었다.

"어머, 자동차잖아!"

그리고 잠시 후, 메리는 그 차가 이쪽으로 오고 있다는 사실을 깨달았으며, 동시에 두려움이 앞섰다. 손님! 바로 손님이 찾아오고 있었던 것이다. 손님이 올 수도 있다고 리처드가 미리 언질을 주기는 했지만 그것이 현실로 닥칠 줄은 정말 꿈에도 생각지 못했다. 그녀는 황급히 집 안으로 뛰어 들어갔다. 하인에게 차를 준비하라고 지시하기 위해서였다. 그러나 하인은 없었다. 시계를 보니 4시경이었는데, 메리는 삼십여 분 전에 하인에게 집에 가서 식사를 하고 와도 좋다고 말했던 기억이 떠올랐다. 메리는 장작더미가 쌓인 집 뒤쪽으로 황급히 달려가서, 장작더미 사이에 끼워져 있던 녹슨 걸쇠를 꺼내 둥근 쟁기를 두들겨 댔다. 낭랑하게 울려 퍼지는 그 소리는 하인을 급히 부르기 위한 것이었다. 잠시 후 메리는 다시 집 안으로 들어왔다. 풍로의 불은 꺼져 있었고 다시 피우기가 무척이나 힘들었다. 게다가 먹을 것이라고는 아무것도 없었다. 리처드가 차를 마시기 위해 집 안에 있을 때를 제외하고는 케이크를 굽지 않기 때문에 케이크 한 조각 없었다. 메리는 상점에서 사 온 비스킷 통을 급히 열어 보았으며 자신의 옷차림도 살펴보았다. 그 순간 메리는 가슴이 덜컥 내려앉았다. 이런 누더기 차림으로 손님을 맞이할 수는 없는 노릇이었다. 하지만 시간이 너무 없었다. 자동차는 이미 요란한 엔진 소리와 함께 언덕을 올라오고 있었던 것이다. 메리는 손을 꼭 쥐고 집 앞으로 달려 나갔다. 메리의 행동을 보면, 오랜 기간 동안 단 한순간도 혼자 있었던 적이 없는 여인이라기보다는 마치 몇 년 동안 혼자 고립되어 있었던 여인 같았다. 잠시 후 차가 멈추면서 두 사람이 내렸는데, 한 명은 키가 땅딸막하고 건장하며 피부가 모랫빛인 남자였고 한 명은 호감이 가는 인상에 몸집이 크고 피부가 까무잡잡한 여자였다. 메리는 정이 흘러넘치는 그들의 얼굴을 대하고 약간 계면쩍게 웃어 보이며 그들이 먼저 말문을 열 때까지 잠자코 기다렸다. 바로 그때였다. 이 얼마나 다행인가! 리처드의 차가 언덕 위로 올라오는 것이 보였던 것이다. 메리는 최초로 손님의 방문을 받은 자신을 도와주기 위해 달려오는 리처드가 그렇게 고마울 수 없었다. 그의 세심한 배려에 자신도 모르게 눈물마저 핑 돌 정도였다. 리처드 또한 흙먼지를 일으키며 바깥쪽에서 다가오는 자동차를 목격하고서 최대한 서둘러 집으로 돌아오는 중이었다.

　방문객들은 메리와 악수하면서 인사말을 건넸다. 그러나 그들에게 안으로 들어가자고 말한 사람은 그녀가 아니라 리처드였다. 네 사람은 조그마한 방에 자리를 잡고 앉았는데 그 바람에 가뜩이나 좁은 방이 더욱 좁아 보였다. 아무튼 리처드와 찰리가 한쪽에 자리를 잡고 메리와 찰리의 아내가 또 다른 한쪽을 차지하고 앉았다. 슬래터 부인은 사근사근하고 정이 많았으며, 리처드처럼 아무 짝에도 쓸모없는 사람과 결혼한 메리를 측은하게 생각하고 있었다. 그녀는 메리가 도시 여자라는 사실을 들어서 알고 있었으며, 비록 자신은 이미 오래전에 힘든 단계를 넘어서기는 했어도 처음 시골 생활을 하면서 느끼는 외로움과 고생이 어떠한 것인지 알았던 것이다. 그녀는 현재 큰 집에 대학에 다니는 자녀 셋을 비롯해 별로 부러울 것이 없을 정도로 안락한 생활을 하고 있었으나, 뼈저리게 가난했던 시절의 고생을 잊지 않았다. 그녀는 마치 딸을 대하는 어머니처럼 메리를 대하는 눈길이 부드러웠으며 자신의 과거를 잊지 않았기에 메리와 친하게 지낼 마음의 준비도 되어 있었다. 그러나 메리는 그녀가 새로 백토 칠을 한 벽과 커튼 등을 비롯해서 쿠션 하나하나에 이르기까지 방 안을 샅샅이 훑어보고 있다는 것을 깨닫고서 크게 기분이 상해 얼굴이 굳어지고 말았다.

"어쩜, 참 예쁘게도 꾸며 놓으셨네요."

슬래터 부인은 커튼으로 밀가루 부대를, 그리고 찬장으로 석유통 박스를 사용하는 것이 어떠한 것인지 알았기에 진실로 감탄하면서 이렇게 말했다. 그러나 메리는 그녀를 오해하고 말았다. 굳어진 얼굴 표정 또한 풀릴 기미가 없었다. 메리는 생색을 내듯이 행동하는 슬래터 부인하고는 집에 대해서 이러쿵저러쿵 말을 나누고 싶은 마음이 조금도 없었던 것이다. 잠시 후 슬래터 부인도 메리의 굳은 표정을 알아차리고서 얼굴을 붉히며 딱딱한 말투로 화제를 돌렸다. 그러다가 하인이 차를 들고 왔는데, 메리는 컵과 쟁반을 보자 또 다른 모욕감을 느끼면서 기분이 상했다. 그녀는 농장과 관련 없는 이야깃거리를 생각해 내려고 안간힘을 썼다. 영화에 대한 이야기를 해 보면 어떨까? 메리는 지난 몇 년 동안 자신이 본 수백 편도 넘는 영화들을 생각해 보았으나 어떻게 된 일인지 제목이 겨우 두세 개 정도밖에 떠오르지 않았다. 한때는 그녀에게 그토록 중요했던 영화도 이제는 자신과 별로 상관없는 일이 되어 버리고 만 모양이었다. 그건 그렇다 처도 슬래터 부인은 가끔 도시에 쇼핑하러 가는 때를 이용해 일 년에 기껏해야 두세 편 보는 게 전부일 테니 영화에 대한 이야기를 주고받는 것은 조금 무리였다. 가만, 도시의 상점에 대한 이야기를 해 보면 어떨까? 그것 역시 불가능했다. 왜냐하면 그것은 다시 돈과 관련된 문제였고, 메리는 낡아 빠진 면 옷을 걸치고 있는 자신이 부끄러워서 견딜 수 없었기 때문이다. 그녀는 도움을 청하려고 리처드 쪽으로 시선을 돌렸다. 그러나 그는 찰리와 작물, 시세 그리고 무엇보다도 원주민 노동자들에 대한 이야기를 주고받느라 정신이 없었다. 농부 두세 명이 모이면 그들은 일꾼으로 고용한 원주민들의 자질 부족과 낮은 생산성에 대해서만 이야기를 주고받는 것이 불문율처럼 되어 있다. 그들은 원주민 일꾼들을 아주 못마땅하게 여겼으며 그러한 사실은 그들의 말투에서도 역력히 나타났다. 개인적으로 특정 원주민을 좋아하는 경우는 있어도, 원주민 전체를 놓고 따질 때는 지독스럽게 혐오하는 것이 바로 백인들인 것이다. 백인들은 흑인 원주민들을 거의 신경쇠약에 걸릴 정도로 혐오한다. 백인을 위하는 마음이라고는 털끝만큼도 없고 오로지 자기네 좋을 대로만 일하는 원주민들을 다루어야 하는 자신들의 불행한 처지에 대해서 끊임없이 불평을 늘어놓는다. 그들은 원주민들을 노동의 존엄성도 모르고 근면함으로 자기 발전을 도모해야 한다는 사실도 전혀 깨닫지 못하는 인간 이하의 족속들이라고 생각하고 있었던 것이다.

메리는 남자들이 주고받는 이야기를 들으면서 놀라움을 금치 못했다. 남자들이 농사일에 대해 이야기하는 것을 들은 것은 이번이 처음이었는데, 그가 농사일에 대해 누군가와 이야기를 나누고 싶어 하는 마음이 그토록 간절한데도 자신은 농사일에 대해 아는 것이 너무나 적어서 함께 이야기를 나누며 그의 마음을 달래 줄 수 없다고 생각하자 자신이 변변찮은 존재에 불과하다는 느낌까지 받았다. 메리는 슬래터 부인 쪽으로 다시 시선을 돌렸다. 그녀는 메리가 자신의 동정과 도움을 받아들이려고 하지 않자 마음이 상했는지 잠자코 입을 다물고 있었다. 그러다가 마침내 슬래터 내외가 돌아갔는데 리처드는 아쉬운 표정을 지었고 메리는 안도의 한숨을 내쉬었다. 리처드와 메리는 밖으로 나가서 작별 인사를 한 후, 값비싼 대형차가 언덕 밑으로 내려가 붉은 흙먼지를 일으키며 저 멀리 사라지는 것을 지켜보았다.

리처드가 말했다.

"저들이 와 줘서 무척 기뻐요. 당신도 그동안 외로웠을 텐데."

"나는 외롭지 않아요."

메리가 솔직하게 말했다. 외로움이란 다른 사람들과 함께 있고자 하는 바람이라고 생각했기 때문이다. 그러나 그녀는 교제가 없었으므로 외로움이 알게 모르게 정신을 속박할 수도 있다는 사실을 알지 못했다.

"하지만 당신도 때로는 여자들끼리만 통하는 이야기를 해야 돼요."

리처드가 농담 비슷한 말투로 약간 계면쩍게 말했다.

메리는 깜짝 놀라면서 그를 쳐다보았다. 그의 그러한 말투는 처음 들었기 때문이다. 저 멀리 사라지는 슬래터 내외의 차를 바라보는 리처드의 얼굴에는 서운한 기색이 역력했다. 그렇다고 찰리가 돌아간 것을 섭섭하게 생각하는 것은 결코 아니었다. 그를 좋아하지 않았기 때문에 그것은 어찌 보면 당연한 일이기도 했다. 리처드가 아쉬워한 것은 바로 대화였다. 활기찬 대화가 그녀와의 관계에서 그에게 자신감을 불어넣어 주었던 것이다. 한쪽에서는 남자 둘이 앉아서 그들의 관심사에 대해 이야기를 나누고 다른 쪽에서는 여자 둘이, 이를테면 옷과 하인들에 대해 이야기를 나누었는데 조그마한 방에서의 이 환담이 있은 후 리처드는 새로운 활력이 용솟음치는 것 같은 느낌까지 들었다. 메리와 슬래터 부인이 옷과 하인에 대해 이야기를 나누었으리라고 생각하는 것은 그들의 이야기를 한마디도 듣지 못했기 때문이다. 두 사람이 얼마나 어색한 시간을 보냈는지 그는 짐작조차 하지 못했던 것이다.

"슬래터 부인을 한번 찾아가 봐요."

리처드가 말했다.

"일이 별로 없는 날 오후에 차를 내줄 테니까 찾아가서 얘기라도 좀 나눠 봐요."

그는 손을 호주머니에 집어넣고서 근심이라고는 찾아볼 수 없을 정도로 쾌활하고 자연스럽게 말했다.

메리는 그가 자신에게 왜 그토록 적대적이고 타인처럼 보이는지 그 이유를 알 수 없었지만, 자신에게 필요한 것이 무엇인지 다 알고 있다는 투로 말하는 그가 몹시 불쾌했다. 그리고 슬래터 부인을 만나 보고 싶은 마음이 조금도 없었다. 아니, 다른 사람들과의 교제가 과연 필요한지도 느끼지 못했다.

"가고 싶지 않아요."

메리가 투정 섞인 목소리로 말했다.

"왜 그러는 거요?"

그러나 바로 그때 하인이 베란다로 나와서 그들 뒤에 잠자코 섰다. 하인이 말을 하지 않는 것은 계약 조건이었기 때문에 떠나야겠다는 말을 해야 할 때도 그렇게 잠자코 서 있기만 했다. 지금은 원주민 촌락의 그의 집에 일이 생겨서 가 보아야 될 입장이었다. 메리는 갑자기 화가 치밀어 올랐다. 화풀이할 대상으로는 하인이 제일 적격이었던 것이다. 리처드는 그렇게 내버려 둘 수 없다는 듯 그녀를 말리면서 하인과 함께 주방 쪽으로 걸어갔다. 그녀는 안중에도 없다는 태도였다. 하인이 리처드에게 불평을 늘어놓는 소리가 메리가 있는 베란다까지 들려왔다. 그는 그날 아침 5시부터 일을 했을뿐더러 촌락으로 잠시 돌아가 있는 동안 금방 다시 호출을 받았기 때문에 음식이라고는 구경조차 하지 못했다고 투덜거렸다. 그런 식으로는 일을 할 수 없다고 했다. 게다가 자기 아이가 몹시 아프기 때문에 즉시 가고 싶다고 했다. 리처드는 다시 한번 무언의 협약들을 무시하면서 새로운 여주인이 아직 모르는 것이 많아서 그렇지만 이곳 사정을 알게 되면 앞으로 그런 일은 없을 것이라고 설명했다. 흑인 원주민에게 이처럼 호소하는 투로 말하는 것은 흑백 관계에 대한 리처드의 기본적인 사고방식에 어긋나는 일이었지만, 지금은 원주민의 처지를 조금도 생각해 주지 않고 자기 멋대로 부려 먹기만 하는 메리에게 대단히 화가 났기 때문에 우선은 원주민 하인을 달래려고 했다.

메리는 걷잡을 수 없을 정도로 울화가 치밀어 올랐다. 자기는 무시하고서 감히 흑인 원주민 편을 들다니! 리처드가 돌아왔을 때, 메리는 주먹을 꽉 움켜쥔 채 베란다에 서서 치를 떨고 있었다.

"어떻게 감히!"

폭발 직전의 감정을 간신히 억누르면서 메리가 말했다.

"이런 일을 저질렀으면 당연히 책임도 질 줄 알아야지. 하인도 인간 아니오? 그 사람도 먹어야 살지. 욕조 닦는 일을 도대체 왜 그렇게 서두르는 거요? 며칠 해도 될 일을 가지고 사람을 그렇게 볶아 대다니 이건 정도가 지나쳐."

리처드가 짜증스럽게 대답했다.

"여긴 내 집이에요."

메리가 지지 않고 대들었다.

"그는 당신 하인이 아니라 내 하인이니까 간섭하려 들지 말아요."

"내 말을 잘 들어요."

리처드가 퉁명스럽게 말했다.

"나는 할 수 있는 한 열심히 일해요. 하루 종일 경작지에 나가서 게을러터진 흑인 원주민들과 씨름하면서 말이야. 눈으로 직접 보았으니 알겠지. 나는 그 빌어먹을 놈의 싸움을 집 안으로까지 끌어들이고 싶지 않아요. 싸움은 경작지에서 하는 것만으로 족하단 말이오. 내 말 무슨 뜻인지 알겠소? 집 안에서는 용납할 수 없어. 그리고 사리 분별 좀 해요. 일을 시키려면 제대로 부릴 줄 알아야 피차 피곤하지 않아. 너무 많은 걸 기대해서는 안 돼. 이러니저러니 해도 결국 야만인이니까."

결국 바로 그러한 야만인들이 오랜 세월 동안 아내보다 더 훌륭한 식사를 준비해 주었고 집안일을 해 왔으며 찌든 생활 속에서 다소나마 편안했던 것이 오로지 그들 덕택이었다는 사실을 지금까지 심각하게 생각해 본 적 없던 리처드였건만 메리 앞에서는 이런 말까지 나왔다.

메리는 제정신이 아니었다. 거만한 리처드의 태도가 역겨울 정도로 못마땅해서 그의 마음을 상하게 하려고, 처음으로 그의 마음을 상하게 하고 싶어 이렇게 말했다.

"내게는 왜 그렇게 많은 걸 바라죠?"

차마 입에 담기 어려운 말까지 나오려는 순간에 자신을 가까스로 억제했으나, 완전히 억제할 수는 없어서 잠시 머뭇거리다가 말을 계속 이어 나갔다.

"정말이지 당신은 너무 많은 걸 바라고 있어요! 당신의 이 돼지우리 같은 집구석에서 내가 가난하고 불쌍한 백인으로 살아가기를 바라다니 말이에요. 날마다 내가 음식을 장만해 주길 바라면서 당신이 내게 해 준 게 뭐가 있어요? 천장조차 만들어 주지 않으면서……."

메리가 이렇게 격한 어조로 독설을 늘어놓은 적은 지금까지 단 한 번도 없었다. 그러한 말투는 전혀 그녀답지 않았고,

어린 시절 그녀의 어머니가 돈 문제를 놓고 아버지와 다툴 때 들었던 바로 그 말투였다. 그것은 한 인간으로서의 메리(사실 이러한 관점에서 볼 때 그녀는 욕조나 흑인 하인에 대해서는 별로 개의치 않는 성격이었다.)의 목소리가 아니라 남편에게 그런 식의 대접을 받고 싶지 않다는 것을 보여 주고자 하는 고통받는 한 여인의 절규였다. 이러한 경우에 그녀의 어머니가 화를 참지 못하고 속죄양처럼 울음을 터뜨렸듯 메리 역시 언제 울음을 터뜨릴지 몰랐다.

리처드는 화가 나서 얼굴에 핏기마저 가신 채 험악하게 말했다.

"결혼할 때 분명히 말했잖아. 너무 많은 것을 기대하지 말라고. 그런데 지금 와서 내가 거짓말을 했다고 생트집을 잡겠다는 거야? 나는 분명히 당신한테 모든 걸 설명했어. 그리고 이 나라에는 당신처럼 고생하며 지내더라도 이렇게 바가지를 긁어 대지 않는 농부의 아내들이 얼마든지 있는데 당신은 유별나게 왜 그러는 거야? 그리고 말이 났으니까 얘긴데, 천장 문제만 해도 그렇지. 나는 이 집에서 육 년 넘게 살아왔지만, 천장이 없어서 고생스럽다고 느낀 적은 없었어. 이럭저럭 다 살 수 있단 말이야."

메리는 기가 막혀서 할 말을 잃고 말았다. 지금까지 리처드가 그녀에게 이렇게까지 격한 말을 한 적은 없었기 때문이다. 메리는 속이 부글부글 끓어오르면서 그에 대한 반감이 생기기 시작했으며, 미안하다고 사과하면서 자신에게 용서를 빌 때까지는 그러한 감정이 도저히 수그러들지 않을 것 같았다.

"내가 잘 말해 놓았으니까 하인은 그대로 쓸 거야. 앞으로
는 좀 제대로 다루어서 자신을 놀림감으로 만들지 마."

메리는 그의 말이 끝나기 무섭게 곧장 주방으로 향했다. 그
러고는 하인에게 그동안 한 만큼의 품삯을 지불해 주고 그 자
리에서 해고해 버렸다. 메리는 의기양양하게 냉소를 머금은
채 베란다로 돌아왔다. 그러나 리처드는 절대 그녀가 이겼다
고 생각지 않았다.

"그래 봤자 손해 보는 건 내가 아니라 당신 자신이야. 만일
이런 식으로 계속 나가다가는 하인을 단 한 명도 쓸 수 없을
거야. 두고 보라지. 곧 원주민들 사이에서 당신처럼 지각 없고
성깔 고약한 여주인은 없다는 소문이 퍼질 테니."

메리는 풍로와 씨름하면서 직접 저녁 준비를 했다. 그리고
언제나 그랬듯 리처드가 일찍 잠자리에 든 후에는 조그마한
앞방에 홀로 남아 생각해 보았다. 그러다가 갇혀 있는 듯한 기
분이 들어서 어둠에 잠겨 있는 집 밖으로 나갔다. 메리는 달
아오른 뺨을 식히기 위해 찬 공기를 들이마시면서 어둠 속에
서 희미하게 반짝이는 흰 돌로 표시된 길을 따라 계속 걸어갔
다. 저 멀리 작은 언덕 위에는 달빛이 부드럽게 쏟아져 내렸고,
계속 불타고 있는 지역에서는 희미하나마 붉은 불꽃이 보였
으며 그 위에는 어둠이 드리워 있었다. 메리는 걷잡을 수 없는
혐오감으로 치를 떨었다. 그러다가 리처드가 집이라고 일컫는
돼지우리에서 뛰쳐나와 어둠 속에서 주변의 덤불에 화풀이하
며 언덕 능선을 따라 한없이 걸어가는 자신의 모습을 그려 보
았다. 불과 몇 달 전만 하더라도 그녀를 사랑하고 필요로 하

는 친구들에게 둘러싸여 도시에서 안락하게 살아갔건만 이런 돼지우리 같은 곳에서 하루 종일 허드렛일을 하면서 지내는 신세가 되다니……. 갑자기 자신의 처지가 불쌍해져서 울먹거리기 시작했다. 그녀는 다리가 아파서 더 이상 걸을 수 없게 될 때까지 몇 시간이고 하염없이 울면서 걷고 또 걸었다. 그러고 나서는 만신창이가 되어 버린 기분으로 돌아왔다. 메리와 리처드의 불편한 관계는 일주일이나 계속되었으며 서로 마주 대하는 시간이 그렇게 고통스럽게 느껴질 수 없었다. 그러던 어느 날 마침내 비가 오기 시작했으며 더위가 한 걸음 물러가 제법 시원해졌다. 그러나 리처드는 그때까지도 사과하지 않았다. 그날 있었던 일에 대해서는 피차 언급을 피하려 했다. 두 사람 사이의 갈등은 그대로 응어리진 채 해결되지 않고 남아 있었지만, 메리와 리처드는 마치 아무 일도 없었다는 듯이 지냈다. 그러나 그날의 사건이 있은 후 두 사람 모두에게 변화가 있었다. 비록 그의 자신만만함은 오래 지속되지 못하고 다시 그녀에게 완전히 얽매이는 예전 상태로 돌아와 목소리에서는 항상 사과하는 기색이 어렴풋이 느껴졌지만, 그녀에 대한 반감이 뿌리를 내리기 시작했던 것이다. 메리는 리처드와 원만하게 함께 살아가려면 그에 대한 혐오감을 삭여야 했다. 그러나 그의 처신에 대한 불만으로 싹튼 혐오감을 삭이기는 쉽지 않았으며, 떠나간 그 원주민 하인에게 그리고 간접적으로는 모든 원주민에게 화살을 돌려 대신 그들을 지독히 혐오했다.

불편한 관계가 계속되던 주가 끝날 무렵 슬래터 부인에게서 메리와 리처드 부부를 파티에 초대하고 싶다는 편지가 왔다.

리처드는 사람들이 공식적으로 모여 웃고 떠드는 모임에 발을 끊은 지 이미 오래였기 때문에 그 파티에 가고 싶은 마음이 별로 없었다. 그는 사람들과 어울리는 것을 싫어했으며 파티 같은 곳에 가면 왠지 마음이 편치 않았던 것이다. 그러나 그는 메리를 위해 파티에 참석하기로 응낙했다. 하지만 이번에는 메리가 가지 않으려고 했다. 그녀는 고맙지만 사정이 여의치 않아서 유감스럽게도 못 가게 되었다는 말을 늘어놓으면서 딱딱한 어투로 격식을 차려 답장을 보냈다. 슬래터 부인이 터너 내외를 초대한 것은, 비록 메리의 거만한 태도에 비위가 상하기는 했어도 그녀를 안쓰럽게 생각하는 마음이 여전히 남아 있었기 때문에 진심에서 우러나온 행동이었다. 그러나 메리의 답장을 받는 순간 그녀는 기분이 몹시 상하고 말았다. 메리의 답장은 편지 쓰는 책 같은 곳에서 베껴 쓴 흔적이 역력했는데, 그러한 격식은 그 지역의 생활과 걸맞지 않을뿐더러 거부감마저 일으켰던 것이다. 슬래터 부인은 아무 말 없이 이맛살만 잔뜩 찌푸리고서 편지를 남편에게 보여 주었다.

"그냥 내버려 둬."

찰리가 말했다.

"그러다가 한번 큰코다치면 그때 정신이 들겠지. 도대체 여자가 속이 없어. 메리 그 여자는 바로 그게 문제란 말이야. 그러다가 언젠가는 정신을 차려야 될 텐데 큰일이야. 따지고 보면 그녀에게만 문제가 있는 것도 아니지. 부부가 모두 정신을 차려야 돼. 리처드 그 친구도 사서 고생을 하고 있다니까, 글쎄. 정신을 어디다 쏟고 있는지 나무에 불을 놓아서 거름으로 쓸 생각을 전혀 하지 않아. 게다가 나무를 심고 있어요, 나무를! 빚이 그렇게 산더미 같은데도 나무를 심느라고 돈을 낭비하다니 이게 말이나 될 법한 일이야, 글쎄."

찰리의 농장에는 나무가 거의 남아 있지 않았다. 그처럼 농사의 정석을 무시하고 변칙 농법으로 나가다가 비옥한 농토를 많이 못쓰게 만들기도 했지만, 어찌 되었거나 그는 돈을 벌었으며 중요한 것은 바로 그 점이었다. 돈 벌기가 쉽다는 생각은 항상 그를 분노케 만들었는데, 멍텅구리 같은 리처드는 나무를 붙들고 늘어지면서 바보짓을 하고 있으니 옆에서 보고 있노라면 답답한 마음을 금할 길이 없었다. 한편으로는 분통이 터지고 다른 한편으로는 측은한 생각이 들어서 찰리는 어느 날 아침엔가 차를 몰고 경작지로 리처드를 찾아갔다.(집으로 찾아가지 않은 것은 꽉 막힌 멍텅구리 같은 여자 메리를 만나기 싫어서였다.) 찰리는 옥수수나 작물 대신 담배를 재배하라고 세 시간 가까이 리처드를 설득했다. 그는 리처드가 좋아하는 콩이나 면화 혹은 대마 같은 작물에 회의적이었다. 그러나 리처드는 그의 말을 귀담아들으려 하지 않았다. 리처드에게는 그 나름대로 재배하고 싶은 작물이 있었고, 그 작물에 자신의 모든 것을 걸었기 때문이다. 그리고 담배는 정이 가지 않는 작물이었다. 담배 재배는 전혀 농사일 같지가 않고, 헛간과 단계식 건조 시설을 갖추어 놓고 밤에 일어나 온도에 신경 써야 되는 터라 마치 공장에서 생산해 내는 것 같은 기분이 들게 했다.

"그러다가 식구가 하나둘 늘기 시작하면 어떻게 할 건가?"

번뜩이는 조그마한 눈을 리처드에게 고정시킨 채 찰리가

퉁명스럽게 물었다.

"아무리 어렵더라도 내 방식대로 해결해 나갈 겁니다."

리처드가 고집스럽게 대답했다.

"자네는 바보야, 바보. 나중에 가서 딴소리하지 마. 그리고 자네 아내의 배가 불러 오면서 돈이 필요할 때 돈 빌리러 올 생각일랑 아예 말고."

"지금까지 내가 손 내밀면서 곤란한 얘기 한 적은 없잖습니까?"

자존심이 상했는지 리처드의 안색이 약간 변했다. 한동안 리처드와 찰리 사이에서는 상대방에 대한 혐오감으로 인해 침묵이 흘렀다. 그러나 어떻게 되었든 그들은 기질상의 차이에도 불구하고 상대방을 존경했다. 따지고 보면 서로 같은 길을 걷는다는 생각이 작용했는지도 모른다. 아무튼 리처드는 찰리처럼 아무 일도 없었다는 듯 호탕하게 웃어넘길 수는 없었지만 두 사람은 다시 예전처럼 막역한 사이로 헤어졌다.

찰리가 돌아간 후, 리처드는 걱정으로 인해 속이 좋지 않음을 느끼면서 집으로 돌아왔다. 갑자기 긴장되거나 걱정거리가 생기면 그는 속이 이상해지곤 했는데, 그때마다 구역질이 났다. 그러나 그 걱정의 원인 때문에 메리에게는 그런 사실을 숨겼다. 결혼이 실패로 굳어지고 정상적으로 돌아오기 불가능한 것 같았기 때문에 리처드는 무엇보다도 아이를 절실히 원했다. 아이가 생기면 그들을 서로 가깝게 만들어 주고 그들 사이의 보이지 않는 벽을 허물어 줄 것 같았기 때문이다. 그러나 문제는 아이를 가질 만한 경제적 여유가 없다는 데 있었다. 메리에게 아이를 가지려면 아무래도 조금 더 기다려야 할 것 같다는 말을 했을 때(메리 역시 아이 갖고 싶어 한다고 생각했기 때문이다.) 그녀가 안도의 표정을 짓고 고개를 끄덕이는 것을 리처드는 놓치지 않았다. 그러나 자신이 경제적 기반을 잡으면 그녀도 아이를 갖고 싶어 할 거라고 생각하면서 아무 내색도 하지 않았다.

리처드는 상황이 좀 더 나아지고 그래서 아이를 가질 수 있는 여유가 생기도록 자신을 채찍질하여 더욱더 열심히 일했다. 그는 경작지에서 흑인 일꾼들이 일하는 것을 지켜보면서 하루 종일 이것저것 계획을 세워 보고 가끔 환상에 젖기도 했다. 그러는 동안에도 집안 사정은 전혀 나아질 기미조차 보이지 않았다. 메리는 도대체 원주민들하고는 잘 지낼 수 없었는데 그것으로 만사가 끝장난 셈이었다. 리처드는 더 이상 어떻게 해 볼 도리가 없었으며 그냥 내버려 둘 수밖에 없었다. 그녀가 그렇게 하는 것은 선천적이었고 그 천성을 고치는 건 불가능해 보였기 때문이다. 한 달 이상 머무는 하인이 없었으며 항상 똑같은 상황이 반복되었다. 생활이 너무 어렵기 때문에 그녀가 그렇게 되었을 것이므로 자신에게도 책임이 있다고 생각하면서 이를 악물고 참으려고 했다. 그러나 어떤 때는 정말이지 도저히 참을 수 없을 정도로 화가 나서 집 밖으로 뛰쳐나가 버리기도 했다. 메리에게 무료하지 않게 시간을 보낼 일만 생기면, 그때마다 항상 사고가 터졌던 것이다.

6장

어느 날엔가 메리는 상점 계산대에서 양봉에 관한 안내 팸플릿을 우연히 발견하고 집으로 가져왔다. 어떻게 해서든 알게 되었겠지만, 그녀가 리처드의 진짜 성격을 처음으로 알게 된 것은 바로 그 팸플릿을 우연히 가져 온 날, 역시 우연히 엿듣게 된 리처드와 어떤 사람의 몇 마디 대화 때문이었다.

터너 부부는 원래 11킬로미터나 떨어진 정거장까지 직접 가는 법은 거의 없었고, 일주일에 두 차례씩 일꾼을 한 명 보내서 우편물과 식료품을 가져오도록 했다. 일꾼은 아침 10시경에 양쪽 어깨에 빈 설탕 부대를 걸치고 떠났다가 황혼 무렵에 그 부대에 짐을 가득 넣고 돌아왔는데 고기에서 흘러내리는 피로 부대가 흥건히 젖는 경우도 많았다. 그러나 아무리 천성적으로 지치지 않고 걸을 수 있는 원주민이라 할지라도 밀가루와 옥수수 가마니를 한꺼번에 몇 개씩 들고 올 수는 없었기에 한 달에 한 번씩은 차로 다녀오곤 했다.

메리는 살 것을 일러 주고 차에 짐 싣는 것을 지켜보면서 박스와 가마니가 가득 쌓인 상점의 긴 베란다에 서서 리처드가 일을 끝내기를 기다렸다. 그때 메리가 모르는 어떤 남자가 리처드에게 다가와 말을 걸었다.

"여어, 자네 농장은 금년에도 물난리를 만났을 것 같은데, 어떤가, 내 생각이?"

메리는 날카로운 시선으로 그 남자를 쏘아보았다. 이삼 년 전과는 달리 지금은 그처럼 느긋하게 들리는 목소리 속에 담긴 경멸적인 어조를 분명히 느낄 수 있었기 때문이다.

리처드가 미소를 지으면서 대답했다.

"금년에는 운이 좋았나 봐. 별로 피해를 보지 않았거든."

"그래? 운이 좋았다는 말씀인가?"

"그런 것 같아."

리처드가 메리 쪽으로 걸어왔다. 얼굴에서 웃음기는 이미 사라져 버렸고 오히려 잔뜩 찌푸리고 있었다.

"누구예요?"

메리가 물었다.

"우리가 결혼한 직후인 삼 년 전에 그 친구한테 200파운드를 빌려 쓴 적이 있소."

"그런 말 한 적 없잖아요."

"괜히 걱정시키기 싫어서 그랬소."

잠시 말을 끊었다가 메리가 다시 물었다.

"다 갚았어요?"

"한 50파운드 정도 남았소."

"내년에는 갚을 수 있겠죠?"

메리의 목소리는 무척 부드러웠고, 그렇게 사려 깊을 수 없었다.

"운이 좋으면."

리처드는 미소를 지을 때보다 입을 조금 더 크게 벌리면서 씨익 웃어 보였는데, 자기 비하를 하면서 패배감을 느낄 때 리처드가 흔히 짓는 특유의 웃음이었다. 메리는 무엇보다도 그의 이런 웃음을 보기가 싫었다.

그들은 우체국에서 우편물을 찾아오고 그 주에 먹을 고기를 사는 것을 비롯해서 해야 될 일을 모두 끝냈다. 우기(雨期) 동안 물이 고여 있던 까닭에 아직까지 약간은 질퍽질퍽한 길을 따라 걸으면서 메리는 손으로 햇빛을 가린 채 리처드를 보지 않으려 하며 일부러 쾌활한 이야기를 늘어놓았으나 말투와 걸맞지 않아서 상당히 부자연스러웠다. 리처드 역시 그런 식으로 대답하려 했는데, 두 사람 모두에게 부자연스럽게 느껴져서 오히려 서먹해지고 말았다. 가마니와 박스가 어지럽게 쌓여 있는 상점의 베란다로 돌아왔을 때, 리처드는 벽에 기대어 놓은 자전거의 페달에 발을 부딪쳤는데 별로 대수롭지 않은 일인데도 펄쩍 뛰면서 험악한 욕설을 늘어놓았다. 그러자 사람들이 시선을 돌려 그를 바라보았는데 메리는 창피한 생각이 들어서 모르는 척하고 계속 걸어갔다. 메리와 리처드는 한마디도 하지 않고 차에 올라탄 후 철로를 넘어 우체국을 지나서 집으로 향했다. 메리의 손에는 양봉에 관한 안내 팸플릿이 쥐여 있었다. 그녀가 그것을 상점 계산대에서 가져온 것은, 점심시간 무렵이면 집 근처에서 붕붕거리는 소리가 들려오곤 했는데 리처드가 벌이 지나가는 소리라고 하는 말을 들은 기억이 있었기 때문이다. 메리는 양봉이라도 해서 몇 푼이라도 벌어 볼 생각을 했던 것이다. 그러나 팸플릿의 내용은 영국에서의 양봉 방법에 관한 것이었기 때문에 별로 도움이 되지 못했다. 그래서 메리는 머리 주변을 귀찮게 날아다니고 차 지붕에 시커멓게 달라붙어 있는 파리 떼를 쫓아 버리기 위해 그 팸플릿을 부채 대신으로 사용했다. 파리 떼가 정육점에서 산 고기를 따라 차 안까지 날아온 모양이었다. 그녀는 그날 정거장에서 만났던 남자의 경멸적인 말투를 생각해 보고 지금까지 리처드에 대한 그녀의 생각을 다시 한번 재고해 보게 되었다. 그 사람의 말투는 경멸적이라기보다는 오히려 빈정대며 놀려 대는 쪽에 가까웠다. 리처드에 대한 그녀의 태도 역시 경멸적이기는 했지만, 그녀가 경멸하는 대상은 남자로서의 리처드였다. 그녀는 리처드를 남자로서는 아무 가치가 없는 존재로 여겼던 것이다. 그러나 농부로서의 리처드는 존경했다. 자신을 무모할 정도로 채찍질하면서 몰아붙이고 모든 것을 잊고 일에 몰두하는 리처드에 대해서는 존경하는 마음이 있었다. 대다수의 농부들이 향유하는 비교적 풍족한 삶을 성취하기 전에 필연적으로 거쳐야 할 고생을 하고 있다고 믿었다. 일과 관련해 메리가 리처드에 대해 느끼는 감정은 감탄, 나아가서는 애정이었다.

한때는 비꼬는 말이나 실제 말과는 다른 표정 따위는 전혀 눈여겨보지 않고 오로지 겉에 드러난 것만 사실 그대로 받아들였지만, 그날은 집으로 돌아가는 동안 정거장에서 만났던 남자의 빈정거림에 함축된 의미를 줄곧 생각해 보았다. 그녀는 생전 처음으로 혹시 자신이 스스로를 기만하고 있는 것은 아닌가 하는 의구심마저 들었다. 그녀는 지금까지 눈여겨보지 않았던 자신을 탓하면서 리처드를 곁눈질하면서 사소한 점들을 주의 깊게 보았다. 운전대를 잡은, 햇볕에 그을려 커피색을 띠는 가느다란 두 손은 자세히 눈여겨보지 않으면 알 수 없을 정도이기는 했지만 줄곧 떨리고 있었다. 그러한 손의 떨림은 그의 약함을 보여 주는 징표 같았다. 그리고 입은 굳게 다물고 있었다. 그는 운전대를 잡은 채 몸을 앞으로 숙이고 꾸불꾸불 이어진 좁은 길을 내려다보았는데, 그 모습은 마치 자신의 미래를 알아보려고 애쓰는 사람 같았다.

집으로 돌아온 후, 메리는 양봉에 관한 안내 팸플릿을 탁자 위에 올려놓고서 식료품 짐을 풀러 갔다. 일을 마치고 돌아왔을 때 그녀는 팸플릿을 정신없이 읽고 있는 리처드를 발견했다. 메리가 말을 걸어도 그는 듣지 못한 듯 아무 대꾸도 하지 않았다. 그녀는 리처드가 이처럼 어떤 일에 몰두하는 것에 이미 익숙해져 있었다. 근심으로 이맛살을 잔뜩 찌푸린 채 농사에 관한 문제를 골똘히 생각하면서 식사를 하는 동안 말 한마디 없이 자신이 무엇을 먹고 있는지조차 모르거나 식사를 끝마치기도 전에 나이프와 포크를 내려놓는 일도 있었다. 메리는 그럴 때는 그를 귀찮게 하지 않는 것이 좋다는 것을 깨달은 이후로 자신도 생각에 잠기거나 언제나 그랬듯 그냥 아무 생각 없이 멍한 상태로 앉아 있었다. 어떤 때는 두 사람 모두 며칠씩 거의 말을 하지 않고 지낸 적도 있었다.

저녁 식사 후, 리처드는 보통 때와는 달리 8시경에 잠자리에 들지 않고 대신 살랑살랑 흔들거리는 파라핀유 램프 불빛 아래 탁자에 앉아서 신문지 조각에 무슨 계산을 하기 시작했다. 메리는 팔짱을 끼고 옆에 앉아서 그를 지켜보았다. 이것은 그녀의 새로운 자세였는데, 마치 무엇인가가 그녀의 행동을 자극하기를 기다리는 양 조용히 앉아 있기만 했다. 한 시간 정도가 지났을 때였다. 리처드는 신문지 위에 긁적거리던 것을 멈추고 쾌활한 몸놀림으로 바지 허리춤을 잡아당겼다. 메리는 리처드가 그러는 것을 본 적이 없었기 때문에 영문을 몰라 잠시 어리둥절해했다.

"당신, 양봉에 대해서 어떻게 생각해요?"

"글쎄…… 양봉에 대해선 아무것도 모르지만 그렇게 나쁘지만은 않은 것 같아요."

"내일 찰리 슬래터를 만나 봐야겠소. 언젠가 듣기로는 그 사람 처남이 트란스발에서 양봉을 한다고 그랬던 것 같아."

리처드의 목소리에는 마치 새로운 삶을 얻기라도 한 듯 힘이 넘쳤다.

"하지만 이 팸플릿은 영국 실정에 맞춰서 양봉 방법을 기술해 놓은 것이잖아요."

메리는 고개를 저으면서 팸플릿을 뒤적거렸다. 리처드가 기반이 너무 약한 상태에서 변화를 시도해 보려는 것 같았기 때문이다.

그러나 다음 날 아침 식사를 마치고 나서 리처드는 정말로 찰리 슬래터를 만나러 갔다. 그러고는 이맛살을 잔뜩 찌푸린 채 굳은 표정으로 돌아왔는데 어찌 된 일인지 경쾌하게 휘파람을 불고 있었다. 메리는 그 휘파람 소리를 듣는 순간 소스라치게 놀랐다. 리처드의 그런 모습이 아주 낯익었기 때문이다. 휘파람은 리처드가 계면쩍은 일을 당하고는 얼렁뚱땅 넘어가려고 할 때 사용하는 수법이었다. 집이나 급수가 제대로 이루어지지 않는 것을 트집 잡아 메리가 화를 내면서 그에게 분노를 터뜨릴 때 리처드는 손을 호주머니에 푹 꽂고 개구쟁이처럼 애수가 담긴 멜로디로 경쾌하게 휘파람을 불곤 했다. 그녀에게 떳떳하게 맞서지 못하고 슬금슬금 눈치만 보는 리처드의 그러한 모습은 언제나 메리의 속을 부글부글 끓게 했다.

"뭐라고 하던가요?"

"분위기 깨는 소리만 늘어놓더군. 자기 처남이 실패했으니까 나도 별수 없을 거래. 쳇, 그런다고 내가 할 일을 못 하나."

리처드는 농장 쪽으로 걸음을 옮겼고 무의식적으로 고무 농원으로 향했다. 리처드의 농장 중 가장 비옥한 곳이었는데 몇 년 전 40헥타르에 이르는 땅에 직접 고무나무를 심었다. 바로 이 고무 농원이 찰리에게 눈살을 찌푸리게 만들었는데, 단물만 빼먹고 그 대가로 농토에 아무것도 돌려주지 않았다는 죄책감이 들게 하기 때문인 것 같았다.

리처드는 농원의 한쪽 끝에 서서 하루 종일 바람에 흔들리는 어린 고무나무들을 하염없이 지켜보곤 했다. 그가 고무나무를 심은 것은 충동적인 행동같이 보였으나, 실제로는 그의 한 가지 꿈이 맺은 결실이라고 볼 수 있었다. 그가 지금의 농장을 사들이기 몇 년 전에 한 광산 회사가 그 지역의 나무들을 전부 없애 버려 잡초와 거친 잡목만 간간이 눈에 띄는 황무지로 만들어 버린 일이 있었다. 그 후 나무는 다시 자랐으나 약 1200헥타르에 달하는 토지는 그때의 일로 인해 밑동만 남겨진 채 잘려 나간 나무에서 새로 돋아난 조잡한 가지들을 제외하고는 아무것도 남지 않은, 말 그대로 황무지였다. 리처드가 사들인 땅에는 나무라고 불릴 만한 것이 한 그루도 없었다. 앞으로 곧고 흰 빛깔의 거목으로 자랄 양질의 나무를 40헥타르에 심었다는 것은 어떻게 보면 별것 아닌 일일 수도 있겠으나, 그것은 작으나마 자연에게 다시 자연의 것을 돌려주는 행위였고 리처드는 그곳 고무 농원을 자신의 농장 중에서 가장 좋아했다. 걱정이 특히 심할 때 혹은 메리와 말다툼을 했거나 맑은 정신으로 생각해 보고 싶은 일이 생길 때면 그는 이곳으로 와서 나무를 바라보거나 마치 동전처럼 조그마한 잎들이 반짝이는 살랑거리는 가지들 사이로 난 긴 도랑을 따라서 계속 걸었다. 오늘은 이곳에 와서 양봉에 대해 생각해 보았다. 그러다가 하루 종일 경작지에 한 번도 가 보지 않았다는 사실을 뒤늦게 깨닫고서 한숨을 한 번 내쉰 후 고무 농원을 떠나 일꾼들이 있는 경작지로 걸음을 옮겼다.

점심 식사를 하는 동안 리처드는 한마디도 하지 않았다. 양봉 생각에 완전히 사로잡혀 있었던 것이다. 마침내 그는 못 미더워하는 메리에게 양봉을 하면 일 년에 200파운드 정도는

족히 벌 수 있을 것 같다고 말했다. 리처드의 말은 메리에게
큰 충격이었다. 리처드가 양봉을 그런대로 괜찮은 부업 정도
로 재미삼아 해 볼 모양이라고 생각했기 때문이다. 그러나 언
쟁을 해 보았자 소용없었다. 숫자를 앞세우며 자기 주장을 밀
고 나가는 사람과 입씨름을 해 보았자이고, 그가 계산한 대로
라면 200파운드는 이미 번 것이나 다름없을 정도로 딱딱 맞
아떨어졌다. 그러니 메리가 무슨 말을 할 수 있겠는가? 그녀
는 그런 일에 경험이 전혀 없었다. 다만 본능적으로 양봉은
아무래도 믿음이 가지 않았다.

거의 한 달 가까이 리처드는 떼돈을 벌게 해 줄 양봉에 대
한 꿈에 사로잡혀 지냈다. 자신이 직접 벌집 스무 통을 만들
었으며, 양봉지로 정한 지역과 가까운 곳에 특수 목초를 40아
르 정도 심었다. 일꾼 몇을 차출하여 벌 떼를 찾아보라고 초원
지대로 보냈으며, 자신은 매일같이 황혼 녘에 여왕벌을 찾아
벌 떼 속을 헤집고 다녔다. 그렇게 하는 것이 정도(正道)라는
생각이 들었기 때문이다. 그러나 엄청난 꿀벌들을 죽이고도
어떻게 된 일인지 여왕벌을 찾을 수 없었다. 그래서 다시 생
각에 생각을 거듭한 끝에, 그는 자신이 만든 벌집들을 벌 떼
가 있는 곳 근처에 갖다 놓았다. 그렇게 하면 혹시 벌 떼가 그
곳에 터전을 잡을지도 모른다는 생각에서였다. 그러나 리처드
의 벌집에는 벌이 단 한 마리도 날아들지 않았다. 아마도 벌이
아프리카 토종이어서 영국식으로 만든 벌집을 좋아하지 않는
모양이었다. 아무튼 그 이유는 아무도 알 수 없었지만, 리처드
는 결코 그만두려고 하지 않았다. 그러던 어느 날, 마침내 벌

한 무리가 벌집 하나에 터를 잡았다. 그러나 벌집 하나로 일 년에 200파운드를 벌어들일 수는 없는 노릇이다. 게다가 리처드가 벌에게 심하게 쏘였는데 그 사건으로 리처드도 양봉에 대한 미련을 완전히 버린 것 같았다. 놀랍기도 했지만 그보다는 화가 더 많이 났던 메리는 그의 얼굴에서 헛된 망상의 꿈이 완전히 사라졌음을 알았다. 수주일의 시간과 상당히 많은 돈을 없애 버린 다음의 결과가 고작 벌에 쏘이는 것이라고 생각하니 화가 치밀어 올랐지만, 메리는 벌에 미쳐서 돌아다니던 리처드가 다시 전처럼 돌아와 작물과 농사에 대해 생각하는 모습을 보자 우선은 마음이 놓였다. 리처드가 그토록 정신없이 그답지 않았던 그 기간은 마치 귀신에 홀린 듯한 나날이었던 것이다.

그 후 육 개월 정도가 지났을 무렵, 양봉에 미쳤을 때와 같은 악몽이 재현될 기미가 보였다. 메리가 자신의 귀를 의심할 수밖에 없었던 일이 벌어졌던 것이다. 하루는 리처드가 농업 관계 잡지를 뒤적거리다가 문득 양돈업의 수익성을 다룬 기사에 구미가 끌린 듯 그 기사를 한동안 읽어 보다가 불쑥 이런 말을 꺼냈다.

"메리, 찰리한테 돼지를 몇 마리 사야겠어요."

순간 메리가 날카롭게 쏘아붙였다.

"제발 그런 일을 다시 시작하지 않았으면 좋겠어요."

"그런 일을 시작하다니?"

"몰라서 묻는 거예요? 사상누각식으로 돈을 벌려고 하는 것 말이에요. 농사일에만 전념하는 게 어때요?"

"양돈도 농사예요. 그리고 찰리도 양돈으로 한몫 단단히 벌고 있소."

말을 마치고 나서 리처드는 휘파람을 불기 시작했다. 메리가 화내는 것을 피해 그가 방을 거쳐 베란다로 걸어가자, 메리는 그가 큰 키에 호리호리하고 꾸부정한 남자이지만 자신의 열정에 찬물 세례를 받은 후 마지막 안간힘을 쓰며 최후를 조금이라도 뒤로 미뤄 보려고 공연히 허풍을 떠는 철부지 소년 같다는 생각이 들었다. 그녀는 그 철부지 소년이 엉덩이를 흔들어 대고 휘파람을 불며 허풍을 떨어도 그 무릎과 허벅지에 짙은 패배감이 깃들어 있음을 볼 수 있었다. 메리는 베란다에서 들려오는 약간 고독한 멜로디의 휘파람 소리를 듣다가 문득 펑펑 울어 버리고 싶은 마음이 들었다. 하지만 왜, 왜 갑자기 그런 마음이 드는 것일까? 그가 양돈으로 돈을 많이 벌지도 모르는데 말이다. 다른 사람들도 모두 돈을 벌고 있지 않은가. 하지만 그런 생각을 하며 스스로를 위로하면서도 그녀는 돈을 얼마나 벌었는지 모든 것이 백일하에 드러날 그해 연말에 자신의 모든 희망을 걸었다. 절대 나쁜 결과가 나오면 안 된다. 지금까지는 그런대로 모든 것이 순조로웠고, 예년과는 달리 천우신조로 비 피해도 없지 않았던가.

리처드는 집 뒤편의 언덕배기 중에서 큰 암석이 많은 곳을 골라 돼지우리를 몇 채 지었다. 그는 그렇게 하면 벽돌을 절약할 수 있다고 했다. 암석들이 벽 일부분을 차지하도록 돼지우리를 설계한 후, 큰 호박돌을 기본 골격 삼아 그 위에 잡초와 나무 더미를 쌓아 우리 모양을 갖추었다.

"이렇게 우리를 지어서 돈을 상당히 절약한 셈이야."

"하지만 이곳은 너무 더울 것 같은데 괜찮겠어요?"

리처드와 함께 언덕배기에 반쯤 완성된 돼지우리를 바라보며 메리가 물었다. 잡초들이 찰거머리처럼 발에 뒤엉켜서 걸음을 더디게 했기 때문에 그곳 언덕배기까지 올라오는 데는 상당히 힘이 들었다. 돼지우리 근처에는 하늘로 치솟은 큰 유포비아 나무가 서 있었는데, 리처드는 그 나무가 그늘을 드리울 것이므로 별로 덥지 않을 것이라고 했다. 그러나 두 사람은 그늘에서 벗어난 데에 서 있었기 때문에 메리는 덥다 못해 골치까지 지끈거리면서 아파 왔다. 호박돌은 너무 뜨거워서 만질 수도 없었다. 마치 몇 개월 동안의 강렬한 햇볕이 호박돌에 축적되어 있는 것 같았다. 메리는 그들의 발밑에서 숨을 헐떡거리며 웅크리고 누워 있는 농장 개 두 마리를 보면서 말했다.

"돼지들이 더위를 타지 않으면 좋으련만."

"내가 얘기했잖아, 덥지 않을 거라고. 차양을 몇 개 설치하면 괜찮을 거요."

"열이 땅에서 올라오는 것 같은데요."

"글쎄, 트집을 잡는 것도 무리는 아니지만 이렇게 해서 나는 돈을 상당히 절약했소. 시멘트와 벽돌을 사용하려면 50파운드는 들 텐데 그럴 만한 여유가 없어."

"트집 잡는 게 아니에요."

그가 자신을 방어하려는 것 같아서 메리가 급히 말했다.

리처드는 상당한 돈을 지불하고 찰리에게 돼지 여섯 마리를 사들여 엉성하나마 그런대로 모양을 갖춘 우리에 넣었다.

그러나 사료 문제가 남아 있었는데, 사료를 따로 구입하려면 돈이 꽤 많이 들 터였다. 리처드는 옥수수를 대량으로 주문해서 사료로 사용할 수밖에 없다고 생각했고, 집에서 쓸 최소한의 우유를 제외하고는 기르는 소에서 얻은 우유를 전부 돼지 사육에 이용하기로 했다. 그 후 메리는 매일 아침 외양간에서 가져온 우유 중 극히 일부만 따로 덜어 놓았다. 그리고 나머지는 주방의 식탁에 올려놓고 상하도록 내버려 두었는데, 이는 리처드가 상한 우유에 신선한 우유에는 없는 베이컨을 만드는 성분이 있다는 글을 어디에선가 읽은 적이 있기 때문이었다. 부글부글 끓으면서 푸석푸석하게 고체로 변해 가는 우유 주변에는 그때부터 파리가 들끓기 시작했고 집 안에서는 쉰내가 떠날 날이 없었다.

그다음으로는 돼지가 새끼를 낳고 그 새끼들을 키워 싣고 가서 적당한 값에 팔아넘기는 문제 등이 계속 일어날 것이었다. 그러나 그러한 문제들은 일어나지 않았다. 돼지 새끼들이 태어나기가 무섭게 죽어 버렸기 때문이다. 리처드는 돼지 새끼들이 병에 걸린 모양이라면서 모두 자신의 팔자소관으로 돌렸다. 그러나 메리는 돼지 새끼들이 자라기도 전에 불고기가 되는 것이 싫어서 일찍 죽어 버리기로 작정한 모양이라고 건조하나마 농담을 한마디 했다. 리처드는 비참한 상황을 농담으로 넘겨 준 그녀가 고마웠다. 그는 자신의 팔자가 기가 막힌지 머리를 긁적거리고 바지 허리춤을 잡아당기면서 한 번 씩 익 웃어 보였다. 그리고 나서는 다소 우울한 멜로디로 휘파람을 불기 시작했다. 메리는 굳은 표정으로 방에서 걸어 나왔다.

리처드 같은 남자와 결혼한 여자는 자신이 할 수 있는 일이라고는 두 가지밖에 없음을 조만간 깨닫게 된다. 즉, 정신이 어떻게 돼서 끓어오르는 분노를 이기지 못해 자신을 갈기갈기 찢어 버리거나 아니면 이를 악물고 쓰러지지 않으려고 안간힘을 써 보는 것이다. 메리는, 마치 좀 더 나이가 많고 더욱 비웃는 듯한 자신의 복제 인간처럼 곁에 붙어 다니면서 갈수록 빈번하게 떠오르는 어머니에 대한 기억으로 인해, 그리고 자신이 살아온 환경의 영향으로 인해 마치 무슨 운명처럼 후자의 길을 선택했다. 리처드에게 화를 낸다는 것은 자존심이 상해도 이만저만 상하는 일이 아니었던 것이다. 한때 쾌활한 느낌은 주었지만 특징이 없던 메리의 얼굴에는 참아야 할 일이 생길 때마다 주름이 하나씩 잡혀 갔다. 그러나 그녀는 서로 완전히 딴판인 두 개의 가면을 쓰고 있는 것 같았다. 입술은 점차 엷어져 갔고 항상 굳게 다물고 있었으나, 하인들과의 갈등으로 열을 받으면 썩은 물고기 피 색깔로 변하는 예민한 부분이 아직 그 입술 어딘가에 남아 있었다. 어떤 때는 인생에서 최악의 것만을 기대하며 살아가는 나이 든 꿋꿋한 여인의 닳고 닳은 모습으로 나타났다가 또 어떤 때는 히스테리가 극에 달해서 구제 불능의 상태가 되어 버린 여인의 모습으로 나타났다. 그러나 아직까지는 침묵의 비난을 퍼부으며 방에서 걸어 나올 수 있었다.

돼지들을 전부 팔아 버리고 불과 이삼 개월밖에 지나지 않은 어느 날, 메리는 리처드의 얼굴에서 낯익은 표정, 환상에 젖어 혼자 즐거워하는 표정을 목격하고도 눈 하나 깜짝하지 않았다. 리처드는 베란다에 서서 끝없이 펼쳐진 초원 지대와 언덕을 바라보고 있었는데, 그녀는 그 모습을 지켜보면서 그가 지금 어떤 환상에 푹 빠져 있을까 문득 궁금해졌다. 그러나 리처드가 환상에 젖어 머릿속에서 이미 성공을 거두고 유치할 정도로 몹시 흥분하면서 그녀 쪽으로 시선을 돌릴 때까지 아무 말 없이 그냥 기다렸다. 그리고 그때까지만 해도 메리는 사실상 자포자기 상태는 아니었다. 그녀는 자신의 불길한 생각들을 떨쳐 버리려고 애쓰면서, 그런대로 그해 일 년은 괜찮은 편이었고 리처드가 상당히 기뻐하고 있으니 그것으로 되지 않았느냐고 스스로에게 말했다. 리처드는 저당금 중 100파운드를 갚았을뿐더러 그다음 해에 구태여 돈을 빌려 쓰지 않아도 될 정도의 자금이 현금으로 수중에 있었는데 그것이 몹시 만족스러운 모양이었다. 끌어다 쓰지 않은 부채의 액수로 한 해를 평가하는 리처드의 부정적인 사고방식에 어느새 그녀도 적응되어 있었다. 그리고 어느 날엔가 리처드가 그녀를 자신에 찬 표정으로 바라보면서 칠면조 사육에 대한 글을 읽었다고 했을 때, 그녀도 관심 있는 척하려고 애썼다. 그녀는 다른 농부들도 그런 일들을 하면서 돈을 벌지 않느냐고 스스로에게 말했다. 조만간 리처드가 운수 대통할지 모르는 일이었다. 칠면조 시세가 그에게 유리하게 돌아가거나 기후가 칠면조 사육에 특히 알맞아서 그가 큰돈을 벌 수도 있을 것이다. 일단 서두를 꺼낸 후, 리처드는 아직 터져 나오지 않은 메리의 비난에 자신을 방어할 생각으로, 사실 따지고 보면 양돈을 해서 손해 본 것은 거의 없었다고 말했다.(양봉을 시도했다가 실패한 것은 까맣게 잊어버린 모양이었다.) 그리고 칠면조 사육은 비용이 들지 않는 하나의 실험이라고 덧붙였다. 축사는 비용이 한 푼도 들지 않고 일꾼들의 임금은 고작해야 몇 실링에 불과하다는 것이었다. 사료도 자급자족할 수 있으므로 아무 문제가 없다고 했다. 메리는 그들이 사들인 상당량의 옥수수와 일꾼들에게 줄 임금을 마련하는 것이 그의 가장 큰 고민거리였다는 사실이 떠올랐으나, 그가 더욱더 적대적으로 그리고 필사적으로 자기방어를 하게끔 자극하고 싶지 않아서 입을 꽉 다물고 시선을 다른 곳으로 돌려 버렸다.

그 후 이삼 주 동안 리처드는 칠면조 사육에 정신이 팔려 있었다. 결혼하고 지금까지 리처드의 그런 모습을 본 적이 없었으며 앞으로도 그럴 것 같다는 생각이 들 정도였다. 그는 경작지에는 거의 내려가 보지도 않고, 하루 종일 축사 짓는 것과 철망 설치하는 것만 감독했다. 맞물림이 잘된 철망을 설치하는 데는 50파운드가 넘게 들었다. 축사가 완성된 다음에는 칠면조를 여러 마리 사들였고, 부화기와 저울을 비롯해서 나머지 장비도 전부 필요하다고 생각하고 마저 사들였다. 그러나 상당히 많은 알이 부화되기도 전 하루는 장비와 축사를 칠면조가 아니라 토끼 사육에 사용하는 게 좋겠다고 했다. 토끼는 풀 한 줌으로도 사육할 수 있을뿐더러 번식 능력도 몹시 뛰어나 따라올 동물이 없을 정도라는 것이었다. 비록 토끼 고기를 먹는 사람이 많지는 않지만(남아프리카에는 토끼 고기에 대한 편견이 있었다.) 식성이란 바뀔 수도 있는 문제이고 만일 한 마리당 5실링씩만 받는다면 한 달에 적어도 50~60파운드는 거뜬히 벌 수 있다는 것이 리처드의 계산이었다. 그리고 토끼 사육이 어느 정도 자리를 잡으면, 리처드는 앙고라토끼의 털이 파운드당 6실링에 팔린다는 이야기를 들은 적이 있으니 그쪽 계통의 토끼 사육으로 확장해 가자고 했다.

이야기를 거기까지 듣자 메리는 자신을 통제할 수 없었고, 그런 자신이 혐오스럽기까지 했지만 마침내 분노가 폭발하고 말았다. 더 이상은 도저히 참을 수 없었던 것이다. 그러나 리처드에게 화를 내면서도 그녀는 리처드에게 자신의 그런 모습을 보는 기쁨을 주는 것 같아 자기 혐오를 느꼈다. 그러나 그러한 감정은 리처드가 이해하지 못할 만한 것이었다. 비록 메리의 분노가 끔찍스럽게 여겨졌지만, 그녀가 잘못 생각하고 있으며, 아무리 계획을 잘 세우고 열심히 노력해도 운이 따라 주지 않는 것을 비난할 권리가 그녀에게는 없다고 리처드는 속으로 중얼거렸다. 메리는 성질을 부리다가 울다가 욕설을 퍼부어 대다가는 마침내 서 있을 힘조차 없어져 소파 한쪽에 웅크리고 앉아 숨을 고르면서 하염없이 흐느껴 울었다. 그러나 리처드는 바지 허리춤을 끌어 올리지 않았으며 휘파람을 불지도 않았다. 철부지 소년처럼 보이지도 않았다. 그는 메리가 소파에 앉아 있는 동안 오래도록 그 모습을 바라보다가 비꼬듯이 말했다.

"알았어요, 마님."

메리는 싫었다. 리처드의 그러한 말투가 싫었다. 그의 빈정거리는 말투는 그들의 결혼이 메리가 생각했던 것보다 더욱 악화된 상태임을 암시했고, 리처드에 대한 그녀의 경멸이 그토록 쉽게 말로 되돌아올 수 있다는 사실이 언짢게 여겨졌기 때문이다. 그를 경멸하지 말고 관대하게 동정해 주어야 한다는 것이 이 시점에 이르러서는 그들의 결혼이 존속될 수 있느냐 없느냐를 결정하는 조건처럼 여겨지기까지 했다.

　그러나 토끼나 칠면조에 대해 더 이상 이야기하지 않았다. 메리는 칠면조를 팔아넘기고 대신 중닭을 우리에 넣었는데, 리처드에게는 자기 손으로 몇 푼이라도 벌어서 옷을 사 입기 위해서라고 했다. 그도 메리가 깜둥이처럼 남루한 옷차림으로 다니는 것을 원치 않았던 것일까. 그러나 그녀의 도전적인 태도에 아무 반응조차 보이지 않은 점으로 볼 때 그는 아무래도 좋은 듯 전혀 개의치 않음이 분명했다. 그는 다시 골똘히 생각에 잠겼던 것이다. 그리고 자신의 농장에서 깜둥이들을 대상으로 상점을 열어 볼 생각이라면서 미안하다거나 자신을 방어하려는 기색을 전혀 보이지 않았다. 그는 그녀를 바라보지도 않고 싫든 좋든 알아서 하라는 식으로 담담하게 자신의 생각만 늘어놓았던 것이다. 깜둥이를 상대하는 상점이 상당한 돈벌이가 된다는 것을 모르는 사람은 아무도 없다면서 그는 찰리 슬래터뿐 아니라 농부들 대부분이 그런 상점을 운영하고 있다는 점을 지적했다. 그러한 상점은 큰돈을 만지게 해 줄 금광과도 같다고 했다. 메리는 '금광'이라는 말을 듣는 순간 소름이 끼쳤다. 어느 날엔가 집 뒤쪽에서 잡초로 덮어 놓은 큰 웅덩이들을 발견하고 리처드에게 물어보자, 자기 농장의 땅 밑에 노다지가 묻혀 있다는 확신이 서서 그걸 찾아내기 위해 땅을 파헤친 적이 있었다고 했는데 문득 그 기억이 되살아났기 때문이다.

메리가 조용한 목소리로 말문을 열었다.

"여기서 8킬로미터밖에 떨어지지 않은 슬래터의 농장에 상점이 있는데 여기에 상점을 새로 내는 건 무의미해요."

"하지만 내 밑에서는 100여 명의 원주민이 일하고 있잖소."

"기껏해야 한 달에 15실링 정도밖에 벌지 못하는 깜둥이들을 상대로 백날 장사를 해 봐야 뻔해요. 인건비도 안 나올 거예요."

"하지만 근처를 지나가는 흑인들도 항상 있잖아."

리처드는 별 어려움 없이 영업 허가서를 얻어 낸 후 상점을 지었다. 메리는 어린 시절 쓰라린 기억의 중심지였던 상점이 마치 무슨 망령처럼 줄곧 자기 곁을 떠나지 않고 따라다니는 것이 어떤 불길한 징조이자 경고로 여겨져 소름이 끼쳤다.

그러나 다행히 상점은 집에서 몇백 미터 떨어진 곳에 세웠는데, 계산대를 중심으로 해서 뒤쪽은 물건 보관 창고로 쓰일 모양이었고 그 앞 공간은 상품 진열대 구실을 했다. 처음에는 규모가 별로 크지 않으므로 진열은 상점 선반을 이용해도 별 무리가 없었으나, 후에 규모가 커지면 진열장을 별도로 더 만들 생각이었다.

메리는 리처드가 물건들을 진열하는 걸 도와주기도 했지만, 석유 냄새가 나는 값싼 제품들과 사용되기도 전에 이미 얼마나 지저분한지 손가락을 대면 기름때가 묻어날 것만 같은 담요들이 보기도 싫을 만큼 역겨워서 계속 이맛살을 찌푸렸다. 리처드는 상점에서 화려한 유리와 구리, 동으로 만든 모조 보석도 취급할 생각이었는데, 메리는 그것들을 흔들거리게 매달면서 입술을 꼭 다문 채 피식 미소를 지었다. 유리구슬 목걸이가 반짝이면서 흔들거리는 걸 지켜보는 게 가장 큰 기쁨이었던 어린 시절이 문득 기억에 되살아났기 때문이다. 메리는 상점에 쏟은 열정을 집에다 쏟아서 방을 두 개만 더 만들었더라도 생활이 훨씬 더 안락해졌을 거라는 생각을 하고 있었다. 상점, 칠면조 사육장, 돼지우리, 양봉 등에 투자한 돈이라면 집에 천장을 설치하고도 남았을 게 분명했다. 천장만 있다면 다가오는 무더위가 이토록 겁나지는 않으련만…… . 하지만 지금 와서 그런 말을 해 본들 무슨 소용이 있겠는가? 메리는 그 자리에 주저앉아 언제까지라도 울고 싶은 심정이었다. 그러나 이를 악문 채 한마디도 하지 않고 일이 전부 끝날 때까지 리처드를 거들었다.

진열대에 상품들이 쌓이고 마침내 문을 열 준비가 되었을 때, 리처드는 크게 기뻐하면서 역에 나가서 싸구려 자전거 스무 대를 사 왔다. 한꺼번에 스무 대씩이나 구입하는 것은 상당한 무리였지만, 리처드는 자기 밑에서 일하는 일꾼들이 자전거를 사기 위해 항상 가불해 달라고 한다며 이제는 모두 그의 상점에서 구입하려 할 것이기 때문에 걱정할 필요가 없다고 했다. 그러나 아직까지 문제가 하나 남아 있었다. 상점 경영은 누가 할 것인가? 이 문제에 대해서 리처드는 상점 경영이 본궤도에 오르면 사람을 하나 쓰면 되지 않겠느냐고 했다. 메리는 그 말을 듣는 순간 눈을 질끈 감으면서 한숨을 쉬었다. 아직 시작도 하기 전이건만, 상점에 투자한 돈을 뽑아내려면 갈

길이 멀어도 한참 멀건만 리처드는 한 달에 적어도 30파운드는 줘야 할 상점 관리자 이야기를 하고 있다니 너무나도 기가 막혔던 것이다. 메리는 깜둥이를 쓰면 되지 않겠느냐고 해 보았다. 여기에 대해서 리처드는 고개부터 흔들었다. 돈에 관한 한 믿을 사람이 따로 있지 깜둥이들은 절대로 믿을 수 없다는 것이었다. 그는 상점을 관리할 사람으로 메리를 생각하고 있다고 했다. 어찌 되었거나 할 일이 없는 사람은 그녀뿐이니 말이다. 리처드는 마지막으로 이 말을 하면서 언제나 메리에게 말할 때면 그렇듯이 상당히 못마땅해하는 어투였다.

메리는 상점에 발을 들여놓느니 차라리 죽어 버리겠다고 날카롭게 쏘아붙였다. 그녀의 이러한 결심은 절대로 변할 수 없었다.

"계산대 뒤에 서 있는 것이 그렇게 언짢은 일인가, 당신이 그렇게 대단한 사람이라는 거야?"

"냄새나는 깜둥이들한테 물건을 파는 것이 그럼 역겹지 않다는 말인가요?"

그러나 당시 일을 시작하기 전에 메리의 진짜 마음은 그런 것이 아니었다. 리처드에게는 설명할 수 없었지만, 어린 시절에 상점의 선반에 놓인 술병들을 겁에 질린 시선으로 바라보면서 오늘 밤은 아버지가 또 그중에서 어떤 술병을 비우고 술주정을 할까, 밤중에 입을 벌리고 의자에 앉아 있는 인사불성이 된 아버지의 호주머니에서 동전을 꺼내던 어머니의 모습, 어머니의 힘만으로는 꾸려 나가기 힘들어 항상 상점에 외상으로 물건을 사러 갔던 자신의 모습이 상점 특유의 냄새를 맡을 때마다 기억에 떠올랐던 것이다. 메리는 자신의 비참하고 우울했던 어린 시절에 대해서 아는 것이 아무것도 없는 그에게 이야기해 보았자 아무 소용도 없다는 것을 알고 있었기 때문에 그러한 사실들을 말할 수도 없었고 말하지도 않았다. 그러다가 메리는 마침내 상점 운영을 맡는 데 동의하고 말았다. 달리 방도가 없었기 때문이다.

메리는 상점으로 일하러 가면서 우선 뒷문을 통해 나무 사이에 새로 생긴 상점을 살펴보는 버릇이 생겼다. 그리고 물건을 사려고 기다리는 사람이 혹시 있는지 알아보려고 길을 따라 한참을 걷기도 했다. 아침 10시경이면 대여섯 정도의 원주민 아낙네들과 아이들이 나무 그늘에 앉아 있었다. 메리가 원주민 남자들을 싫어하는 정도였다면 원주민 여자들은 싫어하는 정도가 아니라 지독히 혐오했다. 몸을 함부로 드러내 놓고 지내는 생활 태도는 물론이거니와 무례하기 짝이 없고 교활한 느낌을 주는 인상과 짙은 갈색의 육체 그리고 뻔뻔스럽고 원색적인 말투 등 어느 하나 싫지 않은 것이 없었다. 상점 문이 열렸든 닫혔든 전혀 개의치 않고 다음 날 또다시 찾아올 때까지는 무슨 일이 일어나도 상관없다는 듯 가장 편한 자세로 풀밭에 모여 앉아서 언제까지라도 떠들어 대는 것을 볼 때마다 속이 메스꺼워졌다. 메리는 특히 사람들이 보든 말든 개의치 않고 유방을 드러내 놓은 채 아이들에게 젖을 물리는 것이 제일 싫었다. 그들의 편안하고 만족스러운 듯한 모습을 볼 때마다 왠지 모르게 피가 거꾸로 흐르는 듯한 느낌을 받았던 것이다.

"애새끼들이 거머리처럼 달라붙어서 젖을 빨고 있잖아."

아이에게 젖을 먹인다는 생각에 몸서리치면서 메리가 중얼거렸다. 아이의 입술이 자신의 젖꼭지를 빤다는 생각만 해도 메리는 치가 떨렸으며, 자신의 유방이 유린당하는 것을 보호라도 하려는 듯 자신도 모르게 유방을 두 손으로 감쌌다. 그리고 대다수의 백인 여성들처럼 메리 역시 젖병이 있다는 사실을 생각하면 마음이 놓였고, 자신보다는 흑인 여자들이 이상하다고 생각했다. 그들은 메리가 생각할 수도 없을 정도로 추악한 욕망으로 똘똘 뭉쳐진 야만스럽고 괴상한 존재들이었던 것이다.

상점 앞에 열두 명 정도의 원주민이 녹색 나무나 풀잎과 대조를 이루면서 금속 귀걸이를 하고 초콜릿색 피부를 드러낸 채 앉아 있는 것을 보고 메리는 옷의 후크 달린 곳에서 열쇠를 꺼냈다.(열쇠를 거기 보관하는 것은 혹시 원주민들이 열쇠를 훔쳐 그녀 몰래 상점에 들어와 물건들을 훔쳐 갈까 봐 걱정이 돼서였다.) 메리는 열쇠를 꺼내 든 후 손으로 햇빛을 가리면서 기분이 나빠도 일은 해야겠기에 상점 앞으로 다가갔다. 벽돌로 된 벽에 부딪치든 말든 쾅 소리를 내면서 문을 거칠게 열어젖히고, 상점 안에서 풍겨 나오는 냄새에 미간을 찌푸리면서 걸음을 옮겼다. 잠시 후 원주민 아낙네들이 천천히 상점으로 몰려들어와 물건들을 이것저것 만져 보고 반짝거리는 모조 보석들을 자기 몸에 갖다 대면서 탄성을 지르거나 엄청난 가격에 넋이 빠지거나 했다. 그들의 등에 업혀 있거나(메리는 그런 모습을 보고 원숭이를 연상하곤 했다.) 치맛자락을 잡고 있는 아이들은 주변의 파리 떼는 전혀 개의치 않으면서 피부가 하얀 메리를 신기하다는 듯이 쳐다보았다. 메리는 손가락으로 계산대를 가볍게 두드리며 가격과 품질에 대한 그들의 질문에 짤막하게 대답하면서 최대한 인내심을 발휘하여 삼십여 분가량은 그럭저럭 참아 냈다. 그들에게 값을 깎는 즐거움을 주지 않기 위해서라도 메리는 가급적이면 말을 적게 했다. 그러나 삼십 분 정도가 지나면, 고약한 냄새를 풍기며 시끄럽게 떠들어 대는 그들 틈바구니에 더 이상 참고 있을 수 없어서 메리는 보관실로 거칠게 문을 열고 들어가면서 날카롭게 소리쳤다.

"아이고, 좀 빨리!"

이렇게 되면 흑인 여자들은 메리가 자기네를 싫어한다는 걸 눈치채고서 시무룩해진 모습으로 하나둘 상점을 나갔다.

"겨우 한 사람한테 6페니짜리 모조 보석을 하나 팔려고 내가 몇 시간이나 거기에 죽치고 있어야 해요?"

한번은 리처드에게 이렇게 물었다.

"그래도 당신에게는 할 일이 생긴 셈이잖아."

리처드는 그녀를 보지도 않은 채 잔인할 정도로 무관심하게 대답했다. 근래 들어 그는 메리를 더욱더 냉담하게 대했다.

메리를 녹초로 만들어 버린 것은 바로 그 상점이었다. 계산대 뒤에 서서 물건을 팔아야 된다는 압박감과 자신이 항상 거기 있어야 한다는 인식이 그녀에게 큰 짐이 되어 심신을 피곤하게 했던 것이다. 무성하게 우거진 덤불과 풀밭에서 기어 나온 진드기들이 발에 달라붙는 길을 오 분 정도 걸으면 도착하는 상점이 그녀에게는 지옥처럼 여겨졌다. 그러나 결정적으로 그녀의 기를 꺾어 놓은 것은 바로 자전거였다. 무슨 이유에선지 자전거는 한 대도 팔리지 않았다. 아마 원주민들이 원하는 타입이 아니어서 그랬는지도 모르지만, 뭐라고 딱 잘라서 그 이유를 말하기는 힘들었다. 그러다 간신히 한 대가 팔리기는 했지만, 나머지 열아홉 대는 고무로 싸여 철제 골격을 드러낸 채 보관실에 거꾸로 처박혀 있었다. 게다가 고무가 녹아가고 있었다. 손잡이 같은 데를 만져 보면 고무가 마치 진흙처럼 손에 묻어 떨어질 정도였다. 결국은 날아가 버리고만 셈이었다. 거금 50파운드가! 그리고 사실상 손해는 보지 않은 셈이라 할지라도 그렇다고 수익을 올리는 것도 아니었다. 자전거 값과 상점을 지을 때 쓴 비용을 생각해 보면 엄청난 적자를 본 셈이었고, 지금은 재고라도 어떻게 처리해서 손실을 최대한 줄여 보는 것을 기대할 도리밖에 없었다. 그러나 리처드는 포기하지 않으려고 했다.

"이젠 틀이 잡힌 셈이에요. 더 이상 손실은 없을 테지. 잘만 하면 괜찮을 테니 한번 해 봐요."

그러나 메리는 자전거를 사느라 날려 버린 50파운드를 생각했다. 50파운드. 그 돈만 있으면 천장을 설치하거나 싸구려 가구를 근사한 것으로 바꿀 수도 있었다. 아니면 일주일 동안 휴가를 갈 수도 있었다.

항상 계획은 하고 있지만 실현되기 힘들 것 같은 휴가를 떠올리자 메리는 생각의 방향을 돌려 한동안 그녀의 인생에 새로운 의미를 부여하기까지 했다.

그즈음 메리는 오후에 항상 낮잠을 잤다. 몇 시간이고 계속

해서 잤다. 잠을 자는 것이 시간을 빨리 보낼 수 있는 방법이기 때문이었다. 1시에 자리에 누워 잠을 깨면 4시 무렵이었다. 그러나 리처드가 돌아오려면 두 시간 정도는 더 있어야 되기 때문에 메리는 허술한 옷차림으로 잠이 덜 깬 채 그냥 침대에 누워 있었다. 입이 마르고 머리가 아프기는 했지만 그런 것은 아무래도 상관없었다. 직장에서 일하던 좋은 시절을 생각해 보는 것은 바로 잠이 아직 덜 깬 4시에서 6시 사이 두 시간 동안이었다. '사람들이 그녀를 결혼하게 만들기' 전까지 자기 마음대로 지낸 그 시절은 지금 와서 생각해 보면 정말 좋았던 것 같지만 이제는 아련한 옛 추억이 되어 버리고 말았다. 사람들이 결혼하게만 만들지 않았더라면……. 메리는 항상 그런 아쉬움이 있었다. 그리고 메리는 그처럼 어영부영하면서 흘려보내는 시간 동안, 솔직히 말해서 리처드가 돈을 벌 가능성이란 전혀 없다는 것을 알면서도 만약 그가 돈을 벌어 다시 도시로 나가 살면 어떨지 생각해 보기 시작했다. 그러나 문득 자신이 도망가서 예전 생활로 돌아가는 것을 가로막거나 방해할 만한 것이 하나도 없다는 생각이 뇌리를 스쳤지만 친구들에 대한 생각이 떠오르자 주춤하고 말았다. 그런 식으로 결혼이 깨져 버린 것에 대해 어떤 말을 늘어놓을까? 친구들과 다른 사람들에 대한 그들의 판단 기준이 뇌리를 스치고 지나감과 동시에 현실 생활과는 아무 관련도 없던 자신의 보수적인 윤리관이 되살아났다. 결혼에 실패한 여자라는 딱지를 붙이고 친구들을 다시 만난다고 생각하자 메리는 기분이 상했고 소름마저 끼쳤다. 왜냐하면 아직까지 가슴속 깊은 곳에는

"메리는 어딘가 나사가 하나 빠진 여자"라고 말하던 친구들의 모습이 뚜렷하게 새겨져 있어서 열등감 비슷한 것에 시달렸기 때문이다. 친구들의 말은 그녀의 마음에서 한시도 사라진 적이 없었고 지금까지도 귓가에서 맴도는 것 같았다. 그러나 지금의 비참한 현실에서 벗어나고 싶은 욕망이 너무나도 강했기 때문에 친구들 생각을 애써 떨쳐 버렸다. 그런 다음에는 도망칠 생각만, 과거의 자신으로 다시 돌아가려는 생각만 했다. 그러나 지금의 그녀와 수줍고 무슨 일에든 초연하면서도 많은 사람 속에서 쉽게 적응해 나가던 예전의 그녀 사이에는 상당한 차이가 존재했다. 메리는 그러한 차이를 인식했지만, 그 차이가 자신의 변화를 가로막는 절대적인 것이라고는 생각지 않았다. 차라리 그녀가 훤히 알고 있는 연극에서 자신에게 적합한 역할에서 벗어나 갑자기 전혀 낯선 역할을 하게 된 기분이 들었다. 그녀를 오싹하게 만든 것은 자신이 변했다는 사실에 대한 인식이 아니라 조화를 이루지 못하고 있다는 사실에 대한 깨달음이었다. 그들의 삶에 항상 밀접히 관계되어 있으면서도 저 멀리 떨어져서 존재하는 토지와 흑인 일꾼들, 손에는 기름때를 잔뜩 묻히고 항상 작업복만 입고 지내는 리처드……. 그러한 것들이 모두 그녀와 무관했고 현실이 아니었다. 그런데도 그러한 것들에 시달려야 한다니, 생각할수록 끔찍하게만 여겨졌다.

시간이 흘러감에 따라 메리는 자신에게 어울릴 뿐 아니라 새로 시작할 마음의 준비도 되어 있는 예전의 안락하고 멋진 생활로 돌아가려면 기차를 잡아타고 도시로 돌아가기만 하면 된다고 스스로를 설득하고 있었다.

그러던 어느 날 일꾼이 식료품과 고기와 우편물을 가득 담은 무거운 부대를 지고 역에서 돌아왔을 때 메리는 주간 신문을 펼쳐 들고 언제나 그랬듯 출생 및 결혼 소식란을 읽기 시작했다.(메리가 그 난을 읽는 것은 옛 친구들이 어떻게 지내는지 알아보기 위해서였는데, 사실 그녀는 신문에서 그 부분만 읽었다.) 신문을 읽던 메리는 문득 자신이 과거에 그렇게 오랫동안 근무했던 회사에서 타자 속타가 가능한 여사무원을 구한다는 광고를 보았다. 메리는 깜빡거리는 촛불과 풍로의 희미한 불꽃이 흐릿하게나마 밝히고 있는 주방에서 고기와 수프가 널린 식탁 옆에 서서 일꾼 한 명과 함께 식사 준비를 하고 있었는데, 그 광고를 읽는 순간 농장에서 벗어나 예전의 생활로 돌아가 있었다. 그날 밤 내내 그 환상은 지워지지 않았고, 메리는 자신의 과거이기도 했던, 쉽게 성취할 수 있을 미래에 대한 생각으로 숨조차 제대로 쉬지 못할 만큼 흥분되어 뜬눈으로 밤을 지새웠다. 그리고 다음 날 아침 리처드가 경작지로 나간 후, 정장을 하고 가방을 챙겨 들고서 리처드에게 쪽지를 남겼다. 상당히 격식을 차린 편지였지만, 옛날 직장으로 돌아갈 생각이라는 것이 내용의 전부였다. 마치 리처드가 그녀의 의중을 미리 알고 그렇게 하라고 승낙했다는 듯 메리의 편지에서는 미안함이나 주저한 흔적은 전혀 찾아볼 수 없었다.

메리는 집과 슬래터의 농장 사이의 8킬로미터 정도 되는 길을 거의 한 시간 만에 걸어갔다. 손에 든 가방이 무겁게 흔들거리며 발에 와서 부딪치고, 신발은 흙먼지로 뿌옇게 변하고,

가끔 돌부리에 걸려 넘어질 뻔해도 메리는 거의 뛰다시피 하면서 걸음을 재촉했던 것이다. 그녀는 농장 사이의 경계인 배수로 옆에서 아무 일도 하지 않고 그냥 서 있는 듯한 찰리를 발견했다. 그는 메리가 오는 길 쪽을 쭉 바라다보면서 눈을 가늘게 뜨고 헛기침을 몇 번 했다. 메리는 찰리 앞에 멈춰 서면서 문득 이상하다는 생각이 들어 놀라움을 금치 못했다. 항상 바쁜 사람이 이렇게 빈둥거리고 있다는 것이 전혀 뜻밖이었기 때문이다. 찰리가 가축에게 필요한 목초지를 더 마련하기 위해 리처드가 파산하면 농장을 사들일 궁리를 하고 있다고는 꿈에도 생각지 못했기 때문에 그녀의 놀라움은 당연할지도 몰랐다. 그를 만난 것은 불과 두세 번밖에 되지 않고 그때마다 그가 자기를 싫어한다는 걸 노골적으로 드러냈다는 사실을 기억해 내고서 메리는 비록 숨이 차기는 했지만 천천히 말을 하려고 했다. 메리는 오전 열차 시간에 늦지 않게 자기를 역까지 태워다 줄 수 없겠느냐고 했다. 이번 기차를 놓치면 삼 일을 더 기다려야 기차가 그 지역을 통과하므로 사정이 급했기 때문이다. 슬래터는 눈을 가늘게 뜨고 그녀를 바라보았는데, 속으로 머리를 굴리는 눈치였다.

"남편은 어디 계시오?"

찰리가 지나가는 듯한 말투로 무뚝뚝하게 물었다.

"일하고 있어요……."

메리는 더듬거렸다.

그는 아무래도 뭐가 이상하다는 듯 김 빠지는 소리를 한 번 냈지만, 길 옆 큰 나무 밑에 세워 둔 자동차에 메리의 가방을 실었다. 그가 차에 올라탔다. 그리고 길을 내려다보면서 이 사이로 휘파람을 부는 동안, 메리는 그 옆에 자리를 잡고 앉은 후 문을 닫으려고 씨름했다. 찰리는 여자를 받들어 모시는 에티켓하고는 거리가 먼 사람이었던 것이다. 마침내 문을 닫고 몸을 제대로 가누게 되자 메리는 마치 여권이라도 되는 양 가방을 꽉 움켜잡았다.

"남편이 너무 바빠서 부인을 역까지 데려다주지 못하는 모양이죠?"

마침내 그가 교활한 눈초리로 메리에게 시선을 돌리면서 말했다. 메리는 죄책감이 들어 얼굴을 붉히면서 고개를 끄덕였다. 그러나 마음은 온통 기차에 가 있었기 때문에 그의 반응 따위에는 신경 쓸 겨를이 없었다.

그가 액셀을 밟았다. 차가 곧 뿌연 흙먼지를 일으키며 역을 향해 달리기 시작했다. 기차는 숨을 몰아쉬며 증기를 내뿜으면서 곧 출발할 태세였다. 메리는 우물쭈물할 수 없어서 찰리에게 짤막하게 고맙다는 말을 한 후 기차가 출발할 무렵에는 그에 대해 까맣게 잊어버렸다. 그녀에게는 도시에 갈 수 있을 정도의 돈은 있었지만, 택시를 탈 형편은 아니었다.

메리는 결혼해서 떠난 후로는 한 번도 와 보지 않은 도시의 길거리를 가방을 든 채 걸어 다녔다. 전에 리처드에게 도시로 나와야 될 일이 한두 번 있었는데, 메리는 자신이 알고 지낸 사람들과 마주치는 것이 두려워서 그때마다 함께 나가자는 리처드의 제의를 거절했다. 여성 회관에 가까워지자 메리는 가슴이 뛰기 시작했다.

꽃향기를 실은 바람이 알맞게 불어 주고 뜨겁지 않은 햇볕이 내리쬐어 정말 기분 좋게 사랑스러운 날이었다. 흰 벽과 붉은 지붕과 조화를 이루며 낮익은 건물 사이에 펼쳐진 너무나도 맑고 상쾌해 보이는 하늘마저 전혀 딴 하늘처럼 느껴졌다. 계절을 꽉 움켜잡고 변하지 못하도록 하면서 눈이 시릴 정도로 파랗기만 했던 농장의 하늘과는 말 그대로 천지 차이였다. 도시에서 다시 본 하늘은 메리가 길에서 뛰어올라 푸름 속에서 편안하고 느긋하게 떠다닐 수 있을 정도로 마음을 편하게 해 주었고 그 부드러운 푸름이 모든 시름을 잊게 해 주었다. 메리가 걸어가는 길 양쪽에는 잎사귀에 앉은 나비들처럼 가지 위에 흰색과 분홍 빛깔의 꽃이 핀 바우히니아 나무들이 쭉 늘어서 있었다. 위로 상쾌한 파란 하늘이 펼쳐져 운치를 더하는 도시의 거리는 온통 분홍과 흰색의 세상이었다. 이렇게, 이렇게 다를 수가 있단 말인가! 이곳이야말로 바로 메리의 세계였다.

여성 회관에서 만난 관장은 메리가 모르는 새로운 사람이었는데, 그녀는 기혼 여성은 받지 않는다면서 이상하다는 듯이 메리를 한동안 바라보았다. 메리는 그 시선을 받는 순간, 지금까지 마냥 좋기만 했던 기분이 상하고 말았다. 기혼 여성을 받지 않는 여성 회관의 규칙을 잊었던 것이다. 그러나 지금까지 자신이 진짜로 결혼했다고 생각한 적이 없었기에 관장의 말이 처음에는 뜻밖으로 들렸을지도 모른다. 메리는 정신을 차리고 그 옛날 자신이 리처드 터너라는 남자와 대면했던 현관에 서서 주변을 둘러봤다. 한결같이 옛 모습 그대로이고 달라진 것은 하나도 없었지만, 웬일인지 메리에게는 너무도 낯설게 여겨졌다. 모두가 한결같이 반들반들하고 깨끗하고 잘 정돈되어 있는 것 같았다.

메리는 침착하게 호텔로 갔다. 그리고 안내받은 방으로 들어간 후 머리를 가다듬고서 전에 일했던 사무실로 향했다. 사무실 여직원 중에 그녀를 아는 사람은 아무도 없었다. 사무실 가구도 상당히 많이 바뀌었고 그녀가 앉아서 근무했던 책상 역시 누군가가 치워 버린 듯 보이지 않았는데, 그녀는 자신의 물건에 누군가가 손을 댔다고 생각하자 기분이 몹시 좋지 않았다. 메리는 가지런한 머리에 예쁜 옷차림을 한 여직원들을 바라보다가 자신이 옷차림새를 거의 살펴보지 않고 왔다는 것을 비로소 깨달았다. 그러나 때는 이미 늦은 후였다. 그녀는 이미 옛 고용주의 사무실로 안내되어 들어가고 있었던 것이다. 메리는 사무실 안으로 들어서는 순간, 옛 고용주의 얼굴에서 여성 회관에서 만났던 여인의 표정을 보았다. 그녀는 자신도 모르게 손을 내려다보았다. 몹시 투박하고 꺼칠꺼칠해 보였다. 그녀는 일순간 창피하다는 생각이 들어서 손을 핸드백 뒤로 감추었다. 앞에 앉아 있는 사장은 그녀의 얼굴을 뚫어질 듯 응시하면서 그녀에게서 시선을 떼지 않았다. 그러다 시선을 그녀의 신발로 떨어뜨렸는데, 미처 닦지 않아서 신발은 붉은 흙먼지로 엉망이었다. 몹시 안됐다는 듯한 표정과 함께 충격받은, 심지어 아연실색한 표정으로 사장은 유감스럽게도 일할 사람을 벌써 구했다고 했다. 메리는 다시 한번 분노가 치밀어 올랐다. 이곳에서 일한 그 오랜 기간 동안 이곳은 그녀의 일부분이었건만, 사장은 그녀를 다시 받아들이려 하지 않았기 때문이다.

"미안해요, 메리."

그녀의 눈을 의식적으로 피하면서 사장이 말했다. 메리는 그의 행동에서 일할 사람은 아직 정해지지 않았으며 일부러 자신을 퇴짜 놓고 있다는 느낌을 받았다. 상당히 긴 침묵이 흐르는 동안, 지난 몇 주 동안 메리의 뇌리에서 단 한순간도 떠나지 않았던 장밋빛 꿈은 빛이 퇴색해 버리면서 물거품이 되고 말았다. 이윽고 사장이 먼저 말문을 열면서 그동안 아팠느냐고 물었다.

"아뇨."

멍한 표정으로 메리가 대답했다.

호텔로 돌아온 후, 메리는 거울에 자신을 비춰 보았다. 옷은 색이 바래서 볼품이라고는 없었는데, 사무실의 여직원들이 입은 옷과 비교해 유행에도 뒤진 것임을 금방 알 수 있었다. 하지만 아직까지 고상한 멋은 남아 있었다. 피부가 거칠어지고 햇볕에 그을린 것은 사실이라도, 메리는 얼굴의 긴장을 풀고 거울을 아무리 봐도 자신에게서 별다른 변화를 찾을 수 없었다. 다만 한 가지, 눈가에 가느다란 잔주름이 생긴 것은 예전과 달랐다. 눈을 찌푸려서 그런 거야. 메리는 속으로 이렇게 중얼거리면서 자신도 모르게 나쁜 버릇이 생긴 모양이라고 생각했다. 머리는 아무리 잘 봐주려고 해도 엉망이었다. 하지만 아무리 그래도 그렇지, 농장에 미용사라도 있다고 생각한 모양이지? 메리는 옛 고용주의 처사가 생각하면 할수록 괘

씸했다. 메리는 문득 적개심이 일었다. 옛 고용주와 여성 회관 관장을 비롯해 모든 사람에게 분노가 끓어올랐다. 도대체 뭘 기대했단 말인가? 그처럼 엄청난 고통과 실망을 견뎌 낸 그녀가 전혀 변하지 않았으리라고 생각했단 말인가? 그러나 처음으로 자신이 변했다는 것을 인정할 수밖에 없었다. 상황이 아니라 바로 자기 자신이 변했음을……. 메리는 미장원에라도 들러 자신의 외모를 최소한 정상으로 돌려놓으리라고 결심했다. 그러면 자기만 한 적임자가 없는 그 일자리에서 퇴짜를 맞지는 않을 것 같았다. 그러나 돈이 없다는 생각이 떠올랐다. 지갑을 뒤져 보아도 고작해야 반 크라운짜리와 6페니짜리 동전 하나씩밖에 없었다. 그것으로는 호텔 투숙료조차 지불할 수 없는 실정이었다. 메리는 한순간 가슴이 덜컥 내려앉았다. 의자를 벽에 기대고 긴장된 자세로 앉아 해결책을 궁리해 보았다. 그러나 생각하기가 너무도 힘이 들었을뿐더러 무슨 생각을 하든 창피스러운 일과 장애물이 덩달아 떠올랐기에 도저히 생각을 진행시킬 수 없었다. 마침내 생각마저 포기해 버린 듯 메리는 멍한 표정으로 무엇인가를 기다렸다. 잠시 후 그녀의 몸은 한순간에 무너져 내렸으며 축 처진 어깨는 자포자기한 듯 보였다. 문을 두드리는 소리가 들리자 메리는 마치 예상했다는 듯 그쪽으로 시선을 돌렸다. 문을 열고 리처드가 들어와도 그녀의 표정에는 아무 변화가 없었다. 한동안 두 사람은 아무 말도 하지 않았다. 이윽고 리처드가 팔을 내밀면서 호소하듯 먼저 말문을 열었다.

"메리, 나를 떠나지 말아요."

메리는 한숨을 내쉬면서 자리에서 일어나 무의식적으로 옷매무새를 고치고 머리를 쓸어 넘겼다. 그녀는 마치 계획된 여행을 떠나는 듯했다. 저항도 증오심도 보이지 않고 단지 체념했을 뿐이라는 것을 느끼게 하는 그녀의 자세와 얼굴 표정을 보고 리처드는 팔을 내렸다. 두 사람에게 껴안는 것과 같은 감동적인 장면은 있을 수 없었다. 메리의 태도가 그러한 것을 불가능하게 만들어 버렸기 때문이다.

이번에는 리처드가 정신이 들었다. 그리고 메리가 그랬던 것처럼 리처드도 거울에 비친 자신의 모습을 한동안 바라보았다. 자신의 심장을 파고들면서 큰 굴욕감을 주었던 메리의 쪽지를 읽고, 식사할 생각도 하지 않고 작업복 차림으로 곧장 달려왔다. 걷어 올린 소매 밑에 드러난 팔뚝은 햇볕에 그을려 본래의 피부색을 찾아볼 수 없었고, 양말도 신지 않은 채 맨발로 가죽 부츠를 신은 모습이었다. 그러나 리처드는 시내에 놀러 나오기라도 한 부부처럼 메리만 괜찮다면 식사도 하고 영화도 보고 돌아가자고 했다. 메리는 아무 일도 없었다고 생각하게 하려고 애쓴다는 느낌을 받았다. 그러나 리처드를 보는 순간, 그가 그런 말을 하도록 만든 것은 바로 그녀의 상황을 받아들인 데 대한 하나의 반응임을 깨달았다. 리처드는 메리를 계면쩍고 고통스럽게 바라보면서 옷이나 몇 벌 사 입으라고 말했다.

메리는 처음으로 말문을 열면서 언제나 그랬듯 날카롭고 퉁명스럽게 대답했다.

"쓸 돈이 있기나 해요?"

두 사람은 말투마저 전혀 달라진 것 없이 다시 옛날 상태로 돌아갔다.

옛날 친구들과 마주치지 않게 시내 중심지에서 멀리 떨어진 식당을 선택해 식사를 한 후, 두 사람은 마치 아무 일도 없었으며 그녀의 도피는 금방 잊어버릴 수 있을 만큼 대수롭지 않다는 듯 자연스럽게 농장으로 돌아갔다.

그러나 막상 집으로 돌아와 판에 박힌 생활을 다시 접하자 메리는 황당하나마 그동안 자신을 지탱해 주던 꿈마저 사라져 버린 희망 없는 미래를 대하기가 그토록 힘들 수 없었고 기력이 완전히 쇠잔해 버렸다. 무슨 일이든 하려면 그렇게 힘들 수 없었다. 도시에 갔다 온 것이 그녀의 힘이란 힘을 모조리 소모해 버리게 해 그날그날 해야 될 일 말고는 다른 일을 하지 못하도록 만들어 버린 것 같았다. 이때부터 그녀의 정신세계는 붕괴되기 시작했으며, 이것은 마치 더 이상 느끼거나 싸울 수 없어져 버린 것 같은 마비 증상과 함께 시작되었다.

그리고 리처드가 병이 난 것이 직접적인 계기가 되기는 했지만, 그들 두 사람의 파국은 그가 아프지 않았더라도 이런저런 일들이 원인이 되어 곧 찾아왔을 것이다. 특별히 살고 싶은 마음이 없었기 때문에 그녀의 어머니처럼 메리 역시 단순한 병을 앓고 금방 죽었을지도 모르는 일이었다. 아니면 메리가 탈출하려는 충동을 이기지 못하고 다시 한번 집을 나갔을 수도 있다. 그리고 혼자서 살아가는 데 익숙해진 터였기에 메리가 두 번째 탈출은 현명하게 성사시키고 재기를 꿈꾸었을지도 모르는 일이었다. 그러나 그러한 일들이 생기기 전에 어느 날 갑자기 그녀의 인생에 전혀 예기치 않았던 변화가 찾아들었으며, 그 변화로 말미암아 메리의 내적 붕괴가 잠시나마 저지되기까지 했다. 메리가 탈출을 시도하고 나서 이삼 개월 후, 그리고 그녀가 리처드와 결혼한 지 육 년 만에 리처드가 처음으로 자리에 눕는 사건이 발생했던 것이다.

7장

구름 한 점 없이 맑고 차가운 기운이 감도는 6월이었다. 메리는 낮에 따뜻하면서도 항상 신선함을 느낄 수 있는 6월을 일 년 중에서 가장 좋아했다. 초원 지대에서 일어난 불의 연기가 덤불숲을 뿌옇게 만들면서 짜증을 불러오는 계절이 돌아오려면 몇 달은 더 있어야 된다는 사실 또한 기분 좋았다. 서늘한 날씨가 그녀의 활력을 어느 정도 회복시켰다. 물론 심신이 피곤했지만 견디지 못할 정도는 아니었다. 그녀는 다가올 더위의 끔찍스러운 횡포를 막아 줄 방패라도 되는 양 서늘한 몇 달을 놓치지 않으려고 악착같이 매달렸다.

리처드가 경작지로 나간 후 아침 시간에 메리는 크리스털만큼 투명하고 놀랄 만큼 파란 높은 하늘을 올려다보면서 집 앞의 모래땅을 조용히 걷곤 했다. 하늘은 정말 푸르렀다. 몇 달 동안이고 구름 한 점 없이 마냥 푸르기만 한 하늘을 보노라면 신기하다는 생각이 들 정도였다. 밤의 냉기가 아직까지 땅에 남아 있었다. 메리는 허리를 굽혀 서늘한 땅을 만져 보고, 손에 와 닿는 감촉이 차갑고 축축한 투박한 벽돌을 만져 보기도 했다. 그러다가 기온이 차츰 올라가면 태양은 여름날만큼이나 뜨겁게 작열했고, 그러면 집 앞 개간지 끝에 있는 나무 밑에 들어가 그늘 신세를 졌다.(항상 두려워하던 덤불숲으로 들어가는 일은 없었다.) 머리 위의 짙은 황록색 나뭇잎 사이로 파란 하늘이 이따금씩 보였고 서늘한 바람까지 불어 주는 나무 밑 그늘은 메리의 안식처였다. 그러다 갑자기 하늘이 온통 짙은 잿빛을 띠면서 낮아지는가 싶더니 며칠은 전혀 다른 세계가 되어 버렸다. 부드러운 빗방울이라도 떨어지면 정말 추웠다. 스웨터까지 입고 지낼 정도였는데, 그럼에도 피부에 와 닿는 서늘한 기운이 그렇게 좋을 수 없었다. 그러나 그것도 계속되지 않았다. 삼십여 분 정도 지나면 묵직했던 잿빛 하늘이 점차 엷어지면서 푸른빛이 보이는가 싶다가 구름이 점점 사라지면서 하늘이 다시 높아진 것 같았다. 잠깐 사이에 잿빛 장막은 어디론가 사라져 버리고 다시 높고 파란 하늘이 펼쳐졌다. 그리고 햇볕이 온 누리에 퍼졌으나 10월의 태양처럼 그렇게 잔인하지도 않았으며 모든 것을 태워 버릴 듯한 악의도 없었다. 곳곳에서 날아갈 듯한 상쾌함이 느껴졌으며 모든 것이 기운을 북돋아 주었다. 메리는 완전히는 아니더라도 거의 회복된 듯한 기분이 들었다. 그녀는 예전의 활발함과 활력을 거의 되찾았다. 그러나 다시 돌아올 더위를 잊지 않았음을 보여 주는 조심성이 얼굴 표정과 행동에 나타났다. 모든 것이 자연의 악의에서 벗어난 듯했던 그 기적 같은 삼 개월간의 겨울에 스스로를 조용히 순응시켰다. 나무들이 초록으로 찌들어 버리기 전 이삼 주 동안 갖가지 색깔로 불꽃처럼 너울거리는 초원 지대마저 예전과 달라 보였다. 마치 겨울은 그녀를 위해, 그녀에게 활력을 다시 불어넣어 주고 그녀를 무기력에서 해방시켜 주기 위해 찾아온 것 같았다. 이건 나의 겨울이야. 메리는 생각했다. 리처드는 메리의 변화를 알아차렸다. 사실 돌아와 준 것이 언제까지라도 감사해야 될 일이었기에 그녀가 집을 뛰쳐나간 사건이 있은 다음부터 그는 그녀에게 세심하게 신경 썼다. 만일 심술 사나운 남자였다면 아무리 리처드라고 할지라도 그녀에게 차갑게 등을 돌렸을 것이다. 왜냐하면 부인이 남편을 무릎 꿇게 하기 위해 사용하곤 하는 술수를 교묘하게 이용하여 메리가 그를 너무나도 쉽게 굴복시킨 것이나 마찬가지였기 때문이다. 그러나 리처드는 그러한 가능성은 생각조차 못 했다. 그녀가 한 번 도망갔다는 사실만으로도 충분했던 것이다. 계산적인 여자라면 누구나 예측했을 결과를 가져온 사건이었지만 리처드는 그녀가 다시 돌아와 준 것만으로도 감지덕지해서 그런 것은 전혀 신경 쓰지 않았다. 자신의 분노를 삭이고 모든 것을 인내하며 부드럽게 대해 주었다. 그리고 마치 떠나야 한다는 것을 알고 있는 친구에게 매달리는 사람처럼 약간은 수심에 찬 표정으로, 그러나 전보다는 훨씬 활기차게 집 주변을 돌아다니는 메리의 새로운 모습이 그렇게 보기 좋을 수 없었다. 자기와 함께 농장에 나가는 것이 어떻겠느냐는 말까지 했다. 자기가 없을 때 어느 날 갑자기 그녀가 다시 증발해 버리지나 않을까 두려웠기 때문에 그녀 곁에 있어야 할 것 같았던 것이다. 비록 그들의 결합이 전적으로 잘못되었고 그들 사이에 사실상 이해가 없다 하더라도 리처드는 좋고 나쁘고를 떠나서 어떠한 결혼이든 이중의 고독을 잉태한다는 사실에 익숙해졌다고 볼 수 있었다. 그는 메리가 없는 집으로 돌아가는 것을 상상조차 할 수 없었다. 그리고 원주민 일꾼들에게 화를 내는 그녀의 모습조차 짧으나마 한동안 귀엽게만 보였다. 메리가 집안 하인에게 게으르고 자질이 없다고 예전보다 더 열을 올리며 다그치는 걸 보고 활력이 되살아났다고 감사하는 마음까지 품었던 것이다.

그러나 메리는 함께 가지 않았다. 리처드가 그런 말을 한다는 것 자체가 잔인하게만 여겨졌다. 언덕 꼭대기에 있는 집 주변은 지나가는 바람을 가로막는 큰 호박돌들이 뒤쪽에 흩어져 있기는 해도 바위와 나무로 고립된 아래쪽 경작지에 비하면 훨씬 서늘했다. 언덕 아래는 겨울이라고 할 수조차 없을 정도였던 것이다. 지금 이 순간에도 계곡 아래를 내려다보면 건물과 땅에서 더운 기운이 올라오는 게 보였다. 싫다, 그냥 집에 있고 싶다. 메리는 무슨 일이 있어도 내려가려 하지 않았다. 리처드는 그렇게 하라고 할 수밖에 없었고 언제나 그랬듯 기분이 좋지 않아도 혀를 한 번 끌끌 차고는 넘어갔다. 그러나 옛날보다는 훨씬 행복했다. 밤에 집으로 돌아가 스웨터를 입고 소파에 쪼그리고 앉은 채 팔짱을 끼고 냉랭한 기온을 마음껏 즐기고 있는 메리를 보는 것이 그렇게 즐거울 수 없었다.

뜨거운 태양이 내리쬐는 한낮과 서리가 내리는 밤 사이 심한 일교차 때문에 지붕은 불꽃처럼 균열이 가 있었다. 리처드는 메리가 손을 뻗어 차가운 지붕을 만지는 모습을 보면서 여름을 얼마나 싫어하는지 그처럼 말없이 표현하는 것에 몹시 우울해했고, 자신이 무력한 존재로 느껴졌다. 심지어 천장을 만들어 볼까 생각해 볼 정도였다. 그래서 몰래 농장 장부책을 꺼내 들고 천장을 설치하려면 돈이 얼마나 들지 계산해 보았으나, 지난해에 별 수익을 올리지 못했기 때문에 도저히 불가능했다. 결국 메리가 그토록 두려워하는 여름으로부터 그녀를 보호해 주려고 마음먹었다가 한숨만 쉬면서 사정이 나아질 때까지 일 년 더 기다려 보기로 했다.

메리는 딱 한 번 리처드를 따라 경작지에 내려갔는데, 서리가 내렸다는 말에 마음이 동했기 때문이다. 그녀는 해 뜨기 전에 경작지로 가서 차가운 땅 위에 선 채 기쁨에 찬 웃음을 터뜨렸다.

"서리야, 서리! 어쩜 세상에, 이 황량하고 신마저 버린 땅에 서리가 내렸다니!"

메리는 서리를 긁어모아 손바닥에 놓고 비벼 대면서 리처드에게도 해 보라며 그 기쁜 순간을 함께 맛보려고 했다. 그들은 새로운 관계를 향해 자연스럽게 나아가고 있었다. 그리고 예전에 비해 두 사람 사이는 진실로 더 가까워져 있었다. 바로 그즈음 리처드가 병에 걸리고 말았는데, 두 사람 모두를 구원할 수 있을 만큼 그들의 새로운 관계가 강력해질 수도 있었을지 모르나 그 무렵에는 리처드의 병이라는 새로운 난관을 극복할 수 있을 만큼 돈독하지는 못했다.

그 지역은 말라리아 위험 지역에 속했지만 리처드는 오랫동안 단 한 차례도 병치레를 하지 않았다. 오랫동안 말라리아균이 몸속에 있었으면서도 그 사실을 모르고 지냈던 것일까? 습기가 많은 계절에는 매일 밤 키니네[7]를 복용했지만, 기온이 떨어지면 더 이상 복용하지 않았다. 농장 어딘가 모기들이 부화할 만큼 따뜻한 곳에 있는 나무 밑동에 썩은 물이 고여 있는 게 분명하다고 리처드는 말했다. 아니면 햇볕이 들지 않아 물이 증발하지 않는 서늘한 곳에 버려진 녹슨 깡통이 모기의 온상 역할을 했을 수도 있다. 어찌 되었거나 리처드는 흔히 그러듯이 몇 주 동안 고열에 시달리다 어느 하루는 저녁 무렵에 안색이 창백한 채 몸을 떨면서 집으로 돌아왔다. 그는 메리가 건네준 키니네와 아스피린을 먹고 저녁도 들지 않고 곧장 잠자리에 들었다. 다음 날 아침, 그는 스스로에게 화를 내며 병에 걸렸다는 사실을 부인했고, 심하게 몸이 떨리는 것을 막아볼 생각으로 별 효과가 없는 걸 알면서도 두꺼운 가죽 재킷을 걸치고 여느때처럼 경작지로 나갔다. 오전 10시경 리처드는 고열로 땀을 흥건히 흘리면서 거의 기다시피 해서 집으로 간신히 돌아와 담요로 온몸을 감쌌는데 그때는 이미 의식이 거의 없는 상태였다.

상당히 심각한 말라리아였을 뿐 아니라 병을 앓아 본 적이 거의 없었기 때문에 리처드는 공연히 짜증만 내면서 다른 사

---

7) 말라리아 특효약.

람을 피곤하게 했다. 메리는 마음이 내키지는 않았지만 슬래
터 부인에게 도움을 청하는 편지를 보냈고 그날 늦게 찰리가
의사를 태우고 왔다. 의사를 데려오기 위해 50킬로미터나 운
전했다고 했다. 의사는 상투적인 지시 사항을 몇 가지 일러 주
었고, 진찰을 끝낸 다음에는 메리에게 지금 상태로는 집 안
이 위험하므로 모기장을 설치해야 한다고 말했다. 또한 집에
서 100미터 이내에 있는 관목을 전부 잘라 버리라고 지시했
다. 천장도 즉시 설치해야지 그러지 않으면 두 사람 모두 일사
병에 걸릴 위험이 있다고 했다. 그리고 의사는 눈을 가늘게 뜨
고 메리를 바라보면서 그녀가 신경쇠약으로 정신 상태가 좋지
않으니 적어도 세 달에 한 번쯤은 바닷가에 가서 바람을 쐬는
것이 좋겠다고 했다. 그러고 나서 의사는 찰리와 함께 돌아갔
다. 메리는 베란다에 서서 입가에 험상궂은 미소를 머금은 채
차가 멀어져 가는 것을 지켜보았다. 돈 많은 의사가 배부른 소
리만 지껄이고 갔다는 생각에 화가 치밀어 올랐다. 그들의 궁
색한 처지는 아랑곳하지 않고 헛소리만 늘어놓은 의사가 그렇
게 혐오스러울 수 없었다. 메리가 여행을 다닐 경제적 여유가
없다고 하자 의사가 날카롭게 쏘아붙였다.

"바보 같은 소리! 진짜로 병에 걸리면 치료할 여유는 있고?"

그리고 의사는 메리에게 바닷가에 갔다 온 지 얼마나 되었
느냐고 물었다. 그녀는 바닷가라고는 근처에도 가 보지 못했
다. 그러나 의사는 생각보다 그들의 처지를 잘 이해해 주었는
지 메리가 그토록 두려워하면서 기다리던 청구서는 날아오지
않았다. 얼마 후에 진료비가 얼마나 나왔는지 의사에게 편지

를 보냈더니 이런 답장이 왔다. "여유가 있을 때 내시오." 메리는 자존심이 상해 비참한 심정이었다. 하지만 그렇게 하는 수밖에 없었다. 그들에게는 가진 돈이 없었으니 말이다.

슬래터 부인이 리처드 앞으로 과수원에서 수확한 감귤 한 상자 외에도 여러 물품을 보내왔다. 메리는 그녀가 불과 8킬로미터이지만 그래도 자기 집에서 떨어진 곳에 산다는 사실이 그렇게 다행스러울 수 없었다. 그리고 긴급한 일이 아니면 그녀에게 절대로 도움을 청하지 않기로 굳게 결심했다. 메리는 딱딱한 어투로 감귤을 보내 줘서 고맙고 리처드가 많이 회복되었다고 편지를 써 보냈다. 그러나 사실 리처드는 전혀 차도가 없었다. 얼굴을 벽 쪽으로 돌리고 담요를 머리까지 덮은 채 처음으로 심한 병을 앓는 사람이 으레 그러듯이 겁에 질려 사색이 된 채 마냥 누워만 있었다.

"꼭 깜둥이들 같네요!"

리처드의 엄살을 지켜보다가 메리가 날카롭게 쏘아붙였다. 병든 흑인 원주민들이 그렇게 누워 앓는 것을 보아 왔고 그럴 때마다 심한 경멸감을 느꼈던 것이다. 그러나 리처드는 가끔 몸을 일으키고 농장 일을 물었다. 의식이 들 때마다 자신이 감독하지 않아서 더욱 나빠질 일들을 걱정했다. 메리는 일주일 동안 어린아이 대하듯 그를 정성스럽게 간호했지만, 그가 자기한테 무슨 일이라도 생길까 봐 너무 두려워하는 것 같아 짜증이 나기도 했다. 그러다가 열은 사라졌지만, 그래도 몸이 허약해진 데다 기마저 꺾여서 그는 몸을 일으키지 못했다. 그러면서도 줄곧 농장 일에 대한 이야기만 늘어놓으면서 가끔 팔다리를 움직여 보일 뿐이었다.

그녀가 직접 경작지에 가서 이것저것 알아보았으면 하는 바람을 눈치챘으면서도 메리는 그냥 잠자코 있었다. 한동안 그의 수척해진 얼굴에 나타나는 하소연도 못 본 체했다. 그러다 그가 걸을 정도로 몸이 회복되기도 전에 자리를 털고 일어날 것 같아서 자신이 가 보겠다고 해 버리고 말았다.

메리는 농장 일꾼들을 직접 대면해야 된다고 생각하자 혐오감부터 들어 우선 그 혐오감을 없애야 했다. 개들을 데리고 자동차 키를 들고 집 밖으로 나왔다가 다시 주방으로 돌아가서 물을 한 컵 들이켰다. 액셀에 발을 올려놓고 차에 앉았다가도 손수건을 놓고 왔다는 구실로 다시 차에서 뛰어내리기까지 했다. 그녀는 침실 밖으로 나오다가 주방 문 위의 못에 마치 장식품처럼 걸려 있던 채찍을 보았다. 그동안은 거기에 채찍이 있다는 사실조차 잊고 지내 왔다. 그녀는 채찍을 내려 허리에 차자 좀 자신감이 생겨 차 쪽으로 당당하게 걸어갔다. 채찍을 액막이로 허리에 찼기에 차 뒷문을 열고 개들은 쫓아 버렸다. 운전하는 동안 개들이 뒤에서 숨을 헐떡거리는 것이 몹시 싫었는데 잘된 셈이었다. 집 앞에서 실망한 기색으로 낑낑거리는 개들을 뒤로하고 일꾼들이 일하기로 되어 있는 경작지를 향해 차를 몰았다. 일꾼들은 리처드가 병에 걸린 걸 알고는 일할 생각은 않고 모두들 며칠 전부터 합숙소에 눌러앉아 있었다. 그녀는 울퉁불퉁한 길을 따라서 합숙소에서 가장 가까운 곳까지 차를 몰고 가서 그다음부터는 사람들의 왕래가 많아 평탄해진 원주민 길을 따라 걸어갔다. 평탄하다고 해도 미끄러운 잡초가 자라고 있었기에 미끄러지지 않도록 조심해야 했다. 길을 따라 걷는 동안 그녀의 스커트에는 날카로운 가시들이 달라붙었고, 덤불에서 일어난 붉은 먼지로 얼굴이 엉망이 되고 말았다.

합숙소는 집에서 800미터쯤 떨어진 낮은 언덕에 있었다. 합숙소는 오두막 여러 채였는데, 새로 온 일꾼은 동료들과 같은 대접을 받기 위해 무보수로 하루 동안 자신과 가족이 쓸 오두막을 짓는 것이 그곳 규칙이었다. 그래서 항상 새로 생기는 오두막이 많았으며, 낡고 빈 오두막은 누군가가 태워 버릴 생각을 하지 않으면 자연적으로 무너졌다. 오두막은 0.5~1헥타르 정도의 공간에 옹기종기 모여 있었는데 사람이 만든 거처라기보다는 땅에서 자연적으로 생겨난 듯 보이기도 했다. 마치 하늘에서 커다란 검은 손이 내려와 나뭇가지와 풀 한 줌을 집어 들어 오두막이라는 형태로 신비스럽게 땅에 떨어뜨려 놓은 것 같았다. 오두막은 풀을 엮어서 만든 지붕에 벽은 흙으로 되어 있었으며 낮은 출입구가 있기는 해도 창문은 없었다. 안에서 불을 피우면 연기는 초가지붕이나 출입구로 빠져나왔기 때문에 오두막은 안에서부터 연기에 그을려 있었다. 오두막 사이에는 제대로 돌보지 않고 그냥 버려 둔 옥수수가 여기저기 자라고 있었으며, 호박 덩굴은 벽과 지붕은 물론 근처에 있는 나무까지 감고 오르며 뻗어 나갔고 중간중간에는 호박이 잎에 가려 매달려 있었다. 썩기 시작해서 파리 떼에게만 좋은 일을 시키는 것도 있었다. 파리는 없는 곳이 없었다. 메리가 걸어가는 내내 파리 떼는 머리 주위를 붕붕거리며 날아다녔고, 호박 넝쿨과 옥수수를 피해 메리가 오두막 사이를 지나가는 걸 지켜보는 흑인 아이들 눈 주위에서도 파리 떼가 활개를 치고 있었다. 배만 불룩 튀어나왔을 뿐 아이들은 앙상하게 말랐고 대부분 옷도 입지 않았고, 역시 뼈가 등가죽에 달라붙은 잡종 개들이 메리에게 이빨을 한 번 드러내 보이고는 꼬리를 감추며 슬금슬금 도망갔다. 원주민 여인네들은 더러운 싸구려 천으로 적당히 옷을 만들어서 걸치거나 상의를 아예 입지 않고 축 늘어진 검은 유방을 드러낸 채 문에 서서 메리를 신기하다는 표정으로 지켜보면서 자기네들끼리 수군거리며 웃기도 하고 가끔 대놓고 말을 하기도 했다. 남자도 몇 있었다. 출입구를 통해 누워 잠든 남자들이 보였다. 몇은 땅에 엉덩이를 대고 앉아 잡담을 하고 있었다. 그러나 메리는 누가 리처드의 일꾼이고 누가 그냥 지나가는 길에 잠시 쉬는 원주민인지 구별할 수 없었다. 그녀는 그들 중 한 사람 앞에 멈춰 서서 우두머리를 데려오라고 했다. 잠시 후 진흙으로 모양을 만들어 벽에 장식까지 해 놓은 비교적 괜찮은 오두막에서 원주민 일꾼 중 우두머리가 성큼성큼 걸어 나왔다. 눈동자가 충혈된 걸 보니 술을 마시고 있던 모양이었다.

메리가 원주민 토속어로 말했다.

"십 분 내로 일꾼들을 경작지에 집합시켜."

"주인님은 차도가 있나요?"

그가 싸늘한 어조로 냉담하게 물었다.

메리는 그의 질문을 무시해 버리고 말을 이어 갔다.

"십 분 이내로 모이지 않는 자는 임금에서 5실링 이상을 제해 버릴 테니 알아서들 하라고 전해."

메리는 손을 내밀어 시계를 보이면서 시간을 정해 주었다.

원주민 우두머리는 메리가 심히 못마땅한 듯 몸을 약간 구부리고 시계를 보는 시늉을 했다. 한 원주민 여인네가 둘을 지켜보다가 낄낄거리며 웃음을 터뜨렸다. 지저분하고 영양실조까지 걸린 아이들이 주변에 몰려들어 자기네끼리 귓속말을 주고받았다. 굶주린 개들은 호박과 옥수수 사이에 숨어서 사람들 눈치만 보고 있었다. 메리는 지금까지 한 번도 발을 들여놓은 적이 없던 원주민 거주 지역이 그토록 싫을 수가 없었다.

"지저분한 야만인들!"

메리는 악에 받쳐 중얼거렸다. 그러고는 원주민 우두머리의 충혈된 눈을 똑바로 노려보면서 다시 한번 말했다.

"십 분이야."

말을 마치고 메리는 나무 사이로 꾸불꾸불하게 난 길을 따라 걸어 내려갔다. 뒤에서는 원주민들이 오두막집에서 우르르 몰려나오는 소리가 들려왔다.

그녀는 일꾼들이 옥수수를 수확하기로 되어 있는 경작지 옆에 차를 세워 놓고 기다렸다. 삼십 분쯤 지나자 원주민 우두머리를 비롯해 일꾼 두세 명이 도착했다. 한 시간이 지나도록 나타난 일꾼은 전체의 반도 되지 않았다. 허락도 없이 다른 원주민 거주 지역으로 사람을 만나러 가거나 술에 취해 오두막집에서 누워 자는 일꾼도 있었다. 메리는 원주민 우두머리를 불러서 오지 않은 일꾼의 이름을 대라고 했다. 그러고는 종이에 그들의 이름을 굵은 글씨로 써 내려갔다. 낯선 이름이 대부분이어서 받아 적는 것도 힘들었지만, 그래도 한 명도 빼놓지 않고 전부 적었다. 그녀는 꾸물거리며 일하는 원주민 일꾼들을 지켜보면서 오전 내내 경작지에 있었다. 그들은 거의 말을 하지 않았다. 뚱한 표정으로 마지못해서 일했는데 여자가 자신들을 감독하는 게 불만스럽기 때문이라는 것을 메리는 알 수 있었다. 일꾼들이 점심을 먹으러 간 후, 메리는 집으로 올라가 리처드에게 그날 있었던 일을 들려주었다. 그러나 리처드를 걱정시키지 않으려고 별일 없었던 듯 이야기했다. 점심을 먹은 다음 메리는 다시 경작지로 나갔다. 그토록 오랫동안 혐오하면서 피해 온 일이건만 별로 거리낌 없다는 것이 신기했다. 전혀 뜻밖의 책임을 맡게 되었다는 사실로 인해, 자기 뜻대로 농장 일을 처리할 수 있다는 기분으로 인해 힘이 솟구쳤던 것이다. 메리가 경작지에 도착해 차에서 내려 기다리는 동안, 식사를 끝낸 일꾼들은 머리 높이 옥수수 대가 서 있어 메리가 그들을 볼 수 없는 밭 한가운데로 들어갔다. 두 패로 나뉘어 앞에 가는 축이 옥수수를 따서 허리춤에 찬 자루에 집어넣으면 그 뒤를 따르는 일꾼들은 빈 옥수숫대를 베 밭 여기저기에 얼마씩 간격을 두고 피라미드 모양으로 기울여 세워놓았다. 메리는 줄곧 그들을 따라서 움직이면서 시야가 탁 트인 곳에 서서 계속 작업을 감독했다. 그녀는 계속 채찍을 차고 있었다. 채찍은 그녀에게 권위 의식을 느끼게 해 주었고, 원주민 일꾼들의 적대적인 따가운 눈총에서 그녀를 보호해 주는 역할을 했다. 어깨가 시큰거릴 정도로 햇볕이 머리와 목으로 엄청나게 쏟아져 내리는 가운데 일꾼들을 따라 계속 움직이면서, 하루 이틀도 아니고 날마다 그런 고생을 해야 하는 리처드의 심정을 어느 정도 이해할 수 있었다. 폭염이 모든 것을 녹여 버릴 듯이 기승을 부리는 한낮에는 차 안에 앉아 있기도 힘들었지만, 일꾼들이 하는 일에서 눈을 떼지 않고 그들이 움직이는 대로 따라서 움직여야 한다는 것은 보통 힘든 일이 아니었다. 긴 오후가 지나는 내내 메리는 거무튀튀한 피부 아래 근육이 꿈틀거리고 아무것도 걸치지 않은 등이 굽혀졌다 다시 펴지고 또다시 굽혀지는 것을 무감각하게 지켜보면서도 주의를 게을리하지 않았다. 일꾼들은 대부분 낡은 천으로 허리를 감고 있었으며, 셔츠를 걸친 이도 있었으나 대부분 상의를 입지 않은 채였다. 제대로 먹지 못하고 자라 땅딸막했으나 한결같이 근육이 몹시 발달하여 강인한 신체를 지녔다. 메리는 눈앞의 옥수수 밭, 마쳐야 될 작업, 일꾼들 이외의 것에는 전혀 무신경했다. 더위, 작열하는 태양, 일꾼들의 따가운 눈총 따위는 잊어버린 지 오래였다. 검은 손들이 옥수수를 따고 마른 옥수숫대를 기울여 세우는 것을 지켜보면서 그 밖의 것에 대해서는 전혀 신경을 쓰지 않았던 것이다. 그중 하나가 잠시 작업을 멈추고 쉬거나 눈가의 땀을 닦으면 메리는 시계를 들여다보면서 일 분을 기다렸다가 다시 작업을 시작하라고 날카롭게 소리쳤다. 그러면 그 일꾼은 천천히 그녀 쪽으로 시선을 돌려 한 번 쳐다보고 나서 대들 듯한 분위기를 풍기면서 다시 옥수수 쪽으로 느릿하게 등을 굽혔다. 보통 한 시간마다 오 분 정도 휴식 시간을 주는 것이 작업의 효율성을 높여 주기에 리처드가 항상 그렇게 해 왔다는 사실을 그녀는 몰랐다. 일꾼들이 허락도 받지 않은 채 작업을 멈추고 등을 펴거나 땀을 닦는 것은 자신의 권위를 대놓고 무시하는 행동 같았다. 그녀는 일몰 때까지 일을 시킨 후, 스스로 흡족해하며 집으로 돌아왔다. 피로감 같은 것은 전혀 느끼지 못했다. 기분이 그렇게 좋을 수 없었으며 온몸이 날아갈 것처럼 가벼웠고, 절로 신이 나서 허리에 차고 있던 채찍을 풀어 마음껏 휘둘러 댔다.

리처드는 자신의 무력함을 한탄하면서 근심스러운 표정으로 안절부절못하면서 여름에는 지독하게 덥고 겨울에는 해가 떨어지기가 무섭게 기온이 뚝 떨어지는 지붕 낮은 방의 침대에 누워 있었다. 메리가 흑인 원주민들과 하루 종일 그렇게 가깝게 있는 것은 생각하고 싶지도 않았다. 그들을 상대하는 것은 여자가 할 일이 아니었다. 게다가 일꾼이 부족한 형편인데 흑인 원주민과 그처럼 사이가 좋지 않은 메리가 그들을 상대하러 갔으니 걱정되는 일이 한두 가지가 아니었다. 그러나 작업의 진행 상태에 대해 메리가 해 주는 이야기를 듣고 마음이 놓였으며 그제야 안도의 한숨을 내쉬었다. 메리는 자신이 흑인들을 지독스럽게 혐오하며 그들에게서 적대적인 따가운 눈총을 받을 때는 정말 속이 뒤집히는 것 같더라는 말은 한마디도 하지 않았다. 리처드는 아직 며칠은 더 자리에 누워 있어야 하고 싫든 좋든 메리가 일꾼들을 감독해야 한다는 것을 충분히 인식하고 있었던 것이다. 그리고 솔직히 그녀는 그 일이 마음에 들었다. 족히 팔십 명이 넘는 흑인 일꾼들 위에 군림하는 느낌이 그녀에게 새로운 자신감을 불어넣어 주었는지도 모른다. 그들을 자신의 뜻에 따르도록 하면서 자신이 하고 싶은 대로 일을 시킨다는 것은 상당히 기분 좋은 일이었다.

주말이 되어 일꾼들이 임금을 받기 위해 집 밖 나무 그늘에서 기다리는 동안, 메리는 베란다의 화분 사이에 있는 조그마한 탁자에 앉아 있었다. 그날은 일꾼들에게 한 달간의 임금을 계산해서 지불하는 날이었다.

해는 이미 기울어 황혼 무렵이었고 하늘에는 하나 둘 별이 모습을 드러내고 있었다. 탁자 위의 등갓 달린 칸델라르의 흐릿하고 낮은 불꽃은 유리 새장에 갇힌 수심에 찬 한 마리 새처럼 보였다. 일꾼 우두머리가 이름을 부르면 메리는 장부를 뒤져 그 이름을 찾았다. 그러다가 첫날에 자신의 지시를 어긴 일꾼이라는 걸 알면 원래 임금에서 5실링을 제한 후 은화로 차액을 지불했다. 그달의 임금은 1인당 15실링 정도였다. 원주민 일꾼들 사이에서 못마땅해하는 불평이 터져 나왔다. 그들 중 일부가 항의하려 하자 원주민 우두머리가 토속어로 그들에게 무엇인가를 자기 나름대로 설명하기 시작했다. 메리는 가끔 한두 마디를 제외하고는 무슨 말을 하는지 알 수 없었지만 그 태도와 어투가 몹시 마음에 들지 않았다. 말하는 투로 미루어 보건대 그들의 게으름과 태만을 꾸짖는 것이 아니라(메리는 그렇게 해 주기를 원했다.) 재수가 옴 붙었다고 생각하고 그냥 참으라고 하는 것 같았다. 따지고 보면 그들 모두 오륙일 동안 일을 전혀 하지 않은 것이 엄연한 사실인데도 말이다. 게다가 메리가 위협했던 대로 했다면, 일꾼 중에서 그녀의 지시대로 십 분 이내에 모인 자가 한 명도 없었기 때문에 모두 5실링이 깎여야 했을 것이다. 따라서 그들이 잘못 생각하고 있고 메리가 옳았으므로 원주민 우두머리는 일꾼들을 설득하려 하지 말고, 어쩔 수 없지 않느냐는 식으로 웃음으로 넘기려 들지도 말고, 그런 사실을 얘기해 주어야 했다. 마침내 원주민 우두머리가 메리에게 다시 시선을 돌렸다. 그리고 모두들 못마땅하게 여기고 있으며 원래 책정된 임금을 요구한다고 했다. 메리는 분명히 5실링을 임금에서 제하겠다고 말했으며 그 말대로 할 생각이라고 단호하게 대꾸했다. 그녀는 마음을 바꿀 생각이 전혀 없었다. 그러다 문득 울화가 치밀어 올라 앞뒤 생각하지 않고 자신의 처사가 마음에 들지 않는 자는 당장 일을 그만두라고 해 버렸다. 그녀는 바깥쪽에서 불만에 찬 목소리로 웅성거리는 소리에 전혀 신경을 쓰지 않으면서 일을 계속 처리해 나갔다. 일꾼 중 일부는 메리의 말에 승복하고 합숙소 쪽으로 걸어갔다. 몇 명은 메리가 일을 끝낼 때까지 함께 기다렸다가 원주민 우두머리에게 일을 그만두겠다고 했다. 일꾼을 구하기가 힘들고 리처드가 항상 그 점을 걱정하고 있다는 사실을 알았기 때문에 걱정되었다. 그렇지만 뒤편의 두꺼운 벽으로 가로막힌 방에서 침대에 누워 있는 리처드의 움직임에 귀를 기울이면서 일꾼들이 하지도 않은 일에 대해 보수를 요구하는데 그들 중 리처드가 아플 때 병문안을 온 사람이 한 명도 없었다는 사실을 생각해 내고 울화가 치밀어 올라 그대로 밀고 나가기로 작정했다. 그리고 무엇보다 한 사람도 십 분 이내에 경작지에 모이지 않았다는 것이 새삼 괘씸하게 여겨졌다. 메리는 웅성거리는 일꾼들에게 시선을 돌려 그들 중 계약된 노무자는 떠날 수 없다고 말했다.

계약된 노무자란 남아프리카에서 예전 노예 상인과 같은 역할을 하는 백인 집단이 모집한 흑인 원주민들을 말한다. 다시 말해서 그러한 일을 전문으로 하는 백인들이 일자리를 찾아 돌아다니는 흑인 무리를 기다리며 길에서 야영하고 있다가 그들을 발견하면 그들의 뜻과는 상관없이 무조건 큰 트럭에 태워(도망가려고 하면 끝까지 뒤쫓아 가서 기어코 트럭에 태웠다.) 훌륭한 일자리를 주겠노라고 감언이설로 유혹한 다음 일 년간의 계약 조건으로 두당 5파운드 정도에 백인 농부들한테 팔아넘겼던 것이다.

메리는 일꾼들 중 일부가 며칠 이내에 농장에서 도망가는 사건이 발생할 것임을 알고 있었다. 주로 험난한 길로, 손이 미치지 않는 곳까지 탈출을 시도할 것이기에 경찰에게 잡히지 않는 일꾼도 몇 명쯤 생길 가능성이 있었다. 그러나 메리는 그들이 도망가는 것이 겁이 나서, 그리고 리처드가 겪고 있는 일꾼 부족 사태가 걱정돼서 뒤로 물러설 생각은 조금도 없었다. 죽으면 죽었지 원주민들에게 약한 모습을 보이고 싶지 않았던 것이다. 메리는 경찰을 위협 수단으로 내놓으며 알아서들 하라고 말했다. 그리고 리처드가 감언이설과 그럴듯한 위협으로 붙잡아 두고 한 달 기간으로 계약을 맺어 부리는 일꾼들은 그 달 말일에 떠나도 좋다고 말했다. 그녀는 원주민 우두머리를 통하지 않고 냉랭하고 분명한 목소리로 그들에게 직접 말하면서, 그들의 생각이 무엇이 잘못되었고 자신의 처사가 왜 합당한지 아주 논리적으로 설명해 나갔다. 그리고 남아프리카의 백인들이 으레 그러듯이 노동의 신성함에 대해서 짤막하게 훈계하면서 말을 끝맺으려 했다. 그녀는 일 그 자체를 사랑하여 일을 한 다음에 받는 돈 따위는 생각하지 말고 감독하는 사람이 없어도 일 그 자체를 위해서 일하게 될 때까지는 원주민의 생활이 나아질 수 없을 거라고 말했다.(그녀는 카피르어[8]와 영어를 섞어 가며 말했는데, 토속 부락에서 나온 지 얼마 되지 않은 원주민들은 못 알아듣는 눈치였다.) 백인을 오늘날의 백인으로 만든 것은 바로 일에 대한 그러한 태도라고 했다. 다시 말해 백인이 일을 하는 것은 노동 자체가 신성하고 좋은 것이기 때문이며 보수를 받지 않고 일할 때 인간의 가치가 나타나기 때문이라고도 했다.

그러한 짤막한 훈계는 그녀의 입에서 자연스럽게 흘러나왔다. 일부러 생각해서 말할 필요가 없었다. 어릴 때 아버지가 흑인 하인들에게 훈계하는 것을 여러 번 들었는데 그때의 기억으로 별 어려움 없이 이야기를 풀어 나갈 수 있었다.

메리의 말을 빌리자면 원주민들은 볼이 툭 불거진 모습으로 그녀의 말을 들었다. 그리고 상당히 기분이 상하고 화가 나서 말이 끝나기만 기다리면서 무심하게 한쪽 귀로 듣고 다른 쪽 귀로 흘려보냈다.

그녀의 말이 끝나기가 무섭게 터져 나온 그들의 불평을 완전히 무시한 채 메리는 다소 거만한 태도로 자리에서 일어나 돈이 든 종이봉투와 조그만 탁자를 들고 집 안으로 들어가 버렸다. 잠시 후 일꾼들이 푸념을 늘어놓으며 하나 둘 떠나가는

---

8) 남아프리카의 카프라리아 지역에 사는 원주민의 언어.

소리를 듣고 창문 커튼을 옆으로 약간 밀고 내다보았다. 나무 그늘 밑에 모여 있던 흑인들이 험악한 말을 늘어놓으며 집을 향해 걸음을 옮기는 것이 보였다. 메리는 원주민들에게 앙심을 품고 있었으나 조금 전의 일로 승리감 비슷한 것을 느꼈다. 행동이 마음에 들지 않는 원주민 우두머리부터 가장 나이 어린 일꾼까지 흑인이라면 치를 떨었다. 일꾼들 중에는 기껏해야 일곱이나 여덟 살 정도밖에 되어 보이지 않는 아이들도 몇 끼어 있었다.

메리는 하루 종일 뙤약볕 아래 서서 일꾼들을 지켜보면서 그들에게 이야기할 때는 증오심을 드러내지 않았으나 혼자 있을 때면 그런 증오심을 구태여 감추려 들지 않았다. 특히 그들이 알아들을 수 없는 사투리로 서로 쑥떡거릴 때면 심사가 뒤틀렸다. 틀림없이 자기를 헐뜯는 것이 분명한데도 모르는 척 넘어가자니 여간 분통 터지는 게 아니었다. 상반신을 드러낸 채 마지못해 일하는 그들을 보면 공연히 분노가 치밀어 올랐다. 그들의 뚱한 표정과 눈동자를 굴리며 이야기하는 태도와 무례함이 싫었다. 그리고 무엇보다도 그들의 몸에서 풍기는 역겨운 냄새를 맡을 때마다 치가 떨렸다.

"정말 냄새가 지독해요."

생각하면 할수록 그들의 소행이 괘씸해서 그녀는 마침내 분통을 터뜨리면서 말했다.

리처드는 그저 피식 웃어 보였다.

"걔네들 얘기로는 우리 몸에서 냄새가 난다던데."

"말도 안 돼요!"

메리는 짐승 같은 작자들이 감히 그따위 말을 늘어놓았다는 사실에 충격을 받고서 소리쳤다.

"아무렴, 말도 안 되는 소리지."

리처드는 메리가 화났다는 것을 눈치채지 못한 것 같았다.

"하지만 말이오, 언젠가 샘슨 노인네가 이렇게 말한 적이 있어. '주인님께서는 우리 몸에서 냄새가 난다고 하시지만요, 백인 몸에서 나는 냄새만큼 참기 어려운 것도 없어요.'라고."

"건방진 늙은이!"

메리의 말투가 거칠어지기 시작했다. 그러나 아직 창백하고 쑥 들어간 리처드의 얼굴을 보는 순간, 스스로를 억제했다. 지금처럼 몸이 허약한 상태에서는 조그만 일에도 타격을 받기 쉽기 때문에 리처드를 조심스럽게 대해야 했던 것이다.

"일꾼들한테 무슨 얘기를 그렇게 오래 했소?"

리처드가 물었다.

"별 얘기 안 했어요."

메리는 시선을 다른 곳으로 돌리면서 대수롭지 않게 대답했다. 그의 건강이 완전히 회복될 때까지는 일꾼 몇이 일을 그만둘지도 모른다는 이야기를 하지 않을 생각이었다.

"일꾼들을 좀 조심스럽게 다루었으면 좋겠소."

리처드는 몹시 걱정되는 모양이었다.

"원주민들을 다룰 때는 절대 조급하게 굴면 안 돼요. 너무 다그치면 공연히 화를 자초하기 쉬워."

"난 그들을 부드럽게 다루어서는 안 된다고 생각해요."

메리가 콧방귀를 뀌면서 말했다.

"내 식대로, 채찍질로 그들을 다룰 거예요."

"그것도 뭐, 괜찮지만, 그러다 일꾼들을 어디서 구한단 말이오?"

"그만해요. 깜둥이들 생각만 해도 속이 거북해지니까."

메리가 치를 떨면서 말했다.

흑인들을 혐오하는 마음은 형언할 수 없을 정도였지만 메리는 리처드가 자리에 누운 다음에는 그런 혐오감과 불쾌감을 뒷전으로 밀어 두었다. 약한 모습을 보이지 않고 원주민 일꾼들을 통제하고, 그녀가 집에 없을 때 리처드가 아무 불편도 느끼지 않도록 집안을 꾸려 나가는 데 모든 신경을 쏟았던 것이다. 그녀는 농장 일에 대해서도 속속들이 파악하고 있었다. 농장이 어떻게 운영되며 어떤 작물을 재배하는지, 농장 일에 대한 지식을 점차 넓혀 나가고 있었다. 메리는 리처드가 잠든 틈에 영농 서적을 대여섯 권 정도 통독했다. 전에는 농사일에 전혀 관심이 없었다. 리처드의 일이기 때문이었다. 그러나 이제는 농장의 재정 상태를 분석하여(두 권 정도의 장부만 훑어보면 되었으므로 이것은 결코 어려운 일이 아니었다.) 농장 일의 전반적인 윤곽을 파악했다. 메리는 자신이 발견해 낸 사실에 놀라움을 금치 못했다. 재정 상태가 생각했던 것보다 너무나 형편없어서 처음에는 눈을 의심할 정도였다. 그러나 재차 검토해 보아도 자신의 분석에는 아무런 하자가 없었다. 재배 작물과 사육 중인 가축을 조사해 본 후, 그들이 그토록 찢어지게 가난한 이유가 무엇인지 알아냈다. 리처드가 병으로 자리에 눕게 되어 할 수 없이 맡은 농장 일이었지만, 그로 인해 메리는 농장의 실상을 파악하게 되었으니 어떤 점에서는 전화위복인 셈이었다. 이전까지는 실제보다 훨씬 더 복잡할 것이라고 생각하면서 낯설고 재미없는 일일 것 같아서 일부러 피했고 알려고도 하지 않았다. 그러나 막상 실상을 파악한 다음에는 농장의 제반 문제를 진작 알아보려고 하지 않은 자신이 못마땅하게 여겨지기까지 했다.

메리는 일꾼들과 함께 경작지로 향하면서 농장에 대해 계속 생각했고, 어떻게 하면 좋을지 여러 가지로 궁리해 보았다. 리처드에게 경멸적이던 태도는 이제 분노로 바뀌어 있었다. 농장이 지금처럼 엉망진창이 된 것은 단순히 운이 나빴기 때문이 아니라 그의 무능 때문이었다. 칠면조나 돼지 같은 가축의 사육으로 떼돈을 벌 수 있을 거라는 환상에 빠져들던 리처드를 보면 메리는 그가 고된 농장 일에서 잠시나마 휴식을 취하기 위해 그런 백일몽에 사로잡히는 거라고 생각했으나, 그런 생각이 착각이라는 것을 깨달았다. 리처드가 하는 일에는 한 가지 공통점이 있었다. 시작만 했지 끝낸 일이 하나도 없었던 것이다. 그런 흔적을 농장 도처에서 발견했다. 반 정도 벌목하다가 그냥 버려 두는 바람에 어린 나무들이 다시 자라는 경작지가 있는가 하면, 반은 벽돌과 암석으로, 나머지 반은 진흙과 관목으로 세워진 외양간도 한 채 있었다. 농장은 무슨 작물 재배 시험소처럼 종류가 엄청나게 많았다. 20헥타르의 경작지 한 곳에서 해바라기, 대마, 옥수수, 땅콩과 콩을 한꺼번에 재배했다. 그래서 리처드는 작물당 기껏해야 20~30가마니밖에 수확하지 못해 시장에 내다 팔아 봤자 큰돈을 만질 수 없었고 작물당 수익도 극히 하찮은 수준이었던 것이다. 경작지 어느 곳을 둘러보아도 제대로 해 놓은 일은 단 한 가지도 없었다. 단 한 가지도! 왜 리처드는 그런 사실을 깨닫지 못할까? 이런 식으로 가다가는 평생 가도 제자리걸음밖에 할 수 없다는 것을 도대체 왜 모른단 말인가.

따가운 햇빛에 눈이 부시다 못해 아프기까지 했지만 그대로 일꾼들의 움직임에서 한순간도 눈을 떼지 않은 채 메리는 리처드의 건강이 회복되는 대로 영농 방법을 바꾸지 않는 한 성공은 기대할 수 없다는 사실을 그에게 일러 줄 결심을 하고서 속으로 궁리하고 계획을 세웠다. 이삼일 정도만 지나면 리처드는 다시 일을 할 정도로 회복될 것 같았는데, 그가 완전히 정상으로 돌아갈 수 있도록 일주일 정도 더 쉬게 한 다음 그녀의 충고를 받아들일 때까지 조금도 여유를 주지 않고 계속 몰아붙일 생각이었다.

그러나 바로 그 마지막 날에 메리가 전혀 예기치 못한 일이 벌어지고 말았다.

외양간들이 모여 있는 언덕 아래턱 부근에 수확한 옥수수를 쌓아 놓는 곳이 있었다. 제일 밑바닥에는 흰개미들이 접근하지 못하도록 양철판이 깔려 있고, 밭에서 딴 옥수수들을 가마니에 담아 와 그 위에 쏟아부으면 서서히 옥수수 더미가 높아져 갔다. 메리는 최근 며칠 동안 바로 그곳에서 일꾼들이 옥수수 가마니를 전부 쏟아붓는지 감독했다. 일꾼들은 수레에서 더러운 옥수수 가마니를 내려 어깨에 짊어지고 그 무게 때문에 허리를 잔뜩 굽히고 걸음을 옮겼는데, 마치 거대한 인간 컨베이어 벨트를 보는 듯한 풍경이었다. 수레에서는 일꾼 두 명이 기다리고 있다가 무거운 옥수수 가마니를 일꾼들의 어깨에 올려 주었고, 가마니를 짊어진 일꾼들은 옥수수를 쌓아 놓는 곳까지 긴 대열을 이루며 다가가 거기에 옥수수를 쏟아부었다. 그리고 그 때문에 먼지가 날려 몸에 달라붙는 바람에 피부가 꺼끌꺼끌해졌고, 메리는 손으로 얼굴을 훔치면서 마치 가마니 겉면을 만지는 듯한 느낌을 받을 정도였다.

메리는 옥수수 더미가 청명한 하늘 아래 거대한 흰 산을 이루며 쌓여 가는 걸 지켜보면서, 옥수수 가마니들이 수레에서 전부 내려져 다시 실으러 갈 때를 기다리며 고개 숙인 채 미동조차 하지 않고 서 있는 황소들을 등 뒤에 두고 한쪽 끝에 서 있었다. 붉은 먼지 속에서 채찍을 뱀이 꿈틀거리는 모양으로 허리 부근에서 휘두르며 농장 일을 생각하면서도 일꾼들을 줄곧 지켜보았다. 문득 일을 하지 않는 일꾼이 시야에 들어왔다. 그는 대열에서 옆으로 빠져나와 숨을 거칠게 몰아쉬고 있었으며 얼굴은 땀으로 뒤범벅되어 있었다. 메리는 시계를 보았다. 일 분이 지나고 이 분이 지났다. 그런데도 그는 팔짱을 낀 채 전혀 움직일 생각을 하지 않고 서 있기만 했다. 누구를 막론하고 일 분 이상을 쉬어서는 안 된다는 그녀의 규칙을 지금쯤 알고 있을 텐데도 감히 농땡이를 치려는 일꾼이 있다는 사실에 점차 불쾌해지면서, 그녀는 손목시계의 분침이 일 분 더 지날 때까지 기다렸다가 이윽고 말문을 열었다.

"그만 일을 시작해."

그는 남아프리카 노무자들 특유의 표정, 즉 그녀를 거의 보지 않는 듯한 공허한 표정으로 그녀를 바라보았다. 꿍꿍이속은 전혀 드러내지 않은 채 껍데기만으로 그녀를 상대하고 있다는 느낌을 풍기면서 그는 잠시 그녀를 지켜보다가 느긋하게 팔짱을 풀고서는 몸을 돌렸다. 그는 더워지지 않도록 근처 덤불 밑에 놓아 둔 물통 쪽으로 걸음을 옮겼다. 물을 마시러 가는 모양이었다. 메리가 날카로운 목소리로 더욱 크고 날카롭게 소리쳤다.

"다시 일을 시작하라고 내가 분명히 말했을 텐데."

그러자 문제의 일꾼이 걸음을 멈추고 고개를 약간 돌려 그녀를 바라보면서 그녀가 알아들을 수 없는 사투리로 말했다.

"물을 마시고 싶소."

"사투리 따위로 내게 말하지 마!"

메리가 날카롭게 쏘아붙였다. 그러고 나서는 원주민 우두머리를 찾아 주변을 둘러보았으나 보이지 않았다.

일꾼은 떠듬거리면서 영어를 몇 마디 늘어놓았다.

"물을…… 원합니다요……."

그는 영어로 이렇게 말하고 나서 갑자기 미소를 지으며 입을 벌리고서 손가락으로 목을 가리켰다. 그 순간 다른 일꾼들이 낄낄거리는 소리가 옥수수 더미 쪽으로 들려왔다. 별다른 악의 없이 재미있어서 그냥 터뜨린 웃음이었지만, 그 소리는 갑자기 메리를 몹시 격하게 만들었다. 일꾼들은 일을 하는 도중에 웃을 거리를 찾아 웃은 것뿐이지만, 메리는 그 웃음이 자신을 놀리는 거라고 생각했던 것이다. 동료 하나가 영어를 더듬거리며 손가락으로 목을 가리킨 것이 일꾼들에게는 충분히 웃음거리가 될 수 있었으나 메리는 전혀 다른 방향으로 생각한 셈이다.

그러나 백인들 대부분은 흑인이 영어를 사용하면 건방지다고 생각했다. 그녀는 화를 이기지 못해 숨조차 제대로 쉬지 못하면서 거칠게 쏘아붙였다.

"영어로 말하지 마!"

계속 퍼부어 대려 하다가 문득 말을 멈추었다. 일꾼이 어깨를 한 번 으쓱해 보이고 미소를 지으면서 하늘을 올려다보았기 때문이다. 자신의 언어를 쓰지 못하게 하고 그녀의 언어도 쓰지 말라고 하면 도대체 어떤 말을 쓰라는 건지…… 하는 생각을 하며 허탈한 표정으로 하늘을 올려다보는 것 같았다. 메리는 그 오만 방자한 태도에 더 이상 참을 수 없을 정도로 화가 났다. 그래서 또다시 쏘아붙이려고 입을 열었으나, 갑자기 할 말을 잊고 말았다. 그의 눈 속에서 섬뜩한 적개심과 경멸조의 비웃음을 보았던 것이다. 메리는 자신도 모르게 채찍을 집어 들고 그의 면전에서 사정없이 휘둘렀다. 그녀는 거의 제정신이 아니었다가 자신이 한 일을 깨닫고 몸을 떨면서 그대로 서 있었다. 그리고 그가 천천히 얼굴 쪽으로 손을 가져가자 그녀는 자신이 쥐고 있는 채찍을 멍하니 내려다보았다. 채찍이 그녀의 뜻과는 상관없이 저절로 휘둘러지기라도 했다는 듯 말이다. 메리가 지켜보는 동안, 채찍으로 찢어진 그 검은 얼굴에서 선명한 피가 한 방울 떨어져 턱을 타고 가슴으로 흘러내렸다. 그는 다른 일꾼들보다 키가 훨씬 크고 체격 또한 컸다. 허리 감개 하나만 걸친 그의 탄탄한 체격은 뭇 일꾼들을 단연

압도했다. 메리가 아연실색하여 서 있는 동안 그는 위에서 그
녀를 굽어보는 것 같았다. 그의 가슴에 피가 한 방을 더 떨어
져 허리로 흘러내렸다. 그러다 그가 갑자기 움직이자 메리는
겁에 질려 뒷걸음쳤다. 그가 자신에게 대들 것만 같았기 때문
이다. 그러나 그는 떨리는 손으로 그냥 얼굴에서 피만 닦아 냈
다. 메리는 뒤에서 일꾼들이 모두 지켜보고 있다는 사실을 알
았기에 격한 목소리로 거칠게 말했다.

"자, 다시 일을 시작해."

한동안 그는 소름이 돋을 정도로 섬뜩한 표정으로 그녀를
바라보았다. 그러고는 천천히 옥수수 가마니를 집어 들고서
일꾼들 대열에 들어갔다. 일꾼들은 아주 조용하게 다시 일을
시작했다. 메리는 자신의 행동과 그의 눈 속에서 본 섬뜩한 적
개심 때문에 큰 충격을 받고서 몸을 떨었다.

메리의 머릿속에서는 갖가지 생각이 떠올랐다 사라졌다. 그
녀가 때렸다고 경찰에 신고하지는 않을까? 생각이 여기에 미
치자 그녀는 두렵기보다 분노가 앞섰다. 백인 농부의 가장 큰
불만거리는 원주민 일꾼을 때리지 못하도록 되어 있고 만일
그런 일이 발생하면 구타당한 원주민이 실제로 그러는 경우는
거의 없지만 경찰을 찾아가 진정할 수 있도록 되어 있다는 점
이었다. 백인 여인의 행동에 불만을 표시할 권리가 짐승 같은
깜둥이에게 있다고 생각하자 메리는 걷잡을 수 없는 분노를
느꼈다. 그러나 그렇다고 두려워할 필요는 없었다. 설혹 그녀
의 채찍을 맞은 깜둥이가 경찰을 찾아가더라도 그녀가 그런
과실을 범한 건 처음이었기 때문에 농부들과 식사도 같이 하

고 하룻밤 자고 가기도 하며 친하게 지내는 백인 경찰관에게 가벼운 주의 정도만 받으면 그만이었다. 하지만 신고한 문제의 깜둥이는 계약된 노무자였기에 다시 리처드의 농장으로 보내지게 되어 있었다. 그리고 자기 아내에게 대든 깜둥이를 리처드가 그냥 내버려 둘 리는 없었다. 리처드가 그를 혹사시킬 것이 명백하므로 그에게는 고생문이 활짝 열린 것이나 다를 바 없었다. 그러나 그에게 경찰에 신고할 권리가 있다는 사실 자체가 메리를 미치게 했다. 도저히 화가 나서 견딜 수 없었다. 마음 내키는 대로 일꾼들을 다룰 수 있어야 할 백인 농부의 자연 발생적인 권리에 참견한 감상주의자들과 이론가들(그녀는 이 법률 제정자들과 공무원들을 인간 이하로 생각했다.)이 찢어 죽이고 싶을 정도로 혐오스러웠다.

그러나 분노가 솟구쳐 오르면서도 다른 한편으로 자신이 심리 대결에서 이겼다는 승리감과 만족감을 느꼈다. 어찌 되었거나 복종하게 만든 문제의 그 일꾼이 옥수수 가마니를 어깨에 지고 옮기는 것을 지켜보면서 짜릿한 기쁨을 느꼈다. 그러나 다리는 아직도 후들거렸다. 그녀가 채찍을 휘두른 후 섬뜩했던 바로 그 순간에 그가 자신에게 분명히 대들 뻔했다는 사실이 쉽게 잊히지 않았기 때문이다. 그러나 자신의 상반된 감정을 전혀 내색하지 않고 진지한 표정을 지어 보이면서 꼼짝도 하지 않고 그대로 서 있었다. 그리고 그날 오후에 그녀는 다시 이전 상태로 돌아와 비록 오랜 시간 동안 침묵 속의 적대감과 혐오감을 대면해야 된다는 것이 두렵기는 했지만 무슨 일이 있어도 최후의 순간까지 결코 물러서지 않으리라고 결심했다.

이윽고 밤이 찾아들어 6월의 찬 밤공기가 피부에 와 닿았을 때, 흑인 원주민 일꾼들이 물통을 비롯하여 자신의 짐을 챙기며 돌아갈 준비를 하는 걸 보면서 메리는 다음 날부터는 리처드가 나와서 감독을 할 테니 자신의 일은 이제 끝났다고 생각했다. 그리고 지난 며칠을 돌아보면서 전쟁에서 이긴 후의 승리감 같은 것을 만끽했다. 원주민 일꾼들과 그녀 자신, 원주민들에 대한 그녀의 적대감과 리처드의 어리석음과 무능함에 대한 승리였다. 그녀는 리처드보다 훨씬 더 능률적으로 일꾼들에게 일을 시켰던 것이다. 원주민들을 다룰 줄 모르는 사람은 그녀가 아니라 바로 리처드였다!

그러나 바로 그날 밤, 메리는 또다시 공허한 나날을 보낼 생각을 하자 갑자기 온몸의 힘이 빠지고 기력이 없어졌다. 그리고 리처드 대신 경작지에 나가 농장을 살리기 위해 다각도로 생각해 보고 확정 지은 계획을 리처드에게 주입해야 했는데, 그 일이 갑자기 부담스럽게 여겨지면서 그를 설득하기가 싫어졌다. 왜냐하면 리처드는 그녀가 이룩해 놓은 것이 아무것도 아니라는 듯 다시 옛날 자기 방식대로 농장을 꾸려 나갈 준비를 하고 있었기 때문이다. 그는 그날 저녁부터 다시 혼자만의 생각에 빠져 그의 문제를 메리하고 논의하려 하지 않았다. 메리는 모욕당한 듯한 느낌이 들어 비참해졌다. 오랫동안 그녀의 도움을 요청했지만 그녀가 거부해 왔는데, 막상 도와주려는 마음이 생기자 이번에는 리처드가 도움을 청해 오지 않으니 기가 막혀 말이 나오지 않았던 것이다. 예전의 피곤과 무기력이 다시 엄습해 옴을 느끼면서, 리처드가 저지를 엄청난 실수를 신랄하게 비판하는 도리밖에 없다고 생각했다. 집 안에 여왕벌처럼 들어앉아 자신의 생각대로 리처드를 움직이기 위해 수단과 방법을 가리지 않을 결심이었던 것이다.

그 후 며칠 동안, 메리는 말라리아로 인해 하얘진 그의 피부가 다시 예전처럼 햇볕에 그을려 정상으로 돌아올 때까지 잠자코 기다렸다. 그리고 리처드가 더 이상 약하거나 짜증을 부리지 않고 옛날처럼 완전히 건강해졌다는 확신이 섰을 때 농장 이야기를 꺼냈다.

두 사람은 어느 저녁 희미한 램프 불빛 아래 얼굴을 마주하고 앉았다. 메리는 농장의 현재 운영 상태가 어떠하며, 실패를 보았든 기후가 좋지 않았든 간에 합리적인 경영으로 어떻게 하면 수익을 올릴 수 있는지 그녀 특유의 당찬 말투로 간략히 설명해 나갔다. 리처드의 대답은 들을 생각도 하지 않고, 만일 지금처럼 기후와 가격 변화에 따라 겨우 50~100파운드 이내의 수익이나 손실을 기록하며 농장을 운영해 나간다면 언제까지고 지금의 빈곤에서 벗어나지 못할 거라고 몰아붙였다.

이야기를 하는 동안 메리의 목소리는 점차 거칠어졌고 노기마저 띠었다. 리처드가 말은 하지 않고 거북한 표정으로 듣고만 있었기 때문에, 메리는 그의 영농 서적들을 꺼내 필요한 부분을 인용하며 자신의 주장을 펼쳤다. 리처드는 그녀의 손가락이 책을 짚어 가다가 어떤 점을 강조하기 위해 직접 계산까지 하는 걸 지켜보면서 가끔 고개를 끄덕이기도 했다. 그리고 그녀의 이야기가 계속되는 동안, 리처드는 그녀의 능력을 이미 아는 마당에 그렇게 놀랄 일은 없지 않느냐고 스스로에게 말했다. 과거에 그녀의 도움을 청했던 것도 바로 그 능력을 알았기 때문이었으니 말이다.

한 가지 예를 들면, 그녀는 최근에 양계를 상당히 큰 규모로 하고 있었는데 계란과 닭고기를 팔아서 매달 2~3파운드 정도 수익을 올렸다. 그러나 양계와 관련된 일들은 고작 두세 시간 만에 처리해 버리는 것 같았다. 매달 들어오는 그런 고정 수입은 그들 부부에게 큰 의미가 있었다. 그녀가 몇 시간 만에 양계와 관련된 일을 전부 끝내고 거의 하루 종일 할 일이 없어서 무료하게 지내는 것을 리처드는 알고 있었다. 그처럼 대규모로 양계를 하는 다른 여인네들은 힘에 겨워 쩔쩔매면서 거의 대부분의 시간을 투자하는데 말이다. 그러나 메리가 이제는 농장과 작물 재배 방식 등에 대해 날카롭게 분석하고 있었으며, 이야기를 듣는 동안 리처드는 비참한 기분이 들기도 했지만 자신을 방어할 필요도 느꼈다. 그러나 리처드는 자신이 초라하게 느껴지면서도 메리의 탁월한 능력이 놀라워 그저 침묵만 지켰다. 세밀한 부분에 대한 분석은 틀린 점이 많았지만 전반적으로 메리의 이야기는 흠잡을 데가 없었다. 그녀가 신랄하게 늘어놓는 주장은 극히 타당했다. 메리가 화를 낼 때 항상 하는 버릇대로 머리를 계속 쓸어 올리면서 이야기하는 동안, 리처드는 그녀의 목소리가 너무 위압적이어서 선뜻 자신을 방어하기 위해 입을 열 수 없었고, 그녀의 지적이 옳은 것을 인정하면서도 기분이 상했다. 그녀의 위압적인 목소리가 신경을 건드리면서 그의 감정을 해쳤던 것이다. 메리는 제삼자의 입장에서 농장을 돈을 벌어들이는 기계로 분석하고 있었으며, 그러한 관점에서 완전히 비판적인 입장이었다. 그러나 그녀가 미처 생각하지 못한 점도 많았다. 예컨대 40헥타르에 달하는 고무나무 농원에 대한 리처드의 애착을 전혀 고려하지 않았다. 사실 농장 그 자체에 대한 리처드와 메리의 생각에는 큰 차이가 있었다. 리처드는 농장을 사랑했고 농장은 그의 일부였다. 그는 느린 계절 변화와 작물의 복잡한 성장 리듬을 좋아했으나, 메리는 작물을 백날 재배해 보았자 아무 쓸모가 없다고 경멸조로 계속 비판했던 것이다.

메리가 말을 마치자, 리처드는 착잡한 심정이 되어 할 말을 찾지 못했고 한동안 침묵을 지키다가 이윽고 말문을 열었다.

"그래, 이제 어떻게 해야 될 것 같소?"

리처드는 이렇게 말하면서 자신의 패배를 시인하는 힘없는 미소를 지어 보였다. 메리는 그 미소에 주목하면서도 마음을 굳게 먹었다. 결국은 두 사람 모두 잘되자고 하는 일이었고, 그녀가 이기는 것이 바람직했기 때문이다. 메리는 어떻게 해야 될지 정확하게, 그리고 세밀하게 설명하기 시작했다. 기왕에 리처드가 그녀의 비판을 받아들였으니 거리낄 것이 없었다. 메리는 담배 재배를 제안했다. 주변 모든 농장에서 담배를 재배하여 엄청난 수익을 올리고 있는데, 왜 우리만 하지 않는지 이해할 수 없다고 했다. 그리고 그녀가 하는 모든 이야기와 모든 목소리 변화에서 분명히 느낄 수 있는 것은 한 가지였다. 바로 담배를 재배하여 빚을 청산하고도 남을 정도의 돈을 벌어 가능한 한 빨리 농장을 떠나자는 것이었다.

메리가 생각하고 있는 것이 무엇인지 마침내 깨달은 리처드는 아찔한 기분이 들어 맥 빠진 목소리로 물었다.

"그렇다면 돈을 그렇게 많이 번 다음에는 어떻게 했으면 좋겠소?"

메리는 처음으로 무슨 말을 해야 좋을지 자신이 없어서 시선을 떨어뜨렸다. 리처드를 똑바로 바라볼 수 없었던 것이다. 사실 거기까지는 생각해 보지 않았다. 단지 리처드가 돈을 많이 벌어서 하고 싶은 일을 할 만한 힘이 그들에게 생기면 농장을 떠나서 다시 문화인의 생활을 하고 싶다는 마음밖에 없었고, 그 밖의 것은 생각해 보지 않았던 것이다. 지금처럼 찢어지게 가난하게 사는 것은 견딜 수 없었다. 가난이 두 사람 모두를 파괴하고 있었기 때문이다. 그렇다고 먹을 것이 충분치 않다는 뜻은 아니었다. 다만 돈 한 푼을 쓸 때도 벌벌 떨어야 하고, 새 옷을 사는 것은 생각도 못 하고, 즐기는 것은 포기해 버린 지 오래이고, 바캉스는 희망 없는 내일로 자꾸 미루어야 하는 생활이 과연 무슨 의미가 있겠느냐는 말이다. 그렇게 사는 것은 숨을 쉬어도 살아 있는 것이 아니다. 쓸 돈이라고는 쥐꼬리만큼도 없고 그나마 몇 푼 여유가 생겨도 부채를 생각하면 쓰기가 겁나는 생활. 그처럼 찢어지게 가난한 생활은 차라리 굶주림보다 훨씬 못하고 비참하기 짝이 없었다. 메리는 바로 그렇게 느끼고 있었다. 그리고 그들 부부의 빈곤은 자초한 것이었기에 더욱더 견딜 수 없고 비참하게 여겨졌다. 아무리 어려워도 입에 풀칠할 정도는 된다는 리처드의 긍지를 다른 사람들은 결코 이해하지 못할 것이다. 사실 남아프리카 전체를 놓고 볼 때 그들만큼 가난한 농부는 얼마든지 있었다. 그러나 다른 농부들은 언젠가 복덩어리가 굴러 떨어지면 만사가 해결되리라고 기대하면서 계속 빚을 지더라도 할 것이다 하며 살아갔다.(덧붙이자면 그들의 낙천적인 생활 방식이 결국 옳았음을 짚고 넘어가야 할 것이다. 전쟁이 터지고 담배 수요가 급증하면서 그들은 소원했던 대로 복덩어리가 굴러 떨어져 엄청난 돈을 벌어들였는데, 이 때문에 리처드와 메리 부부만 더욱더 비웃음거리가 되고 말았다.) 그리고 리처드와 메리가 자존심을 버리고 멋진 바캉스를 다녀오고 새 차도 구입한다고 해서 역정 낼 채권자는 아무도 없을 것이다. 그러나 리처드는 그렇게 하지 않으려고 했다. 비록 그런 이유 때문에 그를 바보라고 생각하며 미워했지만, 그 점은 메리가 그를 존경하는 유일한 이유이기도 했다. 아무리 실패를 거듭해도 리처드는 자존심만큼은 결코 잃지 않으려 했던 것이다.

메리가 리처드에게 양심 따위는 저버리고 다른 사람들처럼 하라고 치근거리지 않는 것은 바로 그러한 이유 때문이었다. 당시에도 담배 재배는 상당히 수익성이 높았다. 어려울 것이 하나도 없었다. 탁자 반대편에 앉은 리처드의 근심 어린 불행한 얼굴을 바라보는 이 순간에도 그 생각에는 변함이 없었다. 리처드가 담배를 재배하기로 결정만 내리면 그만이었다. 그러나 그다음에는? 리처드는 바로 거기에 대해 묻고 있었다.

메리는 하고 싶은 것을 다 하면서 지낼 느긋하고 멋진 앞으로의 생활을 생각할 때마다 예전처럼 도시로 돌아가 과거에 알고 지낸 친구들과 어울리는 자신의 모습을 떠올렸다. 그러나 리처드는 그런 생활을 원치 않았다. 그래서 메리는 그를 똑바로 바라보지 않으려고 하면서 긴 침묵을 유지했고, 리처드가 다시 한번 물었을 때도 그녀는 두 사람의 융합될 수 없는 서로 다른 욕구 때문에 또다시 침묵할 수밖에 없었다. 메리는 생각하고 싶지 않은 무엇인가를 떨쳐 버리려는 듯 머리를 한 번 쓸어 올리고 어색한 분위기를 질문으로 무마하려 했다.

"어찌 되었거나, 이런 식으로는 살 수 없잖아요, 그렇지 않아요?"

또다시 침묵이 흘렀다. 메리는 엄지와 검지 사이에 연필을 놓고 빙빙 돌리면서 가끔 탁자를 톡톡 두드렸는데, 그때마다 그 소리가 리처드의 신경을 긁어 놓았다.

이렇게 해서 결정권은 리처드가 쥐게 되었다. 메리는 모든 것을 다시 리처드에게 넘겨주었으며 그가 하고 싶은 대로 하게 두었다. 그가 어떠한 목표를 위해 일했으면 좋겠는지는 말하지 않으려고 했다. 리처드는 문득 메리에게 울화가 치밀어 오르면서 증오심까지 느끼기 시작했다. 물론 지금처럼 살아갈 수야 없는 노릇이다. 하지만 그가 지금처럼 살아야 된다고 말한 적이 있었던가? 자신은 조금이라도 더 윤택한 생활을 위해 뼈 빠지게 일하고 있건만, 그런 말을 서슴지 않고 하다니 울화가 치밀어 오를 수밖에 없었다. 그러나 리처드는 그 무렵에는 미래에 대한 환상 속에서 살아가는 버릇이 없어졌기 때문에, 그처럼 미래의 꿈에 젖어 있는 메리가 걱정되기도 했다. 그는 일 년 앞만 내다보도록 스스로를 훈련해 왔다. 일 년 이후의 일은 항상 계획에서 제외시켜 왔던 것이다. 그런데 메리는 너무나도 먼 앞날을 내다보고 다른 사람, 다른 생활, 심지어 그 자신이 없는 생활을 생각하고 있다. 비록 본인이 직접 이야기 하지는 않아도 리처드는 그녀가 그런 생각을 한다는 걸 알고 있었다. 다른 사람들과 떨어져 지낸 지 너무 오래되어서 그에게는 그들이 필요 없었기 때문에 다른 사람들과 함께 어울려 살기를 원하는 메리의 생각은 리처드를 두렵게 만들었다. 가끔 찰리 슬래터와 만나 이야기를 나누는 것이 즐겁기는 했으나, 다른 사람들과 어울리기만 하면 자신이 쓸모없는 존재, 실패자라는 느낌이 들었다. 리처드는 일 년 앞을 계획하며 원주민 일꾼들과 너무나 오랜 세월을 함께 지내 왔기 때문에 그의 시야는 그러한 생활에 적합하게 상당히 좁혀졌고, 그 밖의 다른 것에 대해서는 생각조차 할 수 없었다. 나무 한 그루, 풀 한 포기까지 다 아는 농장을 떠나 그 어느 곳에서 살 수 있단 말인가? 절대 판에 박은 말이 아니었다. 그는 자신이 사는 지역을 원주민들만큼이나 속속들이 알고 있었다. 리처드는 도시 생활에 감상적인 애정이 없었다. 그의 오감은 바람 소리, 새들의 지저귐, 땅의 촉감, 계절의 변화 같은 것에는 극히 민감했지만, 그 밖의 다른 것에는 둔하기 그지없었다. 농장을 떠나면 그는 말라서 죽을지도 몰랐다. 그는 그들 부부가 농장에서 지금까지와는 달리 안락하게 살아갈 수 있도록, 그리고 메리가 하고 싶은 대로 하면서 살아갈 수 있도록 돈을 많이 벌고 싶었다. 특히 아이를 갖기 위해서라도 그는 돈을 벌려고 했다. 그는 항상 아이를 원해 왔다. 지금까지도 그는 언젠가는 아이를…… 갖게 되겠지 하는 희망을 포기하지 않았다. 리처드는 농장을 떠난 미래를 생각하는 그녀를 결코 이해할 수 없었다.

그에게 농장을 떠나길 기대하다니! 리처드는 그런저런 생각을 하면 삶의 의욕마저 없어져 버렸다. 자기에게 이런저런 일을 해야 된다고 지시하는 메리가 그와는 아무 관계도 없는 타인처럼 느껴져서 그녀를 지켜보는 동안 섬뜩한 느낌까지 들었다.

그러나 리처드는 그녀가 없는 삶을 상상할 수조차 없었다. 언젠가 그녀가 도망갔을 때 리처드는 그녀의 존재가 자신에게 얼마나 큰 의미를 지니는지 절실히 깨달았다. 절대로, 절대로 메리를 놓칠 수는 없다. 메리는 농장에 대한 그의 애착을 이해해야 했으며, 그가 돈을 많이 벌어 아이를 가질 수 있게 되면 상황이 달라질 수도 있다. 메리는 그의 패배감이 농부로서 그가 실패했기에 생긴 것이 아님을 이해해 주어야 했다. 그가 실패하고 패배감을 느끼게 된 것은 메리가 남자로서의 그에게 갖는 적대감과, 함께 지내는 사실 자체에 갖는 혐오감 때문이었다. 그러나 아이를 가지면 그런 적대감도 없어지고 그들도 행복해질 수 있을 것 같았다. 리처드는 연필로 탁자 두드리는 소리에 귀를 기울이며 손으로 턱을 괴고서 바로 그러한 것들을 생각했다.

그러나 결론이 이처럼 행복한 것이었음에도 불구하고 그가 느끼는 패배감은 걷잡을 수 없을 만큼 강했다. 담배 재배는 생각하기도 싫었다. 과거에도 그랬다. 담배 재배는 비인간적인 일로 보였다. 담배를 재배하면 그의 농장은 전혀 다른 방식으로 운영되어야 했다. 푹푹 찌는 가운데 몇 시간이고 건조실 안에서 있어야 하고, 온도를 체크하기 위해 한밤중에 일어나야 하는 것이 바로 담배 재배였다.

그래서 리처드는 탁자 위의 책을 만지작거리다가 두 손으로 머리를 감싸 쥐고는 자신의 운명에 필사적으로 반항해 보았다. 그러나 메리가 자기 뜻에 따르도록 강요하면서 맞은편에 앉아 있는 상황에서는 그렇게 해 보았자 아무 소용이 없었다. 이윽고 리처드가 씁쓸한 미소를 지으면서 말문을 열었다.

"그럼, 주인님, 생각해 볼 시간을 며칠 줄 수 있겠어요?"

리처드의 말투에서는 비참함이 느껴졌고, 메리는 그것이 상당히 못마땅한 눈치였다.

"부탁하겠어요. 나를 주인님이라고 부르지 말아요."

리처드는 아무 대꾸도 하지 않았다. 그러나 그들 사이의 침묵이 두 사람이 하기 두려워하는 말을 대신 해 주었다. 그러다 메리가 침묵을 깨뜨리면서 탁자에서 기운차게 일어났다. 그리고 책을 치우면서 말문을 열었다.

"자야겠어요."

메리는 생각에 잠겨 있는 리처드를 그냥 내버려 두고 침실로 향했다.

그로부터 삼 일 후, 리처드는 원주민 일꾼들에게 담배 건조 창고를 두 채 지으라고 지시를 내렸다고 가라앉은 목소리로 말했다.

억누를 길 없는 승리감에 사로잡혀 있을 메리를 보려고 억지로 고개를 들었을 때 리처드는 그녀의 눈동자가 새로운 희망으로 반짝거리는 걸 보았고, 자신이 이번에도 실패한다면 그녀가 어떻게 나올지에 생각이 미치자 불안한 마음을 금할 길이 없었다.

8장

    영향력을 행사하여 자기 뜻에 따르도록 리처드를 설득한
후, 메리는 다시 뒤로 물러나 그에게 모든 것을 맡겨 버렸다.
리처드는 자신을 괴롭히는 문제를 해결하려면 그녀의 도움이
필요하다며 몇 차례 그녀를 일에 끌어들이려 해 보았으나, 그
녀는 항상 그래 왔듯이 그의 제안을 거절했는데 거기에는 세
가지 이유가 있었다. 첫째 이유는 계산적인 것이었다. 그와 함
께 지내면서 그녀가 자신의 탁월한 능력을 계속해서 보인다
면 그의 방어 본능을 자극하여 결국에는 그녀가 원하는 일을
그가 단 한 가지도 하지 않으려 들 가능성이 있었다. 다른 이
유 두 가지는 본능적인 것이었다. 그녀는 여전히 농장과 농장
의 문제들을 싫어했고, 리처드처럼 틀에 박힌 생활에 젖어들
어 편협해지고 싶지 않았다. 그리고 자신은 인식하지 못했지

만, 가장 큰 이유는 바로 셋째 이유였다. 그녀는 어찌 되었거나 결혼한 남자, 바로 리처드가 자기 힘으로 그리고 그 자신의 노력으로 성공하는 것을 보고 싶었다. 그가 약하고 목표 의식도 없고 측은해 보일 때면 메리는 그를 이가 갈리도록 증오했으며 그러한 미움의 화살은 결국 자신에게 돌려졌다. 그녀는 자신보다 강한 남자가 필요했고, 리처드를 바로 그런 남자로 만들기 위해 필사적으로 노력하고 있었다. 만일 리처드가 간단히 말해서 뚜렷한 목표 의식을 바탕으로 그녀를 휘어잡았다면, 메리는 그를 사랑하게 되어 가난의 굴레에서 벗어나지 못하는 자신을 더 이상 혐오하지 않았을지도 모르는 일이었다. 아무튼 바로 그러한 이유 때문에 메리는 하고 싶은 마음이 간절해도 리처드에게 이런저런 일을 하라고 구체적으로 지시하기를 꺼렸으며, 그가 스스로의 힘으로 성공할 날만 기다렸다. 비록 리처드가 실패라고 생각하는 것은 바로 그녀임을 깨닫지 못했으나, 사실 메리가 농장 일에서 물러난 것은 그의 자존심 중 가장 취약해 보이는 부분을 건드리지 않기 위해서였다. 그리고 그런 생각이 본능적인 측면에서 볼 때는 타당할지도 모르는 일이었다. 궁핍하게 살면서 물질적인 성공을 갈망하지 않는 사람이 어디 있겠는가? 그러나 타당할지라도 초점을 제대로 맞추었다고는 볼 수 없었다. 다시 말해, 리처드의 사람됨이 달랐다면 이야기는 달라졌겠으나 그가 그녀의 기대치에 미치지 못했다는 데 바로 문제가 있었다. 리처드에 대한 메리의 판단이 방향을 잘못 잡았던 것이다. 리처드가 다시 어리석게 처신하면서 불필요한 데 돈을 쓰고 필요한 데 돈을 쓰지 않는 것을 알아차린 후에도 메리는 일부러 거기에 대해 생각하지 않으려 했다. 이번에는 기대가 너무 컸기 때문에 그런 생각으로 실패의 전조를 느끼고 싶지는 않았다. 그리고 그녀가 농장 일에서 손을 떼는 바람에 퇴짜를 맞은 셈이 되어 의기소침해진 리처드는 더 이상 메리에게 애원하지 않았다. 그는 마치 메리가 자신을 힘에 부칠 정도로 깊은 물에서 수영하도록 부추겨 놓고는 알아서 하라고 내버려 둔 것 같은 기분으로 자기 방식대로 고집스럽게 일을 추진해 나갔다.

메리는 다시 집 안에 틀어박혀 닭을 돌보고 하인들과 끝없이 싸우는 생활로 돌아갔다. 메리와 리처드 모두 그들이 도전에 직면했음을 알았다. 그리고 메리는 기다렸다. 처음 몇 년, 잠시 낙심했던 시기를 제외하고는 어떡하든 변화가 찾아들 거라 믿으면서 기다리고 또 기다렸다. 어떤 기적적인 일이 벌어져서 남부럽지 않은 생활을 하게 될 날을. 그러다 더 이상 참을 수 없어 도망갔다가 다시 돌아오면서 기적이란 일어나지 않을 일임을 깨달았다. 그러나 이제는 다시 기다릴 희망이 있었다. 그러나 메리는 리처드가 모든 것을 본궤도에 올려놓을 때까지 잠자코 기다리기만 할 생각이었다. 그 후 몇 달 동안, 그녀는 지독하게 혐오하는 시골에서 시한부로 버티며 살아가는 사람처럼 지냈다. 구체적인 계획은 세우지 않았지만, 일단 새로운 국면에 접어들면 모든 일이 저절로 해결될 거라고 믿어 의심치 않았다. 리처드가 진짜 돈을 벌게 되었을 때 어떻게 할지는 모르겠지만, 유능하고 꼭 필요한 비서로 사무실에서 일하는 자신의 모습을 그려 보았다. 여성 회관에서의 생활도 다시 시작하고, 친구들에게 따뜻한 환영을 받고, 후배들 사이에서는 인기 있는 카운슬러 대접을 받고, 전혀 위험스럽지 않고 부담 없는 동료애로 그녀를 대해 줄 남자 친구들과 데이트도 즐기고…….

인생의 다양한 위기가 생겨나 커지다가 마침내 막바지에 이르러 거대한 산이 되어 하나의 시기를 마무리 지을 무렵에는 으레 그러듯 정신조차 제대로 차릴 수 없을 정도로 시간이 빨리 지나갔다. 인간의 신체가 적응할 수 있는 수면량에는 한계가 없는 듯 메리는 시간을 빨리 보내기 위해, 한꺼번에 많은 시간을 소화하기 위해 날마다 몇 시간씩 잠을 잤다. 그리고 잠에서 깰 때마다 희망에 찬 미래에 몇 시간 더 가까워졌다는 사실을 깨닫고 아주 만족스러워했다. 사실 그녀는 거의 깨어 있는 시간이 없는 셈이었다. 항상 꿈속을 헤매는 기분으로 하루하루를 보냈으니 말이다. 그리고 한 주가 가고 또 한 주가 지나가면서, 그녀는 매일 아침 잠자리에서 일어나면 마치 바로 그날 어떤 굉장한 일이 일어날 것처럼 짜릿한 흥분이 느껴지면서 스트레스가 확 풀렸다.

자신을 유배지에서 실어 갈 배가 건조되는 것을 보는 기분으로 언덕 아래에서 담배 건조 창고가 완성되어 가는 것을 지켜보았다. 건조 창고들은 서서히 형체를 갖추어 갔다. 처음에 벽돌로 골격만 세워 놓았을 때는 흡사 폐가(廢家) 같았으나, 벽을 세우고 양철 지붕을 올리자 열파가 글리세린처럼 지붕 위를 어른거렸고, 그런대로 창고로서 구색은 갖추어졌다. 보이지는 않았지만, 물이 말라 버린 언덕의 우물 근처 능선에는 비가 내려 골짜기에 물이 흐르면 뿌리려고 담배 종자를 준비해 두었다. 그 후 10월까지 몇 달이 그냥 지나갔다. 그리고 10월은 일 년 중 무더위가 가장 심해서 메리가 가장 싫어하는 달이었지만, 희망이 있었기에 별로 힘든 줄 모르고 버틸 수 있었다. 메리가 올해 더위는 그렇게 심하지 않은 것 같다고 하자, 리처드는 그녀를 주의 깊게, 심지어 불신하는 표정으로 지금까지 견디기 힘들 정도로 무더웠던 적은 사실 거의 없었다고 대꾸했다. 기온에 좌우되는 그녀의 마음을 이해할 수 없었다. 마음이 기온에 따라 변덕스럽게 날뛰는 것이 이상하게만 여겨졌다. 무더위와 추위와 가뭄을 그대로 받아들였기 때문에 그것들 때문에 문제 될 것은 하나도 없었던 것이다. 그는 자연의 변화에 순응했으며, 메리처럼 거기에 맞서 싸우지 않았다.

올해 메리는 담배 재배를 시작할 신호가 될 빗방울이 떨어지기를 기다리면서, 사방이 연기로 흐릿해지면서 긴장이 고조되어 가는 것을 느끼면서, 짜릿한 흥분을 맛보았다. 그녀는 그냥 흘러가는 말로 다른 담배 재배 농가는 어떤지 리처드에게 심심찮게 물어보았다. 그녀의 의중은 알고 있었으나, 리처드는 순순히 얘기를 해 주었다. 메리는 언제나 눈을 빛내면서, 어떤 농부는 담배 재배로 일 년 만에 1만 파운드를 벌어들였고 또 어떤 농부는 빚을 전부 갚았더라는 리처드의 이야기에 귀를 기울였다. 일부러 관심이 없는 척하는 메리를 무시해 버리고 리처드가 자신은 건조 창고를 15~20채가량 짓는 대규모 재배 농과 달리 겨우 두 채밖에 안 짓기 때문에 수천 파운드의 수익은 기대할 수 없다고 해도 그녀는 전혀 개의치 않았다. 그녀는 단시일 내에 이루어질 성공을 꿈꾸어야 했던 것이다.

비가 내렸다. 예년과는 달리 충분히 내려 담배 재배를 시작하면서 가뭄 걱정은 할 필요가 없을 것 같았다. 12월로 접어들면서 담배가 하루가 다르게 무럭무럭 자라고 건강한 것 같아서 풍요로운 미래가 약속된 듯싶었다. 메리는 담배를 바라보며 넓고 푸른 담뱃잎들이 지폐로 바뀌는 상상을 해 보는 즐거움을 만끽하려고 리처드와 함께 담배 재배지 주변을 거닐곤 했다.

그러다가 가뭄이 찾아들었다. 처음에는 리처드도 별로 걱정하지 않았다. 담배는 일단 땅에 뿌리를 내리면 웬만한 가뭄에도 끄떡없기 때문이었다. 그러나 하루가 다르게 구름층이 두꺼워지고 땅의 온도는 갈수록 높아졌다. 그럼에도 크리스마스를 지나 1월에 접어들 때까지는 별일 없었다. 리처드는 긴장한 나머지 시무룩하고 상당히 초초해했으나, 메리는 이상하게도 조용했다. 그러던 어느 날 오후, 담배 재배지 중 한 곳에만 가랑비가 잠깐 내렸다. 그리고 가뭄이 다시 시작되어, 비가 내릴 조짐이 전혀 없이 몇 주가 지나갔다. 그러던 어느 날, 비구름이 마침내 몰려들었다. 그러나 메리와 리처드가 베란다에서 지켜보는 동안 비구름은 다른 곳으로 흘러가 버렸다. 며칠 후에 비구름이 다시 돌아와 비를 뿌렸으나, 다른 경작지를 먼저 해갈해 주고 리처드의 농장에는 오륙일 정도 늦게 내렸다. 어느 날 오후 무렵에 해가 비치는 가운데 밝은 무지개가 뜨더니 리처드의 농장에도 마침내 굵은 빗방울이 떨어졌다. 그러나 이미 말라붙을 대로 말라붙어 버린 땅을 해갈해 주기에는 충분치 않았다. 시들어 버린 담뱃잎은 소생할 기미를 보이지 않았다. 그마나 잠깐 비가 내린 다음에는 며칠 동안 또다시 햇볕이 내리쬐었다.

"허, 참." 얼굴을 잔뜩 찌푸리며 원통하다는 표정으로 리처드가 말했다.

"그나마 너무 늦게 내렸으니."

그러나 리처드는 그 전에 한 번 더 비가 내렸던 재배지의 담배는 혹시 살아날지도 모른다는 희망을 버리지 않았다. 때늦은 비가 내렸을 무렵에는 대부분 죽어 버린 후였다. 게다가 옥수수마저 큰 피해를 보았기 때문에 경비도 뽑지 못할 것 같았다. 리처드는 아주 괴로운 표정으로 메리에게 설명해 주었다. 그러나 메리는 그의 표정에서 안도감도 읽을 수 있었다. 이번 실패는 그가 잘못했기 때문이 아니라 누구에게나 찾아올 수 있는 순전한 불행에서 야기된 것이라서 리처드는 그나마 안도의 한숨을 내쉴 수 있게 된 모양이었고, 그녀도 운이 나빠서 실패한 것을 가지고 그를 비난할 수는 없었다.

그들은 저녁에 마주 앉아 사태를 논의했다. 리처드는 파산은 면하려고 새로 대부금을 신청해 놓았다며 다음 해에는 담배에 기대를 걸지 않겠다고 했다. 자신은 심을 마음이 전혀 없지만 메리가 고집하면 조금은 심을 수 있다고 했다. 만일 올해처럼 한 번 더 실패하면 파산이라고도 덧붙였다.

메리는 마지막으로 일 년만 더 해 보자고 했다. 연이어 피해를 보지는 않을 거라는 게 메리의 생각이었다. 아무리 '요나'처럼 재수 없는 리처드라도 이 년 연속 실패하지는 않을 것 같았다.(메리는 리처드가 안됐다고 생각해서 '요나'라고 불러 주었다.) 그리고 어느 정도 빚을 지더라도 별 상관 없을 것 같았다. 수천 파운드나 빚이 있는 농부들에 비하면 그들은 빚이 전혀 없는 것이나 다를 바 없었다. 실패할 때 하더라도 일을 한번 크게 벌여 볼 필요가 있었다. 건조 창고를 열두 채 정도 다시 짓고, 경작지에 전부 담배를 심어서 마지막으로 단 한 판의 승부에 모든 것을 걸어 보자는 생각이었다. 안 될 것도 없지 않을까? 양심대로 살아가는 사람이 아무도 없는데 왜 리처드만 그렇게 살아야 한단 말인가?

그러나 메리는 자신이 언젠가 두 사람 모두 안정을 되찾기 위해 여행을 다녀오자고 했을 때 보았던 표정이 리처드의 얼굴에 다시 떠오르는 것을 보았다. 그녀는 그렇게 쓸데없이 겁에 질린 표정을 볼 때마다 속이 뒤집혔다.

"내가 감당할 수 없을 정도로 빚을 지고 싶지는 않아." 마침내 리처드가 말문을 열었다.

"무슨 일이 있어도 절대로 그렇게는 할 수 없어." 리처드는 요지부동이었고 메리도 어쩔 수 없었다.

그렇다면 내년에는 도대체 무엇에 기대를 걸어 보겠다는 말인가?

리처드는 수확이 그런대로 괜찮고 농산물 가격도 떨어지지 않고 소량이나마 담배를 재배해서 성공을 거두면 그럭저럭 그해의 피해를 메울 수 있을 거라고 했다. 피해를 모두 메우고 약간이나마 수익을 기대할 수도 있었다. 누가 알겠는가? 행운의 여신이 그에게 미소를 지을지 말이다. 그러나 리처드는 빚을 완전히 청산할 때까지는 한 가지 작물에 모든 것을 거는 위험을 감수할 생각은 없었다. 파산하면 농장을 잃을 텐데 도대체 왜 그런 모험을 한단 말인가? 리처드는 심각한 표정으로 그렇게 말했다. 그러나 메리는 그의 감정을 크게 상하게 할 줄 알면서도 차라리 그렇게라도 됐으면 좋겠다고 쏘아붙였다. 그렇게 되면 먹고살기 위해서라도 발 벗고 나설 수밖에 없을 것이기 때문이다. 사실 리처드가 속절없이 자기도취에 빠져 있는 진짜 이유는, 그들이 파산 직전까지 가더라도 현 상태만 유지하면 입에 풀칠은 할 수 있다는 걸 알고 있기 때문이며 그래서 항상 안일한 일만 찾았던 것이다.

국가의 위기도 그렇겠지만 개인의 위기 또한 끝나고 나서야 비로소 그런 위기가 있었음을 깨닫는다. 안일한 리처드의 입에서 끔찍스러운 '내년'이라는 말이 나오자 메리는 역겨웠다. 그러나 한동안은 그녀가 모든 것을 걸고 지내 온 휘황찬란한 희망이 사라져 버리지 않았으며, 앞으로의 일을 생각하자 단지 할 말을 잃었을 따름이다. 풍요한 미래를 생각하며 의식도 하지 않고 지냈던 시간이 갑자기 그녀의 눈앞에서 한없이 길어져 버린 것 같았다. '내년'이라는 말에 과연 어떠한 의미가 있을까? 또 한 번의 실패? 기껏해야 형편이 조금 괜찮아진다는 의미가 들어 있을 뿐이었다. 기적은 기대할 수 없었다. 그리고 지금껏 그래 왔듯이 변화란 생각해 볼 수도 없었다.

메리가 별로 실망하는 기색을 보이지 않자 리처드는 놀랐다. 그녀가 울고불고 소란을 피우면서 한바탕 난리 칠 것에 대비해 마음의 준비를 단단히 하고 있었던 것이다. 그는 오랜 세월 동안 몸에 밴 습관으로 '내년'을 쉽게 받아들이고 그에 따라 계획을 세우기 시작했다. 그 순간에 메리가 낭패한 기색을 별로 보이지 않자 신경 쓰지 않기로 했다. 그가 생각했던 것보다 충격이 그렇게 크지 않았는지도 모르는 일이었다.

그러나 정신적인 충격의 결과는 서서히 나타나는 법이다. 메리는 며칠이 지나고 나서야 비로소 마음 깊은 곳, 담배 재배가 실패했다는 이야기를 아직 들은 적 없는 마음 저 깊은 곳에서 솟아오르던 강한 기대와 벅찬 희망을 더 이상 느끼지 못했던 것이다. 모든 신체 조직이 담배 재배 실패를 사실로 받아들이기까지는 오랜 시간이 걸렸으며, 농장에서 벗어나려면 몇 년이 될지 모르는 시간이 흘러야 한다는 사실도 점차 현실로 받아들여졌다.

한동안 비참함이 그녀를 엄습했다. 그러나 예전에 그녀가 자신의 불행한 처지에 대해서 느껴 왔던 비참함이 아니었다. 마치 내부가 녹아내리는 듯한, 마치 뼈가 삭아서 흐물흐물해지는 듯한 기분이 들었다.

공상을 하면서 만족을 느끼려면 한 가닥의 희망이라도 있어야 하는 법이다. 희망이 모두 사라져 버린 메리는 공상마저 할 수 없었다. 자신의 과거를 생각하면서 그것을 미래 속에서 펼쳐 보다가 미래란 없다고 스스로에게 힘없이 말하면서 도중에 그만두곤 했다. 아무것도 없었다. 무(無). 공허.

오 년 전이었다면 로맨스 소설을 읽으며 자신을 달랠 수 있었을지 모른다. 도시에서라면 메리 같은 여자들은 영화배우들의 생활을 열광적으로 모방하면서 살아간다. 아니면 종교, 특히 아주 감각적인 동양의 종교 중 하나를 택해 그것에 빠져들기도 한다. 책과 가까이할 수 있는 도시에서 좀 더 교양 있는 생활을 하고 있었다면, 아마도 타고르에 심취해 무한한 시의 세계로 빠져들었을지도 모른다.

그러나 현실은 그렇지 않았기에 메리는 무엇인가 해야 된다는 생각이 어렴풋이 들었다. 닭을 더 길러야 할까? 바느질에 취미를 붙여 볼까? 그러나 무기력해지고 피곤하다는 생각만 들어서 그 어떠한 일에도 관심이 생기지 않았다. 겨울이 다시 찾아들어 활력을 조금이라도 되찾으면 그때 가서 무슨 일이라도 해야겠다고 생각했다. 그녀는 일단 모든 것을 미루어 놓았다. 농장은 리처드에게와 마찬가지로 그녀에게 영향을 미치는 셈이었다. 다시 말해, 그녀 또한 '내년'이라는 관점에서 생각했던 것이다.

리처드는 그 어느 때보다 열심히 농장 일에 매달렸는데, 그러다 메리의 눈 주위가 이상하게 부은 것 같고 얼굴에 붉은 반점이 생긴 것을 보고는 몸에 이상이 생겼음을 마침내 깨달았다. 건강이 상당히 좋지 않은 것 같았다. 그녀에게 어디가 아프냐고 물어보았다. 그녀는 마치 그의 말을 듣고서야 깨달은 듯 그렇다고 대답했다. 그녀는 심한 두통으로 고생하고 있었는데, 몸이 좋지 않아서 두통도 생긴 모양이었다. 몸이 좋지 않아서 두통이 생기고 기력도 없어졌다고 생각하는 것이 차라리 마음 편한 것 같았다.

여행을 보내 줄 만한 여유는 없었기에, 리처드는 그녀에게 도시로 가서 친구라도 만나고 오라고 제안했다. 메리는 그 말을 듣는 순간 가슴이 철렁 내려앉는 것 같았다. 사람들, 특히 행복했던 처녀 시절에 알고 지내던 사람들을 만난다고 생각하자 온몸에 소름이 돋는 듯했다.

리처드는 그녀가 싫은 기색을 보이자 어깨를 한 번 으쓱하더니 병이 낫기를 바란다면서 경작지로 나가 버렸다.

메리는 가만히 앉아 있기가 힘들어서 집 주변을 계속 돌아다니면서 시간을 보냈다. 밤에도 제대로 잠을 자지 못했다. 식욕도 없었고, 먹어야 한다는 것조차 번거롭게 여겨졌다. 머릿속은 항상 뒤엉켜 있는 것 같았고 무엇인가가 짓누르는 것 같았다. 닭을 돌보고 상점에 나가는 모든 일을 기계적으로 처리했다. 일에 대한 흥미는 전혀 찾아볼 수 없었다. 게다가 옛날처럼 하인에게 심한 역정을 내면서 들들 볶아 대지도 않았다. 전에는 그처럼 갑자기 분노를 폭발시켜서 쓰지 못한 힘을 밖으로 분출하는 것 같았는데, 이제 그 힘마저 죽어 버린 마당에 화를 낼 필요도 없었던 것이다. 그러나 잔소리만큼은 여전했다. 그것은 습관이 되어 버려서, 그녀는 원주민에게 이야기할 때마다 자신도 모르게 목소리가 거칠어졌던 것이다.

그리고 시간이 더 지나자 침착하지 못하게 안절부절못하는 버릇도 없어졌다. 마치 온몸이 마비되기라도 한 듯, 색 바랜 커튼이 흔들리든 말든 전혀 개의치 않고 낡은 소파에 일단 앉기만 하면 몇 시간이고 전혀 움직이지 않았다. 흡사 그 무엇인가가 마침내 그녀 내부로 파고들어서 점차 활력을 잃고 어둠 속으로 묻혀 버릴 것 같았다.

그러나 리처드는 메리가 나아졌다고 생각했다.

그러던 어느 날, 메리는 지금껏 리처드가 한 번도 본 적이 없던, 무엇에 쫓기는 듯하면서 자포자기해 버린 듯한 모습으로 혹시 아이를 가져도 괜찮겠느냐고 물어 왔다. 리처드는 그 말을 듣는 순간 그렇게 기쁠 수 없었다. 메리가 그에게 돌아서면서 자진해서 그런 말을 했다는 사실이 그렇게 반가울 수 없었던 것이다. 그녀가 마침내 그에게 돌아섰으며 자신의 마음을 그런 식으로 표현한 것 같았다. 리처드는 형언할 수 없는 기쁨에 거의 고개를 끄덕일 뻔했다. 아이야말로 그가 가장 원해 왔던 것 아닌가. 그는 여전히 언젠가 형편이 좀 나아지면 아이를 가질 수 있으리라는 희망을 버리지 않고 있었다. 그러나 막상 자신의 현실을 돌이켜보자 리처드는 침울해지면서 몹시 곤혹스러운 표정을 지었다.

"메리, 어떻게 아이를 가질 수 있겠어?"

"가난한데도 아이를 가진 사람들도 많잖아요."

"당신이 몰라서 그렇지 우리는 보통 가난한 게 아니야."

"그건 나도 알아요. 하지만 더 이상 이렇게는 못 지내겠어요. 뭐라도 해야 될 텐데, 할 일이 아무것도 없단 말이에요."

리처드는 메리가 아이를 갖고 싶어 하는 것이 순전히 그녀 자신을 위해서이며, 그녀에게 그는 여전히 무의미한 존재라는 것을 깨달았다. 그래서 리처드는 가난한데도 아이를 낳아서 기른 사람들이 어떤지 주위를 한번 둘러보라고 통명스럽게 대꾸했다.

"어디를 둘러봐요?"

메리는 마치 집 안에 불행한 아이들이 있는 듯 정말로 주변을 둘러보면서 모호하게 물었다.

리처드는 문득 메리가 철저히 고립된 존재, 그 지역의 생활에 대해 너무나도 모르는 아웃사이더라는 사실을 깨달았다. 리처드는 그로 인해 다시 기분이 언짢아졌다. 농장 일에 대해 메리가 감을 잡은 것은 결혼하고 상당한 시간이 흐른 다음이었고, 아직도 주변에 어떤 사람들이 사는지 거의 알지 못했다. 그녀는 이웃 주민들의 이름조차 몰랐다.

"슬래터 농장의 더치맨[9]도 본 적 없소?"

"더치맨이라니요?"

"농장에서 일 도와주는 친구 말이야. 그 친구 애가 열셋이오. 한 달 봉급이 12파운드인데. 찰리도 그 친구를 못마땅하게 여기고 있어요. 열셋이라니! 깜둥이들처럼 다 떨어진 옷에 옥수수와 호박으로 끼니를 연명하고 있어. 학교는 다닐 생각도 못 하고……."

"하나만 낳을 텐데 어때요?"

메리는 고집을 굽히지 않았으나, 목소리는 힘이 없고 애처롭기까지 했다. 차라리 우는소리 같았다. 그녀는 스스로를 구하기 위해서는 어린아이가 반드시 하나라도 있어야 한다고 생각했다. 수주일 동안 번민과 갈등을 겪고 나서 내린 결론이었다. 뒤치다꺼리는 물론이고 갖가지 잔일거리가 생길 생각을 하면 아이 갖는 게 죽기보다 싫었다. 그러나 아이라도 가지면 어찌 되었거나 할 일이 생길 것 같았다. 리처드가 아이를 절실

---

9) 아프리카에서 태어난 네덜란드계 백인을 낮잡아 이르는 말.

히 원하는 반면 자신은 엄청나게 싫어하는데도 아이를 갖자고 그에게 간청하다니, 상황이 이렇게까지 반전될 줄은 꿈에도 생각 못 했다. 그러나 담배 재배가 실패로 돌아간 후 참담했던 지난 몇 주 동안 아이에 대해 생각해 보고 그렇게 나쁠 것은 없다는 쪽으로 생각을 굳혔다. 아이가 친구가 될 수도 있었다. 그녀는 어린 시절의 자신과 어머니에 대해 생각해 보았다. 그리고 어머니가 자신을 안전밸브처럼 여기면서 왜 그토록 집착했는지 이해할 수 있을 것 같았다. 메리는 어머니와 자신을 동일시하면서 어머니 모습을 떠올려 보았다. 그리고 그런 생각을 하는 동안 자신이 실제로 느끼고 괴로워했던 것이 무엇이었는지 깨달았다. 그녀는 닭장을 들락날락하는 자신의 모습에서, 아버지를 미워하는 반면 사랑하고 가엽게 여긴 어머니를 보았다. 그리고 그녀가 어머니를 위로해 주었듯이 자신을 위로해 줄 조그마한 딸아이를 생각해 보았다. 메리의 머릿속에 보이는 아이는 갓난아기가 아니었다. 갓난아기 단계는 가능한 한 빨리 지나가고, 자신을 위로해 줄 정도로 큰 딸아이를 원했다. 친구로서의 딸아이를 원했던 것이다. 그러나 만일 아들을 낳으면? 절대로 그런 일은 있을 수 없다. 메리는 그럴 가능성은 생각조차 하기 싫었다.

그러나 리처드는 계속 부정적인 말만 늘어놓았다.

"학교 문제도 생각해 봐야 할 텐데."

"학교 문제?"

메리가 화난 목소리로 물었다.

"학비만 해도 그렇지. 우리 형편에 학비를 댈 수 있을 것 같소?”

“학비는 들지 않아요. 우리 부모님도 학비를 내지 않았어요.”

“하지만 기숙사비, 책값, 교통비는 어떻게 할 거요? 게다가 옷도 사 입혀야 할 텐데……. 돈이 뭐 하늘에서 떨어지나?”

“정부 보조금을 신청하면 되잖아요.”

“그건 안 돼.”

리처드가 얼굴을 잔뜩 찌푸리면서 강력하게 반대했다.

“그건 죽어도 안 돼! 배에 기름 낀 놈들의 사무실에 가서 돈을 얻어 내려고 굽실거린 게 한두 번이 아냐. 더는 못 해. 능력이 안 되는 걸 뻔히 알면서도 아이를 가질 수는 없으니까 그렇게 알아요. 지금 형편으로는 안 돼. 이렇게 살면서 아이를 갖는 건 불가능해.”

“나는 이런 식으로 살아도 괜찮다는 말이군요.”

메리는 몹시 못마땅한 표정을 지어 보였다.

“나와 결혼하기 전에 그런 것 정도는 생각을 했어야지.”

말도 되지 않는 소리를 늘어놓으면서 자기 합리화를 하는 리처드에게 메리는 일순 분노가 치밀어 올랐다. 얼굴이 달아오르면서 눈꼬리가 치켜 올라갔다. 그러나 떨리는 두 손을 꽉 움켜쥔 채 눈을 감고 마음을 진정시켰다. 분노가 사라졌다. 아니, 화조차 낼 수 없을 정도로 기진맥진해 있었는지도 모른다.

“그러다가는 마흔이 되어도 애를 못 갖겠어.”

메리가 힘없이 말했다.

“모르겠어요? 얼마 안 있으면 애를 낳고 싶어도 낳을 수 없어요. 이런 식으로 가다가는 평생 아이를 못 가질지도 몰라요.”

"어쨌든 지금은 안 돼."

리처드가 단호하게 말했다. 그리고 그 후로는 아이에 대해 한 번도 이야기하지 않았다. 리처드의 사람됨으로 미루어 볼 때, 자존심을 팔면서까지 돈을 빌리는 것은 불가능하다는 것을 메리는 알고 있었다. 따라서 계속 얘기해 보았자 그의 마음을 움직일 수는 없을 터였다.

그 후 리처드는 또다시 반목 상태로 돌아가 버린 메리에게 다시 한번 사정했다.

"메리, 제발 나와 함께 농장으로 나가요. 우리 두 사람이 힘을 합치면 못 할 일이 없을 텐데 도대체 왜 그러는 거요?"

"당신 농장이 싫어요."

메리가 차가운 목소리로 일언지하에 거절했다.

"농장 일은 생각만 해도 치가 떨려요. 털끝만큼도 관여하고 싶지 않단 말이에요."

그러나 그녀는 냉담한 척하면서도 자기 나름대로 노력했다. 그녀에게는 무슨 일이든 똑같이 여겨졌다. 몇 주 동안 리처드를 따라 농장 곳곳을 다니면서, 그녀가 옆에 있다는 사실로 그에게 힘을 주려고 했다. 그러나 메리 자신은 더욱더 참담한 기분이 들었다. 도무지 낙이라는 것이 없었다. 리처드와 농장에 무엇이 잘못되었는지 분명히 알면서도 아무 도움도 줄 수 없었다. 리처드는 보통 완고한 게 아니었다. 그녀의 충고를 원한다면서 그녀가 방석을 들고 그를 따라 경작지로 나설 때면 아주 기뻐했다. 그러나 그녀가 이것저것 제안을 하면, 얼굴이 딱딱하게 굳으면서 자신을 방어했다.

그렇게 리처드를 따라다닌 몇 주가 메리에게는 끔찍하기만 했다. 짧으나마 그 기간 동안, 자신과 리처드 그리고 부부 사이와 농장과 자신들의 관계 등을 비롯해서 모든 것을 아무 환상 없이 있는 그대로 정확하게 보았다. 기대감 때문에 과장되게 보는 일 없이 사실 그대로 냉철하게 보았던 것이다. 그러나 냉철하게 보면 볼수록 더욱더 참을 수 없어져서 그것도 오래가지 않았다. 비참해하면서도 예리하게 농장을 둘러보면서 메리는 제안을 하거나 그에게 상식을 심어 주려는 노력은 포기해야 된다고 스스로에게 말했다. 아무 소용이 없기 때문이었다.

　　메리는 리처드에게 애정은 없었지만 한결 부드러운 마음으로 생각하기 시작했다. 그에 대한 적대감과 증오심을 없애고 그의 탓으로 돌릴 수 없는 약점과 원인을 고려하면서 마치 어머니처럼 마음으로 감싸는 것이 그녀에게 기쁨이 되었다. 방석을 가지고 덤불숲 한쪽으로 가서 그늘을 찾아 치마를 단정히 하고 자리를 잡고 앉은 다음, 진드기들이 풀에서 기어 나오는 것을 보면서 리처드에 대해 생각해 보곤 했다. 경작지 한쪽 끝에 서서 일꾼들을 감독하는 리처드를 지켜보면서, 사람이 어쩌면 저럴까 그녀 나름대로 생각해 보았다. 리처드, 괜찮은 사람이다. 메리는 지쳐서 그저 그렇게 단정을 내렸다. 리처드만큼 고상한 사람도 없었다. 추한 면이라고는 단 한 가지도 찾아볼 수 없었다. 그리고 메리는 자신의 감정을 개입시키지 않은 상태로 리처드에 대해 판단을 내려 보았는데 그가 자신 때문에 남자로서 얼마나 오랫동안 모욕적인 나날을 보냈는지 알 수 있었다. 그토록 모욕을 당하면서도 그녀에게 모욕을 주려고 한 적은 지금까지 없었다. 물론 그도 화가 나는 경우가 있었겠지만 그렇다고 메리에게 화를 폭발시킨 경우는 없었다. 얼마나 괜찮은 남자인가! 그러나 리처드는 중심이 없었다. 모든 부분들을 하나로 굳게 응집시켜 주는 중심이 없었던 것이다. 과연 리처드가 항상 그랬을까? 사실 메리도 여기에 대해서는 알 수 없었다. 리처드에 대해 아는 것이 거의 없었다. 양친은 이미 죽은 지 오래되었고 그는 외아들이었다. 그는 요하네스버그 교외 어디선가 자란 모양이었는데, 비록 그가 직접 말은 하지 않았지만 그녀는 어린 시절이 아무리 고난스러웠다 하더라도 자신의 어린 시절만큼 비참하지는 않았으리라고 추측했다. 리처드가 언젠가 성을 내면서 그의 어머니가 무척 고생했다는 말을 한 적이 있었는데, 그 말로 미루어 보건대 그가 어머니를 사랑하고 아버지를 원망했던 것 같아서 친근감이 느껴지기도 했다. 철이 들면서부터 리처드는 여러 직장을 전전했다. 우체국 서기로 근무하다가 철도에 관계된 일도 했으며 한동안 수도 검침원 노릇도 했다. 그러고 나서는 수의사가 되기로 결심하고 석 달 가까이 공부했으나 능력에 부치는 일임을 깨닫고 포기해 버렸다. 그리고 충동적으로 농부가 되기 위해서, 그리고 '자기 나름대로 삶을 꾸려 보기 위해서' 남로디지아로 오게 되었다고 했다.

그렇게 해서 한 줌의 흙까지 정부 소유인 '자신의' 땅 위에 서서 고상하기만 한 무력한 남자가 일꾼들의 작업을 지켜보는 동안, 메리는 그늘에 앉아 그의 운이 지독하게 나쁘다는 사실을 환히 내다보면서 그를 지켜보았다. 리처드는 정말 지독하게도 운이 없었다. 지금까지 단 한 번도 성공해 본 적이 없을 정도였다. 그러나 아무리 그렇더라도 그처럼 선하기만 한 사람이 실패를 거듭해야만 된다는 것을 메리는 도저히 납득할 수 없었다. 생각이 여기까지 미치면 그녀는 한 번 더 설득해 볼 생각으로 자리에서 일어나 리처드 쪽으로 걸어갔다.

"봐요, 리처드."

메리가 하루는 조금 주춤거리면서도 확고한 목소리로 이렇게 말했다.

"좋은 생각이 있어요. 내년에는 말이에요, 40헥타르 정도를 더 개간해서 여러 가지 작물을 재배하지 말고 한 가지 작물, 그러니까 옥수수 같은 걸 심어 봐요."

"그러다 옥수수 흉년이 들면 어떻게 하려고……."

메리는 어깨를 한 번 으쓱해 보였다.

"그래도 거기서 거기일 것 같은데요."

순간 리처드의 얼굴이 굳으면서 입가에 주름이 잡혔다.

"도대체 나보고 더 이상 뭘 어떻게 더 잘하란 말이오?"

리처드의 목소리가 점점 커졌다.

"그리고 뭐 40헥타르의 땅을 더 개간하자고? 도대체가 말이 되는 소리를 해야지. 그만한 일꾼을 어디서 구한단 말이오. 지금도 일손이 부족한데. 깜둥이들을 두당 5파운드에 사들일 만한 능력도 없어. 그러니 임시로 일꾼을 사서 써야 되는데 그게 말처럼 쉽지 않아요. 여기엔 당신 잘못도 있어. 제일 일 잘하는 놈들 스무 명을 놓쳐 버렸으니……. 놈들은 지금 어디에선가 당신의 그 성깔 때문에 우리 농장을 헐뜯고 있을 거야.

옛날 같으면 도망쳤다가도 돌아왔지만 이젠 도시에서 하는 일 없이 빈둥거리는 일이 있어도 절대 돌아오지 않을 거요."

말을 마치자 리처드는 언제나 그런 것처럼 분통이 터진다는 듯 허공에 대고 삿대질을 하면서, 영국의 인권주의자들 세력하에 있는 정부를 비난하기 시작했다. 정부가 쓸데없이 개입하는 바람에 깜둥이들을 강제로 트럭에 실어 백인 농부들에게 데려와 일을 시키는 것이 금지되었던 것이다. 정부는 농부들의 고충을 이해하지 못했다. 결코, 결코 이해하지 못했다. 그러고 나서 리처드는 비난의 화살을 이번에는 원주민 일꾼들에게 돌렸다. 일도 제대로 못 하고 게을러터진 데다 눈치만 본다는 둥……. 리처드는 열에 받쳐 성난 목소리로 험악한 말을 늘어놓았다. 그의 목소리는 기후와 계절만큼이나 어쩔 도리가 없는 정부에 대고 욕이라도 해야 시원하겠다는 백인 농부들 전체의 목소리이기도 했다. 그러나 리처드는 꼭 그렇게 화를 내다 다음 해의 계획에 대해서는 까맣게 잊어버렸다. 그럴 때면 그녀는 혼자 생각에 잠겨 비통한 표정으로 집에 돌아와서는 잠시나마 원주민 전체를 대표하게 된 하인에게 욕설을 퍼부어 댔다. 가까이서 원주민을 대하자 더 이상 참지 못하고 분노가 폭발했던 것이다.

메리는 그쯤 되면 자신 또한 무감각해져서 멍한 상태면서도 리처드가 걱정되었다. 리처드는 황혼 무렵에 피곤한 몸을 이끌고 메리와 함께 집으로 돌아와서는 의자에 앉아 계속 담배를 피워 댔다. 그 무렵 리처드는 골초에 가까울 정도로 줄담배를 피워 댔는데, 값싼 원주민들의 담배를 피우는 바람에 계속 기침을 했고 손가락은 니코틴으로 중간 마디까지 노랗게 변해 있었다. 그리고 마치 가만히 있으면 큰일이라도 날 것처럼 의자에 앉은 채로 몸을 계속 비비 꼬고 뒤틀었다. 그러다가 몸을 축 늘어뜨리면서 침실로 가서 잠자리에 들기 전에 식사가 준비되기를 기다리며 힘없이 앉아 있었다.

그러나 어쩌다 하인이 들어와 어디 다녀올 데가 있는 일꾼들이 그의 허락을 받기 위해 밖에서 기다린다는 소식을 전해 오기라도 하면, 메리는 리처드의 얼굴이 다시 긴장되고 온몸에서는 금방이라도 폭발할 듯한 위기감이 감도는 것을 보았다. 그는 마치 더 이상은 흑인 원주민들을 두고 볼 수 없다는 듯 자기를 더 이상 귀찮게 하지 말고 나가서 일꾼들에게 합숙소로 돌아가라고 전하라면서 소리를 질러 댔다. 그러나 삼십여 분쯤 지나면 하인이 또다시 와서 리처드가 몹시 화가 나 있는데도 일꾼들이 계속 기다린다고 전했다. 그러면 리처드는 담배 두 대를 연거푸 피운 후 소리를 바락바락 질러 대면서 밖으로 나갔다.

메리는 긴장한 채 그저 듣고만 있었다. 리처드가 화를 내는 것에 익숙해져 있기는 했지만, 그래도 그런 모습을 보면 기분이 좋지 않았다. 그래서 그가 다시 집 안으로 돌아오면 자신의 감정을 억누르지 못하고 빈정거렸다.

"나는 안 되지만 당신은 깜둥이들한테 성질을 내도 되는 모양이죠?"

"그만해."

리처드는 삭막한 눈빛으로 메리를 응시했다.

"더는 못 참겠어."

리처드는 말을 마치고 무너지듯 의자에 주저앉았다.

이처럼 걷잡을 수 없이 원주민들을 증오하고 화를 내곤 했지만, 막상 그가 경작지에서 원주민 우두머리 등과 이야기하는 걸 보면 당황스러웠다. 리처드가 점점 흑인 원주민들처럼 되어 가는 것 같았기 때문이다. 그는 원주민들처럼 손으로 한쪽 콧구멍을 막고 덤불숲에 그냥 코를 풀었다. 원주민들 옆에 서 있는 리처드를 보면 그가 원주민 같다는 생각이 들 정도였다. 게다가 리처드의 피부는 햇볕에 그을려 짙은 갈색이었기 때문에 피부색 또한 별다를 바가 없었다. 그리고 원주민들 기분을 달래기 위해 농담을 주고받으며 웃음을 터뜨릴 때면, 메리는 저속한 농담을 서슴지 않는 리처드에게 큰 충격을 받았고 자신의 힘으로는 그를 어떻게 해 볼 도리가 없는 것 같았다. 도대체 저러다가 어떻게 될까? 메리는 이런 생각을 하면 마음이 편치 못했다. 그러다 생각하는 것마저 피곤하게 느껴지면 메리는 우울하게 혼자서 이렇게 중얼거렸다.

"어쨌거나 신경 쓸 것 없잖아?"

마침내 메리는 단지 그를 지켜보기 위해서 진드기가 다리 위로 기어 올라오는데도 하루 종일 나무 밑에서 시간을 흘려보내는 것이 아무 의미가 없는 것 같다고 말했다. 특히 리처드가 그녀에게 별 신경을 쓰지 않을 때는 더더욱.

"하지만 메리, 당신이 여기 있어 줬으면 좋겠어."

"그거라면 충분히 했어요."

그리고 다시 옛날로 돌아가 농장에 대해서는 일절 생각하지 않았다. 집은 그저 리처드가 밥을 먹고 잠을 자러 돌아오는 곳에 불과했다.

그 무렵 메리는 완전히 무너져 내린 상태였다. 하루 종일 머릿속이 무더위로 푹푹 찌는 듯한 기분으로 소파에 무기력하게 앉아만 있었다. 갈증이 났다. 그러나 물을 마시러 가거나 물을 한 컵 떠 오라고 시키는 것마저 힘들었다. 졸음이 왔다. 그러나 앉은 곳에서 일어나 침대로 올라가자면 온몸의 힘이 다 빠질 정도로 힘들었다. 그 자리에서 잠을 잤다. 걸을 때면 발을 떼어 놓기가 너무나도 힘들었다. 말을 한마디 하려면 보통 노력해서는 안 되었다. 몇 주 동안 메리는 리처드와 하인을 제외하고는 그 누구한테도 말을 하지 않았다. 그리고 심지어 리처드를 보는 시간도 아침에 오 분 그리고 그가 피곤에 지쳐 잠자리에 들기 전까지 저녁에 삼십여 분 정도가 전부였다.

서늘했던 몇 달이 한가롭게 지나가고 시간은 무더위를 향해 치달았다. 그리고 무더위가 다가오면서 바람이 먼지구름을 집 안으로 몰고 와 어디를 만져 보든지 껄끄러웠다. 아래쪽에서 불어닥치는 먼지바람은 초원을 온통 뒤덮어 버려 이전의 푸름을 거의 찾아볼 수 없게 만들었다. 메리는 다가오는 무더위가 두렵게만 느껴졌으나, 무더위에 맞설 힘을 끌어모을 수도 없었다. 무엇이든 그녀를 살짝 건드리기만 해도 몸의 균형을 잃고 무(無)의 존재로 돌아가 버릴 것만 같았다. 그녀는 완벽한 어둠을 생각해 보려고 갖은 노력을 다했다. 눈을 꼭 감은 채 별마저 그 어둠을 어찌할 수 없을 정도로 완전히 새까맣고 공허하고 냉랭한 하늘을 상상해 보았다.

하인이 또다시 그만두겠다고 한 것이 바로 그 무렵이었는데, 그녀는 무엇인가 획기적인 일이 일어나지 않는 한 언제까지라도 멍하게 보낼 것 같은 상태였다. 이번에는 접시를 깨뜨리거나 식기를 깨끗이 닦지 않았다고 호되게 다그친 적도 없었는데 하인이 일을 그만두고 싶다고 했다. 메리는 일이 어떻게 돌아가든지 전혀 관심이 없어서 왈가왈부하지도 않았다. 하인은 대신 다른 원주민을 소개해 준 후 그만뒀는데, 메리는 새로운 하인을 도저히 눈 뜨고 봐줄 수 없어서 한 시간 만에 해고해 버렸다. 그 후 메리는 한동안 하인 없이 지냈다. 그러나 꼭 해야 하는 일 말고는 손가락 하나 까닥하지 않았다. 마루 청소는 아예 하지 않았고, 식사는 통조림으로 해결했다. 새로운 하인은 나서지 않았다. 메리는 원주민들 사이에서 너무나도 평판이 좋지 않았기 때문에 하인을 새로 구하기는 갈수록 어려웠다.

리처드는 먼지와 형편없는 음식을 더 이상 참을 수 없어서 농장 일꾼 하나를 데려와 하인으로 훈련시켜 쓰겠다고 했다. 리처드가 보낸 흑인 원주민이 집으로 찾아갔을 때, 메리는 그가 이 년 전에 자신에게 채찍을 맞았던 일꾼임을 기억해 냈다. 그의 검은 얼굴에는 뺨을 가로질러서 흉터가 남아 있었다. 그가 눈을 내리깔고 밖에서 기다리는 동안, 메리는 어떻게 해야 할지 몰라서 그냥 서 있었다. 그러나 그를 경작지로 돌려보내고 또 다른 하인이 올 때까지 기다리는 것이 너무나도 지겹게 여겨졌다. 심지어 사람을 세워 놓고 문에 서 있는 것조차 그녀를 피곤하게 만들었다. 그에게 안으로 들어오라고 했다.

메리는 새로운 하인이 오면 항상 이것저것 일러 주면서 함께 일을 했으나, 그날 아침에는 그러지 못했다. 이 년 전의 기억이 되살아나서 주저할 수밖에 없었던 것이다.

메리는 그를 주방에 혼자 세워 두었다. 그리고 리처드가 집으로 돌아오자 대뜸 물었다.

"다른 일꾼은 없나요?"

리처드는 그녀를 보지도 않은 채 언제나 그런 것처럼 쫓기듯이 급하게 식사를 하면서 입을 열었다.

"그래도 그중 제일 쓸 만한 녀석이야. 도대체 왜 그러는 거요?"

목소리에서는 적의가 느껴졌다.

메리는 그가 화를 낼 것 같아서 채찍 사건에 대해서는 지금까지 한마디도 하지 않았다.

"나하고는 별로 맞지 않을 것 같아서 그러는 거예요."

리처드의 얼굴이 일그러지는 것을 보고는 급히 이렇게 덧붙였다.

"하지만 괜찮겠죠, 아마도."

"그런대로 깨끗하고 마음에 드는 녀석이야. 지금까지 보아 온 녀석들 중에서 제일 나아요. 대체 뭘 더 바라는 거요?"

리처드는 퉁명스럽다 못해 험악하게 말을 늘어놓고는, 그냥 나가 버렸다. 그렇게 그 원주민이 하인으로 머물게 되었다.

메리는 언제나 그랬듯 차갑고 기계적으로 이것저것 지시 사항을 일러 주었다. 그러나 이번에는 좀 달랐다. 지금까지 하인들을 다루어 왔던 것처럼 그를 다룰 수가 없었다. 왜냐하면 마음 한구석에 채찍을 휘두른 직후 그가 대들지도 모른다고 느꼈던 불안감이 남아 있기 때문이었다. 메리는 그가 옆에 있다는 사실만으로도 마음이 편치 않았다. 그러나 모세라는 그 원주민도 다른 원주민들처럼 결코 속을 내보이지 않았으며, 그날의 사건을 기억하고 있는 듯한 내색 역시 전혀 하지 않았다. 메리가 줄기차게 지시 사항을 얘기하고 여러 가지 설명을 하는 동안, 그는 말없이 끈덕지게 듣고만 있었다. 그의 시선은 메리를 똑바로 바라보기가 두렵다는 듯 항상 약간 아래를 향하고 있었다. 그러나 비록 그는 잊었을지라도 메리는 그날의 사건을 결코 잊을 수 없었다. 그래서인지 말투마저 약간 달라져 있었다. 그녀는 최대한 감정을 억제하면서 말을 이어 갔기 때문에 한동안은 목소리만으로 그녀가 과연 화가 났는지 그렇지 않은지 알 수 없을 정도였다.

메리는 그가 일하는 것을 지켜보면서 그냥 가만히 앉아 있곤 했다. 탄탄하고 강건해 보이는 그의 체격에 그녀는 넋을 잃었다. 그 전 하인들이 입던 흰 반바지와 셔츠 몇 벌을 그에게 주었으나 하나같이 그에게는 너무 작아서 맞지 않았다. 그래서 등을 굽히고 풍로 청소를 하거나 비질을 할 때면 근육질의 몸이 불거져서 옷이 찢어질 것만 같았다. 집이 조그마해서 그런지 몰라도 예전보다 훨씬 키가 크고, 훨씬 더 떡 벌어져 보였다.

그는 일을 잘했다. 지금까지의 하인들 중에서 제일 나은 것 같았다. 메리는 뒤를 따라다니면서 제대로 해 놓지 않은 일을 찾아보려고 찬찬히 살펴보았는데 거의 찾아낼 수 없을 정도였다. 그래서 어느 정도 시간이 지나자 그가 낯설게 여겨지지 않았고, 채찍을 휘두른 기억도 점차 잊혔다. 다른 원주민들을 대할 때처럼 그를 대했으며, 목소리는 다시 앙칼지게 변해 갔다. 그러나 그는 결코 대꾸하는 법이 없었으며, 간혹 그녀가 부당하게 야단을 쳐도 시선을 땅에서 떼지 않은 채 그저 묵묵히 받아들였다. 아마 최대한 감정을 표시하지 않기로 한 모양이었다.

아무튼 그렇게 해서 두 사람 사이에는 평범하고 일반적인 주종 관계가 만들어졌고, 그로 인해서 메리는 다시 아무 일도 하지 않아도 되었다. 그러나 예전만큼 모든 일에 냉담하지는 않았다.

메리에게 차를 갖다주고 나서 오전 10시 무렵이면 그는 더운 물을 한 통 들고 뒤쪽 닭장을 돌아서 큰 나무 밑으로 갔다. 메리는 집 안에 있다가 그가 상체를 벗어젖히고 몸에 물을 뿌리는 걸 가끔 보았지만, 그가 목욕할 때는 아예 그쪽으로 시선을 돌리지 않으려고 했다. 간단히 샤워를 끝내면 그는 주방으로 돌아와 뒷벽에 등을 기대고 그냥 멍하니 앉아 있었다. 아마도 잠을 자는 모양이었다. 점심을 준비할 시간이 되면 다시 일을 시작했다. 메리는 그에게 시킬 만한 일을 생각해 보았지만, 한 가지도 떠오르지 않았다. 햇볕이 따갑게 내리쬐는데도 그는 전혀 상관없는 듯 빈둥거리며 그냥 몇 시간이고 졸면서 보냈는데, 그녀는 그 꼬락서니가 눈꼴사나워 도저히 그냥 내버려 둘 수 없었다. 게다가 메리는 어떡하든지 그에게 일을 시켜야겠는데 일거리를 찾을 수 없자 더 분통이 터졌다. 마침내는 머리를 쥐어짜는 한이 있더라도 기어코 일거리를 찾아내고야 말겠다는 독한 결심을 하기에 이르렀다.

어느 날 아침 메리는 요즘 종종 잊어버리고 돌보지 않던 닭
장을 살펴보려고 그쪽으로 걸음을 옮겼다. 언제나 그랬듯 둥
우리를 살펴보고 광주리에 계란을 가득 담아 가지고 닭장 문
을 막 나섰을 때였다. 그녀는 몇 미터 떨어진 나무 밑에 서 있
는 그 원주민을 우연히 보았다. 목에 비누칠을 하고 있었는데,
흰 비누 거품은 그의 검은 피부 때문에 한층 희게 보였다. 메
리 쪽으로 등을 돌린 채였다. 그녀가 보고 있는 도중에, 우연
히 그랬는지 아니면 인기척을 느끼고서 그랬는지 모르겠지만
아무튼 그가 고개를 돌려 그녀를 보았다. 그녀는 그가 목욕할
시간이라는 사실을 깜빡한 모양이었다.

백인은 짐승과 다를 바 없는 원주민을 봐도 상관없다. 그래
서 그녀가 지나가기를 기다리며 손을 멈추고 꼿꼿이 선 채 그
녀가 옆에 있다는 사실이 못마땅하다는 듯한 기분을 온몸에
서 풍기는 것이 상당히 기분 나빴다. 특히 그의 태도로 보아
그녀가 일부러 그곳에 나타났다고 생각하는 것 같아서 더욱
화가 치밀어 올랐다. 그러다가 메리는 고개를 저었다. 그가 그
런 생각을 의식적으로 했을 리는 없다. 원주민 주제에 그따위
생각을 한다는 것은 건방져도 보통 건방진 일이 아닌데, 지나
친 추측을 하는 것 같아서 더 이상 그럴 가능성에 대해서는
생각하지 않기로 했다. 그러나 그녀가 지나가는 것을 지켜보
는 그의 태도와 표정이 오만불손한 것 같아서 걷잡을 수 없이
분노가 솟구쳤다. 과거에 그의 얼굴에 채찍을 휘둘렀을 때 느
꼈던 충동까지 느꼈다. 메리는 천천히 몸을 돌려 닭장을 돌아
서 집 쪽으로 걸음을 옮겼다. 두 번 다시 그쪽으로는 시선을

돌리지 않았다. 그러나 곁눈질로 그가 꼼짝하지 않고 그곳에 그대로 서 있다는 걸 알 수 있었다. 그녀는 몇 개월 만에 처음으로 무감각한 상태에서 완전히 깨어나서, 그녀가 걷고 있는 땅을 보고 그녀의 목 뒤에 내리쬐는 따가운 햇볕과 그녀의 발바닥에 와 닿는 뜨거운 자갈의 촉감을 느끼면서 집 안으로 들어갔다.

화가 나서 웅얼거리는 이상한 소리가 문득 들리자, 자신이 걸어가면서 큰 소리로 혼자 중얼거리고 있다는 사실을 깨달았다. 그녀는 손으로 입을 막고 고개를 흔들면서 그만 중얼거리려 했다. 그러나 모세가 주방으로 돌아왔을 무렵, 메리는 거의 히스테리 상태가 되어 굳은 표정으로 앞방에 앉아 그의 발소리에 귀를 기울이고 있었다. 그녀가 지나가기를 기다리던 그 원주민의 불쾌한 표정이 떠오르자 손으로 뱀을 잡은 것 같은 느낌이 들었다. 한순간 메리는 분통이 터져 더 이상 견딜 수 없어서 주방으로 걸어갔다. 그는 주방에서 새 옷을 입고 빨랫감을 한쪽 옆으로 치우고 있었다. 흰 비누 거품이 일던 두꺼운 검은 목, 물통으로 허리를 구부릴 때 한눈에 들어왔던 탄탄한 등을 생각하는 것만으로도 메리는 불에 덴 듯한 느낌이 들었다. 그러나 자신의 분노와 히스테리의 대상이 되는 것이 따지고 보면 그녀로서는 설명할 수 없는, 아무것도 아닌 일에 불과하다는 사실은 전혀 고려하지 않았다. 아니, 고려할 만한 마음의 여유가 없었는지도 모른다. 실제로는 흑백, 주종의 공식적인 유형이 개인적인 관계에 의해 깨지는 일밖에는 일어나지 않았다. 그리고 아프리카의 백인은 우연히 흑인 원주민의 눈 속에서 인간적인 면(백인은 이것을 가장 회피하려는 경향이 있다.)을 보았을 때, 죄책감을 거부하려는 의지와 갈등을 일으켜 분노로 폭발되고, 그 결과 채찍을 휘두르곤 한다. 메리는 자신의 위치를 되찾기 위해서 무슨 일이든 즉시 해야만 할 것 같았다. 탁자 밑의 양초 상자에 우연히 시선을 떨어뜨리자 마침 그 상자에 솔과 비누가 들어 있다는 것이 떠올랐다.

"바닥을 닦아."

메리는 자신의 목소리를 듣고 놀라고 말았다. 자신이 말을 하리라고는 전혀 예측하지 못했기 때문이다. 그럴 생각이 없다가 자신도 모르게 하고 말면 누구나 자신의 행동에 당황하듯 메리 또한 몹시 당황하면서 스스로의 행동을 통제할 수 없었다.

"오늘 아침에 닦았는데요."

이글거리는 눈빛으로 그녀를 바라보면서 원주민이 서서히 말문을 열었다.

"닦으라고 했어. 당장 닦아."

메리의 목소리가 점점 높아졌다. 두 사람은 상대방에 대한 적개심을 드러내면서 한동안 서로를 노려보았다. 그러다가 그는 시선을 떨어뜨렸고, 메리는 등을 돌려 주방 밖으로 나가면서 문을 세게 닫아 버렸다.

잠시 후 바닥 닦는 소리가 들리자 메리는 소파에 무너지듯 주저앉았다. 병이라도 걸린 것처럼 온몸에 힘이 하나도 없었다. 자신이 어떤 때는 얼토당토않게 화를 낸다는 것을 알고 있었지만 이처럼 분노가 걷잡을 수 없이 치밀어 오른 적은 없었다. 메리는 치를 떨었다. 온몸의 피가 거꾸로 흐르는 것 같았고 입술이 타들어 갔다. 잠시 후 어느 정도 마음을 안정시키고서 침실로 가서 물을 마셨다. 주방으로 가면 모세와 마주칠 것 같아서 그쪽으로는 가기 싫었다.

그러나 얼마 지나지 않아서 메리는 억지로 몸을 일으켜 주방을 향했다. 그러고는 입구에 서서 마치 검사라도 하러 왔다는 듯 물기가 아직 마르지 않은 마룻바닥을 찬찬히 살펴보았다. 그는 언제나 그랬듯 문 바로 바깥쪽에 서서 유포비아 나무가 파란 하늘을 향해 생기 넘치는 초록 빛깔의 팔을 뻗치고 있는 호박돌 더미를 물끄러미 바라보고 있었다.

메리는 찬장 뒤를 한 번 들여다보는 시늉을 하고 말했다.

"이제 식탁을 차려."

그는 몸을 돌리고서 느릿느릿하고 다소 서툰 몸짓으로 컵과 식탁보 등을 준비하기 시작했다. 커다랗고 시커먼 두 손이 조그만 식기들과 대조를 이루면서 더욱 커 보였다. 그가 몸을 움직일 때마다 비위가 상했다. 무엇 하나 그녀의 비위를 긁어 놓지 않는 것이 없었다. 메리는 몸을 약간 웅크리고 주먹을 꽉 움켜쥔 채 긴장된 상태로 자리에 앉아 그의 행동을 주시했다. 이윽고 그가 밖으로 나가자, 마치 어떤 압박감에서 벗어난 듯 긴장이 다소 풀렸다. 식탁 차리는 일이 끝났다. 메리는 가까이 가서 꼼꼼히 살펴보았지만 모든 것이 제자리에 놓여 있었다. 그러나 잔을 하나 집어 들고서 뒷방으로 걸어갔다.

"잔이 이게 뭐야."

메리가 다그쳤다.

그는 가까이 다가와서 잔을 살펴보았다. 그러나 보는 시늉만 하고는 어느새 메리에게서 잔을 받아 들고 씻으러 가 버렸다. 잔에는 행주에서 묻은 듯한 흰 보풀이 미세하나마 남아 있었다. 그는 싱크대에 물을 채워, 메리가 가르쳐 준 대로 비눗물에 일단 잔을 씻고 깨끗한 물에 다시 헹구었다. 메리는 옆에서 그 모습을 지켜보다가 물기를 다 닦자 잔을 그에게 받아 들고 방으로 걸음을 옮겼다.

다시 햇볕이 내리쬐는 문 앞에 멍하니 말없이 서 있을 그를 생각하자 비명을 지르거나 벽에 부딪쳐 박살이 나도록 컵을 힘껏 던져 버리고 싶었다. 그러나 아무것도 없었다. 그에게 시킬 만한 일은 단 한 가지도 없었다. 메리는 조용히 집 안 구석구석을 둘러보기 시작했다. 비록 깔끔하지는 못해도 모든 것이 깨끗하게 제자리에 놓여 있었다. 그녀가 언제나 못마땅해했던 그들 부부의 대형 침대는 흠 하나 잡을 수 없을 정도로 깨끗하게 정돈되어, 마치 카탈로그에 나오는 고급 침대 같은 분위기를 풍겼다. 침대를 바라보다가 메리는 문득 속이 뒤틀렸다. 밤마다 축 늘어진 리처드의 몸과 접촉하면서 보내는 자신이 떠올랐기 때문인데, 메리는 지금까지도 거기에 적응할 수 없었고 리처드와 몸을 맞대야 한다는 사실 자체가 그렇게 싫을 수 없었다. 메리는 주먹을 꽉 쥐고 침대에서 몸을 돌리다가, 거울에 비친 자기 모습을 우연히 보았다. 헝클어진 머리에 창백한 안색, 화가 나서 일그러진 입술, 충혈된 두 눈, 퉁퉁 붓고 새빨갛게 상기된 얼굴. 거울에 비친 자신의 모습을 알아볼 수 없었다. 그녀는 거울을 잔뜩 노려보면서 충격을 감당치 못해 마침내 울음을 터뜨렸다. 자신이 너무나도 불쌍하게 여겨졌던 것이다. 메리는 갑자기 설움이 복받쳐 올라 정신없이 오열하면서도, 뒤편에 있는 그 원주민이 듣지나 않을까 해서 소리를 죽였다. 한동안 흐느껴 울고 나서 눈물을 닦은 다음 시선을 들어 시계를 보았다. 리처드가 곧 돌아올 시간이었다. 문득 그에게 자신의 그런 모습을 보이는 것이 두려워서 마음을 진정시켰다. 그러고는 세수를 하고 머리 손질도 하고 눈가의 가는 잔주름을 감추려고 분을 발랐다.

최근 들어 항상 그래 왔듯이 식사는 조용히 진행되었다. 리처드는 그녀의 상기된 얼굴과 충혈된 눈을 보고 무슨 일이 있었음을 짐작했다. 메리가 우는 것은 언제나 하인과의 불화 때문이었다. 그러나 그녀의 그런 모습을 보면 실망과 동시에 짜증이 일었다. 그간 꽤 오랫동안 하인과 불화를 일으키지 않았기 때문에 메리가 나쁜 버릇을 고친 모양이라고 생각했는데, 전혀 그러지 않은 모양이었다. 메리는 고개를 계속 떨어뜨린 채 아무것도 먹지 않았다. 그리고 식사가 진행되는 동안 그 원주민은 식탁 주변을 기계처럼 왔다 갔다 했는데, 몸은 할 수 없이 그들 부부의 식사 시중을 들지만 정신은 다른 곳에 가 있는 것 같았다. 그러나 리처드는 아무리 생각해 봐도 하인에게 나무랄 점이 없는데 메리가 퉁퉁 부은 얼굴로 앉아 있자 갑자기 분노가 치밀어 올랐다. 그가 밖으로 나가자 리처드가 말문을 열었다.

"이번 하인은 갈아 치울 수 없소. 지금까지 하인들 중에서 제일 쓸 만한 놈인데 갈아 치운다는 건 말도 되지 않아."

메리는 리처드의 말을 듣고서도 여전히 고개를 떨어뜨린 채 아무 소리도 듣지 못한 양 계속 침묵을 지켰다. 그는 그녀의 야윈 두 손이 떨리는 걸 보았다. 그는 한동안 침묵을 지키다가 냉랭한 목소리로 다시 말문을 열었다.

"더 이상은 하인을 갈아 치울 수 없어. 그 정도 했으면 충분해요. 그러니 알아서 해, 알겠소?"

메리는 이번에도 아무 대답을 하지 않았다. 아침에 화를 참지 못하고 한바탕 울어 버리는 바람에 힘이 하나도 없었고, 입을 열면 다시 눈물이 쏟아질 것만 같아서 아무 말도 할 수 없었던 것이다. 리처드는 적이 놀란 표정을 지었다. 보통 때 같았으면 물건이 없어졌다거나 행실이 나쁘다는 등의 구실을 들면서 반격해 왔을 텐데 이번에는 그냥 침묵만 지키고 있었기 때문이다. 차라리 그녀가 대드는 편이 편했다. 메리가 침묵으로 반대 의사를 나타내자, 리처드는 그녀에게 다짐을 받아 내고야 말겠다는 오기가 생겼다. 리처드가 부하 직원을 다그치는 상관처럼 물었다.

"메리, 내 말 알겠어?"

"네."

메리가 마침내 어렵게 말문을 열고 퉁명스럽게 대답했다.

리처드가 다시 경작지로 나간 후, 메리는 탁자를 치우러 올 원주민을 보지 않으려고 곧장 침실로 달려갔다. 그러고는 견디기 힘든 시간을 네 시간이나마 잠으로 흘려보냈다.

9장

　주변을 둘러싼 화강암 언덕에서 더위와 먼지를 싣고 힘없이 바람이 불어오고 푹푹 찌는 무더위가 계속되면서 8월에서 9월로 접어들었다. 메리는 전에는 몇 분밖에 걸리지 않던 일을 몇 시간에 걸쳐 간신히 처리하면서 마치 꿈속을 헤매는 여인처럼 하루하루를 보냈다. 잔인하게 내리쬐는 햇볕 아래 모자를 쓰지 않고 돌아다녀서 강렬한 태양이 등과 어깨에 고스란히 쏟아져 내렸고 그녀는 둔하고 멍한 상태로 지냈다. 가끔 전신에 화상을 입은 듯한 느낌이 들 때가 있었다. 마치 강렬한 태양열이 살갗을 태워 부풀어 오르게 만들면서 뼈까지 녹여 버리는 느낌이 들면, 그녀는 멍하니 서 있다가 충동적으로 시선을 돌려 하인에게 모자를 가지고 오라고 했다. 그러다가 닭들은 살펴보지도 않으면서 닭장 안을 무심하게 돌아다녔고 마치 오랫동안 힘든 육체노동을 한 사람처럼 한숨을 내쉬면서 무너지듯이 의자에 주저앉아 꼼짝도 않고 아무 생각도 하지 않으면서 그냥 멍하니 시간을 보냈다. 그러나 남자가 집 안에 함께 있다는 사실이 그녀의 마음 한구석을 무겁게 짓눌렀다. 모세가 눈에 띄기만 하면 자신도 모르게 긴장이 되고 압박감을 받았다. 그녀는 쉴 새 없이 먼지 티끌이나 잘못 놓인 잔과 접시를 찾아다니면서 힘닿는 데까지 그에게 계속 일을 시키려고 동분서주했다. 리처드의 분노와 한 번 더 하인을 갈아 치우면 가만있지 않겠다는 경고에 맞서 싸울 힘이 남지 않아서, 자신을 두 개의 큰 힘이 잡아당기는 팽팽한 실처럼 유지할 수밖에 없었다. 자신이 두 개의 상반되는 힘이 서로 맞겨루는 싸움터가 된 듯한 느낌이 들었다. 그러나 그 두 개의 힘이 무엇이며 어떻게 자신이 그런 입장이 되었는지는 설명할 수 없었다. 모세는 그녀의 지시에 복종은 하면서도 마치 그녀가 존재하지 않는다는 듯 무심하고 냉담했다. 한때는 그렇게 마음씨 좋고 쉽게 기분이 좋아졌던 리처드도, 그녀가 제 위치에서 불과 5센티미터만 의자가 잘못 놓여 있어도 하인에게 까랑까랑하고 신경질적으로 잔소리를 늘어놓고 천장에 거미줄 낀 것도 못 봐준다면서 계속 싫은 소리를 해 댔다.

메리는 그가 신경 쓰는 것 말고는 그저 흘려보냈다. 그녀의 시야는 집 안에만 고정되어 폭이 좁아진 지 이미 오래였다. 닭들이 한 마리 두 마리 죽어 나갔는데, 전염병을 들먹거리며 불평을 늘어놓다가 문득 일주일 동안 모이를 주지 않은 걸 깨닫기도 했다. 그러나 분명히 언제나 그랬듯 모이통을 들고 닭장을 왔다 갔다 하기는 했으니……. 닭이 죽자 결국은 먹어서 해결하는 수밖에 없었다. 한동안 메리는 자신에게 충격을 받고, 하는 일에 정신을 집중해 보려고 애썼다. 그러나 얼마 지나지 않아 원래대로 돌아오고 말았다. 이번에는 닭장의 물통에 물이 다 떨어진 걸 모르고 한동안 그냥 지나쳐 버렸던 것이다. 숱한 닭들이 갈증을 견디지 못해 말라붙은 땅에서 힘없이 파닥거리다가 결국은 죽어 버렸다. 닭이 전부 죽자 메리는 더 이상 번거로운 일을 하지 않아도 되었다. 그들은 한동안 닭고기를 질리도록 먹어야 했는데, 그러다가 마침내 닭장이 텅텅 비고 말았다. 게다가 계란도 없었다. 상점에서 갖다 먹기에는 계란이 너무 비싸서 주문도 하지 않았다. 메리의 정신은 하루 중 10분의 9 정도는 멍하니 텅 빈 채였다. 말을 시작했다가 제대로 끝내지 못하는 경우도 허다했다. 세 마디 정도를 어떻게 말하고는 갑자기 눈동자의 초점이 풀리고 정신이 멍해지면서 입을 다물어 버렸는데, 이제는 리처드까지 그런 것에 익숙해졌을 정도였다. 무슨 말을 시작했다가도 자신이 무슨 말을 하려고 했는지 깨끗이 잊어버렸던 것이다. 리처드가 말을 계속하라고 살짝 운을 띄워도 고개를 들고 그를 보지도 않았고, 아무 말도 하지 않았다. 그는 메리가 그 지경으로 변해 버린 게 너무나 마음 아파서, 그때까지 약소하나마 그들 부부에게 고정 수입을 안겨 주었던 닭이 전부 죽어 버렸는데도 차마 싫은 소리를 할 수 없었다.

그러나 그 원주민에 관해서는 여전히 민감한 반응을 보였다. 메리의 정신 속에 깨어 있는 부분은 그것밖에 없었다. 그를 야단치면서 한바탕 소란 법석을 떨 마음도 없지는 않았으나, 그가 그만두면 리처드가 펄펄 뛸 것이 두려워 감히 그렇게는 하지 못하고 혼자서 신경질을 부리고 속만 끓였다. 한번은 시끄러운 소리에 주변을 둘러보았더니, 낮고 성난 목소리로 거실에서 떠들어 대는 것이 바로 자신이던 적도 있었다. 그녀의 상상 속에서 그 원주민이 그날 아침에 침실 청소하는 걸 잊어버려서 몹시 화를 내던 중이었다. 실제로 그가 들었더라도 도저히 이해할 수 없었을 정도로 험악한 말을 외쳐 대고 있었는데, 그처럼 광기 서린 착 가라앉은 목소리는 거울에 비친 그녀의 모습만큼이나 끔찍했다. 그녀는 소파 구석에 앉아 미친 여자처럼 소리를 질러 대는 자신의 모습을 상상해 보고는 덜컥 가슴이 내려앉아 아예 두 눈을 감아 버렸다.

그녀는 조용히 자리에서 일어나 거실과 주방 사이에 있는 문으로 걸어갔다. 그러고는 혹시 하인이 가까운 곳에 있어 그녀가 비몽사몽간에 내지르는 고함을 들었는지 알아보려고 주방 안을 들여다보았다. 그는 언제나 그랬듯 바깥벽에 등을 기댄 채 그곳에 서 있었다. 그러나 메리의 시야에 들어온 것은 얇은 상의를 찢고 나올 듯 울퉁불퉁한 근육질로 된 딱 벌어진 어깨와 축 늘어진 손 그리고 손바닥 안으로 살짝 구부린 커피색 손가락뿐이었다. 그는 전혀 움직이지 않았다. 메리는 못 들었을 거라고 중얼거리면서 그녀와 그 사이에 있는 문 두 개가 열려 있다는 사실을 무시해 버렸다. 가만히 있는 걸 잊어버린 듯 그녀는 방을 쉴 새 없이 왔다 갔다 하면서 그날 하루 종일 그를 피했다. 오후에는 충동적으로 흐느껴 울기도 하면서 침대에 누워서 지냈으며, 그래서 리처드가 돌아왔을 무렵에는 완전히 탈진한 상태였다. 그러나 이번에는 리처드가 아무것도 눈치채지 못했다. 그 역시 몹시도 피곤해서 오로지 자고 싶은 마음밖에 없었던 것이다.

다음 날 메리가 주방의 찬장에서 식료품을 꺼낼 때(그녀는 찬장을 잊지 않고 채워 두려 했으나 잊어버리는 경우가 많아서, 굳이 그녀가 그날그날 식료품을 꺼내 주는 것은 사실 별 의미가 없었다.) 옆에서 접시를 들고 서 있던 모세가 문득 그달 말에 일을 그만두었으면 좋겠다고 했다. 그는 조용히 직접적으로 말했으나, 반대를 예상했는지 망설이는 기색이었다. 메리는 하인이 일을 그만두겠다는 말을 할 때마다 그처럼 머뭇거리는 것에 익숙해져 있었는데, 하인이 그만두면 그녀와 하인 사이에 존재했던 긴장이 사라져 한편으로는 짜릿한 안도감을 느꼈으나 다른 한편으로는 모욕받은 것 같아서 불쾌하기도 했다. 그래서 하인을 떠나보낼 때면 항상 오랫동안 잔소리를 늘어놓으면서 소란을 떨곤 했다. 그러나 지금은 사정이 달랐다. 메리는 되받아 쏘려고 말문을 열다가 입을 다물었다. 그리고 찬장 문에서 손을 힘없이 떨어뜨리며 리처드가 화내는 모습을 떠올렸다. 메리는 감당할 수 없었다. 그가 화내는 것을 도저히 감당해 낼 수 없었다. 그리고 이번에는 하인이 그만두는 것이 그녀의 잘못도 아니었다. 그토록 마음에 들지 않고 그녀에게 위압감을 주는데도 그녀는 하인을 붙잡아 두기 위해 그녀가 할 수 있는 한 모든 노력을 해 왔잖은가. 그녀는 자신도 모르게 다시 오열하고 있었다. 그것도 바로 원주민 흑인 앞에서! 메리는 온

몸에서 힘이 빠져나가는 걸 느끼면서 그에게서 등을 돌리고 식탁 옆에 선 채 흐느껴 울었다. 한동안 두 사람 모두 움직이지 않았다. 그러다가 그가 그녀 앞으로 돌아와서 이맛살을 잔뜩 찌푸린 채 생각에 잠겨서 신기하다는 듯 그녀를 빤히 바라보았다. 마침내 메리가 두려움에 떨면서 말문을 열었다.

"가면 안 돼!"

그리고 여전히 울먹이면서 되풀이했다.

"여기 있어야 돼! 여기 있어야 된단 말이야!"

그토록 소리치는 동안에도 원주민에게 우는 모습을 보이는 게 수치스러워 큰 굴욕감을 느꼈다.

잠시 후 메리는 그가 선반 위에 있는 물통 쪽으로 걸어가서 물을 한 컵 따르는 걸 보았다. 그의 여유로운 행동을 지켜보면서 스스로를 억제하지 못했다는 수치심 때문에 분노가 치밀어 올랐다. 그리고 그가 물이 든 컵을 건네주자, 메리는 그의 행동이 상대조차 하지 말아야 될 정도로 오만불손하게 여겨져서 컵을 받으려고 하지 않았다. 그러나 체신을 지켜야 한다고 속으로 소리치면서도 그녀는 다시 울음을 터뜨렸다.

"가면 안 돼!"

그녀의 목소리는 완전히 애원하는 투였다.

그가 컵을 그녀의 입술에 갖다 대는 바람에 그녀는 손을 내밀어 컵을 잡아야 했다. 그리고 하염없이 눈물을 흘리면서 물을 한 모금 마셨다. 컵 너머로 애절하게 그를 바라보았는데, 그의 눈에서 그녀의 약한 모습에 기뻐하는 듯한 기색을 발견하자 새로운 두려움이 일었다.

"마셔요."

그는 마치 같은 원주민 여인네에게 얘기하듯 간단하게 말했으며, 메리는 물을 마셨다.

그러고 나서 그는 그녀의 손에서 조심스럽게 컵을 받아 들어 식탁 위에 내려놓은 다음 어떻게 해야 될지 몰라서 멍하니 서 있는 메리에게 말했다.

"부인, 침대로 가서 누우세요."

메리는 움직이지 않았다. 그는 성깔 사나운 백인 여인을 만지기가 죽기보다 싫다는 듯 상당히 머뭇거리면서 손을 내밀어 그녀의 어깨를 잡고 침실 쪽으로 데려갔다. 메리는 자신의 몸이 방을 가로질러 침실 쪽으로 가볍게 밀려지는 느낌을 받았다. 마치 무기력하게 공포의 희생물이 되는 악몽과도 같았다. 흑인 남자의 손이 그녀의 어깨에 닿는 순간 구역질이 날 것 같았다. 지금까지 단 한 번도 흑인 원주민과 살갗이 닿은 적이 없었다. 어깨 위에 여전히 부드러운 손길이 남아 있는 채로 함께 침대에 다가가는 동안, 그녀는 머리가 빙빙 돌고 뼈마디가 녹아내리는 듯한 느낌이 들었다.

"부인, 누우세요."

그가 다시 말했다. 이번에는 상당히 부드러운 목소리였다. 그녀가 침대 끝에 무너지듯이 쓰러져 간신히 걸터앉자, 그가 그녀의 어깨를 가볍게 밀어서 자리에 눕혔다. 그러고 나서 문에 걸려 있던 그녀의 코트를 내려서 발 위에 덮어 주었다. 이윽고 그가 밖으로 걸어 나갔다. 두려움도 사라졌다. 그녀는 그날 있었던 사건을 다시 생각해 볼 여력조차 없어서 말없이 멍하니 그냥 침대에 누워 있었다.

잠시 후 그녀는 잠이 들었다. 그리고 잠에서 깨어났을 때는 오후 늦은 시각이었다. 창문 모서리를 통해 오렌지색으로 물든 황혼 무렵의 하늘이 보였다. 잠시 동안 무슨 일이 있었는지 기억할 수 없었으나, 기억이 되살아나자마자 다시 공포가 그녀의 온몸을 휩쓸고 지나갔다. 그녀는 울음을 멈출 수 없어서 마냥 흐느껴 울던 자신을 떠올려 보았다. 그리고 흑인 원주민의 말에 따라 물을 마신 일, 그가 그녀의 어깨에 손을 얹고 침대까지 데려온 일, 그가 그녀를 침대에 눕히고 발 위에 코트를 덮어 준 일 등을 차례로 떠올려 보았다. 그러다 말고 마치 온몸에 대변을 뒤집어쓰기라도 했다는 듯, 혐오스럽다는 듯 베개에 얼굴을 파묻고 큰 소리로 흐느껴 울었다. 그리고 오열하는 동안 마치 아버지처럼 그녀에게 말하던 그의 단호하고 부드러운 목소리를 들었다. 잠시 후 나무 아래쪽 가지에는 황혼의 그림자가 만들어졌지만 윗부분에는 아직 햇빛이 머물러 있고, 그 빛을 받아 희미하게나마 형체를 유지하고 있는 벽을 제외하고는 방 전체가 어둠에 잠겨 버리자, 메리는 자리에서 일어나 램프에 성냥불을 붙였다. 방 안은 호박색 불빛과 그 불빛이 만들어 낸 그림자들로 가득 차면서 또 한 번의 밤을 맞았다. 메리는 얼굴에 분을 바르면서, 꼼짝도 못 할 것 같은 생각이 들어 오랫동안 거울 앞에 앉아 있었다. 그녀는 생각하는 것이 아니라 두려워하고 있을 따름이었는데, 그 두려움의 대상이 무엇인지는 자신도 알지 못했다. 리처드가 돌아와 원주민에게서 그녀를 보호해 줄 때까지는 침실 밖으로 나갈 수 없을 것 같았다. 리처드는 집으로 돌아오자마자 몹시 걱정스러운 눈빛으로 그녀를 바라보면서, 점심시간에는 일부러 그녀를 깨우지 않았는데 어디 아픈 것 아니냐고 물었다.

"아, 아니에요."

메리가 말했다.

"피곤했을 뿐이에요. 그냥 기분이……."

목소리가 기어들면서 얼굴에는 멍한 표정이 떠올랐다. 두 사람은 흔들리는 램프 불빛 아래 마주 보고 앉아 있었으며, 하인은 식탁 주변을 조용히 왔다 갔다 했다. 그녀는 계속 시선을 떨어뜨리고 있었으나, 하인이 식탁에 나타나기만 하면 온 신경이 예민해졌다. 고개를 들어 급히 그의 얼굴을 훔쳐보고는, 그의 태도에 달라진 것이 없음을 확인하고야 마음을 놓았다. 언제나 그랬듯 그는 마치 영혼 없는 기계처럼, 몸이 그곳에 있어도 실제로 있는 것은 아니라는 느낌을 주면서 움직였다.

다음 날 아침, 메리는 억지로 주방으로 들어가 평소 하던 대로 지시했다. 그러고는 그가 다시 그만두겠다는 말을 꺼내기를 두려워하면서 기다렸다. 그러나 그는 아무 말도 하지 않았다. 일주일 동안 그런 상태가 계속되자 그녀는 그가 떠나지 않으리라는 걸 비로소 깨달았다. 메리의 눈물과 하소연에 마음이 움직여 떠나지 않기로 했던 것이다. 그녀는 그런 식으로 목적을 성취했다고 생각하자 견딜 수 없었다. 그래서 가급적 그 사건을 생각하지 않으려 했고, 그러는 동안 메리는 서서히 회복되어 갔다. 리처드의 화를 피할 수 있게 되었다고 생각하자 일단 마음이 놓였고, 자신이 비참하게 무너졌던 기억이 뇌

리에서 사라지자 그 원주민이 하는 일에 대해서 다시 까랑까
랑하고 신경질적인 목소리로 잔소리를 늘어놓기 시작했다. 그
러던 어느 날 그가 주방에서 메리를 정면으로 바라보면서 비
난하듯 날카롭게 쏘아붙였다.

"부인이 있어 달라고 했어요. 부인을 돕기 위해 있는 거예
요. 만일 부인이 방해를 하면 나는 갑니다."

가겠다는 말에 메리는 주춤할 수밖에 없었다. 어쩔 도리가
없었던 것이다. 특히 그가 왜 머물러 있는지 그 이유가 생각나
자 크게 위축되고 말았다. 그리고 그는 열띤 목소리로 그녀가
불공평한 것 같다고 했다. 불공평! 메리는 그런 말까지 들으리
라고는 꿈에도 생각지 못했다.

그는 요리하던 것을 마저 끝내기 위해 풍로 옆에 서 있었다.
메리는 할 말을 잃고 말았다. 그는 대답을 기다리면서 식탁 쪽
으로 걸음을 옮겼다. 그러고는 뜨거운 오븐의 손잡이를 잡기
위해 행주를 집어 들었다. 메리에게 시선도 돌리지 않으면서
다시 말문을 열었다.

"제가 일을 잘해요, 그렇죠?"

그가 영어로 말했다. 그녀는 원주민이 영어로 말하는 것이
건방지다고 생각했기 때문에 보통 때 같았으면 그 말을 듣는
순간 걷잡을 수 없이 화를 냈겠지만, 지금은 똑같이 영어로
대답했다.

"그래."

"그런데 부인은 왜 그렇게 항상 방해를 합니까?"

그는 마치 아이를 어르는 양 제법 유머까지 실으면서 친근

하게 말했다. 그러고는 등을 메리 쪽으로 돌린 채 허리를 굽히고 오븐 뚜껑을 열었다. 그런 다음 메리가 직접 만든 것과는 비교도 되지 않을 정도로 훌륭한 핫케이크를 꺼냈다. 그는 핫케이크를 한 조각씩 들어내어 식히려고 석쇠 위에 올려놓았다. 메리는 한 입 먹어 보고 싶은 마음이 들었으나 움직이지는 않았다. 그의 큰 손이 석쇠 위에 핫케이크를 한 조각씩 올려놓는 걸 지켜보고 있을 따름이었다. 그리고 그녀는 아무 말도 하지 않았다. 그의 말투에 대해 가슴속에서 보통 때와 같은 분노가 치밀어 오르는 것을 느꼈다. 그러나 동시에 자신도 모르게 그 목소리에 깊이 빨려 들고 말았다. 그런 개인적인 관계에 대해 도대체 어떡해야 될지 마음을 결정할 수 없었다. 그래서 그가 그녀를 바라보지 않고 조용히 일에 열중하고 있는 틈을 타 조금 전 그의 질문에 대답하지 않고 그냥 주방을 빠져나왔다.

육 주 동안 계속된 살인적인 무더위가 물러가고 10월 말에 우기로 접어들자, 리처드는 해마다 이맘때쯤이면 항상 그랬듯이 일에 쫓겨 점심에도 집에 들르지 않았다. 그는 새벽 6시에 나가서 저녁 6시에 돌아왔기 때문에, 집에서는 한 번밖에 식사를 하지 않았다. 아침과 점심은 경작지로 보내 주었다. 메리는 지금껏 늘 그래 왔던 것처럼 모세에게 점심은 들지 않을 테니 차만 준비하면 된다고 말했다. 먹는 것조차 번거롭게 여겨졌던 것이다. 리처드가 오래 집을 비우게 된 첫날, 모세는 차 대신 계란과 잼 바른 토스트를 가져와서 그녀 옆에 있는 조그마한 탁자에 조심스럽게 내려놓았다.

"차만 가져오라고 했는데."

메리가 날카롭게 쏘아붙였다.

그가 침착하게 대답했다.

"부인은 아침을 안 드셨으니 식사를 해야 합니다."

그가 들고 온 쟁반에는 심지어 꽃이 담긴 손잡이 없는 컵도 놓여 있었다. 노란색, 분홍색, 빨간색의 꽃들이 조잡하게 얽혀서 꽂혀 있었지만 낡고 색 바랜 쟁반 보와 대조를 이뤄 색감이 강렬했다.

메리가 눈을 내리깔고 그냥 가만히 앉아 있는 동안, 그는 쟁반을 내려놓고 허리를 폈다. 꽃? 메리는 꽃까지 준비해 환심을 사려는 그의 태도가 비위에 거슬렸다. 그는 칭찬을 듣거나 기뻐하는 모습을 보려고 기다리고 있었다. 그녀는 도저히 칭찬을 해 줄 수 없었다. 그러나 한바탕 욕설을 퍼부어 주려 해도 입에서만 맴돌 뿐 나오지 않아서 아무 말 없이 그냥 쟁반을 끌어당겨 식사를 하기 시작했다.

그들 사이에는 이제 새로운 관계가 성립된 셈이었다. 메리는 그의 힘 앞에서는 무력함을 느꼈다. 그러나 그녀가 그래야 될 이유는 없었다. 집 안 혹은 햇볕이 내리쬐는 주방의 바깥벽에 등을 기대고 조용히 서 있는 그의 존재를 매 순간순간 인식하는 메리의 감정은 원인 모를 강한 두려움, 심한 불안감, 심지어 어떠한 건전치 못한 매력(그녀 자신은 이것을 알지 못했다. 안다 하더라도 죽어도 인정하지 않으려 했겠지만.)이었다. 모세 앞에서 흐느껴 우는 것은 마치 체념, 그녀의 권위에 대한 체념에서 나온 행동 같았다. 그리고 그는 메리가 그처럼 체념해 버린 권위를 돌려주려고 하지 않았다. 그녀의 입에서 험악한 말이 튀어나올 뻔한 적이 몇 차례 있었지만, 그때마다 그가 고분고분하게 있지 않고 도전적인 눈초리로 그녀를 노려보는 걸 보았다. 그가 옛날처럼 멍한 표정으로 순순히 복종했던 것은 딱 한 번, 그가 해야 될 일을 잊어버리고서 진짜 실수를 저질렀을 때뿐이었다. 그때는 자신이 잘못했기 때문에 메리의 질책을 받아들였다. 메리는 점점 그를 피하기 시작했다. 전에는 뒤를 따라다니면서 그가 해 놓은 일을 일일이 검사했으나, 요즘에는 주방에도 거의 들어가지 않고 집안일을 전부 그에게 맡겨 버렸다. 열쇠도 모세가 필요할 때 식료품 찬장을 열어서 쓸 수 있도록 저장실의 선반 위에 그냥 두었다. 그러고 나서 메리는 자신의 힘으로 깨뜨릴 수 없는 그 새로운 긴장이 무엇인지는 몰라도 다시 균형을 찾았다.

모세가 친밀한 목소리로 그녀에게 질문한 것은 두 번이었다. 한번은 전쟁에 관해서였다.

"부인은 곧 끝날 거라고 생각하나요?"

메리는 놀라움을 금치 못했다. 주간지조차 읽지 않으면서 모든 것과 단절된 채 지내는 그녀에게 전쟁은 다른 세상에서 일어난 루머에 불과했다. 그러나 메리는 식탁 위에 깔려 있는 낡은 신문을 모세가 열심히 읽는 걸 여러 차례 보았다. 그녀는 딱딱하게 모르겠다고 대꾸했다. 며칠 뒤 그는 줄곧 생각해 왔다는 듯 다시 질문을 해 왔다.

"예수는 사람들이 서로 죽이는 걸 옳다고 생각했나요?"

이번에는 그 질문에 함축된 비난 때문에 화가 났다. 그래서 예수는 착한 사람 편이라고 냉랭하게 대답했다. 그러나 그날 하루 종일 예전처럼 걷잡을 수 없는 분노를 느꼈으며, 마침내 저녁 때 리처드에게 물어보았다.

"모세는 어디 출신이에요?"

"선교사 밑에 있었대. 그래도 제일 고상한 녀석이오."

남아프리카 백인들이 대부분 그러듯 리처드도 교회 출신 원주민들을 좋아하지 않았는데, 그들이 너무 많이 알기 때문이었다. 그리고 경우야 어떻든 깜둥이들한테 읽고 쓰는 걸 가르쳐 주어서는 안 될 일이었다. 그들에게는 그저 노동의 신성함과 백인에게 도움이 되는 존재가 되라고만 가르쳐 주면 그만이었던 것이다.

"왜?"

리처드는 이상하다는 생각이 든 모양이었다.

"또 뭐가 잘못된 건 아니겠지?"

"아니에요."

"건방지게 굴어?"

"아니에요."

그러나 교회에 있었다는 사실이 많은 것을 설명해 주었다. 예컨대 자신의 처지를 생각해 보건대 그냥 '마님'이라고 하는 것이 신상에 좋을 텐데도 굳이 '부인'이라는 듣기 역겨울 정도로 세련된 말을 사용하는 것도 수긍이 갔다.

'부인'이라는 말을 들을 때마다 비위가 상했다. 그 말을 쓰지 말라고 했으면 좋겠지만, 말 자체를 놓고 볼 때는 불손한 면이 없었다. 그는 그저 쓸데없는 생각이 머리에 꽉 들어찬 선교사 나부랭이한테 그렇게 배웠을 뿐이니 말이다. 그러나 불손한 적은 없어도, 그는 메리에게 자신을 인간으로 취급하라고 압력을 넣고 있었다. 게다가 그녀도 그를 어떤 불결한 것으로 마음속에서 완전히 몰아내 버릴 수는 없었다. 전에는 그런 적이 없었는데 자신이 생각해도 참 이상한 일이었다. 그녀는 어쩔 수 없이 계속 그의 존재를 마음속에 남겨 둘 수밖에 없었고, 계속 그의 존재를 인식하면서 지냈다. 거기에는 무언가 위험이 도사리고 있음을 날마다 깨달았지만, 그 위험이 무엇인지 단정 지어 말할 수는 없었다.

최근 들어 메리는 끔찍하고 무시무시한 꿈을 꾸었다. 검은 커튼을 내리기만 하면 시작되는 그녀의 잠은 깨어 있는 것보다 훨씬 더 현실적으로 느껴졌다. 그 원주민에 대한 직접적인 꿈을 두 번이나 꾸었는데, 매번 그가 그녀의 몸에 손을 대는 순간 공포에 질려 깨어났다. 꿈속에서는 언제나 그가 당당하고 위압적이면서도 친근한 분위기로 그녀 위에 우뚝 서서 그를 만져야 하는 자세를 취하도록 강요했다. 그리고 다른 꿈에는 그가 직접 나타나지는 않았지만 상당히 혼돈스럽고 무시무시하고 끔찍해서 메리는 그런 꿈을 꿀 때마다 공포에 휩싸여 온몸이 땀투성이가 된 채 잠에서 깨어났다. 그러고는 그런 꿈들을 기억에서 한시라도 빨리 지워 버리려고 갖은 애를 다 썼다. 잠을 자기가 두려워졌다. 그래서 편히 잠든 리처드 옆에서 잠들지 않으려고 발버둥 치며 잔뜩 긴장한 채 어둠 속에 그냥 누워 있곤 했다.

낮에는 가끔 모세를 훔쳐보았으나, 하인의 일을 감독하는 여주인으로서가 아니라 호기심과 두려움에 찬 눈으로 그를 바라보았다. 그러나 그는 날마다 그녀를 돌봐 주면서 그녀가 먹는 것을 지켜보고, 시키지 않았는데도 식사를 가져오고, 합숙소에서 얻어 온 계란이나 숲에서 꺾은 꽃을 조그마한 선물로 건네주었다.

하루는 일몰 시간이 훨씬 지났는데도 리처드가 돌아오지 않아서 메리가 경작지로 나가 보려 한 적이 있었다.

"음식을 덥혀 두도록 해. 주인에게 무슨 일이 있는지 알아보고 올 테니."

그녀는 이렇게 말하고 코트를 가지러 침실로 들어갔다. 그때였다. 그가 노크를 하며 안으로 들어와서는 자신이 갔다 오겠다고 했다. 부인은 혼자서 밤중에 돌아다니면 안 된다는 것이었다.

"좋도록 해."

메리는 별도리 없이 이렇게 말하고 나서 코트를 벗었다.

그러나 리처드에게는 아무 일도 없었다. 황소 다리가 부러져서 거기 매달려 있다 늦은 것뿐이었다. 그리고 나서 일주일후, 리처드가 돌아올 시간이 많이 지났는데도 또 돌아오지 않았다. 걱정이 되기는 했지만, 원주민이 다시 그녀를 위한답시고 바로 아무렇지도 않게 대신 갔다 오겠다고 할 것 같아 메리는 무슨 일이 있는지 알아보려 하지 않았다. 그런 일이 반복되면서 메리에게는 한 가지 버릇이 생겼다. 즉, 오로지 한 가지 관점에서만 자신의 행동을 주시하게 되었던 것이다. 그녀의 힘으로는 어쩔 도리가 없고 단지 피할 수밖에 없는 그들 사이의 새로운 인간관계를 강화하는 기회를 메리 스스로 제공하고 있는가, 그렇지 않은가? 이 점에만 신경을 썼다.

2월에 접어들어서 리처드가 다시 말라리아에 걸렸다. 지난번처럼 이번에도 급성이었고 그리 오래가지는 않았으나 지속되는 동안은 상당히 무서웠다. 저번처럼 메리는 마음이 내키지 않았지만, 의사를 보내 달라고 슬래터 부인에게 편지를 보냈다. 그렇게 해서 지난번과 같은 의사가 왔다. 그는 눈썹을 치켜올리면서 집 안을 둘러본 다음, 왜 지난번에 지시한 대로 하지 않았느냐고 했다. 그녀는 대답하지 않았다.

"왜 집 주변 덤불숲을 베어 버리지 않아서 모기들이 활개를 치도록 내버려 두었소?"

"일손이 부족해서 어쩔 수 없었어요."

"그런데 시간은 남아돌아서 병에 걸렸나 보지?"

의사의 태도는 퉁명스럽고 거칠 것이 없었으나, 그 밑바닥에는 냉담함이 흘렀다. 그는 농장 지역에서 오랫동안 의사로 일해 온 덕에 의사로서 언제 비용을 절감해야 될지 분명히 알았다. 다시 말해서, 환자의 형편에 맞게 진료해 주는 것이 그 지역 의사가 명심해야 할 기본 사항이었다. 농장 지역 주민들은 구제불능이었다. 햇살에 색이 바래고 찢겨서 몇 번이나 기운 흔적이 있는 커튼을 보아도 그런 사실을 알 수 있었다. 어디를 둘러보든지 정신 상태가 이상해진 사람들을 발견할 수 있었다. 왕진을 오는 것조차 시간 낭비였다. 그러나 의사는 고열에 심하게 떠는 리처드를 내려다보면서 습관상 처방을 했다. 그는 리처드가 몹시 쇠진해져 어느 병에든 쉽게 걸릴 수 있다고 했다. 메리를 놀라게 해서 실제적인 조치를 취하도록 만들려는 듯 목소리에 최대한 힘을 주면서 말했다. 그러나 메리는 의사가 백날 떠들어 보았자 입만 아플 것이라는 투였다. 의사는 마침내 찰리와 함께 터너 부부의 집을 떠났는데, 찰리는 몹시 유감스러운 표정을 지으면서도 다른 한편으로는 그 집을 넘겨받았을 때를 은근슬쩍 구상하고 있었다. 찰리는 리처드의 농장을 넘겨받으면 우선 닭장부터 없애 버리고 집은 따로 용도가 생길 때까지 잠시 그냥 둘 생각이었다.

메리는 리처드가 병에 걸린 후 첫 이틀 밤을 딱딱한 의자에 앉아 몹시 떨리는 그의 수족 위에 담요를 덮어 주면서 뜬눈으로 보냈다. 그러나 지난번처럼 그렇게 사람을 애먹이지는 않았다. 리처드는 자신이 무슨 병에 걸렸고, 얼마 동안만 고생하면 되는지 소상히 알고 있었기 때문에 그렇게 두려워하지도 않았다.

메리는 농장 일을 감독하는 것에 별로 신경 쓰지 않았다. 그러나 리처드를 안심시키기 위해 하루에 두 번 정도 경작지로 나가서 형식적인 순찰만 돌고 돌아왔다. 일꾼들은 합숙소에서 빈둥거리면서 경작지에 일하러 나가지 않았다. 그녀는 그런 사실을 알면서도 개의치 않았다. 경작지는 거의 거들떠보지도 않았다. 농장 일은 그녀의 관심사에서 완전히 멀어져 버렸던 것이다.

낮에는 리처드가 마실 차가운 음료를 준비해 놓고(리처드가 입에 대는 것이라고는 그것밖에 없었다.) 침대 옆에 무료하게 앉아서 언제나 그랬듯 멍한 상태에 빠져들었다. 그녀의 마음은 문득문득 떠오르는 사건에 따라서 가만있지 못하고 계속 변해 갔다. 갑자기 수면 위로 떠오르는 과거의 어떤 사건이 있으면 또 다른 사건이 떠오를 때까지 그 사건이 마음속에 머물렀다. 그러나 과거의 일을 생각한다고는 하지만 향수나 갈망 같은 것은 없었다. 그리고 메리는 시간 감각을 완전히 잊어버렸다. 리처드에게 마실 것을 갖다줘야 하는 시간을 잊어버리지 않으려고 앞에다 자명종 시계를 갖다 놓고 지낼 정도였다. 모세가 시간 맞춰서 음식을 가져왔으며, 그녀는 자신이 무엇을 먹는지조차 모르면서 기계적으로 식사를 했다. 심지어 음식을 입에 넣은 다음에 나이프와 포크를 내려놓고서 남은 음식을 마저 먹는 것조차 잊어버렸다. 그러다 삼 일째 되던 날, 모세가 가져온 우유에 계란을 풀어 젓고 있는데 그가 물었다.

"부인은 어제 눈을 좀 붙였나요?"

그는 언제나 그렇듯 어떻게 대답해야 될지 막막하게 만들면서 직접적으로 질문을 해 왔다.

메리는 그의 시선을 피해 계란 넣은 우유를 내려다보며 대답했다.

"주인 곁에서 함께 밤을 새워야 해."

"부인은 앞으로도 안 주무실 생각인가요?"

"응."

메리는 대답을 마치기가 무섭게 마실 것을 들고 침실로 들어갔다. 리처드는 여전히 고열로 혼수상태에 빠져 죽은 듯이 침대에 누워 있었다. 열은 떨어지지 않고 있었다. 그는 병치레를 단단히 하고 있었다. 땀이 비 오듯 쏟아졌다가 갑자기 살갗이 꺼칠꺼칠해지고 바싹 마르면서 손을 대면 뜨거울 정도로 펄펄 끓었다. 오후가 되면서 체온계가 최고의 눈금을 육박할 정도로 치솟아 올랐기 때문에 메리는 볼 때마다 눈금이 올라가는 체온계를 그의 입 안에 오래 꽂아 둘 수 없었다. 열이 저녁 무렵에 40.5도까지 올라갔다가 자정 무렵까지 그 수준에 머물렀는데, 리처드는 계속 몸을 비비 틀면서 신음을 내지르며 괴로워했다. 새벽 무렵에는 체온이 정상 이하로 급격히 떨어졌고 리처드는 춥다고 투덜거리면서 담요를 더 덮어 달라고 했다. 그러나 이미 집 안에 있는 담요는 모두 덮어 주었다. 메리는 오븐에 벽돌을 데운 다음 천으로 싸서 그것을 그의 발밑에 놓아 두었다.

그날 밤, 모세가 침실로 찾아와서 언제나 그랬듯 가볍게 노크했다. 메리는 수놓은 굵은 삼베 커튼을 살짝 밀치고서 내다보았다.

"왜?"

"부인은 오늘 밤 이쪽에 있어요. 제가 주인님 곁에 있겠어요."

"아니야."

메리는 이 원주민 때문에 불면증으로 고생했던 생각이 나서 이렇게 대답했다.

"합숙소로 돌아가서 잠을 자도록 해. 내가 주인님 곁에 있을 테니."

그는 커튼을 밀치고 앞으로 다가왔다. 그 바람에 메리는 그와 아주 가까워져서 뒤로 조금 물러나야 했다. 그가 한쪽 손에 들고 있는 옥수수 자루가 눈에 들어왔다. 밤을 새우기로 작정하고 준비해 온 모양이었다.

"부인은 주무셔야 합니다."

모세가 말했다.

"피곤하지요?"

메리는 눈 주위의 피부가 긴장으로 떨리는 것을 느꼈다. 그러나 그녀는 딱딱하고 신경질적인 목소리로 우겼다.

"아니야, 모세. 내가 있어야 돼."

그는 벽 쪽으로 걸어가서 찬장 사이에 자신의 옥수수 자루를 조심스럽게 내려놓았다. 그러고 나서 기분이 상한 듯, 심지어 책망하는 듯이 말했다.

"부인은 제가 주인님을 제대로 못 돌봐 드린다고 생각하나요? 저 또한 아플 때가 있어요. 담요를 주인님께 계속 덮어 드리면 되지요?"

그가 침대 쪽으로 걸어가서 리처드의 달아오른 얼굴을 내려다보며 말했다.

"주인님이 깨면 이 마실 걸 드리면 되지요?"

그의 우스꽝스러우면서도 책망하는 듯한 말투는 그녀를 다시 무기력한 존재로 만들어 버렸다. 그녀는 그와 시선을 마주치지 않으려 하면서 그의 얼굴을 재빨리 살펴보았다. 그러나 그를 보면서 두려운 내색을 해 보았자 자기만 손해일 것 같았다. 그녀는 시선을 밑으로 떨어뜨려 그의 큰 손을 한 번 바라보았다.

그가 계속 고집을 부렸다.

"부인은 제가 주인님을 제대로 못 돌봐 드린다고 생각하나요?"

메리가 잠시 망설이다가 초조한 기색으로 말했다.

"아니야, 하지만 내가 있어야 돼."

마치 메리가 망설이면서 초조해하는 것이 충분한 대답이 되었다는 듯 그는 허리를 굽혀 리처드가 덮고 있는 담요들을 매만졌다.

"주인님께서 몹시 아프게 되면 부인을 부르겠어요."

그는 창가로 가서 밤하늘을 몸으로 가로막으며 섰다. 그러고는 메리가 나가기를 기다렸다.

"안 주무시면 부인도 병에 걸려요."

메리는 한쪽 벽으로 걸어가서 코트를 내렸다. 침실을 나서기 전에 자신의 권위를 분명히 하기 위해 한마디 했다.

"주인님이 깨어나면 나를 불러야 해."

메리는 낮 시간을 보내곤 하는 자신의 안식처, 바로 옆방의 소파로 가서 웅크리고 앉았다. 흑인 남자가 겨우 얇은 벽 하나를 사이에 두고 그녀와 엄청나게 가까운 곳에서 밤새 함께 지낸다고 생각하자 견딜 수 없었다.

잠시 후 메리는 쿠션 하나를 소파 머리 쪽에 놓고 자리에 누워 코트로 발을 덮었다. 꽤 후덥지근한 밤이었는데 바람도 거의 없었다. 매달려 있는 램프의 희미한 불꽃이 물체의 그림자를 만들어 내며 홀로 빛을 뿌릴 뿐, 나머지 것들은 모두 어둠 속에서 침묵하고 있었다. 메리는 고개를 약간 돌려 창문의 커튼을 바라보았다. 조용히 걸려 있었다. 그리고 그녀가 열심히 귀를 기울이자 집 밖 덤불숲에서 들려오는 조그마한 밤의 소리들이 갑자기 그녀의 가슴 뛰는 소리만큼이나 크게 귓전에 와 닿았다. 몇 미터 떨어진 나무에서는 이름 모를 새 한 마리가 울어 댔고, 풀벌레들도 열심히 그들 나름대로 소리를 만들어 냈다. 어떤 무거운 것이 나뭇가지 사이를 지나가는 소리가 들리고, 집 주변의 키 작은 관목들을 생각하자 문득 두려운 마음이 들었다. 메리는 지금까지도 덤불숲에 대한 두려움에서 벗어나지 못하고, 숲에 대해 생각만 해도 마음이 불편해졌다. 아주 많은 세월이 흘렀는데도 조그마한 짐승들이 돌아다니고 이름 모를 새들이 울어 대는 주변의 초원 지대가 낯설게 느껴질 때마다 깜짝깜짝 놀라곤 했던 것이다. 밤중에 잠에서 깨어 자신이 머무는 조그마한 벽돌집이 적대적이고 섬뜩한 덤불숲의 압력으로 언젠가는 와르르 무너져 내릴지도 모른다고 생각한 적도 종종 있었다. 가끔 이런 생각도 해 보았다. 언젠가 그들이 이 집을 떠나면, 폭우가 쏟아지고 어린 나무들이 집 바닥을 뚫고 올라와 벽돌과 시멘트로 된 집 골격을 전부 붕괴시켜 두세 달이 지나면 나무 밑동 주변의 잔해 더미 말고는 아무것도 남지 않으리라는 생각……

메리는 사냥꾼들과 대치하고 있는 상처 입은 조그만 짐승처럼 마음을 진정시키지 못한 채 모든 신경을 곤두세우고 잔뜩 긴장하여 소파에 누워 있었다. 집 밖에서 들려오는 밤의 소리와 자신의 가슴 뛰는 소리에 귀를 기울이면서 옆방에서 무슨 소리가 들리지 않나 온 신경을 집중했다. 병상에 누운 리처드가 가느다란 신음 소리를 내면서 꿈틀거리는 건조한 소리, 컵이 달그락거리는 소리가 들려왔다. 그리고 곧이어 원주민이 찬장 사이에 둔 옥수수 자루 위에 걸터앉는 소리가 들렸다. 얇은 벽 하나를 사이에 두고 모세는 메리와 엄청나게 가까운 곳에 있었다. 그의 등과 메리의 얼굴은 15센티미터 정도밖에 떨어져 있지 않은 셈이었다. 15센티미터, 15센티미터 정도밖에! 그의 넓고 탄탄한 등이 또렷하게 떠올라, 그 몸에서 풍기는 고약한 냄새마저 코끝에 와 닿는 것 같았다. 메리는 어둠 속에 누워서 그 냄새를 맡을 수 있었다. 그녀는 고개를 돌려 쿠션에 얼굴을 묻어 버렸다.

오랫동안 규칙적인 숨소리 말고는 아무 소리도 들려오지 않았다. 리처드의 숨소리일까? 그러나 잠시 후 리처드의 신음 소리가 다시 들려오고 원주민 하인이 담요를 잘 덮어 주기 위해 자리에서 일어나자 그 숨소리도 들리지 않았다. 이윽고 모세가 다시 제자리로 돌아가 벽에 등을 기대는 소리가 들렸다. 그리고 예의 그 규칙적인 숨소리가 들려왔다. 이제는 분명해졌다. 바로 그였다! 몇 차례인가 리처드가 비몽사몽간에 무어라고 중얼거리는 소리가 들렸고, 그때마다 원주민이 일어나 침대 쪽으로 다가갔다. 그리고 그 중간중간에 숨소리가 끊임없이 그녀의 귓전에 와 닿았고, 메리는 몸을 계속 뒤척이면서 마치 그 숨소리가 방 전체에서 들려오는 듯한 느낌을 받았다. 어떤 때는 침대 옆 바로 가까운 곳에서, 또 어떤 때는 어두운 반대편 구석에서. 계속 뒤척이다가 벽 쪽으로 고개를 돌렸을 때 마침내 그 숨소리가 들려오는 방향을 찾아낼 수 있었다. 메리는 그 자세로, 마치 열쇠 구멍에 귀를 댄 듯한 자세로 벽 쪽으로 시선을 두고 잠이 들었다.

메리는 계속 꿈을 꾸면서 불안한 가운데 잠을 설쳤다. 한번은 인기척 소리에 소스라치게 놀라 잠을 깼는데, 커튼에 남자의 모습이 비치자 숨을 멈췄다. 그녀가 기침 소리를 내자 그는 그녀 쪽을 슬쩍 보고는 시선을 다른 곳으로 돌렸다. 그러고는 조용히 커튼을 밀치고 나와 주방으로 걸어갔다. 그는 잠시 자신의 용무를 보기 위해 밖으로 나가는 길인 모양이었다. 그가 주방을 가로질러 문을 열고 어둠 속으로 홀로 사라지는 동안 그녀는 마음속으로 계속 그 뒤를 좇았다. 그러다가 원주민의 냄새가 코끝에 와 닿는 느낌을 받았을 때처럼 몸서리를 치면서 얼굴을 다시 쿠션에 묻었다. 그녀는 그가 곧 돌아올 거라 생각하고 잠이 든 것처럼 가만히 누워 있었다. 그러나 그는 금방 돌아오지 않았고, 메리는 몇 분 정도 기다리다가 자리에서 일어나 리처드가 신음하고 있는 침실로 걸어갔다. 리처드의 이마를 짚어 보았다. 땀으로 젖어 있고 차가운 것으로 보아 고비는 넘긴 것 같았다. 원주민은 의자에 있던 담요까지 전부 환자의 몸에 덮어 놓았다. 그 순간 그녀 뒤에 있던 커튼이 움직이면서 차가운 밤바람이 목에 와 닿았다. 그녀는 침대에서 가장 가까운 곳에 있는 창문을 닫은 다음 갑자기 크게 들려오는 시계 소리에 귀를 기울이면서 조용히 서 있었다. 메리는 몸을 숙여 희미하게 빛나는 시계를 들여다보았다. 아직 2시도 되지 않았는데, 메리는 밤이 무척이나 길게 이어지는 듯한 생각이 들었다. 문득 뒤에서 인기척이 들렸다. 메리는 못된 짓을 하다가 들킨 사람처럼 급히 소파로 돌아가서 자리에 누웠다. 잠시 후 발소리가 들려왔다. 그는 그녀가 잠들었는지 살펴보고 침실로 다시 들어갔으며, 메리는 실눈을 뜨고 모든 것을 지켜보았다. 그녀는 잠이 완전히 달아나 버린 듯 정신이 맑아져서 잠을 청할 수 없었다. 몸이 으슬으슬 추웠지만 일어나서 덮을 것을 찾기는 싫었다. 그녀는 다시 원주민의 몸에서 풍기는 냄새가 코끝에 와 닿는 것 같아서 그러한 기분을 떨쳐 버리려고 신선한 밤공기가 쏟아져 들어오는 커튼 쪽으로 고개를 살짝 돌렸다. 리처드는 여전히 조용했다. 규칙적으로 희미하게 들려오는 숨소리를 제외하고 옆방에서는 아무 소리도 나지 않았다.

그러다 깜빡 잠이 들었는데, 이번에는 눈을 감기가 무섭게 끔찍하게도 꿈을 꾸고 말았다.

꿈속에서 메리는 다시 어린 시절로 돌아가 집 앞의 더럽고 작은 정원에서 친구들과 놀고 있었다. 철근과 나무로 된 집은 꽤 높은 편이었고, 꿈속에 나타난 친구들은 얼굴이 없었다. 메리는 게임의 대장이었고, 친구들은 그녀의 이름을 부르면서 게임을 어떻게 해야 되느냐고 물었다. 그녀는 어린아이들에게 둘러싸여 햇볕 아래 산뜻한 냄새가 나는 제라늄 옆에 서 있었다. 돌아오라고 소리치는 어머니의 날카로운 목소리가 들리자, 천천히 정원을 빠져나와 베란다로 올라갔다. 두려웠다. 어머니가 그곳에 없었기 때문이다. 집 안으로 들어갔다. 침실 문을 밀치는 순간 속이 뒤틀리면서 더 이상 걸음을 옮겨 놓을 수 없었다. 그녀가 몹시도 싫어하는 아버지가 맥주 냄새를 풍기며 들뜬 기분으로 어머니를 껴안고 침실 창문 옆에 서 있었던 것이다. 어머니는 그만두라며 그의 팔에서 빠져나오려고 몸부림쳤지만 역부족이었다. 메리는 그 모습을 보자마자 밖으로 뛰쳐나왔다.

메리는 다시 놀고 있었다. 이번에는 어머니, 아버지, 언니,

오빠가 함께 있었는데, 잠자리에 들기 전에 놀이를 하는 중이었다. 숨바꼭질이었는데, 메리가 술래가 되어 어머니가 숨는 동안 눈을 감고 있었다. 언니와 오빠는 한쪽에 서서 지켜보고만 있었는데, 숨바꼭질이 너무 유치해서 관심이 없는 것 같았다. 그들은 숨바꼭질을 너무나 진지하게 하는 메리를 비웃었다. 아버지가 털이 수북하게 난 손으로 메리의 머리를 잡아 무릎 사이에 끼고 앞을 보지 못하게 하면서, 어머니가 숨는 걸 지켜보며 큰 소리로 우스갯소리를 하며 웃었다. 메리는 역겨운 맥주 냄새와 함께 아버지의 사타구니 근처에 머리를 묻고 있었기에 아버지의 몸에서 항상 풍기는 불결한 남자 냄새까지 맡았다. 메리는 숨이 막혀서 머리를 빼내려고 발버둥 쳤지만, 아버지는 그녀가 두려워하자 더욱더 크게 웃으면서 빠져나가지 못하게 했다. 언니와 오빠도 아버지와 함께 웃고 있었다. 메리는 두려움에 휩싸여 눈 위에 쏟아지는 잠의 무게를 떨쳐 버리기 위해 안간힘을 쓰며 의식이 덜 깬 상태로 소리를 질렀다.

메리는 자신이 잠에서 깨어 소파에 경직된 채 누워서 옆방의 소리에 귀를 기울이고 있다고 생각했다. 내뱉는 숨결이 들려오기를 기다리는 동안 그런 상태가 오래 이어졌다. 그러다 사방이 쥐 죽은 듯 조용해졌다. 두려움이 점차 온몸을 짓눌러 오는 가운데 방을 둘러보았다. 벽 하나를 사이에 두고 있는 원주민을 귀찮게 할까 봐 감히 머리를 움직일 생각은 하지 못한 채, 그녀는 거칠거칠한 표면을 밝히면서 탁자 위에 쏟아져 내리는 희미한 불빛만 바라보았다. 꿈을 꾸는 동안 메리는 리처드가 죽었음을 점차 확신했다. 리처드는 죽었고, 옆방에서는 흑인 남자가 그녀를 기다리고 있다. 메리는 발에 덮여 있는 코트의 무게에서 벗어나려고 안간힘을 쓰며, 온몸을 짓누르는 두려움을 떨쳐 내려 하면서 서서히 자리에 일어나 앉았다. 그녀는 무서워할 필요 없다고 속으로 계속 중얼거렸다. 이윽고 메리는 다리를 모아 소리 나지 않게 아주 조용히 소파 한쪽 끝에 올려놓았다. 앉은 상태에서 다시 몸을 떨기 시작했다. 마음을 진정시키려 했으나 뜻대로 되지 않아서 그녀는 마침내 몸을 억지로 일으켜 방 한가운데 우두커니 서서는 그녀와 침실 사이의 거리를 재 보았고, 흔들리는 램프 불빛에 바닥에 있는 동물 가죽들의 그림자가 그녀에게 튀어 올라오는 것 같아서 두려움에 떨었다. 문 옆에 있는 표범의 가죽은 조그맣고 생기 없는 눈초리로 그녀를 노려보면서 점차 텅 빈 속이 채워져 표범의 본모습으로 돌아가는 것 같았다. 그녀는 견디다 못해서 문 쪽으로 도망갔다. 메리는 소리 내지 않으려고 조심하면서 무거운 커튼을 옆으로 살짝 밀고 천천히 안을 들여다보았다. 여전히 담요를 덮고 누워 있는 리처드의 형체밖에 보이지 않았다. 원주민은 보이지 않았지만, 그가 자기를 기다리며 그곳에 있음을 알 수 있었다. 메리는 커튼을 조금 더 옆으로 밀쳤다. 벽 쪽에서 방으로 뻗은 발이 보였다. 엄청나게 큰 발이었다. 거인이라 한들 그렇게 큰 발은 없을 것 같았다. 메리는 조금 더 대담하게 커튼을 밀쳤다. 이윽고 원주민의 모습이 제대로 시야에 들어왔다. 오랫동안 잠을 못 자 피곤에 지친 듯 벽에 등을 기대고 웅크린 채 잠이 들어 있었는데, 메리는 몽롱한 상태에서도 기대가 허물어지자 울화가 치밀어 올랐다. 그는 그녀가 햇볕 아래서 몇 번 본 적 있는 자세로, 한쪽 무릎을 세우고 팔을 그 위에 올려놓은 채 잠들어 있었다. 메리가 처음에 보았던 다른 쪽 다리는 거의 그녀가 서 있는 데까지 뻗쳐 있어서 두껍고 투박한 발바닥이 그대로 보였다. 고개를 숙인 채 잠이 들어서 두꺼운 목이 드러나 있었다. 메리는 낮 시간에 그가 해 놓지 않은 일을 발견했을 때와 같은 분노가 치밀어 올랐다. 자신이 직접 일일이 검사하다가 마침내 그의 잘못을 발견했을 때와 같은 기분이었다. 자신에 대해 느끼던 곤혹스러움이 원주민에 대한 분노로 바뀌었다. 메리는 리처드가 다리를 쭉 뻗고 죽은 듯이 누워 있는 침대 쪽을 일단 다시 한번 살펴보았다. 그러고는 바닥에 뻗쳐 있는 큰 다리를 넘어서 창문을 뒤로한 채 침대 쪽으로 조용히 걸어갔다. 리처드에게 몸을 숙이면서 차가운 밤공기가 어깨에 와 닿는 것을 느꼈고, 원주민이 창문을 다시 열어 놓는 바람에 리처드가 얼어 죽게 되었다고 이를 갈면서 속으로 중얼거렸다. 리처드는 그렇게 추해 보일 수 없었다. 얼굴이 누렇게 뜬 채 입은 벌리고 초점 잃은 두 눈은 허공을 바라보면서 죽어 있었다. 여전히 꿈속에서 메리는 손을 뻗어 리처드의 살을 만져 보았다. 차가웠다. 메리는 순간적으로 마음이 놓이면서 그렇게 기쁠 수 없었다. 그러나 기뻐해서는 안 되는데도 기뻐하는 자신에 대해 죄책감이 느껴져서 그녀는 마땅히 느껴야 될 슬픈 감정을 애써 불러일으켜 보려고 했다. 메리는 미동조차 없는 리처드를 향해 몸을 숙이고 서 있으면서, 원주민이 조용히 잠에서 깨어나 그녀를 지켜보고 있음을 직감했다. 시선을 돌리지는 않았으나, 큰 다리가 조용히 뒤로 물러나는 걸 곁눈질로 알아차렸고 그가 서서히 자리에서 일어나고 있음을 깨달았다. 이윽고 그는 그녀를 향해 다가왔다. 방은 갑자기 엄청나게 커 보였고, 그는 굉장히 먼 거리에서 서서히 다가오는 것 같았다. 메리는 두려움으로 인해 손가락 하나 까닥하지 못하고 식은 땀을 흘리며 그냥 기다리고 있을 수밖에 없었다. 그는 서서히, 음울하고 강력한 인상을 풍기면서 다가왔는데, 그녀를 위협하는 것은 모세만이 아니라 그녀의 아버지까지 함께였다. 그들은 한 사람의 몸으로 함께 다가왔으며, 메리는 원주민의 냄새뿐 아니라 불결한 아버지의 냄새까지 맡을 수 있었다. 짐승의 몸에서 나는 것 같은 그 냄새는 방 안을 온통 가득 채워 버렸다. 신선한 공기를 찾기 위해 몸을 움직이려 했으나 다리가 말을 듣지 않았고, 현기증이 나서 몹시 어지러웠다. 그녀는 의식이 거의 없는 상태로 기댈 만한 것을 찾기 위해 벽에 등을 기대려다가 열린 창문으로 떨어질 뻔했다. 그가 가까이 다가와서 그녀의 팔에 손을 얹었다. 메리의 귓전에 들려온 것은 아프리카인의 음성이었다. 그는 리처드의 죽음에 대해 부드러운 목소리로 그녀를 위로했다. 그러나 동시에 끔찍하게도 아버지가 음흉한 미소를 지으며 탐욕스럽게 그녀의 팔을 잡고 있었다.

메리는 자신이 잠에 취해 악몽을 꾸고 있다는 사실을 갑자기 깨닫고 비명을 질렀다. 두려움에서 벗어나려고 몸부림치면서 필사적으로 비명을 지르고 또 질러 댔다. 자신의 비명을 듣고 리처드가 깰 것이라고 생각하면서 잠의 늪 속에서 허우적거렸다. 그러다가 메리는 결국 잠에서 깨어 자리에서 일어나

숨을 헐떡였다. 원주민이 잠이 덜 깬 충혈된 눈으로 차 쟁반을 들고 그녀 옆에 서 있었다. 방 안은 희미한 불빛에 휩싸여 있었고, 램프는 여전히 탁자 위에 흐릿한 빛을 뿌리고 있었다. 꿈속에서의 공포가 아직 남아 있는 채로 원주민을 본 메리는 소파 한쪽 구석으로 움츠러들었다. 그리고 불규칙하게 가쁜 숨을 몰아쉬면서 두려움에 찬 시선으로 그를 쳐다보았다. 그는 기다리다 지쳤는지 쟁반을 계면쩍게 내려놓았고, 메리는 꿈과 현실을 구별하기 위해 머리를 세차게 흔들었다. 그가 이상하다는 듯 그녀를 보면서 말했다.

"주인님은 잠들어 있어요."

그 순간 옆방의 리처드가 죽었다는 생각은 사그라졌다. 그러나 이 흑인에 대해서는 여전히 경계심이 풀리지 않았고 무슨 말을 하려 해도 입이 떨어지지 않았다. 메리가 두려운 시선으로 바라보자 그는 꽤 놀라는 눈치였다. 그녀는 최근 들어 자주 느꼈던 기분이 또다시 밀려왔다. 다시 말해 그가 마치 그녀를 평가하듯, 비꼬는 듯한 잔인하고 날카로운 눈빛으로 그녀의 전신을 훑는 것 같았다. 갑자기 부드러운 목소리로 그가 말문을 열었다.

"부인은 제가 무서워요?"

바로 꿈속에서 들었던 목소리였다. 메리는 그 말을 듣는 순간 다리가 휘청거리면서 온몸이 떨렸다. 그녀는 목소리를 가다듬으려고 애쓰다가 거의 들리지 않을 정도로 낮은 목소리로 말했다.

"아니, 아니, 아니야. 나는 네가 무섭지 않아."

그러고 나서 생각조차 할 필요가 없는 가능성을 부인하려는 자신에게 울화가 치밀어 올랐다.

그는 미소를 머금은 채 무릎 위에서 떨리고 있는 그녀의 손으로 시선을 떨어뜨렸다. 그의 시선은 쿠션을 꽉 붙잡고 스스로를 지탱하고 있는 메리의 온몸을 천천히 훑고 지나갔다.

그가 힘들이지 않고 다정한 목소리로 말했다.

"부인은 왜 저를 무서워해요?"

메리는 앙칼진 목소리로 초조함을 웃음으로 감추면서 신경질적으로 말했다.

"웃기는 소리 마. 나는 네가 무섭지 않아."

그녀는 백인 남자와 다툴 때처럼 말했다. 자신의 말을 듣는 그의 표정을 지켜보다가 거의 사색이 되어 버렸다. 그는 한동안 의미심장하게 그녀를 바라보다가 천천히 몸을 돌려 방에서 나갔다.

그가 보이지 않자 메리는 심문당하는 듯한 압박감에서 벗어났다. 그녀는 힘없이 온몸을 떨면서 소파에 앉아 꿈을 생각하면서 그 공포의 그림자에서 벗어나기 위해 몸부림쳤다.

잠시 후 메리는 차를 좀 마셔 보려 했으나 입으로 들어간 것보다 흘린 것이 더 많았다. 그녀는 꿈속에서 했던 것처럼 다시 억지로 몸을 일으켜 옆방으로 가 보았다. 리처드는 편안하게 잠들어 있었고 한결 나아 보였다. 메리는 그를 만져 보지는 않고 그냥 베란다로 나가서 차가운 벽돌에 등을 기댄 채 냉랭한 새벽 공기를 가슴 깊이 들이마셨다. 해가 뜨려면 아직 더 있어야 했다. 하늘은 구름 한 점 없이 맑고 장밋빛 햇살이 부드럽게 번져 가고 있었으나, 침묵이 감도는 나무들 사이에는 여전히 어둠이 남아 있었다. 원주민 합숙소 쪽에서 연기가 피어오르는 걸 보니 그날의 작업 시작을 알리는 신호를 보내러 갈 때가 된 모양이었다.

그날 하루 종일 메리는 언제나 그랬듯 침실에 앉아 리처드를 지켜보았다. 그는 한 시간이 다르게 차도를 보였으나 아직은 안 좋은 상태였다. 그러나 위험한 고비는 넘긴 것 같았다.

메리는 온종일 농장 근처에는 얼씬도 하지 않았다. 그리고 그 원주민을 피했다. 스스로에 대해 너무나 자신이 없었고, 그를 정면으로 마주할 힘 또한 없었던 것이다. 점심 식사 후 쉬는 시간에 그가 집을 떠나자 메리는 급히 주방으로 달려가 리처드가 마실 차가운 음료를 준비한 다음 마치 쫓기는 사람처럼 계속 뒤를 돌아보면서 주방문을 나섰다.

그날 밤, 메리는 집 안의 문을 모두 걸어 잠그고 리처드 옆에 누워 잠을 청했다. 리처드가 옆에 있다는 사실이 그토록 고맙게 느껴지기는 결혼 후 처음인 듯했다.

리처드는 일주일 후 다시 일을 하러 나갔다.

그가 경작지에 나가 있는 동안 원주민과 단둘이 집에서 지내야 하는 기나긴 나날이 다시 시작되었다. 메리는 자신이 이해할 수 없는 그 무엇인가와 싸우고 있었다. 시간이 흐를수록 리처드는 점점 비현실적인 존재가 되어 갔다. 반면 원주민에 대한 생각은 그녀의 머릿속을 완전히 장악해 버렸다. 항상 집 안에 그 흑인이 함께 있어서 그라는 존재에서 벗어날 수 없는 것은 악몽이었다. 메리는 그 악몽에 사로잡혀 있었건만, 리처드는 그녀 곁에 없었다.

아침에 눈을 떠서 자신의 드러난 어깨를 기묘한 시선으로 내려다보면서 차를 들고 옆에 서 있는 원주민을 발견하는 순간부터 그가 완전히 집 밖으로 나갈 때까지 메리는 단 한순간도 마음 편히 지낼 수 없었다. 메리는 두려움에 사로잡혀 그와 마주치지 않기 위해서 일부러 집안일을 했다. 만일 그가 이쪽 방에 있으면 급히 다른 방으로 옮겨 갔다. 메리는 그와 마주치지 않으려고 했다. 그를 보면 두려운 마음이 앞서고, 그날 밤에 겁에 질려 그에게 했던 말이 되살아났기 때문이다. 긴장된 목소리로 그에게 급히 지시를 내리고는 서둘러 주방을 나갔다. 메리는 그의 말을 듣는 게 두려웠다. 그의 목소리는 친밀하면서도 오만하고 그녀를 깔보는 듯했기 때문이다. 몇 번이고 "그를 내보내야 해요."라는 말을 하려 했으나 감히 엄두가 나지 않았다. 리처드가 노발대발할 생각을 하면 말이 나오다가도 그냥 기어 들어갔던 것이다. 메리는 어두운 터널, 그 끝에 있는 기분이 들었다. 마지막에 무엇이 그녀를 기다리는지 분명히 그려 볼 수는 없었지만, 거기서 빠져나갈 수 없다는 것만큼은 분명했다. 그리고 그가 제멋대로 오만불손하게 말하고 행동하는 태도를 보면 그 역시 메리처럼 마지막을 기다린다는 걸 알 수 있었다. 두 사람은 마치 조용한 결투를 벌이는 것 같았다. 그는 힘이 있고 자신도 있어 보였지만, 메리는 매일 밤 악몽에 시달리고 망상에 사로잡혀 두려워하며 약해질 대로 약해져 있었다.

10장

필요에 의해서건 선택에 의해서건 이웃 때문에 번거로움을 겪지 않고 혼자 살아가는 사람들은 다른 사람들이 자신에 대해 왈가왈부한다는 사실을 우연히 알게 되면 마음이 편치 못하고 기분이 몹시 언짢은 법이다. 마치 잠을 자던 사람이 깨어나 보니 침대 주위에서 낯선 사람들이 자신을 응시하고 있는 것처럼 말이다. '지역'의 주민이나 일에 대해서는 전혀 개의치 않고 달나라에서 사는 셈이었던 리처드와 메리 부부가 자신들이 오래전부터 근방 농부들의 구설에 오르내리는 신세라는 사실을 알았다면 아마 놀라움을 금치 못했을 것이다. 부부의 이름 정도만 알거나 이름조차 들어 보지 못한 사람들도 슬래터 부부의 입을 통해 전해 들은 이야기를 바탕으로 마치 모든 것을 다 아는 사람들처럼 그 부부에 대한 이야기를 주고받

왔다. 그것은 모두 슬래터 부부 탓이었지만, 그렇다고 그들만 비난할 수도 없는 노릇이었다. 직접 풍문의 피해를 본 적이 없으면 풍문이라는 것을 심각하게 생각지 않은 채 전해 들은 풍문을 화제에 올리기 마련이므로, 만일 왜 그처럼 쓸데없는 얘기를 퍼뜨렸느냐는 비난을 받으면 그들 부부는 틀림없이 펄쩍 뛸 것이다. '사실'만 이야기했다며.(그러나 그렇게 의식적으로 발뺌하려는 데에는 죄책감이 깔려 있는 법이다.) 그렇게 여러 차례 무시당하면서도 편견에 휘둘리지 않고 메리에게 잘 대해 주려고 했던 사람은 이례적으로 슬래터 부인밖에 없다고 모두들 당연한 듯이 말했다. 왜냐하면 슬래터 부인은 자신의 말을 빌리자면, "메리가 유아독존의 굴레에서 벗어나도록 하기 위해" 여러 번 애써 보았기 때문이다. 메리의 콧대 높은 자존심을 생각해서(그녀 또한 자존심이 셌다.) 슬래터 부인은 파티나 테니스 시합 혹은 친목 도모를 위한 댄스파티에 메리를 수도 없이 초대했다. 리처드가 두 번째로 병을 앓은 다음에도 메리가 고립의 벽을 부숴 버리게 하려고 갖은 노력을 했다. 리처드와 메리 부부를 심히 못마땅하게 생각하는 의사가 그들에게 신경 쓸 필요 없다고 충고해도 말이다. 그러나 메리는 도와주려는 사람의 정성을 의도적으로 무시해 버리고 슬래터 부인이 초대장을 보낼 때마다 일꾼 편에 그냥 돌려보냈다.(다른 사람들과 달리 리처드와 메리는 돈이 없어서 전화를 설치하지 않았기 때문에 전화로 초대할 수 없었다.) 편지가 오는 날 상점에서 메리를 우연히 만나면, 슬래터 부인은 친절하게 항상 한번 들러 달라고 했다. 그러나 메리는 매번 가고는 싶지만 "리처드가 너무 바빠요."라는 핑계를 대면서 오만하게 거절해 버렸다. 하지만 오랫동안 리처드나 메리를 역에서 보았다는 사람이 없었다.

"도대체 뭘 하고 지낼까?" 사람들은 수군거렸다. 찰리의 집에 모이기만 하면 사람들은 리처드와 메리가 뭘 하면서 지내느냐고 물어 왔다. 그러자 유머 감각이 뛰어나고 인내심이 있는 슬래터 부인도 더 이상은 참지 못하고 그들에 대해 이야기했다. 그때는 메리가 남편에게서 도망갔을 때니까 거의 육 년 전부터 사람들 입에 본격적으로 오르내린 셈이었다. 찰리는 아내의 이야기를 듣고 있다가 한몫 거들었다. 메리가 여자의 몸으로 모자도 쓰지 않고 초췌한 모습으로 초원 지대를 가로질러 와서는 자기에게 역까지 태워 달라고 부탁했던 얘기를 꺼냈던 것이다.

"그 여자가 리처드한테서 도망치는 중이라는 걸 내가 어떻게 알았겠어? 아무 말도 없었는데. 그저 그 여자가 장을 보러 가는데 리처드가 바빠서 태워 줄 수 없는 모양이다, 이렇게만 생각했지. 그러다 리처드가 잔뜩 걱정을 하며 찾아왔을 때 내가 역까지 태워다 주었노라고 말해 주었어. 그 여자, 거 지금 와서 얘기지만, 그래서는 안 되는 거야. 어디, 말이나 될 법한 일이야?"

이야기는 시간이 흐르면서 이상한 방향으로 재구성되었다. 메리는 남편에게 두들겨 맞고 한밤중에 도망쳐 나와 슬래터 부부의 집에서 잠시 몸을 피하면서 다른 곳으로 도망가기 위해 돈을 빌리려고 했다. 다음 날 아침 리처드가 그녀를 찾아와 다시는 구타하지 않겠다고 약속하면서 데리고 갔다. 이야기는 이런 식으로 왜곡되어 지역 주민들의 입에 오르내렸다. 그러다가 찰리가 그때 리처드를 채찍으로 후려갈겼다는 소문까지 떠돌았는데, 졸지에 덩달아 사람들의 구설에 오르자 찰리는 몹시 기분이 상했다. 사실 그는 리처드를 경멸하면서도 좋아했다. 리처드에게 미안한 생각도 들어서 그 사건에 대한 사람들의 인식을 바로잡으려고 했다. 그는 리처드가 메리 같은 여자를 붙잡아 둘 필요가 없다고 사람들을 만날 때마다 입버릇처럼 얘기했다. 차라리 보내 버리는 것이 훨씬 더 좋았을 거라고 했다. 악처의 굴레에서 벗어날 좋은 기회였는데 그만 실수하고 말았다는 것이다. 이렇게 해서 찰리 때문에 상황은 서서히 뒤집어졌다. 이번에는 모든 비난의 화살이 메리에게 쏟아졌고, 반면에 리처드는 사람들의 동정을 받았던 것이다. 그러나 이러한 구설에 대해 리처드와 메리, 즉 당사자들은 전혀 알지 못했다. 그도 그럴 것이, 그들은 오랫동안 농장에만 틀어박혀 지냈기 때문이다.

슬래터 부부, 특히 찰리 슬래터가 리처드와 메리 부부에게 계속 관심을 가진 진짜 이유는 리처드의 농장에 흑심을 품고 있었기 때문이다. 찰리의 소유욕은 그 어느 때보다도 강했다. 여기서 터너 부부의 비극을 연출한 장본인은 바로 찰리였기 때문에(그렇다고 해서 그를 비난할 수만은 없는 노릇이다.) 농부로서 그가 지나온 길을 알아볼 필요가 있다. 2차 세계대전이 전대미문의 담배 부농들을 만들어 냈듯 1차 세계대전은 옥수수 가격 폭등으로 많은 농부들을 부유하게 만들었다. 1차 세계대전 전까지만 해도 찰리는 몹시 가난했으나 전쟁이 끝나자마자 돈방석에 올라앉게 되었다. 그리고 일단 돈을 만지면, 찰리 같은 기질을 지닌 사람은 부익부 현상으로 더 많은 돈을 벌어 들이게 된다. 그는 돈을 농사에 투자하지 않을 정도로 꽤 신중한 사람이었다.(사실 그는 농사를 투자 대상으로 신뢰하지 않았다.) 그는 남는 돈을 전부 광산에 투자하고, 돈을 벌어들이기 위해 꼭 필요할 경우만 제외하고는 농장에 돈을 쓰지 않았다. 원래 찰리에게는 헥타르당 옥수수 10~12가마니 정도 수확을 올리던 비옥한 농토 200헥타르가 있었다. 그러나 땅을 혹사하기만 하고 전혀 돌보지 않아서 매년 수확량이 떨어져 지금은 운이 좋아야 헥타르당 2가마니 정도만 기대할 수 있었다. 그는 땅을 기름지게 해야 된다는 이야기는 완전히 무시해 버렸다. 그래서 자기 농장에서 자라던 나무들(광산업자들이 이미 벌목을 해 버려 그나마 별로 남아 있지도 않았다.)을 모조리 잘라서 장작으로 팔아 치웠다. 그러나 찰리의 농토처럼 아무리 비옥한 땅이라도 그렇게 혹사만 하면 수명이 다하는 법이다. 자기 땅의 수명이 다하자 찰리는 다른 곳으로 눈을 돌렸다. 그가 땅을 대하는 태도는 자신이 경멸하는 원주민들의 태도와 같았다. 농사짓던 땅의 수명이 다하면 다른 곳으로 옮겨 가 버리는 것이었다. 그렇게 해서 찰리는 자기 농장의 농토 중 경작 가능한 곳은 전부 일구었는데, 그나마도 이제는 바닥나고 말았다. 찰리는 리처드의 농장과 경계를 이루는 자기 소유의 농토는 전부 써먹을 만큼 써먹었기 때문에 그의 농장이 꼭 필요했다. 그는 리처드의 농장을 어떻게 이용해 먹으면 좋을지 속속들이 계획해 놓았다. 리처드의 농장은 조금씩이나마 모든 요소를 골고루 갖추고 있었고, 제대로 돌본 덕분에 상당히 비옥한 농토가 40헥타르나 되었다. 게다가 담배 재배에 적합한 지역도 있었을 뿐 아니라 나머지는 목초지로 아주 훌륭했다.

찰리가 원하는 것은 바로 목초지였다. 겨울에 건초를 준비해 두었다가 가축에게 먹이는 것을 그는 쓸데없는 노력의 낭비라고 생각했다. 가축들이 알아서 풀을 뜯어 먹고 자라라고 방목하곤 했는데, 이 방식은 풀만 많으면 아주 효과적이었다. 그러나 찰리는 기르는 가축은 많은데 목초지는 부족했다. 그래서 유일한 출구를 호시탐탐 노리고 있었던 것이다. 다시 말해 그는 오래전부터 리처드가 파산하기만 기다려 왔다. 그러나 리처드는 끈덕지게 파산의 위기를 넘기며 용케 현상을 유지하고 있었다.

"그 친구 도대체 무슨 재간이 있는 거야?"

모두들 기분 나쁘다는 듯 이렇게 말했다. 리처드가 돈은 한 푼도 못 벌어들이는 것 같은데 정작 파산을 면하고 있으니 말이다. 사실 그는 항상 흉년이 들었고 항상 빚을 지고 사는 것 같았다.

"돼지처럼 살면서 아무것도 안 사니까 그래요."

슬래터 부인이 비꼬면서 말했다. 그즈음 그녀는 자신이 그토록 신경을 써 주었건만 메리가 자기 무덤을 스스로 파고 말았다고 생각하기 시작했다.

리처드가 자신의 실패를 이치에 맞게 받아들였다면 사람들이 그토록 기분 나빠하거나 불쾌해하지 않았을지도 모른다. 만일 그가 찰리에게 자신의 무능을 한탄하면서 조언을 구했더라면 사정이 달라질 수도 있었다. 그러나 리처드는 결코 그러지 않았다. 그는 빚더미와 자신의 농장을 붙잡고 늘어지면서도 찰리를 무시했다. 찰리는 어느 날엔가 리처드를 만나지 못한 지 일 년도 넘었다는 사실을 문득 깨달았다.

"시간이 이렇게나 빨리 지나간담."

찰리가 일 년도 넘게 리처드를 보지 못했다고 하자 부인이 이렇게 말했다. 그러나 이야기를 하다 보니 일 년이 아니라 이 년이 지났다는 사실을 새롭게 깨달았다. 농장 생활을 하다 보면 시간이 언제 어떻게 지나가는지 깨닫지 못하곤 한다. 바로 그날 오후에 찰리는 터너 부부의 집으로 차를 몰았다. 약간이나마 죄책감이 느껴졌다. 그는 자신이 경험도 많고 아는 것도 많기 때문에 리처드의 스승이라고 생각해 왔다. 그래서 농사일을 처음 시작할 때부터 쭉 지켜봐 온 리처드에 대해 책임감을 느꼈던 것이다. 차를 몰고 가면서 방치해 둔 징조들을 눈여겨보았다. 형편은 더 좋아지지도 더 나빠지지도 않은 것 같았다. 농장 경계선을 따라 방화벽이 세워져 있기는 했지만, 작은 불길이나 막아 줄 뿐 바람을 등에 업은 큰불 앞에서는 무용지물일 것 같았다. 허물어지기 일보 직전의 외양간은 디딤목으로 간신히 버텨 놓고 있었으며, 초가지붕에는 곳곳에 땜질한 흔적이 보였다. 길은 땅고르기 작업을 하지 않아서 차를 몰고 가는 동안 엉덩이가 들썩거려 편히 운전할 수 없을 정도였다. 길옆에 있는 커다란 고무 농원 한쪽은 화재가 난 듯했고, 고무나무들은 잎을 늘어뜨린 채 강렬한 오후의 햇볕을 온몸에 받으며 서 있었다.

모든 것이 전과 같았다. 쓰러지기 일보 직전이지만 그렇다고 해서 완전히 희망이 없는 것도 아닌 상태, 리처드의 농장은 항상 그런 상태였다.

리처드는 이제 곡물 저장고로 사용되는 담배 건조 창고 옆 큰 바위 위에 앉아 일꾼들이 그해에 수확한 옥수수에 개미가 접근하는 걸 막기 위해 양철판 위에 쌓아 올리는 것을 지켜보고 있었다. 그는 챙이 넓은 모자를 쓰고 있다가 옆에 다가온 찰리를 발견하고 고개를 숙여 보였다. 찰리는 눈을 가늘게 뜨고 일꾼들의 작업 광경을 지켜보았다. 옥수수를 담은 가마니가 너무 낡아서 더 이상 사용할 수 없을 것 같았다.

"어쩐 일이에요?"

언제나 그랬듯 공손한 것 같으면서도 방어하는 말투로 리처드가 물었다. 별로 입을 열지 않다가 갑자기 말해야 될 경우를 당한 듯 목소리가 어딘지 어색하게 느껴졌다. 그리고 모자챙을 피해서 거북스럽게 찰리를 바라보는 그의 두 눈은 빛나기는 해도 수심이 잔뜩 서려 있었다.

"별일 아니야."

찰리가 성마른 목소리로 말했다.

"어떻게 지내나 해서 그냥 들렀네. 만나 본 지도 오래고 해서 말이야."

리처드는 아무런 대꾸도 하지 않았다. 일꾼들이 작업을 끝내 가고 있었다. 태양은 진홍빛 햇살을 언덕 위에 드리우며 이미 기울었고, 덤불숲 끝부터 경작지 쪽으로 땅거미가 밀려들었다. 800미터쯤 떨어진 원주민 합숙소의 오두막에서는 연기가 피어올랐다. 누군가가 치는 단조롭게 둥둥거리는 북 소리가 그날 하루의 일과가 끝났음을 알려 주었다. 일꾼들은 어깨에 웃옷을 걸치고 삼삼오오 무리 지어 합숙소로 향해 갔다.

"흠."

힘겹게 자리에서 몸을 일으키면서 리처드가 말했다.

"이렇게 또 하루가 지나갔군."

찰리는 그를 찬찬히 살펴보았다. 뼈밖에 남지 않은 큰 손은 계속 떨리고 있었고, 피골이 상접한 어깨 역시 마찬가지였다. 날씨가 상당히 더운 편인데도 몸을 떨다니 상당히 이상한 일이었다. 땅에서는 계속 지열이 올라왔고 붉게 홍조 띤 하늘 역시 더위를 담고 있는데…….

"열이라도 있나?"

찰리가 물었다.

"아니에요, 그렇지 않아요. 피곤해서 그런 모양이에요."

"피곤도 지나치면 결국은 몸을 해치게 되네."

찰리는 리처드도 몸에 열이 날 수 있다는 사실을 발견한 게 내심 반가운 모양이었다. 그러나 그런 내색은 전혀 하지 않고 짐짓 진지한 표정으로 자상하게 물어보았다.

"요즘에 자주 열이 나나? 지난번에 내가 의사를 데려온 후로 말이야."

"최근에는 자주 그러네요. 매년 그래요. 작년에도 두 번이나 그랬으니까요."

"부인이 보살펴 주겠지?"

순간적으로 리처드의 얼굴에서 근심스러운 기색을 읽을 수 있었다.

"네."

"그래, 부인은 어떠신가?"

"늘 그렇죠."

"아픈 데는 없고?"

"네, 아프지는 않아요. 하지만 그리 좋지는 않아요. 신경성인가 봐요. 많이 쇠약해졌어요. 농장 생활을 너무 오래 해서 그런지."

그러고 나서 더 이상 혼자서만 알고 지낼 수 없다는 듯 급히 이렇게 덧붙였다.

"집사람이 걱정돼서 죽을 지경이에요."

"대체 뭣 때문에 그러는 건가?"

찰리는 자연스럽게 말했다. 그러나 리처드의 얼굴에서 한순간도 시선을 떼지 않았다. 그들은 헛간 그림자가 드리운 그늘에 서 있었다. 헛간 문으로 금방 딴 옥수수의 풋풋한 냄새가 풍겨 나왔다. 리처드는 경첩이 거의 떨어져 나간 문을 어깨로 들어 올린 다음 앞으로 밀어서 닫았다. 그러고는 자물쇠를 잠갔다. 자물쇠의 플랜지에는 나사가 하나밖에 없었는데, 웬만큼 힘을 쓰는 사람이면 쉽게 뜯어 낼 수 있을 것 같았다.

"집으로 같이 가시겠어요?"

찰리는 고개를 끄덕이고 주변을 둘러보았다.

"차는 어디 있나?"

"아, 요즘은 걸어 다녀요."

"팔아 버렸어?"

"네. 차를 끌려니까 비용이 많이 들어서요. 필요한 게 있으면 왜건을 보내요."

두 사람은 찰리의 대형 승용차에 올라탔다. 길 폭이 너무 좁아서 찰리의 차는 흔들거리며 나아갔다. 리처드가 차를 없앤 후로 길에는 잡초들이 다시 자라났다.

나무로 뒤덮인 낮은 언덕(집이 있는)과 곡물 저장고 사이에는 경작되지 않은 땅이 있었다. 자연 상태로 그냥 버려 둔 것처럼 보였다. 그러나 찰리가 자세히 살펴보니 잡초와 관목 사이사이에 옥수수가 무질서하게 자라고 있었다. 처음에는 저절로 자라난 옥수수인 모양이라고 생각했다가, 아무래도 사람이 심어 놓은 것 같아서 생각을 고쳐먹었다.

"저건 뭔가? 어쩔 생각이야?"

"미국에서 성공했다는 방법을 한번 써 보는 중이에요."

"무슨 방법?"

"땅을 갈거나 사람 손을 쓸 필요가 없다는 거예요. 다른 식물이 자라는 땅에 씨를 뿌려서 알아서 함께 자라도록 버려 둔다는 거죠."

"뜻대로 되지 않은 모양이지?"

"아니에요."

리처드가 공허한 목소리로 말했다.

"귀찮아서 수확을 하지 않은 것뿐이에요. 그냥 두는 것이 토질에도 좋을 것 같아서……."

리처드가 말꼬리를 흐렸다.

"실험이라는 얘기로군."

찰리가 짤막하게 말했다. 그는 목소리에 감정을 담지 않았다. 그러나 딱딱하게 굳어 있고 비참해 보이는 리처드의 얼굴에서 단 한 번도 시선을 떼지 않았다. 뭔가 이상한 기미가 느껴졌기 때문이다.

"부인 얘기는 무슨 뜻이었나?"

"좋지가 않아요."

"하지만 어디가 어떻게?"

리처드는 한동안 대답하지 않았다. 그들은 황금빛 저녁 햇살이 아직 나뭇잎과 덤불숲에 머물러 있고 땅거미가 짙게 깔려 있는 개간하지 않은 토지를 지나갔다. 차는 보닛을 하늘로 향한 채 몹시 가파른 언덕을 줄기차게 올라갔다.

"모르겠어요."

리처드가 마침내 말문을 열었다.

"요즘 들어 사람이 달라졌어요. 나아진 것도 같은데. 여자들이란 알다가도 모르겠어요. 하여튼 예전 같지가 않아요."

"그러니까 어떤 점에서?"

찰리가 되풀이해서 같은 질문을 했다.

"글쎄요, 예를 들면…… 처음 농장에 왔을 때는 상당히 활달했어요. 근데 이제는 관심이 없어요. 아무것도 관심이 없어요. 그냥 앉아서 아무 일도 하지 않는 거예요. 닭 같은 것도 귀찮아서 돌보려 하지 않아요. 아시는지 모르겠지만, 집사람은 지금까지 매달 상당한 수입을 올려 왔거든요. 그리고 하인이 집안일을 어떻게 하든 전혀 신경을 안 써요. 옛날에는 골치가 아플 정도로 잔소리를 늘어놓았는데. 잔소리, 잔소리, 잔소리…… 하루 종일 잔소리뿐이었어요. 여자들이 농장 생활을 오래 하다 보면 어떻게 되는지 알죠? 자제력을 잃게 돼요."

"깜둥이를 다룰 줄 아는 여자는 없어."

찰리가 말했다.

"아무튼 걱정돼요."

리처드가 비참하게 웃으면서 말했다.

"차라리 잔소리라도 했으면 좋겠어요."

"여보게, 리처드."

찰리가 갑자기 말을 꺼냈다.

"농장을 그만두고 다른 곳에 가서 일을 해 보면 어떻겠나? 자네뿐 아니라 부인에게도 몹쓸 짓을 하고 있는 것 같은데."

"하, 하지만, 지금까지 잘해 왔는데."

"지금 아프지 않나."

"괜찮아요."

집 앞에서 차를 세웠다. 안에서 희미한 불빛이 새어 나왔지만, 메리는 나타나지 않았다. 침실 쪽에서 다시 불빛이 새어 나왔다.

"옷을 갈아입는 모양입니다."

리처드는 침실 쪽에 시선을 고정하면서 기뻐했다.

"그동안 찾아온 사람이 아무도 없었거든요."

"내게 농장을 파는 게 어떻겠어? 값은 후하게 쳐 줄 테니."

"그럼 이제 어디로 가라고요?"

리처드가 깜짝 놀라면서 물었다.

"도시로 가. 농사에서는 손 떼고. 자네는 농사일이 맞지 않

아. 도시로 가서 안정된 일자리를 찾아봐."

"난 끝장을 보고 말 겁니다."

리처드는 기분이 몹시 상한 눈치였다.

야윈 여인의 모습이 불빛을 받으면서 베란다에 나타났다. 리처드와 찰리는 차에서 내려 안으로 들어갔다.

"안녕하시오, 터너 부인."

"안녕하세요."

메리가 말했다.

찰리는 환한 방 안으로 들어서서 메리를 찬찬히 살펴보았다. 특히 메리가 "안녕하세요." 하고 말했을 때 무언가 이상한 느낌이 들어서 그녀를 의식적으로 더욱 찬찬히 살펴보았다. 찰리 앞에 불안정하게 서 있는 메리는 마른 장작개비 같았다. 강한 햇살에 색이 바랜 머리칼은 헝클어진 채 피골이 상접한 얼굴을 드러내 보이면서 파란 리본으로 묶여 있었다. 금방 갈아입은 듯한 드레스 위로 나온 목은 가늘고 누런색을 띠었으며, 드레스는 주름 잡힌 짙은 자줏빛 무명천으로 만든 것이었다. 빨간색 긴 귀고리는 몸을 한 번 움직일 때마다 급하게 흔들거리면서 목을 살짝살짝 건드렸다. 메리 터너가 사실은 '건방진' 여자가 아님을 말해 주었던 파란 눈동자는 예전의 수줍음과 예민함을 잃고 대신 새로운 빛을 담고 있었다.

"아, 안녕하세요!"

메리가 밝은 목소리로 말했다.

"정말 오랜만에 뵈니 반갑네요, 슬래터 씨."

메리는 어깨를 흔들며 눈살이 찌푸려질 정도로 심한 교태까지 부리면서 웃어 보였다.

리처드는 괴로운 듯 다른 곳으로 시선을 돌려 버렸다. 찰리는 무례할 정도로 그녀를 빤히 바라보았다. 마침내 메리가 얼굴을 붉히고 고개를 흔들면서 시선을 다른 곳으로 돌릴 때까지 응시했다.

"슬래터 씨는 우리를 좋아하지 않나 봐요."

메리가 리처드에게 말했다.

"그게 아니라면 더 자주 방문해 주셨을 텐데 말이에요."

메리는 원래 모습을 잃어버리고 단지 물건 덩어리로 변해 버린 빛바래고 낡은 소파 한쪽 구석에 자리를 잡고 앉았다.

찰리가 소파에 시선을 고정한 채 물었다.

"상점은 어떻게 되어 가나?"

"포기했어요. 수지가 맞지 않아서."

리처드가 퉁명스럽게 대답했다.

"남은 물건들은 우리가 쓰고 있어요."

찰리는 메리의 귀고리와 소파 커버를 차례로 살펴보았다. 볼품없는 파란색 커버는 남아프리카에서 원주민들에게만 팔리는 것으로 인식되는 싸구려 물건으로 '깜둥이들 것'이라는 선입견이 강해서 백인의 집에서 그런 물건을 발견하자 충격을 받았다. 찰리는 이맛살을 찌푸리고서 집 안 곳곳을 둘러보았다. 커튼은 형편없이 낡았고, 유리창은 깨져서 종이로 땜질해 놓은 것이 있었고, 또 어떤 유리창은 박살이 났는데도 손질조차 전혀 해 놓지 않았다. 방 안 어디를 둘러보든지 물건다운 물건은 하나도 찾아볼 수 없었다. 그러나 상점에서 팔다 만 물건을 활용한 흔적이 곳곳에 보였다. 의자만 보더라도, 등받이에서 앉는 부분까지 재고품을 이용해 땜질하지 않은 곳이 더 드물 정도였다. 구색을 갖추려는 그런 작은 노력이 좋은 징조라고 찰리는 생각했을지도 모르지만. 투박하면서도 야만스러운 그의 훌륭한 유머 감각은 사라져 버리고 없었다. 그는 잔뜩 찌푸린 채 침묵만 지켰다.

"식사라도 하고 가세요."

이윽고 리처드가 먼저 말문을 열었다.

"아니야, 괜찮네."

찰리는 이렇게 말했다가 문득 호기심이 생겨서 마음을 바꾸었다.

"아, 그럴까."

두 남자는 마치 환자 앞에서 이야기를 주고받는 것 같았다. 그러나 메리는 의자에서 벌떡 일어나 문 쪽을 향해 소리쳤다.

"모세! 모세!"

그러나 하인이 나타나지 않자, 메리는 두 사람에게 형식적인 미소를 지어 보였다.

"실례해요. 하지만 두 분도 깜둥이 하인이라는 것들이 어떤지 알고 계시죠."

메리는 밖으로 나갔다. 남자들은 침묵을 지켰다. 리처드는 고개를 돌려 찰리의 시선을 피했으나, 남의 기분을 맞춰 주는 것과는 거리가 먼 찰리는 어떤 말이나 설명을 강요하듯 리처드를 뚫어져라 바라보았다.

모세가 준비해서 들고 들어온 저녁 식사는 차와 냄새 고약한 버터를 바른 빵, 차갑게 식은 고기 한 덩어리가 전부였다. 따로 나오는 것도 없었을뿐더러 찰리는 들고 있는 나이프에 기름이 묻어 있는 듯한 느낌까지 받았다. 그는 불쾌함을 노골적으로 드러냈다. 식사하면서 리처드는 아무 말도 하지 않았으나, 메리는 귀고리를 흔들고 야윈 어깨를 비비 꼬면서 천박함을 확확 풍기며 어울리지 않게 공연히 수줍어하는 목소리로 상관도 없는 날씨 이야기만 어쭙잖게 늘어놓았다.

찰리는 메리가 무슨 짓을 해도 반응을 보이지 않았다. 그저 "네, 터너 부인. 아니요, 터너 부인."이라고 간간이 대답할 따름이었다. 그리고 경멸과 혐오가 가득 찬 시선으로 메리를 차갑게 응시했다.

하인이 식탁을 치우러 왔을 때, 찰리가 이를 갈면서 분노하게 된 사건이 발생했다. 그들이 남은 음식을 앞에 둔 채 앉아 있는 동안, 하인은 식탁 주변을 왔다 갔다 하면서 빈 접시를 느긋하게 모았다. 찰리는 그때까지는 그를 눈여겨보지도 않았다. 문득 메리가 물었다.

"과일 드시겠어요, 슬래터 씨? 모세, 오렌지 가져와. 어디 있는지 알지?"

찰리는 그 순간 입 안에 있던 음식을 씹다 말고 눈을 날카롭게 빛내면서 고개를 들었다. 찰리가 그토록 경악한 것은 바로 원주민에게 얘기하는 메리의 말투였다. 그녀는 찰리 자신에게 하던 것처럼 수줍은 듯 교태를 부리면서 원주민 하인에게 말했던 것이다.

원주민이 퉁명스럽고 무례하게 대답했다.

"오렌지는 다 떨어졌어요."

"떨어지지 않았다는 거 알아. 두 개가 남아 있어. 떨어지지 않았다니까."

"오렌지는 다 떨어졌어요."

그가 냉담하게 다시 한번 말했다. 그러나 그 말투에는 자기만족과 의식적인 힘이 담겨 있어서 찰리는 일순간 숨이 막히는 듯한 충격을 받았다. 문자 그대로 할 말을 잃고 말았다. 시선을 떨어뜨리고 손을 내려다보고 있는 리처드를 바라보았다. 그러나 그가 무슨 생각을 하는지, 이상한 낌새를 알아차리기나 했는지는 알 수 없었다. 찰리는 다시 메리 쪽으로 시선을 돌렸다. 그녀의 주름 잡힌 눈 근처 피부는 보기 흉할 정도였으며, 얼굴에 떠오른 표정은 두려움, 바로 그것이었다. 그녀는 찰리가 무슨 낌새를 알아차렸다는 걸 눈치챈 것 같았다. 그녀는 미소 지으면서 죄스럽다는 듯이 계속 찰리를 보았다.

"저 하인을 둔 지 얼마나 됐나?"

쟁반을 들고 문에 서서 대화를 듣고 있는 모세를 턱으로 가리키면서 마침내 찰리가 말문을 열었다. 메리는 그저 무력하게 리처드를 바라볼 뿐이었다.

리처드가 무미건조한 음성으로 대답했다.

"사 년 정도 되었어요."

"왜 계속 쓰고 있나?"

"괜찮은 하인이거든요."

머리를 까닥거리면서 메리가 말했다.

"일을 썩 잘해요."

"그러지 않을 것 같은데요."

찰리가 퉁명스럽게 말하면서 도전적인 눈빛으로 메리를 바라보았다. 그러나 그녀의 눈동자는 종잡을 수 없었으며 불안해 보였다. 그러나 동시에 은밀한 만족감 같은 것이 보이는 것 같아서 찰리는 화가 머리끝까지 났다.

"왜 저놈을 없애 버리지 않는 거지요? 왜 저놈이 부인에게 그따위로 얘기를 하게 두는 건가요?"

메리는 대답을 하지 않았다. 그녀는 고개를 돌려 어깨 너머로 모세가 서 있는 문 쪽을 바라보았다. 그리고 그녀의 표정은 마치 넋이 나간 듯해서, 찰리는 별안간 원주민에게 고함을 질렀다.

"꺼져! 가서 일이나 해."

덩치 큰 원주민은 명령에 곧 복종해서 모습을 감추었다. 잠시 침묵이 흘렀다. 찰리는 리처드가 말을 꺼내기를, 그가 완전히 포기해 버리지는 않았다는 말을 하기를 기다렸다. 그러나 고통으로 얼굴을 일그러뜨린 채 고개를 숙일 뿐이었다. 마침내 찰리는 메리가 옆에 없는 양 그녀의 존재를 완전히 무시해 버리고서 리처드에게 직접 얘기했다.

"하인 놈을 없애 버려."

찰리가 말했다.

"당장 해고해."

"메리가 맘에 들어 해서요."

리처드가 천천히 맥 풀리게 대답했다.

"밖에서 얘기 좀 해."

리처드는 고개를 들고 원망스러운 듯 찰리를 바라보았다. 애써 무시해 버리고 싶은 어떤 사실을 억지로 주목하게끔 강요당하는 것이 몹시 언짢은 모양이었다. 그러나 순순히 자리에서 일어나 찰리를 따라 밖으로 나갔다. 두 사람은 베란다 계단을 내려가서 나무 그림자 있는 데까지 걸어갔다.

"이곳에서 한시바삐 떠나는 게 좋겠어."

찰리가 퉁명스럽게 말했다.

"어떻게요?"

리처드가 못마땅한 듯 대꾸했다.

"빚이 있는데 어떻게요?"

그러고는 마치 다른 것은 문제 될 것이 없고 오로지 돈만 문제 된다는 듯, 계속해서 이렇게 말했다.

"빚을 지고서도 태평하게 지내는 사람도 많다는 거 알아요. 나보다 더 어려우면서 차도 사고 놀러도 다니는 사람도 많다더군요. 하지만 나는 못 그래요. 그렇게 못 해요. 그런 건 나하고 맞지 않아요."

"내가 자네 농장을 사고, 자네는 이곳 관리인으로 남으면 어떻겠나, 리처드? 하지만 우선 적어도 여섯 달은 쉬어야 돼. 특히 자네 부인을 위해서 말이야."

찰리는 거절할 이유가 없다는 듯 말했다. 사리사욕을 채우려고 이기심에서 하는 말이 아니라 스스로도 놀랐다. 그리고 리처드에 대한 동정심만도 아니었다. 그는 남아프리카 백인들의 첫 번째 규율, 즉 "너희는 동료 백인이 일정 수준 이하로 떨어지도록 내버려 두면 안 된다. 만일 그렇게 되면 깜둥이들이 자신이나 너희가 별 차이 없다고 생각할 것이기 때문이다.”
를 준수하는 것이었다. 단단하게 결속된 사회의 가장 강한 동
감대가 찰리의 목소리를 통해 나온 셈이어서 리처드는 거절
할 여지조차 없었다. 따지고 보면 리처드는 평생을 시골에서
지낸 셈이었고, 갖은 수모를 다 겪었으며, 스스로도 다른 백인
들의 기대에 미치지 못했음을 알고 있었다. 그러나 찰리의 호
의를 받아들일 수 없었다. 찰리는 농장을 포기하라는데, 리처
드에게는 삶 자체를 포기하라는 것처럼 들렸기 때문이다.

　“내가 그대로 이 농장을 인수하고 빚을 청산하기에 충분한
돈을 주겠어. 자네가 휴양지에서 돌아올 때까지는 관리인을
쓰도록 하고. 최소 여섯 달은 농장을 떠나서 쉬어야 해, 리처
드. 어디로 가든 그건 문제 될 것 없어. 어쨌든 지금처럼 지
내면 안 돼. 그럼 모든 게 끝장이야”

　그러나 리처드는 쉽게 승복하지 않았다. 네 시간 동안이나
끈질기게 버텼다. 두 사람은 나무 사이를 오가면서 네 시간에
걸쳐 열띤 공방전을 벌였다.

　마침내 찰리는 집으로 다시 들어가지 않고 차를 몰고 가 버
렸다. 생명의 샘이 완전히 파괴되어 버린 리처드는 다리를 질
질 끌다시피 하면서 집으로 돌아왔다. 그는 농장 소유주가 아
니라 남의 고용인으로 전락할 형편이 된 셈이었다. 메리는 소
파 구석에 웅크리고 앉아 있었다. 찰리가 나타나자 자신을 지
탱하면서 아무렇지도 않다는 걸 보여 주기 위해 취했던 태도
는 어디론가 사라져 버리고 없었다. 리처드가 집 안으로 들어
와도 쳐다보지 않았다. 며칠이고 리처드에게 한마디도 하지

않은 적도 있었다. 마치 그녀에게는 리처드가 존재하지 않는 것 같았다. 그저 자신의 깊은 꿈속에 빠져 있는 것 같았다. 생기가 돌고 자신이 하는 일에 주목하는 것은 오로지 원주민이 허드렛일을 하려고 방에 들어올 때뿐이었다. 메리는 그에게서 단 한순간도 시선을 떼지 않았다. 그러나 그것이 무엇을 의미하는지 리처드는 알 수 없었다. 알고 싶지도 않았다. 그것에 맞서 싸울 만한 힘이 남아 있지 않았다.

찰리는 조금도 지체하지 않았다. 이 농장 저 농장 차를 몰고 다니며 몇 개월 동안 리처드의 농장을 맡아서 운영할 적임자를 찾았다. 다른 설명은 하지 않고, 다만 리처드가 아내와 쉬도록 도와주는 거라고만 했다. 찰리는 마침내 영국에서 갓 건너와 일자리를 구하는 청년이 있다는 이야기를 들었다. 누구든 상관없었다. 아무라도 좋았다. 상황이 그만큼 급박했으니 말이다. 그는 영국 청년을 찾기 위해 직접 차를 몰고 도시로 갔다. 그 청년에게서 특별한 인상은 받지 못했다. 평범했다. 자신감이 넘쳐흐르고 모르는 것이 없는 양 잘난 체하는 비교적 교육 수준이 높은 젊은이였던 것이다. 찰리는 영국 청년을 데리고 왔다. 얘기해 준 건 거의 없었다. 무슨 말을 해 주어야 할지 감이 잡히지 않았다. 예정대로라면 일주일 안에 영국 청년이 농장을 인수받고 리처드 부부를 해변 휴양지로 보내기로 되어 있었다. 그리고 찰리가 돈 문제를 처리하고, 그에게 농장일에 대해 자세히 일러 줄 예정이었다. 계획은 그렇게 짜여 있었다. 그러나 막상 리처드를 찾아가 이야기하자 뜻하지 않았던 문제가 발생했다. 비록 농장을 떠난다는 선까지는 후퇴했으나 아무리 설득해도 금방 떠나려고는 하지 않았던 것이다.

찰리와 리처드, 토니 마스턴이라는 영국 청년은 경작지 한 가운데에 모여 섰다. 찰리는 마음이 조급해 울화가 치밀어 올랐고(최적 시기에 일을 밀어붙일 수 없기 때문이었다.) 리처드는 비참한 신세를 한탄하며 고집을 부렸고, 토니는 상황을 예의 주시하면서 앞으로 나서지 않으려고 신중을 기하고 있었다.

"제길, 왜 나를 이런 식으로 내쫓으려고 해요? 여기서 십오 년이나 살아왔는데!"

"이 사람아, 내쫓으려는 게 아냐. 무슨 일이 생기기 전에 떠나기를 바라는 거야. 당장 떠나야 해. 그건 자네 자신이 더 잘 알잖나."

"십오 년!"

야윈 얼굴이 달아오르면서 리처드가 말했다.

"십오 년이에요!"

그는 심지어 무의식중에 허리를 굽혀 흙을 한 줌 움켜쥐었다. 그 흙이 자기 것임을 주장하는 듯이. 찰리는 참으로 유치한 행동이라고 생각하면서 입가에 가느다란 미소를 떠올렸다.

"하지만 리처드, 곧 돌아올 거잖아."

"그때는 내 땅이 아니잖아요."

갈가리 찢어지는 듯한 목소리로 리처드가 말했다.

그는 여전히 흙을 움켜쥔 채 발걸음을 돌렸다. 토니 또한 발걸음을 돌리면서 토질을 살펴보는 척했다. 이 비극적인 슬픔을 짓밟고 싶지 않았던 것이다. 찰리는 그런 배려를 할 줄 몰라서 리처드의 고뇌에 찬 얼굴을 성마른 시선으로 지켜보고

만 있었다. 그러나 그에게도 남을 존중해 줄 수 있는 일말의
마음은 남아 있었다. 이해할 수는 없었지만 리처드의 마음을
존중했던 것이다. 농장을 소유하고 있다는 자부심. 찰리도 그
것은 알고 있었다. 그러나 땅에 그처럼 결사적으로 집착하는
것은 도저히 이해가 가지 않았다. 그럼에도 상당히 부드럽게
말했다.

"자네 것이나 다를 바 없어. 난 자네 농장을 뒤집어 놓을
생각은 없으니까. 돌아오면 마음대로 운영해."

찰리가 평소처럼 투박한 유머 감각을 살려서 말했다.

"적선이군요."

수심에 찬 목소리로 리처드가 말했다.

"적선이 아니야. 나는 이 농장을 사업적인 이유로 사들이려
는 거야. 목초지가 필요하거든. 가축도 함께 돌봐 주겠어. 그리
고 작물도 마음대로 재배해."

그러나 찰리는 자신의 행동이 적선이라고 생각하면서 자
신의 사업 원칙을 철저히 배반한 스스로가 놀라웠다. 세 사
람 모두의 가슴에서 다른 것들은 희미해져 버리고 '적선'이라
는 말만 뚜렷하게 새겨졌다. 그러나 그들의 생각은 전부 틀린
것이었다. 그것은 자기 보존의 본능이었다. 존경받는 백인들은
떼를 지어 빈민굴이나 흑인 거주 지역으로 몰려가는 수백만
의 흑인 원주민보다 가난한 백인 부류에 또 한 명의 백인이 추
가되는 것을 훨씬 더 충격적으로 여겼고, 찰리는 그것을 막아
보려고 안간힘을 쓰고 있었다.(그러나 백인의 위신을 실추시킨 그
런 백인들은 동정받기보다는 경멸과 증오의 대상이 되었으므로 그

들 때문에 가슴 아파하지는 않았다.)

마침내 오랫동안 말이 오고간 끝에 리처드는 토니에게 자신의 농장을 어떻게 운영했으면 좋을지 자세히 일러 주고 월말경에 떠나기로 합의했다. 찰리는 약간 술책을 부려 삼 주 후 기차 편을 예약해 두었다. 토니는 그 땅에 발을 들여놓은 지두 달도 채 되지 않아서 일자리를 찾은 것이 놀라우면서도 신이 난다고 생각하면서 리처드와 함께 그의 집으로 돌아갔다. 그에게는 집 뒤에 있는 초가지붕에 진흙 담으로 된 오두막이 한 채 주어졌다. 한때 상점으로 쓰다 지금은 비어 있는 집이었다. 비질은 한 듯했지만 바닥에는 옥수수 몇 개가 여전히 나뒹굴었고, 벽에는 제대로 없애지 않은 개미들이 이곳저곳에 뻥뻥 구멍을 뚫어 놓고 활개를 치고 있었다. 찰리가 마련해 준 철제 침대 틀, 상자로 만들어 원주민들이 사용하는 싸구려 파란색 천으로 앞을 가려 놓은 찬장, 세숫대야 위에 올려놓은 거울이 있었다. 토니는 그런 것들을 조금도 마음에 두지 않았다. 하늘을 날아갈 듯 기분이 상당히 좋았기 때문에 좋지 않은 음식이나 낡은 매트리스 같은 것들은 전혀 중요하지 않았다. 영국에 있었다면 큰 충격이 되었을 규범들도 나라에 따라 달라지는 것 같아서 부담스럽기는커녕 흥미롭기만 했다.

그는 스무 살이었다. 상당히 좋은 교육을 받았고, 삼촌이 경영하는 공장에서 사무원 비슷한 일을 할 예정이었다. 그러나 사무실 의자에 앉아서 지내는 것은 삶에 대한 그의 철학과 걸맞지 않았기에, 먼 친척뻘이 담배 재배로 일 년 전에 5000파운드를 벌어들였던 남아프리카를 삶의 무대로 선택했다. 할 수만 있으면 그 친척처럼 담배를 재배해서 더 큰 성공을 거두고 싶었다. 그렇게 되려면 우선 배워야 했다. 리처드의 농장에 불만스러운 점이 있다면, 담배 농장이 아니라는 점이었다. 그러나 여러 가지 작물을 재배하는 농장에서 여섯 달 동안 일해 보는 것은 좋은 경험이 될 것 같았다. 토니는 불행해 보이는 리처드가 측은하게 생각되었다. 그러나 그 비극조차 낭만적으로 보였다. 왜냐하면 객관적 입장에서 그 비극을 세계 전역에서 일어나는 농업의 자본화 증대에 따라 소농이 대농에게 필연적으로 흡수되는 현상의 증표로 보았기 때문이다.(자신은 대농이 될 생각이었기에 그러한 경향 때문에 기가 꺾이지는 않았다.) 토니는 지금까지 직접 밥벌이란 것을 해 본 적이 없었기 때문에 모든 것을 추상적인 틀 안에서 생각했다. 예컨대 인종차별 폐지에 대해서 습관적으로 '진보적'인 생각을 갖고 있었는데, 사리사욕과의 갈등에서 거의 살아남지 못하는 이상주의자들의 피상적인 진보적 사고방식이었다. 인종 문제, 로즈[10]와 크루거,[11] 농업, 금의 역사 등에 관한 책을 가방 하나가 꽉 찰 정도로 가져와 한쪽 벽에 쌓아 놓았다. 그러나 일주일 후, 책을 한 권 집어 들었다가 흰개미가 겉장을 갉아 먹은 걸 발견하고는 책을 전부 다시 가방에 넣은 다음 두 번 다시 꺼내 보지 않았다. 사실 하루에 열두 시간씩 일하고도 기운이 남아돌아 공부할 마음이 생기는 사람은 없는 법이니까.

---

10) 영국의 식민 정치가. 남아프리카에서 다이아몬드 채굴권을 독점 지배하고, 로디지아 개발 회사도 설립했다.
11) 남아프리카공화국의 초대 대통령.

토니는 터너 부부와 함께 식사를 했다. 리처드가 돌아올 때까지 육 개월 동안 농장을 운영하는 데 필요한 지식을 한 달만에 습득해야 했으니 그렇게 하는 것이 당연해 보였다. 토니는 새벽 5시에 일어나서 저녁 8시에 잠자리에 들 때까지 하루 종일 경작지에서 리처드와 함께 보냈다. 그는 모든 일에 관심이 있었으며 아는 것도 많고 참신하며 생기발랄한, 아주 매력적인 젊은이였다. 아니, 십 년 전이었더라면 리처드가 토니에게 그렇게 느꼈을지 모르지만 지금 형편으로는 그러지 못했다. 다시 말해 리처드는 그가 어떻게 나오든 전혀 반응을 보이지 않았다. 토니가 간혹 혼혈 아니면 인종차별이 산업에 미치는 영향 등에 대해 이야기를 꺼내면 리처드는 모호한 눈빛으로 그저 그를 바라보기만 했다. 토니가 온 후로 리처드는 오로지 마지막 남은 자존심을 상하지 않고 얼마 안 남은 농장에서의 마지막 날을 흘려보내는 데만 신경 썼다. 그는 떠나야 한다는 걸 알고 있었다. 그러나 감정이 너무나 격해져 있었고 너무나 큰 불행의 소용돌이에 휩싸여 있었기 때문에, 미칠 것 같은 마음을 달래려고 초원 지대에 불을 놓고 나무 한 그루 풀 한 포기, 그에게는 절친한 친구였던 초원 지대를 거센 화염이 파괴해 가는 것을 지켜보곤 했다. 아니면 자신의 손으로 짓고 그렇게 오래 기거했던 집을 허물어 버리려 했다. 이곳에서 자기 아닌 사람이 지시를 내리고, 자기 아닌 사람이 땅을 경작하여 아마도 그가 쌓아 놓은 탑을 무너뜨려 버린다는 것은 그에 대한 모독이며 권리 침해인 것 같았다.

메리는 거의 보지 못했다. 마치 말하는 법을 잊어버린 것 같이 말이 없고 이상하고 비쩍 마른 메리라는 여인을 생각할 때마다 토니는 기분이 상했다. 그녀는 말하기 위해 노력해야 된다는 걸 깨달은 듯 의식적으로 말하려 했는데 그것이 그토록 어색하고 보는 사람의 비위를 상하게 할 수 없었다. 가끔은 어울리지도 않게 쾌활한 척 말했는데, 그럴 때마다 토니는 큰 충격을 받고 기분이 몹시 불쾌했다. 그녀의 태도는 자신이 말하는 것과 아무 관련이 없었다. 리처드가 쟁기나 병든 소에 대해 한참 설명하고 있을 때 불쑥 끼어들어 전혀 상관도 없는 음식(터너 부부와 함께 식사하면서 음식이 너무 형편없어 속이 울렁거린 적이 한두 번이 아니었다.)이나 그 무렵의 무더위에 대해 이야기를 늘어놓곤 했다.

"그러니까요, 나는 비 올 때가 제일 좋아요."

메리는 낄낄거리기도 하면서 신나게 이야기를 늘어놓다가 갑자기 멍한 표정으로 말을 멈추고 섬뜩한 침묵 속으로 빠져들었다. 토니는 그녀가 정신이 나갔다고 생각하게 되었다. 그러다가 리처드와 메리가 그동안 엄청나게 고생을 해 왔다는 점을 감안해 이해했다. 어찌 되었거나 외진 시골에서 고립되어 살다 보면 누구라도 약간은 이상해지는 법이니까 말이다.

집 안 온도는 살을 태우고도 남을 정도여서 메리가 어떻게 견디는지 이해되지 않았다. 농장 생활에 익숙지 않은 토니에게는 참을 수 없는 고역인데 말이다. 그러나 공기가 삭막한 열파를 이룬 듯한 양철 지붕 아래의 찜통에서 나와 경작지로 나갈 때면 그렇게 기쁠 수 없었다. 비록 메리에 대한 관심은 제한적이었지만, 결혼 후 처음으로 여행을 떠나는데 즐거워하는 기색이라도 보여야 되는 게 아닌가 하는 의아심이 생겼다. 그녀는 아무 준비도 하지 않을 뿐 아니라 그것에 대해 언급조차 하지 않았다. 그리고 리처드 역시 아무 말도 하지 않았다.

떠나기로 한 날을 일주일 남겨 둔 어느 날, 리처드가 점심을 먹으면서 메리에게 물었다.

"짐은 좀 꾸렸소?"

리처드가 똑같은 질문을 두 번이나 반복하고 나서야 메리는 비로소 고개를 끄덕였지만 대답은 하지 않았다.

"짐을 꾸려야 돼."

메리에게 말할 때면 언제나 그렇듯이 리처드의 목소리는 조용하면서 절망적이었다.

그러나 리처드와 토니가 그날 밤에 돌아왔을 때 메리는 아무것도 해 놓지 않고 있었다. 거북스러운 식사가 끝나자 리처드는 상자를 내려 직접 짐을 꾸리기 시작했다. 그가 하는 것을 보고 메리도 거들기 시작했다. 그러나 삼십 분도 지나지 않아 리처드를 침실에 남겨 둔 채 다시 소파 위에 멍한 표정으로 주저앉았다.

"완전한 신경쇠약이야."

토니는 자기 오두막으로 가면서 이렇게 진단을 내렸다. 그는 무슨 일이든 말로 표현해야 마음이 놓이는 버릇이 있었는데, "완전한 신경쇠약"이라는 말을 내뱉음으로써 메리를 더 이상 이상하게 볼 필요가 없어졌다. 신경쇠약이란 누구든 걸릴 수 있는 증상이기 때문이었다.

다음 날에도 리처드는 짐을 꾸렸고 마침내 모든 준비가 끝났다.

"옷감을 사서 드레스라도 한두 벌 해 입어요."

메리에게 입을 옷이 거의 없다는 걸 깨닫자 리처드가 그녀의 소지품들을 건네면서 조심스럽게 말했다. 메리는 고개를 끄덕이고 상점을 할 때 팔고 남은 꽃무늬 무명천을 서랍에서 꺼냈다. 그러고는 가위로 잘라 나가다가 갑자기 행동을 멈추고 허리를 굽힌 채 그냥 가만히 있었다. 옆에서 보고 있던 리처드는 한숨을 내쉬고 그녀의 어깨를 잡고 침실로 데려갔다. 그런 장면을 목격한 토니는 리처드를 똑바로 바라볼 수 없었다. 리처드와 메리 모두 측은하게 여겨졌다. 그는 리처드를 몹시 좋아하게 되었다. 토니가 리처드에 대해서 품게 된 감정은 진실하고 개인적인 것이었다. 메리에 대해서는 유감스럽게 생각했지만, 정신 상태가 정상이 아닌 여인에 대해 무슨 말을 할 수 있겠는가?

"심리학자에게나 맡겨야지."

토니는 자신의 생각을 재확인하면서 이렇게 중얼거렸다. 심리학자 얘기가 나왔으니 하는 말이지만 리처드 역시 심리 치료를 받으면 상당히 나아질 것 같았다. 리처드는 서서히 붕괴되고 있었다. 계속 몸을 떨었고, 얼굴은 피골이 상접해서 말이 아니었다. 사실 그는 일을 해서는 안 될 정도로 몸이 좋지 않았다. 그럼에도 낮에는 계속 경작지에서 보내겠다고 고집을 부렸다. 그리고 일몰 시간이 되어 경작지에서 돌아와야 할 때면 그렇게 서운해할 수가 없었다. 그때마다 억지로 그를 집으로 데려와야 했으며, 그의 일은 어느새 남자 간호사 역할처럼 변해 버려서 토니 역시 터너 부부가 떠나는 날만을 손꼽아 기다리게 되었다.

그들 부부가 떠나기 삼 일 전, 토니는 몸이 좋지 않아서 오후에는 집에서 쉬었으면 좋겠다고 했다. 아마도 일사병 증세 같았다. 두통이 심하고 눈이 따가웠으며 속도 몹시 불편했다. 토니는 점심을 거른 채 오두막에 누워 있었다. 오두막도 상당히 더웠지만, 찜통 같은 리처드 부부의 집에 비하면 한결 시원했다. 오후 4시경, 토니는 불편한 가운데 잠을 설치다가 눈을 떴는데 몹시 갈증이 났다. 보통은 음료수가 가득 채워져 있는 위스키 병도 그날따라 비어 있었다. 하인이 물을 채워 놓는 걸 잊어버린 모양이었다. 토니는 집으로 물을 가지러 가려고 태양이 작열하는 밖으로 나왔다. 마침 뒷문이 열려 있어 오전 내내 잠을 잔다고 했던 메리를 깨우지 않으려고 조심스럽게 안으로 들어갔다. 찬장에서 컵을 꺼내 조심스럽게 닦은 다음 물이 있는 거실로 들어갔다. 물통은 선반 위에 있었고, 토니는 뚜껑을 열고 안을 들여다보았다. 물을 발견하고 그토록 좋아했던 적은 아마 그때가 처음이었을 것이다. 토니는 마시고 마시고 또 마시고 나서 병에 물을 채운 후 나가려고 했다. 그가 있는 거실과 침실 사이에 달린 커튼이 걷혀 있어서 안이 들여다보였다. 바로 그 순간, 그는 너무도 놀란 나머지 손가락 하나 까딱할 수 없었다. 메리가 엎어 놓은 양초 상자에 앉아 벽에 걸린 네모난 거울을 보고 있었다. 화려한 분홍색 페티코트 차림이었는데, 뼈만 앙상하게 남은 누런 두 어깨가 밖으로 드러나 눈에 띄었다. 옆에는 모세가 서 있었는데, 토니가 지켜보는 동안 그녀는 자리에서 일어나 양팔을 벌렸다. 그리고 원주민이 뒤에서 그녀에게 드레스를 입혀 주었다. 이윽고 메리는 다시 자리에 앉아 마치 자신의 아름다움에 도취된 여인처럼 두 손으로 목에서 머리카락을 가볍게 쓸어 올렸다. 모세가 드레스의 단추를 채우는 동안 메리는 거울을 보았다. 원주민의 태도는 아내를 극진히 사랑하는 남편 같았다. 그는 단추를 다 채우고 자리에서 일어나 메리가 머리를 손질하는 걸 지켜보았다.

"고마워, 모세."

명령조로 메리가 말했다. 그러고는 고개를 돌려 친밀하게 말했다.

"이젠 가 보는 게 좋겠어. 주인님이 돌아올 시간이니까."

원주민은 침실 밖으로 나오다가 믿을 수 없다는 표정을 짓고 서 있는 백인 남자를 발견하고는 잠시 머뭇거리다가 조용히 그를 스쳐 지나갔다. 그러나 어느 한순간 그는 토니를 험악하게 바라보았다. 그 눈빛이 얼마나 험악했던지 잠시 두려움까지 느낄 정도였다. 원주민이 나간 후, 토니는 의자에 앉아 비 오듯 쏟아지는 땀을 닦으면서 정신을 가다듬으려고 머리를 한 번 세차게 흔들었다. 머릿속이 굉장히 복잡했기 때문이다. 조금 전의 사건을 목격하고 충격을 받을 정도로 이제는 농장 생활에 익숙해져 있었지만, 동시에 그의 '진보적인 사고방식'은 백인 지배 계급의 위선을 보여 주는 엄연한 증거 앞에서 그것 보라는 듯이 꿈틀거렸다. 왜냐하면 백인이 별로 없고 유색 인종이 압도적으로 많은 나라에서, 토니의 정의대로라면 도착하자마자 그를 제일 먼저 경악하게 한 것이 바로 위선이었기 때문이다. 그러나 문득 인종차별의 성적 측면을 알아보려고 심리학 서적을 많이 읽었던 기억이 되살아났는데, 백인 남자가 흑인의 탁월한 정력을 질투한 나머지 인종차별의 장벽을 세웠다는 내용도 포함되어 있었다. 그리고 엄중히 보호된 상태에서 메리라는 백인 여인이 그 장벽을 그토록 쉽게 허물어 버렸다는 사실에 놀라움을 금치 못했다. 그러나 영국에서 여기로 오는 여객선에서, 시골에서 꽤 오랫동안 진료해 온 의사를 알게 되었는데, 그 의사의 말에 의하면 흑인과 성관계를 맺고 있는 백인 여성들이 생각보다 훨씬 많다고 했다. 토니는 그때 자신이 직접 그런 일을 목격하면 틀림없이 놀라움을 금치 못할 거라 생각했다. 아무리 '진보적인 사고방식'을 지닌 토니라 할지라도 그것은 짐승과 성행위를 하는 것과 다를 바가 없다고 여겨졌기 때문이다.

그러다가 그 모든 상념들이 머릿속에서 사라져 버리고 신경쇠약에 걸린 불쌍한 여인이 마침내 갈 데까지 간 모양이라는 느낌밖에 남지 않았다. 그때였다. 한 손으로 여전히 머리카락을 받친 채 메리가 침실에서 걸어 나왔다. 토니는 비록 공허하고 백치에 가까운 밝음이기는 했지만 밝고 순진하기만 한 그녀의 얼굴을 대하는 순간 자신의 모든 의심이 부질없는 것이라는 느낌을 받았다.

메리는 토니를 발견하는 순간 그대로 멈춰 서서 두려움에 찬 시선으로 그를 응시했다. 그러다가 괴로운 듯 일그러졌던 그녀의 얼굴은 점차 멍한 표정이 되면서 무심해져 버렸다. 이처럼 표정이 갑작스럽게 변하는 것을 이해할 수 없었다. 그러나 그는 안정되지 못한 목소리로 이렇게 말했다.

"노예를 거의 인간으로 취급하지 않던 러시아 황후가 있었습니다. 심지어 그녀는 노예들 앞에서 옷을 완전히 벗고 전라의 몸이 되기도 했어요."

토니는 이러한 관점에서 조금 전의 사건을 보려고 했다. 그것이 쉬울 것 같았기 때문이다.

"노예 앞에서 말이에요?"

메리가 마침내 어리둥절한 표정으로 의심스럽게 물었다.

"아까 그 하인은 항상 부인의 옷을 입히고 벗겨 주나요?"

리처드가 물었다.

메리는 그 순간 고개를 쳐들었다. 눈에서는 빛이 났다.

"그는 너무 할 일이 없어요."

메리가 머리를 흔들면서 말했다.

"자기가 돈을 받는 만큼은 일을 해야 되는데."

"하지만 이 나라에서는 받아들여지는 일이 아닌 것 같은데, 그렇지 않나요?"

완전한 혼란 속에서 벗어나면서 토니가 천천히 물었다. 그리고 이야기하는 내내 메리를 주시했는데, 대다수 백인들에게 연대감을 불러일으키는 신의 목소리 같은 '이 나라'라는 말이 그녀에게는 아무 의미도 없다는 걸 깨달았다. 그녀에게는 농장밖에 없었다. 아니, 심지어 농장이 아니라 오로지 이 집과 집 안에 있는 것이 전부였다. 메리가 리처드에게 그토록 냉담한 이유가 점차 이해되면서 동정심이 솟구쳤다. 자신의 행동과 상충되는 모든 것들, 그녀가 따르도록 압박받아 온 규범을 재생할 만한 모든 것들을 완전히 단절해 버린 채 지내 왔던 것이다.

메리가 갑자기 말했다.

"나보고 나사가 하나 빠진 여자라고 그랬어요. 나사가, 나사가 빠졌다고……"

마치 축음기 바늘이 한곳에 고정된 채 판이 계속 돌아가고 있는 듯 메리의 말은 되풀이되고 또 되풀이되었다.

"나사라니 무슨 나사 말입니까?"

토니가 멍한 표정으로 물었다.

"나사라고 그랬어요."

그 말에는 여러 가지 의미가 복잡하게 뒤섞여 있으면서도 그 어조에는 의기양양함이 배어 있었다. 맙소사, 이 여자는 미쳐도 보통 미친 게 아니다. 그러다 토니는 다시 생각해 보았다. 하지만 과연 그럴까? 진짜 미친 걸까? 미쳤을 리 없었다. 그녀는 미친 것처럼 행동하지 않았다. 단지 다른 사람들의 규범 따위는 중요하지 않은 그녀 자신만의 세계에서 사는 양 행동했다. 다른 사람들의 존재 자체를 잊어버린 셈이었다. 하지만 그렇다면 미쳤다는 것의 정의가 도대체 무엇일까? 세계로부터 이탈했다는 것이 미쳤다는 것과 일맥상통할까?

이렇게 해서 머릿속이 복잡해져 미로를 헤매게 된 토니는 착잡한 기분으로 물통 옆 의자에 앉아 여전히 병과 컵을 손에 든 채 불안하게 메리를 응시했다. 메리는 슬픔에 잠긴 조용한 목소리로 이야기를 시작했으며, 토니는 그녀의 이야기를 듣는 동안 그녀가 미치지 않았다고, 최소한 그 순간만큼은 미치지 않았다고 생각을 바꾸었다.

"내가 이곳에 온 건 아주 오래전이었어요."

메리가 호소하는 듯한 눈빛으로 토니를 똑바로 보면서 얘기했다.

"너무 오래돼서 기억조차 할 수 없을 정도로……. 오래전에 떠났어야 하는 건데. 왜 그러지 않았는지 모르겠어요. 여기 왜 왔는지도 모르겠어요. 하지만 상황이 달라졌어요. 아주 달라졌어요."

메리가 문득 말을 멈추었다. 그녀의 얼굴은 고통으로 가득 차 있었으며, 그녀의 두 눈은 고통을 담고 있는 그릇 같았다.

"모르겠어요. 이해할 수 없어요. 왜 이런 일들이 일어난 걸까요? 일부러 그런 건 아니에요. 하지만 그이는 가지 않을 거예요. 절대로 안 갈 거예요."

그러다가 메리가 목소리를 바꾸어 토니에게 쏘아붙였다.

"여기 왜 왔어요? 당신이 오기 전에는 아무 일도 없었는데."

메리는 울먹이다가 마침내 울음을 터뜨렸다.

"그이는 가지 않을 거예요."

토니는 자리에서 일어나 메리에게 다가갔다. 이제는 그녀가 불쌍하다는 마음밖에 없었다. 불쾌했던 감정은 잊어버린 지 오래였다. 무엇인가가 그의 마음을 돌아서게 만들었다. 문 쪽에서는 모세가 험악한 표정으로 두 사람을 바라보고 있었다.

"꺼져."

토니가 말했다.

"당장 꺼져 버려."

메리가 오열하면서 그를 꽉 붙잡았기 때문에 그는 그녀의 어깨에 손을 올려놓았다.

"꺼져."

메리가 그의 어깨 너머로 원주민을 향해 갑자기 말문을 열었다. 토니는 그녀가 자신을 되찾으려 하고 있음을 깨달았다. 잃어버렸던 명령권을 되찾기 위한 싸움에서 그의 존재를 방패로 이용하고 있었다. 그리고 그녀는 마치 어른에게 대드는 어린아이처럼 말했다.

"부인은 제가 가기를 원하나요?"

하인이 조용히 물었다.

"그래, 꺼져 버려."

"부인은 이 젊은 주인님 때문에 제가 가기를 원하나요?"

그 순간 토니는 자리를 박차고 일어나 문 쪽으로 성큼성큼 걸어갔다. 그의 말투가 너무나 건방진 것 같았기 때문이다.

"나가."

치밀어 오르는 분노로 목소리조차 제대로 나오지 않았다.

"걷어차기 전에 나가."

원주민은 오랫동안 험악한 표정으로 노려보다가 밖으로 나갔다. 그리고 잠시 후 다시 돌아왔다. 그는 토니는 무시하고 메리에게 직접 말했다.

"부인은 농장을 떠날 거예요?"

"그래."

메리가 힘없이 대답했다.

"부인은 돌아오지 않을 거예요?"

"그래, 그래, 그래!"

메리가 소리쳤다.

"이 주인님도 함께 가나요?"

"그래."

메리가 다시 소리를 질렀다.

"어서 나가."

"그만 꺼져!"

이번에는 토니가 소리를 질렀다. 그는 눈앞의 원주민을 죽여 버리고 싶었다. 두 손으로 목을 꽉 졸라서 숨통을 끊어 놓고만 싶었다. 그러나 모세는 곧 자리를 떠났다. 토니와 메리는 그가 주방을 가로질러 뒷문을 통해 밖으로 나가는 소리를 들었다. 그 순간 집 안에 정적이 감돌았다. 메리는 머리를 토니의 팔에 맡긴 채 흐느껴 울었다.

"갔어, 가 버렸어!"

메리는 갑자기 마음이 놓이자 히스테리를 일으키면서 소리를 질러 댔다. 그러다 토니를 밀쳐 내면서 실성한 여인처럼 그 앞에 서서 비난을 퍼부어 댔다.

"당신이 그를 보냈어! 그는 다시 돌아오지 않을 거야! 당신이 오기 전에는 아무 일도 없었는데, 아무 일도 없었는데!"

그러고는 걷잡을 수 없이 오열하기 시작했다. 토니는 그녀를 껴안은 채 그냥 서 있었다. '리처드에게는 뭐라고 하지?' 머릿속에서는 이 문제가 계속 맴돌았다. 하지만 무슨 말을 할 수 있겠는가? 그냥 내버려 두는 것이 나을 것 같았다. 리처드는 지금도 근심거리가 많아서 죽을 지경인데, 그런 그에게 무슨 말을 하는 것은 너무 잔인한 일인 것 같았다. 그리고 어찌 되었거나 리처드와 메리는 이틀 후면 농장에 없을 사람들 아닌가.

토니는 리처드에게 원주민 하인을 즉시 해고해야 한다고 건의하고 다른 말은 하지 않기로 했다.

그러나 모세는 돌아오지 않았다. 저녁 내내 집 근처에는 그의 그림자조차 비치지 않았다. 토니는 리처드가 메리에게 모세가 어디 있느냐고 묻는 걸 들었다. 그녀는 자신이 보내 버렸다고 대답했다. 그녀의 목소리에서 공허한 무심함이 느껴졌는데, 생각했던 대로 그녀는 리처드를 보지도 않으면서 말하고 있었다.

토니는 어쩔 수 없이 어깨를 한 번 으쓱하고는 자신은 가만 있기로 했다. 그리고 다음 날 아침 언제나 그랬듯 경작지로 향했다. 그날은 마지막 날이었고, 할 일이 엄청나게 많았다.

11장

메리는 어떤 묵직한 팔꿈치가 자신을 짓누르는 듯해서 별안간 잠에서 깨어 사방을 둘러보았다. 아직 밤이었다. 옆에서 잠들어 있는 리처드가 보였다. 창문 경첩이 삐걱삐걱 시끄러운 소리를 내고 있어서 메리는 창문 쪽으로 시선을 돌려 한동안 어둠을 응시했다. 나뭇가지 사이에서 흔들리며 빛을 발하는 별들이 시야에 들어왔다. 하늘은 훤했으나, 차가운 잿빛이 드리워 있었다. 그리고 별빛도 약하기 짝이 없었다. 방 안 가구들이 희미한 빛 속에서 서서히 윤곽을 드러냈다. 그중에서도 거울이 가장 빛을 반사하고 있었다. 얼마쯤 지났을까, 원주민 합숙소 쪽에서 수탉 한 마리가 홰를 치는 소리가 들려오는가 싶더니 곧이어 다른 수탉들도 새벽을 알리면서 목청을 돋우기 시작했다. 메리는 문득 지금 빛이 무슨 빛인가 궁금했다.

햇빛? 달빛? 둘 다였다. 그러다 삼십여 분 후면 해가 뜨면서 그때부터 또 하루가 본격적으로 시작될 것이었다. 메리는 하품을 하면서 큰 베개 위에 다시 누워 팔다리를 쭉 뻗어 보았다. 전에는 잠에서 깨면 기분이 찜찜하고 안락한 침대에서 몸을 일으키기가 무척 싫었는데, 오늘은 마음이 아주 편했고 충분히 쉰 뒤의 개운함이 느껴졌다. 정신은 맑았고 몸은 가뿐했다. 메리는 느긋한 기분으로 두 손을 깍지 끼어 머리 뒤를 받치고 낯익은 벽과 가구에 드리운 어둠을 응시했다. 한가롭게 상상의 나래를 펴면서 찬장과 의자를 마음 내키는 대로 이리저리 움직여 침실을 다시 꾸며 보았다. 그러고는 침실을 마치 두 손으로 살짝 떠낸 듯 어둠 밖으로 들고 나와 집을 떠나 허공으로 올라갔다. 이윽고 메리는 아주 높은 데서 밑을 내려다보았다. 덤불 사이에 있는 집이 시야에 들어오는 순간 섭섭함과 더불어 애정이 솟구쳐 올라왔다. 측은하게만 생각되는 농장과 거기서 생활하는 사람들을 마치 자신이 두 손으로 떠받들고서 가혹하리만치 비판적인 세상 사람들의 눈총에서부터 보호해 주는 것 같았다. 피골이 상접해진 뺨을 타고 눈물이 하염없이 흘러내리는 것 같아서 손으로 얼굴을 만져 보았다. 거칠어진 피부에 역시 거칠기만 한 손이 닿자 의식이 다시 돌아왔다. 여전히 상당한 거리를 유지하면서도 짙은 절망에 사로잡혀 계속 흐느껴 울었다. 그때였다. 리처드가 몸을 뒤척이다 잠을 깨고 벌떡 일어나 앉았다. 메리는 어둠 속에서 그가 고개를 이리저리 돌리며 귀를 기울이는 것을 못 본 척하면서 잠자코 누워 있었다. 리처드의 손이 조심스럽게 그녀의 뺨에 와 닿는 것이 느껴졌다. 그러나 그처럼 조심스럽고 미안해하는 손길에 비위가 상해서 고개를 홱 돌려 버렸다.

"왜 그러오, 메리?"

"아무 일도 아니에요."

메리가 무심하게 대답했다.

"떠나게 돼서 섭섭하오?"

그의 질문은 그녀와 전혀 상관없는 얼토당토않은 것처럼 느껴졌다. 그리고 제삼자 입장에서 느끼는 동정심 말고는 그 어떠한 면에서든 리처드를 생각하고 싶지 않았다. 도대체 어떻게 된 사람이기에 마지막으로 마음 편히 잠시 혼자만의 시간을 갖겠다는데 그것마저 그냥 내버려 두지 못할까?

"더 자요."

메리가 말했다.

"날이 밝으려면 아직 멀었으니까."

메리의 목소리는 지극히 정상적인 것 같았다. 심지어 자신을 거부하는 것조차 전혀 이상한 것이 아닌 터라 리처드는 금방 다시 잠이 들어 잠시나마 잠을 깬 적이 없었다는 듯 바로 곯아떨어졌다. 그러나 메리는 기분을 망쳐 놓은 리처드를 용서할 수 없었다. 조금 전까지는 그의 존재를 전혀 의식하지 않고 마음껏 자신의 기분에 취할 수 있었는데, 지금은 그가 옆에 누워 있고 팔다리를 서로 맞대고 있음을 분명히 알 수 있었기 때문에 기분이 완전히 상해 버렸던 것이다.

메리는 단 한순간도 자기를 마음 편히 그냥 내버려 두지 않는 리처드를 원망하며 자리에서 일어났다. 리처드는 항상 옆

에서 그녀가 그녀 자신으로 남아 있기 위해서는 잊어버려야
할 것들을 잔인하게 계속 일깨워 주었다. 메리는 뒷짐을 진 채
허리를 펴고 앉았다. 팽배한 긴장감, 마치 두 개의 엄청난 힘이
자신을 양쪽에서 끌어당기는 듯한 기분을 정말 아주 오래간
만에 다시 느꼈다. 그녀는 무료하게 몸을 천천히 앞뒤로 까딱
까딱하면서 마음속에서 리처드가 존재하지 않는 구석을 찾아
보려고 했다. 왜냐하면 리처드와 다른 것 중에서 필연적으로
하나를 택해야 한다면 리처드는 이미 오래전에 그 선택의 대
상에서 제외되었기 때문이다.

"불쌍한 리처드."

그녀가 다시 제삼자 입장으로 돌아와 리처드에게 동정심을
느끼면서 무심하게 말했다. 그러다가 어느 한순간 가슴 섬뜩
한 두려움을 느꼈다. 그녀를 통째로 삼켜 버릴 것만 같은 엄
청난 공포의 전주곡이 들려오는 듯했다. 분명히 알 수 있었다.
마음이 무(無)로 돌아간 평정 상태에서 자신에게 다가오는 공
포의 그림자가 무엇인지 분명히 느낄 수 있었다. 그러나 리처
드는 아니었다. 아니다. 담요를 덮고 몸을 약간 웅크린 채 잠
들어 있는 리처드를 바라보았다. 훈훈한 미풍과 함께 창문으
로 흘러 들어온 여명에 반사되어 그의 얼굴이 희미하게나마
보였다.

"불쌍한 리처드."

그녀는 마지막으로 한 번 더 이렇게 말하고 리처드에 대해
생각하지 않았다.

메리는 침대에서 일어나 창문 옆에 섰다. 창문턱은 허벅지

까지밖에 오지 않을 정도로 낮았다. 허리를 굽혀 손을 내밀면, 밖에서 솟아오르는 것 같은 땅이 손끝에 닿고 나무마저 한 손에 움켜잡을 수 있을 것 같았다. 별은 자취를 감춰 하나도 보이지 않았다. 무한히 펼쳐진 하늘은 무색(無色) 그 자체였다. 저 멀리 초원 지대가 희미하게 보였다. 모든 것들이 특유의 색을 띠기 일보 직전이었다. 나뭇잎에서는 초록의 숨결이 느껴졌고, 하늘은 금방이라도 파랗게 변할 것 같았으며, 윤곽을 분명하게 드러낸 포인세티아가 진한 주홍빛을 띠려 했다.

서서히 하늘을 가로질러 일대 장관을 이루면서 분홍빛 햇살이 퍼져 나갔고, 나무는 제각기 아침을 맞이하면서 역시 분홍빛으로 물들어 갔다. 메리는 세상 만물이 색과 형체를 되찾아가는 것을 느꼈다. 밤은 이제 끝났다. 태양이 떠오르면 너그러운 신이 그녀에게 허락해 준 이 평화롭고 관용이 넘쳐흐르는 그녀만의 시간도 끝날 거라는 생각이 들었다. 그녀는 창문턱을 손으로 짚고 미동도 없이, 하늘만큼이나 맑은 마음으로 그녀에게 마지막으로 남은 행복감 속에서 언제까지라도 머물러 있으려고 했다. 그러나 대체 이유가 무엇일까? 오늘 이 마지막 날 아침에, 평소처럼 밤과 낮의 공포가 구별되지 않을 정도로 일단 시작되면 낮까지 계속되는 듯한 악몽에 시달리면서 고통스럽게 잠을 깨지 않고, 편안한 밤을 보내고 편안한 마음으로 잠에서 깬 이유는 도대체 어디에 있는 것일까? 창문 앞에 서서 일출 광경을 지켜보면서, 세상이 마치 그녀를 위해 새로 창조되는 듯한 무아지경에 빠져드는 지금 이 상태를 어떻게 설명할 수 있을까? 그녀는 생기 넘치는 빛과 색의 현란한 축제에 휩싸여 맑은 소리와 새의 지저귐이 들려오는 그녀 혼자만의 수정 구슬 속에 있었다. 나무 주변에는 온통 새들이 모여 앉아서 그녀의 행복을 노래했으며 그 노랫소리는 하늘까지 울려 퍼졌다. 메리는 깃털만큼이나 가벼운 몸놀림으로 방에서 나와 베란다로 나갔다. 너무나도 아름다웠다. 너무나도 아름다워서 그냥 서 있을 수가 없을 정도였다. 진한 파란색 바탕에 선홍빛 햇살이 어지럽게 흩뿌려져 장관을 이룬 하늘, 새들이 모여 앉아 노래하는 아름다운 나무들, 진한 주홍빛으로 모든 추악하고 더러운 것들을 차단하며 도도하게 피어 있는 포인세티아. 무엇 하나 아름답지 않은 것이 없었다.

하늘 한가운데서 뻗어 나온 선홍빛 햇살은 언덕 곳곳에서 아른거리는 희미한 아지랑이를 물들이면서 나뭇잎 위에 엄청난 기세로 쏟아져 내렸다. 세상은 현란한 색의 축제장이었으며 그 모든 것은 그녀, 바로 그녀를 위한 것이었다. 메리는 가슴에 넘쳐흐르는 기쁨을 억누를 수 없어 눈물마저 핑 돌 정도였다. 그러나 바로 그 순간, 그녀가 그토록 혐오하면서 몸서리치는 소리가 들려왔다. 나무 어디에선가 매미 한 마리가 찢어지는 듯한 소리를 내면서 울기 시작했던 것이다. 그것은 태양 그 자체가 만들어 내는 소리였기에 메리는 이제 태양이 싫어졌다. 혐오스러울 정도로! 태양이 떠오르고 있었다. 검은 암석 뒤편에서 기분 나쁜 붉은빛이 퍼져 나왔고, 강렬한 노란 햇살이 창공으로 치솟았다. 찢어지는 소리로 울어 대는 매미의 수가 점점 늘어나면서 새의 지저귐 소리는 이제 더 이상 들려오지 않았고, 그 매미들의 소리는 태양이 중심에 자리 잡고서 만들어 내는 소리, 모든 것을 짓이겨 놓을 수 있을 정도로 강렬한 햇살의 소리, 더위를 불러 모으는 소리처럼 느껴졌다. 머리가 쑤시고 어깨가 아파 왔다. 갑자기 기분 나쁜 붉은 원반이 언덕 위로 불쑥 솟아오르는가 싶더니 하늘이 점차 그 색을 잃어 갔다. 이제는 강렬한 햇살이 지배하는 세계가 그녀의 눈앞에 펼쳐져 있었다. 선명했던 주변의 색깔들도 너무 강렬한 햇살에 의해 한없이 엷어졌고 아지랑이가 본격적으로 곳곳에서 피어올라 시야마저 흐려졌다. 심하게 피어오르는 아지랑이는 벌써 하늘까지 이르러 그녀의 머리 위에서 빛나는 태양의 윤곽마저 흐릿하게 만들면서 세상을 온통 뿌옇게 만들어 버렸다. 세상이 갑자기 한없이 작아져서, 마침내 더위와 아지랑이와 빛이 방 하나에 전부 담기고 말았다.

메리는 몸을 떨면서 환상에서 깨어난 듯 혀로 마른 입술을 축이면서 주변을 둘러보았다. 얇은 벽돌 벽에 등을 기댄 채 손바닥을 위로 하고 팔을 뻗어서 낮이 오는 것을 막아 보려 했다. 그러다가 손을 내리고 벽에서 떨어져 나와 베란다 주변을 어깨 너머로 응시했다.

"저기야."

메리가 큰 소리로 말했다.

"저기가 될 거야."

무엇인가를 예언하는 듯한 착 가라앉은 목소리는 그녀의 귀에 어떤 경고처럼 울려 퍼졌다. 그녀는 악으로 가득 찬 베란다에서 벗어나기 위해 손으로 머리를 꼭 누르면서 집 안으로 들어갔다.

리처드는 자리에서 일어나 작업 시작을 알리는 신호를 보내기 위해 바지를 입으면서 채비를 하고 있었다. 그녀는 그냥 그대로 서서 땡그랑 소리가 들려오기를 기다렸다. 잠시 후 그 소리가 들려왔으며, 소리와 더불어 공포가 엄습해 왔다. 어디에선가 마지막 날을 알리는 그 소리를 들으면서 '그'가 서 있었다. 메리는 그를 똑똑히 볼 수 있었다. 그는 어디에선가 나무에 등을 기대고 단 한순간도 집에서 시선을 떼지 않은 채 기다리고 있었다. 메리는 분명히 알 수 있었다. 그러나 아직은 아냐. 메리가 속으로 중얼거렸다. 아직은 시간이 많이 남았다. 그녀 앞에는 아직 그날 하루가 남아 있었다.

"옷을 입어, 메리."

리처드가 조용히 재촉했다. 그러나 그가 다시 한번 똑같은 말을 하고 나서야 메리는 정신이 들어 순순히 침실로 들어가서 옷을 입기 시작했다. 메리는 단추를 채우려고 한동안 헤매다가 손을 멈추고 문 쪽으로 걸어갔다. 그녀가 아무 생각을 하지 않아도 되게 단추를 채워 주고 빗을 건네주고 머리도 묶어 주면서 모든 일을 알아서 해 줄 모세를 부르기 위해서였다. 커튼을 옆으로 밀자, 그녀가 준비하지도 않았는데 식탁에 앉아서 식사를 하고 있는 리처드와 청년의 모습이 시야에 들어왔다. 문득 모세가 가 버렸다는 생각이 되살아나자 그녀는 걷잡을 수 없는 안도감을 느꼈다. 하루 종일 집에 혼자 있게 될 것이기 때문이었다. 이제 그녀는 한 가지밖에 남지 않은 자신의 중요한 일에 열중할 수 있을 터였다. 메리가 멍한 표정으로 지켜보는 동안, 리처드가 침울하게 자리에서 일어나 커튼을 밀쳐 버렸다. 그녀는 문득 자신이 청년의 눈앞에서 속옷 차림으로 서 있었다는 사실을 깨달았다. 순간적으로 수치심이 느껴졌다. 그러나 얼마 지나지 않아서 수치심이고 뭐고 리처드와 청년을 완전히 잊어버렸다. 그녀는 한 번 움직여야 할 때마다 오랫동안 쉬어 가면서(사실 하루가 이제 막 시작되었으니 온전히 남아 있는 것이나 다를 바 없으니까.) 천천히, 아주 천천히 옷을 입고 밖으로 나갔다. 탁자 위에는 빈 식기들만 남아 있고, 남자들은 경작지로 나가고 없었다. 주변을 둘러보건대 그들은 상당히 오래전에 집을 나선 것 같았다.

메리는 멍한 상태로 식기들을 모아 주방으로 가져가서 싱크대에 물을 채웠다. 그러고는 자신이 무얼 하고 있는지 잊어버렸다. 그냥 멍하니 서서 손을 놀려 둔 채 메리는 혼자 중얼거렸다.

"집 밖 어디에선가, 나무들 사이에서 '그'가 기다리고 있어."

메리는 두려움에 질려 집 안을 미친 듯이 돌아다니면서 문이란 문은 모조리 걸어 잠그고, 마치 산토끼가 풀밭에 주저앉듯이 소파 위에 무너지듯 쓰러져 앉아 개들이 다가오는 것을 지켜보았다. 그러나 지금 기다려 봤자 소용없었다. 그녀는 밤이 오려면 아직 시간이 많이 남았다고 스스로를 일깨웠다. 그리고 그녀의 머리는 잠깐이나마 다시 맑아졌다.

도대체 왜 이렇게 된 걸까? 메리는 강렬한 햇살을 피하기 위해 손으로 눈을 가리면서 중얼거렸다. 이게 대체 뭐 하는 짓이람? 이해를 못 하겠어, 이해를…… . 보이지 않는 산꼭대기에서 그녀의 법정을 주관하는 재판장처럼 집을 내려다보던 환상 속으로 그녀는 다시 빨려 들어갔다. 그러나 이번에는 안도감이 느껴지지 않았다. 감정을 전혀 개입시키지 않고 맑은 정신으로 자신에 대해 생각해 보는 것은 바늘로 찌르는 듯한 고통이었다. 지금의 그녀처럼 사람들은 항상 그녀에 대해 생각하고 판단을 내리지 않겠는가, 불쌍하고 추하고 정신마저 이상해진 여자. 자신과 이글거리는 태양 사이에는 녹기 일보 직전의 열판이 가로놓여 있고, 자신과 저주스러운 어둠 사이에는 잠깐 동안의 낮 시간이 존재한다는 것 이외에 다른 생각은 할 수도 없는, 삶 자체를 상실해 버린 여자. 시간에 공간의 특성들이 부가되자, 그녀는 허공에 균형을 잡고 선 채로 눈에 분노를 담고 신음하면서 소파 구석에서 뒤척이는 메리 터너의 모습과 이렇게 되기까지 어리석게 지내 온 메리 터너의 모습을 동시에 보았다. 이해할 수 없어. 다시 중얼거렸다. 무엇하나 이해할 수 있는 게 없어. 사악한 그 무엇이 항상 내 곁에 붙어 다닌다는 것은 알겠지만 그것이 무엇인지 확실하게는 모르겠어. 그녀의 입에서 나오는 말조차 자신의 것이 아니었다. 평가받는 자신에 대해 혼동되는 평가를 내리면서, 거기서 야기된 긴장감 때문에 고통스러워하면서도 그녀는 자신이 설명할 수 없는 고통을 당한다는 사실밖에 알 수 없었다. 사악한 그 무엇은 아주 오랜 세월 동안 그녀를 따라다녔기에 그녀는 그것을 느낄 수 있었다. 몇 년 동안인가! 이곳 농장으로 오기 훨씬 전부터였다. 어릴 때도 알고 있었다. 하지만 그녀는 도대체 무엇을 해 왔나? 사악한 그 무엇이라는 건 도대체 무엇이란 말인가? 그녀는 도대체 뭘 하며 지내 왔기에 윤곽조차 제대로 잡지 못하고 있단 말인가? 없다. 그녀가 사악한 그 무엇에 대해 한 일이라고는 하나도 없었다. 끌려다니기만 했을 뿐, 자발적으로 무엇을 어떻게 해 본 적은 지금까지 한 번도 없었다. 결국 갈수록 의지를 상실하다가 마침내 이 지경이 되어 냄새나는 낡은 소파에 앉아 있는 신세가 되고 말았다. 자신의 최후를 결정지을 밤이 오기를 기다리면서. 그녀는 그날 밤이 지나기 전에 자신이 최후를 맞으리라는 것을 분명히 알고 있었다. 하지만 왜? 대체 무슨 죄를 지었기에 그날 밤에 최후를 맞이해야 한단 말인가? 자기 자신에 대한 판단과, 죄가 없는데도 이해할 수 없는 그 무엇인가에게 쫓기는 듯한 느낌 사이의 갈등으로 생각은 방향을 잃고 말았다. 메리는 문득 깜짝 놀라면서 고개를 들었다. 그러나 집 주변에는 나무밖에 없다는 생각이 들자 다시 고개를 숙이고 밤이 오기만 기다렸다. 자신이 없어지면 지금 있는 이 집 또한 없어질 거라는 생각이 들었다. 이 집을 항상 미워하고 완전히 뒤덮어 버릴 때가 오기만 호시탐탐 노리면서 집 주변을 에워싸고 있는 덤불숲이 자진해서 그 역할을 맡을 것 같았다. 메리는 사람이 없는 텅 빈 집의 물건들이 썩어 들어가는 것을 상상해 보았다. 제일 먼저 찾아올 것은 바로 쥐 떼일 것이다. 쥐들은 벌써부터 긴 꼬리를 질질 끌면서 야밤에 지붕 서까래 위를 돌아다녔는데, 만일 집 안에 사람이 없으면 가구와 벽 위를 마음 놓고 돌아다니면서 닥치는 대로 갉아 버려 마침내 벽돌과 철근을 제외하고는 모든 것이 없어져 버리고 바닥에는 잔해만 수북하게 쌓일 것이 분명했다. 그다음 차례는 풍뎅이일 것이다. 크고 검은 투구풍뎅이들은 초원 지대에서 기어 나와 벽돌 틈에 안식처를 정할 것이다. 몇 마리는 벌써 터를 잡고 눌러앉아서 조그마한 눈으로 사방을 둘러보면서 더듬이를 세우고 있었다. 다음 차례는 비였다. 낮에는 맑고 화창한 날씨가 계속되더라도 밤부터 비가 지붕 위에 떨어지면서 언제까지라도 그치지 않을 것이다. 그리고 잡초가 집 주변 공터에 정신없이 돋아나고 거기에 관목까지 가세하여 완전히 자기네 세상을 만들어 버릴 것이며, 다음 해에는 덩굴식물이 베란다 위로 올라가서 화분을 밑으로 떨어뜨려 박살 낼 것이 분명했다. 그렇게 되면 아무리 귀한 제라늄이라도 잡초와 섞여 살아가야 하는 신세가 돼 버린다. 나뭇가지가 깨진 유리창을 통해 집 안으로 들어오고, 나무의 어깨 부분이 서서히 벽에 기대 오다가 마침내 허망한 잔해를 남기며 벽을 무너뜨릴 것이다. 그리고 무너져 내린 양철 지붕 밑은 두꺼비와 쥐꼬리처럼 긴 벌레들이나 달팽이들이 은신처로 삼을 것이 분명했다. 그러다 마침내 집터가 덤불숲으로 온통 뒤덮여 아무것도 남지 않을 것이다. 지나가던 사람들이 나무 밑동에서 벽돌을 발견하고 이런 말을 할지도 모른다.

"여기는 터너 부부의 옛날 집터일 거야. 그들이 떠나자마자 금방 이렇게 숲으로 변해 버리다니, 참 대단한걸."

그리고 몇 걸음 걷다가 우연히 발부리에 채는 문손잡이나 조각조각 깨진 도자기 파편을 발견할지도 모른다. 그리고 다시 더 가다 보면, 영국 청년의 오두막이 있던 폐허에서 붉은 진흙 더미와 지붕을 이었던 짚 더미(마치 죽은 사람의 머리카락 같은 것이다.)를 발견할 수도 있다. 그리고 그 뒤에 보이는 잡석

부스러기는 바로 가게가 붕괴된 흔적이리라. 집, 가게, 닭장, 오두막…… 모든 것이 사라져 버리고 그 위에는 잡초만 무성할 것이다. 메리의 눈앞에서는 젖은 녹색 나뭇가지, 무성한 잡초, 관목이 떠올랐다가 사라지지 않았다. 잊어버려야 했다. 그녀는 머리를 흔들고 눈을 감으면서 환상을 떨쳐 버리려고 했다. 이윽고 환상은 하나 둘 사라져 갔다.

메리는 고개를 들고 주변을 둘러보았다. 양철 지붕이라 열이 그대로 쏟아지는 조그만 방에 앉아 있었는데, 온몸에 땀이 비 오듯 흐르고 있었다. 게다가 창문마저 전부 닫아 놓았기 때문에 도저히 참을 수 없었다. 그녀는 밖으로 뛰쳐나갔다. 기다리면서, 문이 열리고 죽음이 찾아들기를 기다리면서 방 구석에 앉아 있어 봤자 뭘 하겠는가? 메리는 집에서 빠져나와 나무를 향해 달려갔다. 나무들은 그녀를 증오했으나, 도저히 집 안에 앉아 있을 수 없었다. 메리는 나무 밑으로 갔다. 나무의 그늘이 그녀의 온몸을 덮었다. 사방에서 매미들이 쉴 새 없이 질기게도 울어 댔지만 우선은 더위를 피하고 볼 일이었다. 그녀는 덤불숲 속으로 곧장 들어가면서 혼자 중얼거렸다.

"'그'와 마주치면 그때는 모든 게 끝나는 거야."

메리는 잡초 사이를 뚫고 힘겹게 앞으로 나아갔다. 움직일 때마다 가시 있는 관목들이 드레스를 잡고 늘어졌다. 그녀는 마침내 한 나무에 등을 기대고 눈을 감았다. 귓속은 시끄러운 매미 소리로 멍해지다 못해 아무 감각이 없었고 살갗은 따끔거렸다. 나무에 등을 기댄 채 메리는 기다리고 또 기다렸다. 그러나 매미 소리는 견딜 수 없었다. 그녀는 쉴 없이 들려오는 찢어지는 듯한 끵음이 거슬려서 다시 눈을 떴다. 바로 눈앞에 윗동이 잘려 나간 나무 밑동이 있었는데, 거기서 조그만 풍뎅이 세 마리가 태양 말고는 그녀도 그 무엇에도 아랑곳없이 자기네들 기분 내키는 대로 신나게 울어 젖히고 있었다. 메리는 그쪽으로 걸음을 옮겨 풍뎅이들을 노려보았다. 하찮은 풍뎅이들이 그토록 참을 수 없는 끵음을 만들어 내다니! 그러나 실제로 풍뎅이를 본 것은 이번이 처음이었다. 그곳에 서서 메리는 온통 덤불숲으로 둘러싸인 집에서 그토록 오랫동안 살아왔으면서도 숲에 들어가 본 적도, 흔히 다니는 길에서 벗어나 본 적 역시 한 번도 없었다는 사실을 문득 깨달았다. 그리고 지금까지 무더운 여름 내내 들려오던 찢어지는 듯한 끵음에 신경이 날카로워졌던 적이 그토록 많았건만, 그 소리를 만들어 내는 풍뎅이를 직접 본 적이 단 한 번도 없었다. 메리는 문득 눈을 들어 하늘을 보고서야 자신이 태양 아래 노출되어 있음을 깨달았다. 태양이 너무나 가깝게 있는 것처럼 느껴져서 손을 뻗으면 하늘에서 뚝 떼어 낼 수 있을 것만 같았다. 그녀는 손을 위로 뻗어 보았다. 나뭇잎이 손끝에 와 닿는 듯싶었는데 무언가가 푸드덕 날아갔다. 메리는 겁에 질려 나지막이 신음 소리를 내면서 숲을 가로질러 개간지까지 돌아왔다. 그러고는 걸음을 멈추고 손으로 목을 만져 보았다.

원주민 하나가 집 밖에 서 있었다. 그녀는 비명이 터져 나올 것 같아서 손으로 입을 막았다. 그러다가 그 원주민이 그녀가 생각한 사람이 아닌 것을 알고 손을 내렸다. 원주민은 손에 종이쪽지를 들고 있었다. 그는 마치 무엇인가 면전에서 폭발할지도 모른다는 표정으로 쪽지를 들고 있었는데, 그뿐 아니라 글을 모르는 다른 원주민들도 글이 적힌 종이를 보면 항상 그런 표정을 지었다. 메리는 원주민에게 다가가 종이를 받아 들었다. 거기에는 이렇게 적혀 있었다.

"점심에 집에 갈 수 없을 것 같소. 일을 정리하다 보니 너무 바쁘구려. 차와 샌드위치를 보내 주면 고맙겠소."

외부 세계가 존재한다는 것을 상기시켜 준 조그만 종이쪽지 하나가 그녀에게 미친 영향은 상당히 컸다. 그녀는 리처드의 존재가 다시 떠오르자 걷잡을 수 없는 분노가 치밀어 올랐다. 그녀는 종이쪽지를 들고 집 안으로 들어가 신경질적으로 창문들을 열어 젖혔다. 도대체 그토록 주의를 줬는데도 하인 놈은 왜 창문을 전부 닫아 놓았을까? 말귀를 못 알아먹어도 유분수지, 이거야 원. 그녀는 종이쪽지로 시선을 돌렸다. 이건 또 뭐야? 어떻게 해서 종이쪽지가 자기 손에 들려 있는지 알수 없었다. 그녀는 소파에 앉아서 눈을 감고 잠을 청했다. 잠시 선잠이 들었다가 문 두드리는 소리를 듣고 벌떡 일어났다. 그리고 온몸을 떨면서 다시 자리에 앉아 그가 들어오기를 기다렸다. 노크 소리가 다시 들렸다. 그녀는 마지못해 다리를 질질 끌다시피 하면서 문 쪽으로 걸어갔다. 밖에는 아까 쪽지를 건네주었던 원주민이 서 있었다.

"왜 그러는 거야?"

메리가 짜증스럽게 물었다.

원주민은 식탁 위에 놓여 있는 종이쪽지를 손가락으로 가리켰다. 메리는 문득 리처드가 차를 보내 달라고 했던 기억이 났다. 그녀는 차를 끓여 위스키 병에 담아서는 원주민에게 들려 보냈다. 샌드위치에 대해서는 까맣게 잊어버린 채. 청년이 목이 마를 거라는 생각이 뇌리를 스치고 지나갔다. 이 나라에 온 지 얼마 되지 않아서 아직 적응하지 못했을 테니 말이다. '이 나라'라는 말은 리처드보다 그녀의 마음을 더 불편하게 만드는 듣기 싫은 설교와도 같아서, 그녀는 가급적이면 그 말을 떠올리지 않으려고 했다. 그러나 메리는 청년에 대해 계속 생각해 보았다. 눈을 감자 그의 젊고 다정한 얼굴이 떠올랐다. 그는 그녀에게 다정했다. 그녀를 경멸하지도 않았다. 갑자기 메리의 머릿속은 온통 그에 대한 생각으로 가득 찼다. 아하, 그가 그녀를 구해 줄지도 모른다! 그가 돌아올 때까지 기다려야겠다고 생각했다. 메리는 문에 서서 말라붙은 언덕의 비탈길을 바라보았다. 숲 어디에선가 '그'가 기다리고 있었다. 그러나 밤이 오기 전에 그녀를 구해 주러 올 청년이 저 밑 경작지 어디엔가 있었다. 그녀는 작열하는 태양을 눈도 깜빡이지 않고 똑바로 응시했다. 하지만 매년 이맘때쯤 잡초가 기승을 부리는 경작지에는 도대체 뭐 하러 내려가 있단 말인가! 잡초와 관목으로 뒤덮인 기분 나쁜 저 아래쪽의 세계에……. 두려움이 엄습해 왔다. 그녀가 죽기도 전에 덤불숲은 이미 농장을 침범해 들어오면서 질 좋은 토양을 잡초로 뒤덮어 버리라고 척후병을 보내고 있었다. 덤불숲은, 그렇다면, 그녀가 죽을 것을 이미 알고 있다는 얘기 아닌가! 그러나 그 청년이 있는데……. 메리는 다른 모든 것을 떨쳐 버리고 그에 대해서만 생각했다. 따뜻한 위로의 말과 그녀를 보호해 주던 건장한 팔 그리고 그에 관한 그 밖의 모든 것을 떠올려 보려고 했다. 그녀는 베란다 벽에 등을 기대려다가 제라늄 화분을 깨뜨려 버렸지만 전혀 개의치 않고 차가 다가온다는 걸 알려 줄 붉은 흙먼지가 저 아래쪽에서 일어나기만 기다렸다. 그러나 그들에게는 차가 없었다. 이미 오래전에 팔아 버렸으므로. 온몸에 힘이 빠지는 걸 느끼면서 그대로 주저앉아 눈을 감았다. 메리가 다시 눈을 떴을 때는 햇살이 변해 있었고 집 앞에는 그림자가 길게 드리워 있었다. 늦은 오후의 기운이 도처에서 느껴졌고, 그녀를 그토록 괴롭히던 뜨거운 태양도 이제는 서쪽으로 상당히 기울어 많이 쇠약해져 있었다. 그녀는 그동안 잠이 들었던 것이다. 이 마지막 날을 잠으로 보내 버린 셈이었다. 그녀가 잠들어 있는 동안 혹시 그가 집 안으로 들어와 그녀를 찾지는 않았을까? 메리는 용기 내어 과감하게 자리에서 일어나 앞방으로 걸어 들어갔다. 텅 비어 있었다. 그러나 자신이 잠든 동안 그가 앞방에서 창문으로 자신을 훔쳐보았을 거라고 생각했다. 의심의 여지가 없었다. 주방문이 열려 있는 것이 그 증거였다. 잠을 깬 것은 아마도 그가 옆에서 훔쳐보고 있었기 때문인지도 몰랐다. 혹시 자신을 잡으려고 손을 뻗지는 않았을까? 생각이 여기까지 미치자 소름이 돋으면서 온몸이 떨렸다.

그러나 그 청년이 그녀를 구해 줄 것이었다. 그녀는 그가 곧 돌아올 거라는 생각으로 몸을 지탱하면서 뒷문으로 집을 빠져나와 그의 오두막으로 향했다. 낮은 벽돌 계단을 딛고 올라서서 서늘한 기운이 감도는 오두막 안으로 들어갔다. 서늘함, 아, 이 서늘함! 메리는 피부에 와 닿는 서늘함이 그렇게 좋을 수 없었다. 그녀는 그의 침대에 앉아 머리를 뒤로 기댄 채 발 끝에 와 닿는 바닥의 서늘한 기운을 마음껏 느꼈다. 그러다 갑자기 몸을 벌떡 일으켰다. 다시 잠에 빠져들어서는 안 되기 때문이었다. 오두막의 둥근 벽 앞에 신발 한 켤레가 놓여 있 었다. 메리는 놀란 눈으로 그 신발을 바라보았다. 정말 멋있고 깜찍한 신발이었다. 오랫동안 그런 신발을 본 적이 없었다. 그 녀는 신발 한 짝을 들어서 가죽을 만져 보며 탄성을 질렀다. "존 크래프트맨, 에든버러." 신발 한쪽 구석에 그런 상표가 인 쇄되어 있었다. 이유는 알 수 없었지만 순간적으로 웃음이 터 져 나왔다. 그녀는 신발을 다시 내려놓았다. 바닥에는 커다란 가방이 하나 놓여 있었는데, 그녀가 제대로 들 수도 없을 만 큼 무거웠다. 메리는 가방을 그냥 바닥에 둔 채 힘들여 열어 보았다. 책이다! 놀라움은 점점 더 커져 갔다. 그녀는 책을 너 무 오랫동안 보지 않아서 글을 읽는 것조차 힘들 것 같았다. 책 제목을 살펴보았다. 『로즈와 그의 영향』, 『로즈와 아프리카 의 정신』, 『로즈와 그의 행적』.

"로즈?"

메리는 고개를 갸웃거리면서 큰 소리로 로즈라는 이름을 불러 보았다. 그녀는 그에 대해서 알지 못했다. 아는 것이라고 는 학교 다닐 때 배운 것뿐이었는데, 그것도 별로 많지 않았 다. 그녀가 아는 것은 로즈라는 인물이 대륙을 하나 정복했다 는 사실뿐이었다.

"대륙을 정복했다."

그녀는 그토록 오래전에 배운 것을 기억하는 자신이 자랑스러워서 큰 소리로 이렇게 말했다. 책을 몇 줄 읽어 보았다.

"로즈는 웅덩이 옆에 물통을 뒤집어 놓고 그 위에 앉아서 영국에 있는 그의 집과 아직 정복되지 않은 내륙 지역을 그려 보았다."

메리는 웃음을 터뜨렸다. 그 내용이 너무나 재미있었기 때문이다. 그러다가 영국 청년과 로즈와 책에 대해 완전히 잊어버린 채 중얼거렸다.

"이런, 아직 상점에 갔다 오지 않았잖아."

상점에 갔다 와야 한다는 생각이 들었다. 메리는 좁은 길을 따라서 상점 쪽으로 걸어갔다. 길은 거의 없는 것이나 마찬가지였다. 흔적만 남아 있을 뿐이었고 발밑에는 잡초가 밟혔다. 낮은 벽돌 건물 몇 걸음 앞에서 그녀는 멈춰 섰다. 눈앞에 있었다, 불쾌한 상점이. 지금까지 늘 그곳에 있었는데도, 메리는 상점이 마치 그녀의 죽음을 기다리는 듯한 느낌을 받았다. 그러나 안은 텅 비어 있었다. 그녀가 안으로 들어가 본다 해도 선반에는 아무것도 없을 것이다. 계산대는 개미들이 완전히 자기네 집으로 만들어 놓았을 것이고, 벽에는 거미줄이 걸려 있기는 하겠지만, 상점은 여전히 그곳에 있었다. 메리는 생각이 여기까지 미치자 갑자기 울화가 치밀어 올라 문을 걷어찼다. 문이 거칠게 열렸다. 상점 특유의 냄새가 여전히 남아 있었다. 곰팡내와 더불어 탁하고 향긋한 냄새가 그녀를 에워쌌다. 메리는 눈을 뗄 수 없었다. 그곳에, 바로 그녀 앞에 '그'가 있었던 것이다. 모세, 그 원주민이 마치 손님을 받고 있는 사람처럼 계산대 뒤에 서서 경멸하는 듯한 표정으로 느긋하면서도 위협적인 시선으로 그녀를 보고 있었다. 메리는 나지막하게 비명을 지르면서 뒤로 주춤주춤 물러나 길을 따라 뛰어갔다. 달려가면서 계속 뒤를 돌아보았다. 문은 열려 있었지만 그는 밖으로 나오지 않았다. 그래, 바로 그곳에서 기다리고 있었어! 자신이 이미 그러리라고 예측하고 있었을지도 모른다는 생각이 들었다. 당연했다. 증오의 대상인 상점 말고 그가 기다릴 만한 곳이 어디 있겠는가? 메리는 오두막으로 다시 들어갔다. 그곳에는 청년이 있었다. 그는 메리가 바닥에 흩어 놓은 책들을 다시 가방에 집어넣으면서 영문을 모르겠다는 표정으로 그녀를 바라보았다. 불가능했다. 그는 그녀를 구할 수가 없을 것이다. 메리는 절망감을 느끼면서 무너지듯 침대에 주저앉았다. 구원이란 없었다. 결국 그녀가 끝내는 수밖에 다른 방도가 없었다.

그의 어리둥절하고 침울한 얼굴을 보면서, 그 표정이 전혀 낯설지 않다는 생각이 들었다. 그녀는 궁금한 마음에 과거를 더듬어 보았다. 아, 기억나는 것이 있었다. 아주아주 오래전에 메리는 어려움에 처해 어떻게 해야 될지 몰라서 괴로워할 때, 농장을 경영한다는 한 청년에게 마음이 끌렸다. 그때는 그와 결혼하면 구원받을 수 있을 거라고 생각했다. 그러나 마침내 구원이란 없으며 죽을 때까지 농장에서 살게 될 거라는 사실을 깨닫자 지금과 같은 공허감을 느꼈다. 심지어 그녀의 죽음에도 새로운 것은 없었다. 모든 것이 하나도 낯설지 않았기 때문이다.

메리는 어울리지 않게 짐짓 위엄 있는 태도로 자리에서 일어났다. 그리고 토니는 그녀가 그렇게 위엄을 부리려 하자 할 말을 잃었다. 그녀를 동정하는 마음에 위로의 말을 해 주려 했는데, 그렇게 해 보았자 소용없다는 생각이 들었기 때문이다.

혼자서 그녀의 길을 걸어가야 할 것이라는 생각이 들었다. 그것은 그녀가 배웠어야 할 교훈이었다. 오래전에 그 교훈을 깨달았다면, 그녀는 지금 이곳에 서 있지도 않고, 자신의 책임을 대신 맡아 주리라고 기대해서는 안 될 인간이라는 존재에게 힘없이 의존함으로써 다시 한번 배반당하지도 않았을 것이다.

"터너 부인."

청년이 계면쩍은 목소리로 물었다.

"뭐 부탁할 일이라도 있나요?"

"그랬어요."

메리가 말했다.

"하지만 소용없다는 걸 알았어요. 당신이라고 해서……."

그러나 그와 상의를 할 수는 없었다. 그녀는 고개를 돌려 어깨 너머로 저녁 하늘을 물끄러미 바라보았다. 파란빛이 엷어져 가는 하늘에 분홍빛 구름들이 길게 걸려 있었다.

"아름다운 저녁이에요."

메리가 습관적으로 말했다.

"그런 것 같군요. 터너 부인, 남편분께 말씀을 드렸습니다."

"그래요?"

메리가 점잖게 물었다.

"우리가 생각하기에는 말이죠……. 내일 도시로 가면 의사를 찾아가 보는 것이 좋을 것 같다고 말씀드렸어요. 부인은 아프십니다.”

“오랫동안 아팠어요.”

메리가 퉁명스럽게 말했다.

“이 안쪽 어딘가요. 안쪽이에요. 아픈 게 아니에요, 알겠어요? 모든 게 정상이 아니에요.”

메리는 고개를 숙여 보이고 문지방을 넘어섰다. 그러다가 다시 몸을 돌렸다.

“‘그’가 거기 있어요.”

메리가 속삭이듯이 은밀하게 말했다.

“바로 그곳에.”

메리는 고개를 끄덕여 상점 쪽을 가리켰다.

“정말인가요?”

청년은 그녀의 기분을 맞춰 주기 위해 짐짓 관심을 보이는 척했다.

그녀는 집으로 돌아와 곧 사라질 조그만 벽돌집 주변을 멍하니 둘러보았다. 발끝에 따뜻한 모래의 촉감을 느끼며 걷는 이 길은 얼마 지나지 않아 작은 짐승들이 나무와 잡초 사이를 당당하게 누비며 돌아다니는 곳이 될 것이었다.

메리는 집 안으로 들어가 자신을 죽음으로부터 지키기 위한 긴 불침번에 들어갔다. 자신의 체형에 맞게 변해 버린 낡은 소파에 침착하고 태연하게 앉았다. 그러고는 팔짱을 끼고 창문을 바라보면서 어둠이 찾아들기를 기다렸다. 그러나 잠시 후 램프 불빛 아래 리처드가 식탁에 앉아 그녀를 응시하고 있다는 사실을 깨달았다.

"짐은 다 꾸렸소?"

리처드가 물었다.

"내일 아침이면 이곳을 떠나야 해."

메리는 웃음을 터뜨렸다.

"내일!"

그녀는 미친 듯이 웃어 댔다. 그러다가 그가 엉거주춤 자리에서 일어나 손으로 얼굴을 가린 채 밖으로 나가자 웃음을 그쳤다. 좋아, 이제는 그녀 혼자였다.

그러나 얼마 지나지 않아 두 남자가 음식이 담긴 접시를 들고 와 그녀 맞은편에 앉아 식사하는 걸 보았다. 그들은 마실 것을 권했으나, 메리는 그들이 가기를 기다리면서 인상을 찌푸리며 거절해 버렸다. 모든 것이 곧 끝날 것이었다. 이제 곧, 두세 시간 정도만 지나면 모든 것이 끝날 것이었다. 그러나 그들은 가지 않으려 했다. 마치 그녀 때문에 식탁에 눌러앉아 있는 것 같았다. 메리는 손으로 문 끝을 더듬으면서 밖으로 나왔다. 무더위는 조금도 가시지 않았다. 보이지 않을 정도로 어둠에 묻혀 버린 하늘은 집을 짓누르면서 한없이 멀리까지 펼쳐져 있었다. 그녀 뒤에서 리처드가 비에 대해 얘기하는 소리가 들려왔다.

"비가 올 거야."

메리가 혼자서 중얼거렸다.

"내가 죽은 다음에."

"잠자리에 들지 않겠소?"

리처드가 그녀를 기다리다 지쳤는지 문 쪽에서 이렇게 물어 왔다. 그의 물음은 그녀와 아무 상관 없는 것 같았다. 그녀는 베란다에 계속 서 있었다. 그곳에서 어떤 움직임을 찾아 어둠 속을 지켜보면서 기다려야 한다는 걸 알았기 때문이다.

"그만 자라니까, 메리!"

메리는 우선 잠자리에 들어야 했다. 잠자리에 들기 전까지는 그들이 그녀를 혼자 두지 않으려 할 것 같았기 때문이다. 그녀는 무의식적으로 앞방의 램프를 끄고 뒷문을 잠그러 갔다. 뒷문은 반드시 잠가야 할 것 같았다. 뒤쪽에서의 공격으로부터는 보호받아야 했다. 일은 터지더라도 앞에서 터져야 했다. 뒷문 밖에서 모세가 그녀를 바라보며 서 있었다. 별빛에 그의 윤곽이 드러난 것이다. 메리는 후들거리는 다리를 끌고 뒤로 물러나 문을 잠갔다.

"'그'가 밖에 있어요."

메리는 그럴 줄 알았다는 듯 리처드에게 다급하게 말했다.

"누가?"

그녀는 대답하지 않았다. 리처드가 밖으로 나가 보았다. 그가 움직이는 소리가 들렸다. 잠시 후 리처드가 들고 있는 등갓 달린 칸델라르의 흔들리는 불빛이 보였다.

"밖에는 아무것도 없어, 메리."

침실로 돌아와서 리처드가 말했다.

메리가 알았다고 고개를 끄덕였다. 그러고는 다시 뒷문을 잠그러 갔다. 어둠은 더욱 짙어져 있었고 모세는 없었다. 아마도 집 앞의 덤불숲으로 들어가 그녀가 나타나기만 기다리는 모양이었다. 메리는 침실로 돌아와 방 한복판에서 걸음을 멈쳤다. 어떻게 몸을 움직여야 하는지 잊어버린 사람처럼.

"옷 안 벗을 거요?"

리처드가 더 이상 참지 못하고 실의에 찬 목소리로 물었다. 그녀는 순순히 옷을 벗고 침대에 올라갔다. 그러나 누워서도 모든 신경을 곤두세워 조그마한 소리에도 귀를 기울였다. 리처드가 자신의 몸에 손을 대자 그 즉시 우둔해지고 말았다. 하지만 그는 멀리 떨어진 존재였기에 아무 문제도 되지 않았다. 두꺼운 유리벽의 반대쪽에 있는 존재처럼 느껴졌다.

"메리?"

리처드가 말했다.

메리는 침묵을 지켰다.

"메리, 잘 들어 봐. 당신은 아파. 그러니 기분 나쁘게 생각 말고 의사를 찾아가 봅시다."

영국 청년의 이야기를 듣는 것 같았다. 그녀에 대한 그런 관심은 바로 그에게서 비롯되었기 때문이다. 리처드가 그녀에게 죄책감을 느끼지 않고 지금처럼 남편으로서 말하는 것도 모두 그 때문이었다.

"물론 그래야죠. 나는 아프니까."

그의 말을 그대로 받아들이면서 대답했다. 그러나 그녀는 리처드가 아니라 영국 청년에게 말하고 있었다.

"나는 기억도 나지 않을 정도로 오래 아팠어요. 바로 이 안쪽이."

메리는 침대에서 벌떡 일어나 앉으면서 가슴을 가리켰다. 그러나 리처드의 목소리가 계곡을 가로질러 퍼지는 메아리처럼 귓속에서 울려 대자 영국 청년을 잊어버렸으며 동시에 손을 내렸다. 그녀는 다시 바깥의 소리에 귀를 기울였다. 그리고 반드시 찾아올 것을 알고 있던 공포가 서서히 그녀의 온몸을 사로잡았다. 메리는 자리에 누워 베개에 얼굴을 묻어 버렸다. 그러나 두 눈은 빛으로 인해 초롱초롱했으며, 메리는 그 빛으로 무언가를 기다리고 서 있는 시커먼 형체를 보았다. 그녀는 몸서리치면서 다시 일어나 앉았다. 그가 침실에 있었다. 바로 그녀 옆에! 그러나 침실 안에는 아무도 없었다. 텅 비어 있었다. 그녀는 천둥소리를 들었다. 그리고 지금껏 수없이 보아 왔듯이 이번에도 어둠에 잠긴 벽 위에 번갯불의 광휘가 스치고 지나가는 것을 보았다. 이제는 밤이 그녀 안에서 닫히는 것 같았고, 조그만 집이 촛불처럼 구부러진 채 녹아 들어갔다. 그녀는 삐거덕, 삐거덕거리는 소리를 들었다. 양철 지붕 위에서 무엇인가가 움직이는 모양이었는데, 메리는 거미 인간처럼 거대한 검은 몸뚱이가 집 안으로 들어오려고 지붕 위를 기어 다니는 것 같았다. 그녀는 혼자였다. 무방비 상태였다. 그녀는 사방의 벽이 안으로 밀려들고 윗부분 또한 밑으로 내려오는 조그만 검은 상자에 갇혀 있었다. 그녀는 덫에 걸려 사면초가의 신세였다. 그러나 밖으로 나가 그를 만나야 했다. 가서 만나야 된다는 사실과 두려움으로 메리는 소리 내지 않고 침대에서 몸을 일으켰다. 몸을 거의 움직이지 않으면서 두 다리가 침대 밑으로 미끄러져 내려가게 내버려 두었다. 그러다가 갑자기 바닥의 어둠 속으로 빨려 들어갈 것 같은 두려움이 일어 방 한가운데까지 달려갔다. 그녀는 방 가운데서 잠시 멈춰 섰다. 사방 벽에 번쩍이는 번갯불의 광휘가 그녀를 다시 움직이도록 몰아붙였다. 메리는 살갗에 와 닿는 보송보송한 촉감을 느끼면서 숨바꼭질하는 어린아이처럼 커튼 뒤에서 다시 걸음을 멈췄다. 그러다가 커튼을 밀어 젖히고, 기분 나쁜 형체들로 가득 찬 앞방을 가로질러 날아가려는 자세를 취했다. 침실을 나서자 짐승 가죽이 발밑에 밟혔다. 거실을 가로질러 가는 동안 발끝에 야생 살쾡이의 축 늘어진 긴 발이 걸리는 바람에 겁에 질려 가느다란 신음 소리를 내면서 어깨 너머로 주방 문을 살펴보았다. 문은 잠겨 있었고 온통 어둠 천지였다. 메리는 베란다로 나갔다. 그러고는 뒷걸음쳐서 벽에 기댔다. 벽에 기댔으니 뒤쪽은 안전했다. 그녀는 기다려야 한다는 걸 알았기에 당연히 그렇게 서 있었다. 벽에 기대는 자세는 안정감을 주었다. 눈에서는 공포의 그림자가 사라졌고, 번갯불이 번쩍하는 순간 베란다에서 개 두 마리가 고개를 쳐들고 그녀를 바라보며 누워 있다는 걸 알게 되었다. 세 개의 가는 기둥이 있고 제라늄이 자라는 저 건너편은 번갯불이 번쩍하면서 나무의 어깨가 구름이 잔뜩 낀 하늘과 대조를 이루며 나타날 때까지는 아무것도 보이지 않았다. 그녀가 지켜보는 동안 나무들이 점점 가까워지는 느낌이 들었다. 그래서 나이트가운 밑의 거친 벽돌이 그녀의 살갗에 닿는 것을 느낄 수 있도록 있는 힘을 다해 등을 벽에 바짝 밀착시켰다. 나무들이 움직인다는 환상을 떨쳐 버리기 위해 머리를 세차게 흔들고 다시 기다렸다. 자신이 시선을 고정하고 있는 한 나무들이 그녀에게 다가올 수는 없을 것 같았다. 세 가지 것에 신경을 써야 할 것 같다는 생각이 들었다. 우선 방심하는 틈에 달려들 우려가 있으므로 나무에 신경을 써야 했다. 다음은 문이었는데, 리처드가 나올지도 모르기 때문이었다. 마지막으로는 구름바다를 밝히면서 미친 듯 광란하는 번갯불이었다. 발은 바닥의 딱딱한 벽돌 바닥에 꽉 붙여 두고 등은 벽에 밀착시킨 채 메리는 숨을 간간이 한꺼번에 몰아쉬면서 신경을 곤두세우고 정면을 응시했다.

그때였다. 천둥소리가 나무들 사이에서 요란하게 으르렁거릴 때, 남자의 형체가 어둠 속에서 빠져나와 그녀를 향해 계단을 조용히 올라오는 걸 보았다. 일어나서 긴장한 채 지켜보던 개들이 그를 발견하고 꼬리를 흔들었다. 2미터 정도 떨어진 곳에서 모세는 걸음을 멈추었다. 그의 딱 벌어진 어깨, 머리의 형체, 이글거리는 눈동자를 볼 수 있었다. 그리고 그를 보는 순간, 그녀의 마음은 이상한 방향으로 흘러 이상하게도 가슴속 깊은 곳에서 죄책감을 만들어 냈다. 영국 청년의 말에 따라 그녀가 배신했던 바로 그 모세를 향해서 말이다. 메리는 앞으로 걸어 나가서 자초지종을 설명하고 애원하면 공포심이 사그라질 것 같은 생각이 들었다. 그녀는 말을 하려고 입을 벌렸다. 그리고 입을 벌리는 순간, 구부러진 긴 물체를 든 그의 손이 그의 머리 위로 올라가는 걸 보았다. 그리고 너무 늦었음을 깨달았다. 그녀의 모든 과거가 눈앞을 지나갔으며, 애원하기 위해 벌렸던 입에서는 비명이 터져 나왔다. 그러나 검은 손이 입을 틀어막는 바람에 비명은 입 밖으로 채 나오기도 전에 사그라지고 말았다. 그럼에도 메리는 숨이 막힐 정도로 가슴속에서 계속 비명을 질러 댔다. 그리고 마치 짐승의 발톱처럼 두 손을 쳐들고 그를 떨쳐 내려 했다. 그러나 바로 그때 덤불숲이 복수극을 펼쳤다. 그것이 메리의 마지막 생각이었다. 나무들이 마치 야수처럼 그녀 쪽으로 달려들었고, 천둥이 으르렁거리면서 나무들이 오는 소리를 듣지 못하게 했다. 마침내 공포심에 짓이겨진 채 머리가 힘없이 꺾이면서 그녀는 자신의 머리를 벽에 꽉 붙여 두고 있는 큰 팔 위로 다른 팔이 내려가는 걸 보았다. 온몸이 축 늘어지는 순간, 어둠 속에서 번갯불이 번쩍 일어나 지상의 어떤 목표물을 향해 내리꽂혔다.

모세는 팔에 힘을 풀고 메리가 바닥에 굴러 떨어지는 걸 지켜보았다. 그는 머리 위 양철 지붕에서 끊임없이 규칙적으로 들려오는 소리에 자신이 어디에 있는지 깨닫고, 머리를 흔들며 몸을 바로 했다. 개들은 그의 발밑에서 으르렁거리면서도 꼬리만큼은 여전히 흔들고 있었다. 그들에게 먹이를 주고 보살펴 준 것은 바로 모세였고, 메리는 개들을 싫어했기에 그러는 것일까? 모세는 손바닥을 얼굴에 갖다 대고서 개들을 살짝 뒤로 물리쳤다. 개들은 몇 걸음 물러나서 아리송한 듯 그를 지켜보면서 나지막하게 낑낑거렸다.

비가 내리기 시작했다. 굵은 빗방울들이 모세의 등에 사정없이 떨어져 한기를 느끼게 했다. 그는 문득 정신을 차리고 들고 있던 금속을 내려다보았다. 그는 그것을 덤불숲에서 주워 하루 종일 녹을 없애고 갈아서 제법 칼 모양을 갖추었다. 피가 흘러 바닥에 떨어졌다. 그는 원래 의도와 달리 행동했다. 처음에는 마치 겁에 질린 듯 흉기를 바닥에 그냥 떨어뜨렸다. 그러고 나서 마음을 진정시킨 후 다시 집어 들었다. 그는 이제는 폭우로 변해 버린 빗속에서 베란다 벽 위에 흉기를 올려놓았다가 금방 다시 집어 들었다. 그러다가 망설이면서 주변을 둘러보았다. 그는 흉기를 허리춤에 푹 찔러 넣고 빗속에 손을 내밀어 깨끗하게 씻어 내고서 원주민 합숙소에 있는 오두막으로 돌아가 시치미를 떼려고 했다. 그러나 이 의도 또한 처음에 생각했던 것과 달리 이상한 방향으로 흘러 버렸다. 그는 흉기를 뽑아서 다시 들여다보다가 갑자기 관심이 없어져서 메리 옆에 던져 버렸다. 새로운 관심사가 그를 사로잡았던 것이다.

두꺼운 벽 하나를 사이에 두고 바로 옆에서 잠을 자고 있지만 이미 오래전에 패배시켰기에 중요하지 않은 리처드는 무시해 버리고, 모세는 베란다 벽을 짚고 밑으로 뛰어내렸다. 땅에 발이 닿기 무섭게 엄청난 기세로 퍼붓는 폭우가 그의 온몸을 순식간에 적셔 버렸다. 그는 폭우가 쏟아지는 어둠을 뚫고 영국인의 오두막 쪽으로 걸어갔다. 이윽고 문 앞에 이르러 안을 들여다보았다. 어두워서 아무것도 보이지 않았지만, 들을 수는 있었다. 그는 숨을 멈추고 빗소리 사이로 영국인의 숨소리를 듣기 위해 열심히 귀를 기울였다. 그러나 아무 소리도 들리지 않았다. 그는 문 안으로 허리를 굽히고 들어가 조용히 침대 옆으로 걸어갔다. 그가 제압한 적은 잠들어 있었다. 원주민은 등을 돌려 다시 집 쪽으로 돌아갔다. 그냥 지나칠 생각인 것 같았으나, 베란다를 지나자 잠시 걸음을 멈추고 벽에 손을 짚고 위를 올려다보았다. 역시 어두워서 아무것도 보이지 않았다. 그는 마지막으로 번갯불이 조그만 집과 베란다, 바닥에 쓰러져 있을 메리, 영문을 몰라 그녀 주변을 여전히 나지막하게 낑낑거리면서 계속 맴돌고 있을 두 마리의 개를 비춰 줄 때를 기다렸다. 마침내 그 순간이 왔다. 마치 비에 젖은 일몰의 한순간처럼 기다렸던 번갯불이 빗속에서 섬광을 번뜩였다. 그가 승리감을 마지막으로 맛본 순간은 바로 그때였다. 그 순간이 너무나 완벽하고 완전한 승리감을 주어 급히 도망가야 한다는 사실조차 잊어버린 채 잠시 멍하니 그대로 있었다. 번갯불이 사라지고 다시 어둠이 찾아들자 그는 벽에서 손을 떼고 덤불숲을 향해 빗속을 천천히 걸어갔다. 복수를 하고 얻은 만족감이나 어떤 감정(예컨대 후회나 동정 혹은 상처받은 애정)이 그의 마음속에서 어떤 식으로 함께 뒤섞여 일어났는지 언급하기란 불가능하다. 왜냐하면 그는 덤불숲 속을 200미터쯤 걸어가다가 걸음을 멈추고 집 쪽으로 몸을 틀어 개미집 위에 서 있는 나무를 하나 택해 거기에 기댄 채 움직일 생각을 하지 않았기 때문이다. 그리고 그는 그곳에서 사람들이 그를 발견할 때까지 그냥 머물러 있을 것이었다.

시대정신을 창조한 여성 경험의 서사시
: 도리스 레싱과 『풀잎은 노래한다』

1

2007년 노벨 문학상을 수상한 도리스 레싱은 국내 독자들에게는 그리 많이 알려져 있지 않지만, 영국 문단은 물론 세계 문단에 이미 널리 알려진 동시대를 대표하는 위대한 여성 작가이다. 단편 「19호실로 가다」는 그의 작품 세계에 대한 비평적 소개와 함께 1980년대 이후부터 미국과 영국 현지의 대학에서 사용되는 가장 권위 있는 영문학 교과서는 물론 유럽 문학 교과서인 『노턴 앤솔로지(The Norton Anthology)』 모두에 실려 있을 정도다. 스웨덴 한림원이 그를 올해 노벨 문학상 수상자로 발표하면서 지난 사십여 년 동안 그가 쓴 작품을 두고 "여성으로서의 경험을 바탕으로 회의주의와 열정 그리고 공상의 힘으로 분열된 문명을 통찰한 서사시인"이라고 표현한 것은 앞의 사실을 뒷받침하기에 충분하다. 그가 이렇게 세계

적인 작가 반열에 오른 것은 우리가 지금 살고 있는 '시대정신
(Zeitgeist)', 즉 분열된 문명과 약자를 억압하는 식민지적 폭력
을 회의주의적인 시각으로 보는 도덕적 휴머니즘을 바탕으로
새로운 사회를 만들어 가는 일에 여성 작가로서 깊이 관여했
기 때문이다.

레싱은 대부분의 주요 작품에서 남아프리카에서 관찰한 흑
백간의 갈등 문제뿐 아니라 남성이 주류를 이루는 사회에서
여성이 독립해서 살아가는 어려움의 문제를 치열하게 다루었
다. 특히 타자성(他者性)의 억압과 파괴 문제와 관련된 그의
정치적이고 사회심리적인 분석은 양심 있는 많은 사람들의 공
감을 끌어냈다. 그는 기계문명이 파괴해 버리는 생명력을 지
닌 '타자'인 개별적 존재에서 현대인들의 혼돈과 좌절을 극복
할 희망의 끈을 발견할 수 있다는 믿음으로 리얼리즘에 입각
한 작품을 썼다. 그러나 전통적인 리얼리즘의 방법으로 그 주
제를 담는 데는 한계가 있다고 보고, 자서전적인 심리소설 형
식으로 작품을 써서, 실험적이지 않으면서도 그 나름대로 리
얼리즘의 한계까지 나타내는 특징을 보였다.

도리스 레싱이 지난 사십여 년 동안 페미니즘과 타자에 대
해 남다른 관심을 보이면서 변화를 나타내는 시대정신을 창조
하는 일에 헌신할 수 있었던 것은 그의 개인적인 삶과 깊은 관
계가 있다. 페르시아에서 영국인 양친 사이에서 태어난 그는
영국에 정착하기 전에 아프리카 대륙에 있는 남로디지아(지금
의 짐바브웨)에서 약 이십오 년 동안 살면서 두 번이나 남편과
헤어지고, 가난하고 고통받는 원주민인 흑인들과 온몸으로 부

덮치고 함께 호흡하면서 생활했다. 출세작인『풀잎은 노래한
다』(1950)는 물론『폭력의 아이들』이라는 제목 아래 묶인 다
섯 권으로 된 연작소설은 남아프리카의 흑인과 백인의 관계
를 탐색한 작품들로서, 심리적이고 자전적인 여러 가지 요소
를 복합적으로 나타내고 있다.

그의 아프리카 체험은 뒤이어서 발표한 작품들에서 심리학
적인 내면 탐구, 정치적인 분석, 사회적인 내용이 담긴 기록 문
서 그리고 페미니즘 등의 혼합을 통해 특징적인 미학적 색채
를 띠게 만들었다. 대표작 중의 하나로 알려진『황금 노트북』
(1962)이 가장 좋은 예이다. 리얼리즘의 한계마저 추구하는 이
작품에서 그는 남성 세계에서 현시적이지 않은 솔직함을 지
니고 남성 세계에서 독립적으로 살아가는 여성의 성적 문제
를 탐색하는 한편 과거 공산주의자였던 사람의 정치적 양심
문제와 작가의 필요성 및 그가 처한 딜레마 문제까지 심도 있
게 파헤치고 있다. 그 후 1970년대 초에 레싱은 회교로 개종
한 유명한 심리학자 R. D. 랭과 비교(秘敎)적인 이슬람 교리(수
피즘)에 영향받아 신화적인 경향을 보이면서 사회 문제를 리
얼하게 탐색했다. 그 결과 그는『지옥으로의 하강에 대한 요
약 보고서』(1971)와『생존자의 회고록』(1974)에서 폭넓은 리얼
리즘 문맥의 범위 안에서 신화와 판타지의 가능성을 찾았다.
『아르고스의 카노프스: 기록 보관소』(1979~1983)라는 일련의
연작소설에서 신약과 구약은 물론 위경(僞經), 코란 그리고 인
류 역사의 방향을 제시하는 초인(超人), 즉 지구촌 밖 사람들
의 노력을 묘사하기 위해 과학소설의 관습을 빌려 오기도 했

다. 이러한 소설들은 때때로 '개종적인 톤'을 넘어서는 상상력으로 20세기 인류의 고통이 얼마나 큰지 전달한다. 이러한 연작소설을 완성한 후, 두 권의 익명 소설(지금은 1983~1984년에 쓴 『제인 소머스의 일기』로 알려졌다.)을 발표하는 범상치 않은 발걸음을 내디뎠는데, 여기서 레싱은 그와 널리 관련짓는 리얼리스트 모드로 되돌아오는 모습을 보였다. 『선한 테러리스트』(1985) 역시 다큐멘터리 리얼리즘 스타일로 썼다. 그러나 『다섯째 아이』(1988)는 리얼리즘과 판타지 요소를 복합적으로 사용해 행복한 가정에 유전적으로 이상한 어린아이, 즉 비인간적인 어린아이의 탄생이 가져오는 영향과 결과를 탐색한다. 1990년대에 와서 그가 쓴 작품들 가운데는 자전적인 내용을 두려움 없이 담은 『나의 피부 아래』(1994)와 『그림자 속에서 걷다』(1997) 그리고 일련의 단편소설들이 있다. 이들 작품 가운데 몇은 장편소설에서 볼 수 있는 신랄함은 잦아들었지만, 인종 및 사회적 딜레마 문제, 고독과 정치적인 주장, 노령화 문제(특히 여성의 노령화 문제), 세대 간의 갈등 그리고 소외와 격리 문제 등 폭넓은 스펙트럼을 다룬다. 이렇게 레싱은 압도적인 리얼리즘 작가로서 그의 시대를 대변하며 지난 사십여 년 동안 변화하는 사상과 감정 그리고 문화의 창조에 깊이 관여해 왔다. 스웨덴 한림원이 올해 노벨 문학상 수상자인 그를 두고 "레싱은 인간성에 대한 희망의 끈을 놓지 않게 하는 기본적인 특징들이 좌절과 혼돈 속에서 나타나는 모습을 그려 보였다."라고 한 것은 작가로서 일생을 보내며 그가 무엇을 위해 글을 써 왔는지 분명히 밝혀 준다. 실제로 레싱의 삶과 그의 작품들 사이에는 근본적인 지속성이 존재한다. 그러므로 독자들이 도리스 레싱이 어떤 인물인지 알려고 하면 그의 작품을 읽어 보면 쉽게 파악할 수 있을 것이다.

그래서 도리스 레싱을 보다 구체적으로 이해하기 위해 여기에 번역된 처녀작이자 출세작이며 그의 작품 세계의 구심인 『풀잎은 노래한다』를 보다 자세하게 살펴보고자 한다. 물론 이 작품은 그의 작품 세계 전체에서 빈번히 나타나는 자전적 요소를 많이 담고 있을 뿐 아니라 그가 뼈저리게 경험한 식민지 심리학은 물론 정치사회학적 요소를 함께 담고 있다.

2

식민지 사회에서의 흑백 간의 갈등 문제를 탁월한 언어로 형상화한 이 작품의 플롯은 레싱이 양친과 이주해 있던 남로디지아의 어느 시골 마을에서 일어난 살인 사건을 중심으로 전개된다. 독자 투고로 신문에 보도된 내용에 의하면 피살자는 메리라는 이름의 백인 여자이며, 살인범은 바로 그녀 집에서 일하던 모세라는 흑인 원주민이다. 그 자체를 놓고 볼 때는 대단히 충격적인 사건임에 분명했으나 어찌 된 일인지 그 지역 주민들은 사건을 냉담하게 받아들인다. 그들은 피살당한 채 테라스에서 발견된 메리에게 전혀 동정심을 보이지 않는다. 다만 폐인이 되다시피 한 그녀의 남편 리처드만 측은하게 생각할 뿐이다.

사건이 일어난 후 모든 일을 처리한 옆 농장의 찰리 슬래터는 평소 메리에게 대단한 반감을 품고 있었다. 그토록 근면했던 리처드가 메리와 결혼한 후 서서히 붕괴되면서 폐인이 되어 갔고 그 모든 책임이 메리에게 있다고 생각했기 때문이다. 과연 메리는 슬래터를 비롯한 지역 주민 대다수가 생각하는 것처럼 그렇게 나쁜 여자였을까? 메리가 흑인 원주민의 손에 피살당하기까지 과연 어떠한 일들이 있었으며 그 일들과 그녀의 죽음 사이에는 어떠한 관계가 있을까? 스토리는 여기에 초점을 맞추고 과거로 돌아간다.

  주정꾼 아버지와 궁핍한 경제 사정 때문에 항상 부부 싸움을 벌이는 어머니 사이에서 불행한 어린 시절을 보낸 메리는 그때의 쓰라린 기억을 안고 직장 여성으로서 자리를 잡아 간다. 그리고 아버지와 사이가 멀어지면서 점차 과거를 극복하고 자기 나름대로 삶을 구축해 간다. 미혼 직장 여성을 위한 여성 회관에서 지내는 동안 그녀는 자기가 하고 싶은 대로 행동하며 폭넓은 대인 관계를 맺고 명랑한 여인으로 행복한 나날을 보낸다. 그러나 나이가 서른이 되도록 결혼을 하지 않는 그녀에 대해 주변에서는 말이 많아진다. 우연히 친구들이 그런 이야기를 하는 것을 엿들은 그녀는 자신에게 별 이상이 없음을 보여 주기 위해서라도 결혼해야겠다고 결심하지만, 결혼 상대를 쉽게 구하지 못해 혼자서만 애를 태운다. 그러던 중 극장에서 우연히 만난 리처드 터너라는 농부에게 마음을 주고 그와 결혼할 생각을 굳힌다. 그녀가 리처드와의 결혼을 성급하게 결정한 것은 모두 주변 사람들의 시선에서 조금이라도 빨리 벗어나기 위해서였는데, 이것이 결국은 그녀의 불행을 자초한다. 우선은 결혼을 하고 봐야겠다는 마음이 앞서서 사랑이 없는 결혼을 하고 말았던 것이다.

리처드는 시골에서 농장을 경영하는 농부로, 자기 자본이 없었기 때문에 막대한 빚으로 농장을 시작했지만, 그동안 운이 없어서 고전을 면치 못하고 있었다. 남들처럼 결혼도 하고 가정을 갖고 싶은 마음이 간절하면서도 경제적인 이유 때문에 결혼은 생각지도 못했고, 조금이라도 형편이 나아지도록 일에만 매달렸다. 그 길만이 살 길이라고 여겼기 때문이다. 그러나 우연히 도시에 나갔다가 메리를 만나고부터 마음이 크게 흔들렸다. 멋만 부릴 줄 아는 도회지 여성을 혐오했지만, 어찌 된 일인지 메리 앞에서는 그러한 감정도 사라져 버리고, 인사를 나눈 다음부터 그녀의 환상에 시달리는 처지가 되고 만다. 그리고 아무리 형편이 어렵더라도 메리와 결혼하고 말겠다고 결심하고 결혼을 강행한다.

이처럼 결혼 그 자체에만 신경을 쓰고, 그 밖의 다른 요인들은 전혀 고려하지 않은 채 시작된 리처드와 메리의 결혼이 순탄할 수는 없었다. 어린 시절의 기억 때문에 가난한 시골 생활을 지극히 혐오했던 메리는 가난에 찌든 생활이 계속될수록 불만이 쌓여 갔고, 마침내 집을 뛰쳐나가 탈출을 시도하기까지 한다. 그러나 자신이 예전처럼 유능하고 매력적이지 않음을 발견하고 리처드의 손에 이끌려 무기력하게 돌아오고 만다. 그때부터 그녀의 내면세계의 붕괴는 더욱 가속도로 진행된다.

생활에서 받는 압박 때문에 성격이 갈수록 날카로워지고 신경질적으로 변해 가면서, 메리는 터질 듯 격한 감정을 원주민 일꾼들에게 터뜨린다. 그 결과 메리의 집에서 일하던 하인은 그녀의 학대에 견디지 못해 계속 바뀐다. 특히 리처드가 열병에 걸려 자리에 누운 후 자신이 한동안 농장 일꾼을 감독하게 되었을 때, 그녀의 학대와 경멸감은 극에 이르러 걷잡을 수 없는 상태가 되어 버린다.

시골에서 농장을 경영하는 가난한 농부 리처드는 결코 이상적인 남편이 될 수 없었고 시골에서의 생활은 쓰라린 과거의 기억들을 되살리게 만들면서 그녀를 서서히 붕괴시켜 간다. 결혼 후 메리는 모든 것이 못마땅하기만 했다. 자신이 원해서 한 것이 아니라 주변 사람들의 시선 때문에 하는 수 없이 한 결혼이라고 생각하면서 결혼 자체를 부정하기도 한다.

리처드는 그러한 메리를 이해하려고 노력하면서도, 반감이 생기는 것을 어쩔 수 없었고, 그로 말미암아 두 사람의 관계는 악화 일로를 걷는다. 그리고 거기에는 리처드의 책임도 상당히 있다. 항상 돈을 쉽게 벌 수 있을 것 같은 마음이 앞서 어설픈 솜씨로 무모한 일을 시도하여 실패를 자초했다. 이것이 그들의 결혼을 더욱더 참을 수 없게 만드는 큰 요인으로 작용했던 것이다.

이처럼 두 사람의 불편한 관계가 계속되는 가운데 신비스럽고 체격이 우람한 흑인 하인 모세와 리처드의 농장으로 일을 배우러 온 이지적인 영국 청년 토니 마스턴의 등장은 상황을 새로운 방향으로 몰고 간다.

374

더 이상 하인을 해고했다가는 두고 보지 않겠다는 리처드의 격한 언사와 위압감으로 메리는 다른 하인들과 달리 모세에 대해서는 두려움을 느끼며 그를 붙잡아 두기 위해 갖은 노력을 다 기울인다. 흑인이라면 이를 갈 정도로 혐오했던 그녀에게 그것은 큰 변화였을 뿐 아니라 주종 관계 자체를 의심스럽게 만드는 사건이기도 했다.

메리와 모세의 기묘한 관계에 이번에는 영국 청년 토니가 개입한다. 리처드의 농장에서 일을 배우며 리처드를 도우려고 그곳에 온 토니는 이지적이며 아직 세속의 때가 묻지 않은 순수한 청년이었다. 그래서 메리는 혹시 그를 통해 자신이 구출될 수 있을지 모른다는 막연한 희망을 품게 된다. 이 때문에 메리와 모세와 토니 사이에는 보이지 않는 긴장이 일어난다. 그리고 그 긴장은 마침내 모세가 메리를 죽이는 계기를 마련한다. 토니에게 걸었던 기대마저 허물어지자 이전보다 더 큰 실의에 빠진 메리는 죽음을 순순히 받아들이고, 그녀를 살해한 모세는 사람들이 그녀의 시신을 발견할 때까지 집 근처에서 기다린다.

다른 한편 리처드는 그렇게 건강했다가 말라리아에 걸린 후로는 계속 그 후유증으로 고생하면서 아내와의 갈등으로 인한 마음의 병까지 겹쳐 결국에는 완전히 폐인이 되어 메리가 죽은 후 슬래터의 손에 이끌려 병원으로 호송된다. 그래서 리처드는 가혹한 운명에 맞서 처절한 투쟁을 하다가 결국은 그 운명의 수레바퀴에 깔려 처참해지고 만다는 인상을 준다.

위에서 살펴본 줄거리에서 알 수 있듯이 이 작품은 남아프리카의 정체된 식민지 사회의 병리 현상을 리얼하게 고발한다. 우선 이 작품에서 메리의 살해 사건을 아무 동기가 없는 것으로 백인들이 묻어 버리려는 것은 식민지 사회의 모든 것을 회칠하듯 감추어 버리려는 의도를 일치된 형식과 내용으로 나타낸다. 이 살인 사건은 오려 낸 신문 조각이 말하는 것처럼 동기가 없었던 것이 아니라 토니가 지각한 것처럼 충분한 동기가 있었다. 다시 말하면, 메리가 파멸한 동기는 그녀가 자라난 배경과 환경 그리고 성격 및 삶의 패턴과 밀접한 관계가 있다. 메리는 지극히 현실적이고 활동적인 여성이었지만, 과거 부모들의 궁핍하고 비참한 생활 그리고 아버지에 대한 어머니의 경멸 등으로 인해 정서적인 발전이 차단된 인물이었다. 그 결과 그녀는 미래를 향한 자신의 삶을 새로운 차원에서 실현하지 못하고 혼돈과 더러움으로 점철되어 있는, 과거의 덫에 걸려 비극을 자초하는 비인간적인 행위를 하게 된다. 그녀가 순수한 사랑에 바탕을 두지 않고 주변 사람들의 눈을 의식해서 리처드와 결혼하는 것은 그녀가 자라난 과거의 환경과 부모에게서 물려받은 잘못된 생활 방식과 가치관 때문이다. 메리가 하인들을 심하게 학대하는 것은 그들을 남편의 몽상적인 무기력에 느끼는 분노를 터뜨릴 대상으로 삼았기 때문이기도 하겠지만, 그것 또한 그녀가 불행했던 과거의 기억으로부터 스스로를 해방시킬 수 없었기 때문이 아닌가 한다. 그녀는 부모들이 생존하기 위해 흑인들을 무조건 억압해야 했던 과거를 무의식적으로 간직하고 있었다. 그런데 메리가 모세에게서 이상한 감정을 느낀 것은 어머니로부터 경멸받았던 아버지에 대한 증오와 그리움을 무섭게 혼합한 어떤 모습을 모세에게서 무의식중에 발견했기 때문이리라. 가령 메리는 자신이 모세의 얼굴에 가한 채찍질의 상처 때문에 절망 속에서 설명할 수 없는 어떤 친근감을 느꼈다. 그녀는 지배하는 데서 오는 어떤 감정, 즉 '검은 매력'을 모세에게서 느끼고 그에게 접근했다. 그러나 메리는 토니가 기사도적인 연민을 보이자 모세를 거절한다. 그 결과 모세는 그녀를 살해함으로써 복수한다. 그런데 여기서 레싱이 말하는 '검은 매력'은 조지프 콘래드가 『암흑의 핵심』에서 말하는 낭만적인 어둠이 아니라 사회심리적인 메커니즘에 대한 상징으로 이해해야 한다고 어느 평론가는 지적하는데, 설득력 있는 주장인 듯하다.

남편 리처드 역시 레싱의 전형적인 인물로, 무력하게 대지를 사랑하며 미지의 세계를 향해 몽상적인 희망을 거는 사람이다. 그의 파멸은 식민지 생활자들의 허위적인 욕망과 비유되는 몽상적인 희망 때문에 일어난다. 그러나 그는 또한 과거에 얽매인 식민지적인 메리에 의해 생명력에 상처를 입지만, 그녀와 달리 흑인들에게 남다른 애정을 느끼는 것은 그들에게서 어떤 내면적 동질감을 느꼈기 때문이 아닐까. 아무튼 터너 농장에서 일어난 비극은 메리의 식민지주의적인 억압과 식민지 사회의 압박에서 비롯된 것이다.

결론적으로 이 작품은 식민지 사회의 역사적이고 심리적인 정체 현상을 탁월한 리얼리즘으로 표현한다. 만일 우리가 이 작품에서 작가가 전하고자 하는 메시지를 찾는다면, 그것은 찰리 슬래터와 데넘 경사가 메리의 사건을 역사에서 깨끗이 지워 버리듯이 이제는 식민지주의자들의 상상력과 기억을 남아프리카에서 깨끗이 쓸어내 버려야 된다는 것이다.

오래전에 번역했지만 시간 속에 묻혀 있던 방대한 양의 원고가 민음사 세계문학전집으로 다시 세상의 빛을 보게 되었다. 이 책의 기획은 물론 세심한 교정 작업까지 맡아 준 민음사에 심심한 사의를 표하고 싶다.

2007년 겨울
이태동

작가 연보

1919년   지금의 이란에 있는 커만샤에서 태어났다.

1925년   아프리카 남로디지아(지금의 짐바브웨)로 가족이 이주
했다.

1938년   솔즈베리에서 전화 교환수로 일했다.

1939년   프랭크 위즈덤과 결혼했다.

1942년   공산당에 참여했다.

1943년   두 아이를 낳은 뒤 첫 남편과 이혼했다.

1945년   독일 피난민이며 동료 마르크스주의자였던 고트프리
트 안톤 레싱과 재혼했다.

1946년   아들 피터를 낳았다.

1949년   이혼한 뒤 영국으로 떠났다.

1950년   소설『풀잎은 노래한다』출판.

1951년	단편집 『이곳은 늙은 추장의 나라였다』 출판.
1952년	5부작 『폭력의 아이들』의 1권인 『마사 퀘스트』 출판.
1953년	단편집 『다섯』 출판.
1954년	『폭력의 아이들』의 2권인 『어울리는 결혼』 출판.
	단편집 『다섯』으로 서머싯 몸 상을 수상했다.
1956년	소설 『순수로의 피정』 출판.
1957년	단편집 『사랑하는 습관』 출판.
	자서전 『집으로 돌아감』 출판.
1958년	『폭력의 아이들』의 3권인 『폭풍의 여파』 출판.
	희곡 『그들 각자의 황야』 출판.
1959년	시집 『14편의 시』 출판.
1960년	자서전 『영국식 따르기』 출판.
1962년	소설 『황금 노트북』 출판.
	희곡 『호랑이가 있는 연극』 출판.
1963년	단편집 『한 남자와 두 여자』 출판.
1964년	단편집 『아프리카 이야기』 출판.
1965년	『폭력의 아이들』의 4권인 『육지에 갇혀서』 출판.
1967년	자서전 『특별히 고양이들에 대하여』 출판.
1969년	『폭력의 아이들』의 5권인 『네 개의 문이 있는 도시』 출판.
1971년	소설 『지옥으로의 하강에 대한 요약 보고서』 출판.
1972년	단편집 『잭 올크니의 유혹』 출판.
1973년	소설 『어둠이 오기 전의 여름』 출판.
1974년	소설 『생존자의 회고록』 출판.

1976년   메디치 상을 수상했다.

1978년   단편집 『이야기들』 출판.

1979년   5부작 『아르고스의 카노프스』의 1권인 『5번 식민지 유
         성 시카스타에 대하여』 출판.

1980년   『아르고스의 카노프스』의 2권인 『3, 4, 5구역 사이의
         결혼』 출판.

1981년   『아르고스의 카노프스』의 3권인 『시리안의 실험』 출판.

1982년   『아르고스의 카노프스』의 4권인 『8번 유성의 대표자
         만들기』 출판.
         오스트리아 정부가 주관하는 유럽문학상을 수상했다.

1983년   『아르고스의 카노프스』의 5권인 『볼얀 제국의 감상적
         인 조원에 관한 서류들』 출판.

1984년   소설 『제인 소머스의 일기』 출판.

1985년   소설 『선한 테러리스트』 출판.

1987년   에세이집 『우리가 갇혀 살기로 선택한 감옥들』, 『바람
         이 날려 버린 우리의 말』 출판.

1988년   소설 『다섯째 아이』 출판.

1990년   『영국식 따르기』가 연극으로 공연되었다.

1992년   단편 연작집 『런던 스케치』 출판.

1999년   소설 『마라와 댄』 출판.

2000년   소설 『세상 속의 벤』 출판.

2001년   소설 『가장 달콤한 꿈』 출판.

2002년   단편집 『고양이에 대하여』 출판.

2003년   단편집 『할머니들』 출판.

2004년   에세이집『시간이 깨문다』출판.

2006년   소설『장군 댄과 마라의 딸, 그리오와 백구에 대한 이야기』출판.

2007년   소설『클레프트』출판.
         노벨 문학상을 수상했다.

2013년   향년 94세로 별세했다.

세계문학전집 **167**

풀잎은 노래한다

1판 1쇄 펴냄 2008년 1월 4일
1판 26쇄 펴냄 2023년 5월 19일

지은이 도리스 레싱
옮긴이 이태동
발행인 박근섭, 박상준
펴낸곳 (주)민음사

출판등록 1966. 5. 19. (제 16-490호)
서울특별시 강남구 도산대로1길 62(신사동) 강남출판문화센터 5층 (우편번호 06027)
대표전화 02-515-2000 팩시밀리 02-515-2007
www.minumsa.com

한국어 판 © (주)민음사, 2008. Printed in Seoul, Korea

ISBN 978-89-374-6167-5 04800
ISBN 978-89-374-6000-5 (세트)

세계문학전집 목록

세계문학전집은 계속 간행됩니다.